PORTRAITS

CONTEMPORAINS

PAR

C.-A. SAINTE-BEUVE

DE L'ACADÉMIE FRANÇAISE

« Nous sommes mobiles, et nous jugeons
des êtres mobiles..... »
SÉNAC DE MEILHAN

TOME CINQUIÈME

NOUVELLE ÉDITION
REVUE, CORRIGÉE ET TRÈS-AUGMENTÉE

PARIS

CALMANN LÉVY, ÉDITEUR

ANCIENNE MAISON MICHEL LÉVY FRÈRES

3, RUE AUBER, 3

—

1889

CALMANN LÉVY, ÉDITEUR

OUVRAGES

DE

C.-A. SAINTE-BEUVE

Format grand in-18.

POÉSIES COMPLÈTES

NOUVELLE ÉDITION REVUE ET TRÈS AUGMENTÉE

Deux beaux volumes in-8º.

3587-89. — CORBEIL, Imprimerie CRÉTÉ.

PORTRAITS

CONTEMPORAINS

V

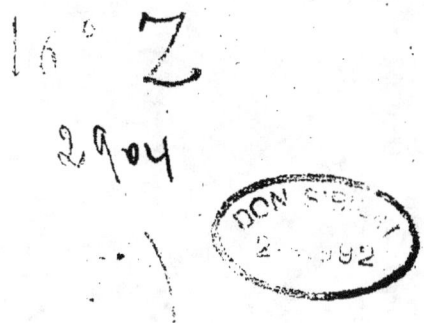

≋EX LIBRIS≋
RÉNÉ SIBILAT

PORTRAITS

CONTEMPORAINS

LOUISE LABÉ [1].

« J'en veux presque au spirituel et savant auteur
de la notice de n'avoir pas défendu plus chaudement
cette bonne Louise, à qui beaucoup de péchés ont
dû être remis... Je trouve plus de véritable amour
dans ses sonnets que dans la plupart des vers de
cette époque, dont la poésie est plus souvent ma-
niérée que naïve. »

Lettre de Béranger à l'éditeur, M. Boitel.
Mais si en moi rien y a d'imparfait.
Qu'on blâme Amour : c'est lui seul qui l'a fait.

LOUISE LABÉ, Élégie III.

Cette célèbre Lyonnaise a obtenu un honneur que
n'ont pas eu bien des noms littéraires plus fastueux,
on n'a pas cessé de la réimprimer : l'édition de ses
œuvres publiée en 1824, avec notes, commentaires et

(1) OEuvres de Louise Labé. — A Lyon, de l'imprimerie de
Boitel (1845). — Ce portrait serait à joindre à ceux que nous avons
tracés des principaux poëtes de la même époque, à la suite de
notre Tableau de la Poésie française au XVIᵉ siècle (édition de
1843).

glossaire, était la sixième au dire des éditeurs, ou plutôt la septième, comme l'a prouvé M. Brunet; et voilà qu'un imprimeur de Lyon, connaisseur et littérateur distingué lui-même, M. Léon Boitel, vient de faire pour sa tendre compatriote, la Sapho du XVIe siècle, ce que M. Victor Pavie faisait, il y a peu d'années, à Angers, pour Joachim Du Bellay : il vient d'en publier une charmante édition de luxe, tirée à 200 exemplaires, avec notice de M. Collombet, mais débarrassée d'ailleurs de toute surcharge de notes qui ne sont bonnes qu'une fois, et qu'il faut laisser en leur lieu à l'usage des érudits. En ne craignant pas de s'occuper à son tour des œuvres de l'aimable élégiaque, M. Collombet, le sérieux traducteur de Salvien et de saint Jérôme, a fait preuve de patriotisme et de bon esprit; il n'a pas eu plus de faux scrupule que n'en eurent en de telles matières ces érudits du bon temps, l'abbé Goujet, Niceron et autres; les vrais catholiques, à bien des égards, sont les plus tolérants. Pour nous, cette publication nouvelle nous est une occasion heureuse, que nous ne laisserons pas échapper, de réparer envers Louise Labé un oubli, une légèreté involontaire qu'un critique ami, M. Patin, nous reprochait dernièrement avec grâce (1). Il est toujours très-doux de pouvoir réparer envers un poëte, surtout quand ce poëte est une femme.

Nous avons beaucoup trop négligé Louise Labé, parce qu'en étudiant au XVIe siècle le mouvement et la

_____

(1) *Journal des Savants,* n° de décembre 1844.

succession des écoles, on la rencontre très-peu. C'est
une gloire, un charme de plus pour une muse de
femme de ne pas avoir rang dans la mêlée et de ne
pas intervenir dans ces luttes raisonneuses. Louise
Labé fut un peu en son temps comme Mme Tastu,
comme Mme Valmore du nôtre : sont-elles classiques,
sont-elles romantiques? elles ne le savent pas bien;
elles ont senti, elles ont chanté, elles ont fleuri à leur
jour; on ne les trouve que dans leur sentier et sur
leur tige. A d'autres la discussion et les théories! à
d'autres l'arène !

Les œuvres de Louise Labé parurent pour la première fois en l'année 1555, c'est-à-dire au moment où
toute la génération éveillée par Du Bellay et Ronsard
prenait son essor, où la jeune école de droit de Poitiers, Vauquelin et ses amis, se produisaient dans leur
ferveur de prosélytes, et où, sur toutes les rives du
Clain et de la Loire, retentissaient, comme des chants
d'oiseaux, des milliers de sonnets, quelques-uns charmants déjà, quelques autres un peu rauques encore.
Mais Louise Labé, précédemment louée par Marot,
n'eut pas besoin, elle, pour s'élancer à son tour, de
rompre avec le passé et de s'éprendre de cette ardeur
rivale. Si elle dut en partie ce rôle d'exception au caractère tout intime et passionné de ses vers, elle ne le
dut pas moins à la position littéraire qu'occupait alors
en France la cité lyonnaise. Lyon, en effet, était un
centre plus à portée de l'Italie et qui gagnait à ce voisinage quelques rayons plus hâtifs de cette docte et bé-
nigne influence; Lyon avançait, on peut le dire, sur

le reste de nos provinces et peut-être, à certains
égards, sur la capitale. Des Florentins en grand nombre, à chaque trouble survenu dans la république des
Médicis, avaient émigré sur ce point et y avaient fondé
une espèce de colonie qui continuait d'associer, comme
dans la patrie première, l'instinct et le génie du né-
goce au noble goût des arts et des lettres. De telle
sorte, la *renaissance* à Lyon s'était faite insensiblement par voie d'infusion successive, et il y eut bien
moins lieu que partout ailleurs au coup de tocsin de
1550, qui ressemblait à une révolution. Les preuves
de ce fait général seraient abondantes, et le Père de
Colonia, sans en tirer toutes les conséquences, a pris
soin d'en rassembler un grand nombre dans l'histoire
littéraire qu'il a tracée de sa cité adoptive. L'Académie
de Fourvière, espèce de société de gens doctes et considérables, d'érudits et même d'artistes, dans le goût
des académies d'Italie, et qui devançait la plupart des
fondations de ce genre, date du commencement du
XVIe siècle. Lorsqu'au début de son règne Henri II, avec
Catherine de Médicis, fit sa première entrée solennelle
à Lyon en septembre 1548, la petite colonie des Florentins voulut donner à la reine le régal de la *Ca-
landra,* représentée par des comédiens qu'on avait
mandés exprès d'au delà des monts. La fête même de
cette réception était dirigée dans son ensemble par
Maurice Sève, ancien conseiller-échevin et poëte distingué du temps; les Sève tiraient leur origine d'une
ancienne famille piémontaise. Ce Maurice Sève, qui
célébra en *quatre cent cinquante-huit* dizains une maî-

tresse poétique sous le nom de *Délie,* s'acquit l'estime
des deux écoles ; les novateurs, qui aspiraient à introduire une poésie plus savante et plus relevée que
celle de leurs devanciers, ne manquent jamais, dans
leurs préfaces et manifestes, d'admettre une exception
expresse en faveur de Maurice Sève. Celui-ci faisait en
quelque sorte école, une école intermédiaire ; et lorsque Pontus de Thiard qui écrivait dans le Mâconnais,
c'est-à-dire dans le rayon ou ressort poétique de Lyon,
publiait en 1548 ses *Erreurs amoureuses,* qui devan-
çaient les débuts de la pléiade à laquelle il allait appartenir, c'est à Maurice Sève qu'il adressait le premier sonnet. On le voit donc, la réforme poétique,
tentée ailleurs avec éclat et rupture, s'entamait à Lyon
sans qu'il y eût, à proprement parler, de solution de
continuité ; mais il n'en faudrait pas conclure qu'elle
s'y produisît plus coulamment ni d'une veine plus
ménagée. L'érudition de Maurice Sève et de Pontus
de Thiard, leur quintessence platonique et scientifique, ne laisse rien à désirer aux obscurités premières
de Ronsard et de ses amis, et ils n'ont pas l'avantage
de se dégager par moments, comme ceux-ci, avec
netteté, avec un jet de talent proportionné à l'effort ;
ils ne se débrouillent jamais. Louise Labé était disciple de Maurice Sève, et elle lui dut assurément
beaucoup pour les études et les doctes conseils ; mais,
si elle atteignit dans l'expression à quelques accents
heureux, à quelques traits durables, elle ne les puisa
que dans sa propre passion et en elle-même.

Sa vie est restée **très-peu éclaircie, malgré la célé-**

brité dont elle jouit de son vivant, malgré les mille
témoignages poétiques qui l'entourèrent et dont on a
conservé le recueil comme une guirlande. Cette célébrité même et le caractère passionné de ses poésies
furent cause qu'après sa mort il se forma insensiblement sur elle une légende qui, accueillie et propagée
sans beaucoup d'examen par des critiques d'ordinaire
plus circonspects, par Antoine Du Verdier et Bayle,
recouvrit bientôt le vrai et finit par rendre l'intéressante figure tout à fait méconnaissable. Les consciencieux éditeurs de 1824 sont heureusement venus remettre en lumière quelques points authentiques, et
ils se sont appliqués surtout (tâche assez difficile et
méritoire) à restituer à Louise Labé son honneur comme
femme, en même temps qu'à lui maintenir sa gloire
comme poëte. Ouvrez, en effet, la *Bibliothèque française*
de Du Verdier et le *Dictionnaire* de Bayle, vous y voyez
Louise Labé désignée tout crûment par la qualification de *courtisane lyonnoise.* Bayle, qui n'a pour autorité que Du Verdier, se donne le plaisir de broder
là-dessus et d'accorder à sa plume, en cet endroit,
tout le libertinage qui fait comme le grain de poivre
de son érudition. La Monnoye, dans ses notes sur La
Croix du Maine, en a usé à son exemple ; il cite sur
Louise Labé un petit distique et un quatrain qu'on
ne trouve point, dit-il, dans la guirlande de vers à sa
louange; je le crois bien, car ces petits vers salaces
ont tout l'air d'être de la façon du malin commentateur lui-même. Nous pourrions faire comme lui et
nous égayer sans peine aux dépens de la belle Louise ;

nous croyons même savoir une petite épigramme qui ne se trouve pas non plus dans le recueil des vers imprimés en son honneur, et que La Monnoye, qui donnait dans l'inédit, a, je ne sais pourquoi, négligée. La voici :

> N'admirez tant que *la belle Cordière*
> D'Amour en elle ait conçu tout le feu :
> Son bon mari qui n'entendoit le jeu
> Chez lui tenoit fabrique journalière,
> Grand magasin de câbles et d'agrès,
> Croyant le tout étranger à la Dame ;
> Mais Amour vint, la malice dans l'âme,
> Choisit la corde et n'y mit que les traits (1).

(1) Depuis la publication première de cet article, j'ai dû la petite communication suivante à l'obligeance de M. Péricaud, le docte bibliothécaire de la ville de Lyon : je l'enregistre comme je la reçois.

« Il existe dans une bibliothèque peu connue un exemplaire des œuvres de Louise Labé (édition de Rouen, 1556), qui paraît avoir appartenu à La Monnoye. On y chercherait inutilement le huitain cité par M. Sainte-Beuve, mais on y trouve écrites sur les feuillets de *garde,* par une main qui doit être contemporaine de l'édition, les deux petites pièces que voici :

I.

> Dum credulus Labææ
> Vir ille gestiebat (?)
> In cannabis referta.
> Et staminum taberna,
> Huc fervidus Diones
> Venit puer, malamque
> Stupæ facem trahenti (?)
> Est ausus admovere :
> Incenditur supellex
> Omnis tua, Annemunde;

Que si l'on examine de plus près les témoignages des contemporains de Louise Labé, les indications et inductions qui ressortent de ces vers mêmes, on n'atteint pas à la certitude (où est la certitude en un sujet si délicat?), on arrive toutefois à la mieux voir, à la voir tout autre qu'à travers les badineries des commentateurs érudits, lesquels ont fait ici, en sens inverse, ce que tant de bons légendaires ont fait pour leurs saints et saintes; je veux dire qu'ils n'ont apporté aucune critique en leur récit, et qu'ils se sont tout simplement délectés à médire, comme les autres à glorifier. Ce qui d'ailleurs a le plus nui à Louise Labé, je m'empresse de le reconnaître, et ce qui a pu

> Quidni jecur tenellum
> Ignesceret Labææ?

II.

> Quis isthmiæ te Laidi dicat parem,
>   Labbæa, Lugduni decus,
> Illiterati cui videbantur minus
>   Nervi rigere, et fascinum
> Languere, doctis ni probe frictum libris?
>   Nam vulva doctrinæ patens,
> Te quæstui non manciparas, et lucro
>   Inesse rebaris stuprum.
> Te si diserto contigisset noscere
>   Lusci Philippi malleo,
> Non hunc inanis rumperet tentigo, sed
>   Gratis abiret pœnitens. »

— Voilà qui devient assez piquant. On sait que Laïs ayant demandé dix mille drachmes à Démosthène pour une nuit, celui-ci répondit qu'il n'achetait pas si cher un repentir. Ici le *gratis pœnitens* sent son fruit moderne. Cette dernière pièce (qu'elle soit du xvie siècle, ou, qui sait? du xixe) serait, dans tous les cas, fort digne de La Monnoye lui-même. — On m'assure que ces deux épigrammes latines sont de M. P. Rostain, notaire à Lyon.

induire en erreur, ce sont les pièces mêmes de vers à
sa louange attachées à ses œuvres. Chaque siècle a
son ton de galanterie et d'enjouement. Au xvie siècle,
les honnêtes femmes écrivaient et lisaient l'*Hepta-
meron*, et le grave parlement, dans les Grands-Jours
de Poitiers, célébrait sur tous les tons la *Puce* de
Mlle des Roches. Les sonnets amoureux de Louise
Labé mirent en veine bien des beaux esprits du temps,
et ils commencèrent à lui parler en français, en latin,
en grec, en toutes langues, de ses gracieusetés et de
ses baisers (*de Aloysiæ Labææ osculis*), comme des gens
qui avaient le droit d'exprimer un avis là-dessus. Les
malins ou les indifférents ont pu prendre ensuite ces
jeux d'imagination au pied de la lettre. Je ne préten-
drai jamais faire de Louise Labé une Julie d'Angennes,
mais en bonne critique il faut grandement rabattre
de tous ces madrigaux. De ce qu'une foule de poëtes
se déclarèrent bien haut ses amoureux, doit-on en
conclure qu'ils furent ses amants, et faut-il prendre
au positif les vivacités lyriques d'Olivier de Magny
plus qu'on ne ferait les familiarités galantes de Ben-
serade? Je dis cela sans dissimuler qu'il y a, dans les
témoignages cités, deux ou trois endroits embarras-
sants, incommodes; on aimerait autant qu'ils fussent
restés inconnus (1). Et puis elle ne recevait pas seule-

(1) Ce regret doit s'entendre surtout d'une certaine ode d'Olivier de Magny (1550) adressée à *sire Aymon* (ou Ennemond), le
mari de *la belle Cordière*; elle a été réimprimée par M. Breghot
du Lut, à Lyon, en 1830, dans une *Note pour servir de supplément*
à l'édition de 1824; ce post-scriptum dérange un peu les conclusions
mêmes de l'excellente édition.

1.

ment dans sa maison des poëtes, mais aussi de *braves capitaines,* gens qui se repaissent moins de fumée. *On est* donc *fort entrepris,* selon l'expression prudente de Dugas-Montbel, pour rien asseoir de certain; il y a du pour, il y a du contre. Je ferai valoir le pour de mon mieux.

Louise Charlin, Charly ou Charlieu (on trouve toutes ces variantes de noms dans des actes authentiques), dite communément Louise Labé, était fille d'un cordier de Lyon; elle dut naître vers 1525 ou 1526. Son père était dans l'aisance, et l'on a fait remarquer avec raison que cette profession de marchand cordier s'appliquait alors à un genre de commerce beaucoup plus étendu qu'aujourd'hui, puisqu'il comprenait la fourniture des câbles et des autres cordages nécessaires au service de la navigation. Qui disait cordier pourtant voulait désigner toujours (qu'on le sache bien) un fabricant tenant de l'artisan, qui avait son *tablier,* durant la semaine, et mettait lui-même la main à la corde. Ce qui est certain, c'est que l'éducation de Louise fut fort soignée, qu'elle vécut dans les loisirs et les *honnêtes passe-temps ;* elle apprit la musique, le luth, les arts d'agrément, les belles-lettres, sans négliger pour cela les travaux d'aiguille, et enfin elle associait à ces goûts divers, déjà si complets chez une femme, les exercices de cheval et des inclinations passablement belliqueuses. Il semblait, en un mot, pour parler le langage d'alors, que *Pallas* l'eût instruite en tous ses arts ingénieux et dotée de tous ses dons. Louise Labé, sans viser précisément à l'éman-

cipation des femmes comme nous l'entendons aujour-
d'hui, faisait quelques pas hardis en ce sens; elle
était de celles, ainsi qu'elle le dit dans sa dédicace à
son amie Mlle *Clémence de Bourges,* qui donnaient le
conseil, sinon l'exemple, et qui osaient du moins
prier les vertueuses dames d'élever un peu leurs esprits
par-dessus leurs quenouilles et fuseaux. Chez elle,
jeune fille ou femme, ce fut toujours le père ou le mari
qui tint la *quenouille;* dans cette profession de cordier, l'expression se trouvait littéralement vraie et
sans métaphore. Lyon offrait, à cette époque, une réunion de personnes du sexe très-remarquables par les
talents en tous genres, et, à ne consulter que les
poésies de Marot, on y trouve célébrées les deux sœurs
Sybille et Claudine Sève, parentes de Maurice, la savante Jeanne Gaillarde, toutes plumes *dorées,* comme
il dit, et les sœurs Perréal, qui étaient peintres. Louise
Labé, qui a très-bien pu, même avant son mariage
avec le cordier Ennemond Perrin, s'être appelée *la*
Belle Cordière, prit rang de bonne heure, et, dès
l'âge de seize ans, sa beauté et son esprit la produi-
sirent. On sait, à n'en pouvoir douter, que, dans son
enthousiasme d'amazone, elle alla au siége de Perpignan en 1542, n'étant âgée que de seize ans, et qu'elle
y figura en homme d'armes, sous le sobriquet de
Capitaine Loys. Il est à croire qu'elle suivit en effet à
ce siége ou son père ou son frère, fournisseurs peut-
être à l'armée, et de là à ses exploits chevaleresques,
un peu exagérés sans doute par les poëtes et les admirateurs de sa beauté, il n'y a qu'un pas. Nous n'en

ferons pas tout à fait une Jeanne d'Arc ni une Clo-
rinde, non plus que nous n'écouterons Calvin, qui
abuse du souvenir de cette aventure pour supposer
qu'elle s'habillait continuellement en homme, et qu'elle
était reçue dans ce costume chez Saconay, l'un des
dignitaires de l'église de Lyon. C'est dans un pam-
phlet latin contre Saconay qu'il articule ce grief avec
force injures. D'autre part, les admirateurs de Louise
la comparaient pour ce fait de jeunesse à Sémiramis;
elle-même a dit moins pompeusement et en rendant
au vrai la couleur romanesque :

> Qui m'eût vu lors en armes fière aller,
> Porter la lance et bois faire voler,
> Le devoir faire en l'estour furieux,
> Piquer, volter le cheval glorieux,
> Pour Bradamante, ou la haute Marphise,
> Sœur de Roger, il m'eût, possible, prise.

D'autres périls plus naturels l'attendaient, auxquels
n'échappent guère ces fières héroïnes, et qu'elles re-
cherchent peut-être en secret sous tout ce bruit. Ce fut
à ce siége, selon la vraisemblance, ou dans les rencontres qui suivirent, qu'elle s'éprit d'une passion vive
pour l'homme de guerre à qui s'adressent évidemment
ses poésies, et dont elle regrette plus d'une fois l'absence
ou l'infidélité par delà les monts. La première des
pièces consacrées à la louange de Louise, dans l'édition
de 1555, est une petite épigramme grecque qui peut
jeter quelque jour sur cette situation ; à la faveur et
un peu à l'abri du grec, les termes qui expriment son

infortune particulière de cœur y sont formels. Voici
la traduction :

« Les odes de l'harmonieuse Sapho s'étaient perdues
par la violence du temps qui dévore tout ; les ayant
retrouvées et nourries dans son sein tout plein du miel
de Vénus et des Amours, Louise maintenant nous les
a rendues. Et si quelqu'un s'étonne comme d'une merveille, et demande d'où vient cette *poëtesse* nouvelle,
il saura qu'elle a aussi rencontré, pour son malheur,
un Phaon aimé, terrible et inflexible! *Frappée par lui
d'abandon*, elle s'est mise, la malheureuse, à moduler
sur les cordes de sa lyre un chant pénétrant ; et
voilà que, par ses poésies mêmes, elle enfonce vivement aux jeunes cœurs les plus rebelles l'aiguillon qui
fait aimer. »

Cette passion qui s'empara de Louise, d'après son
propre aveu (Élégie III), *avant qu'elle eût vu seize hi-
vers,* et qui l'embrasait encore durant le *treizième été*
(treize ans après !), fut-elle antérieure à son mariage
avec l'honnête et riche cordier Ennemond Perrin, ou
se continua-t-elle jusqu'à travers les lois conjugales ?
C'est une question assez piquante et qu'il n'est pas tout
à fait inutile d'agiter, quoiqu'il semble impossible de
la résoudre.

Les poésies de Louise Labé parurent pour la première fois en 1555, c'est-à-dire treize ans après le mémorable siége ; à cette époque, il paraît que Louise
était mariée ; on le conjecture du moins d'après plusieurs indices que relève la *Notice* de l'édition de 1824,
et qu'il ne faudrait peut-être pas discuter de trop

près (1). Quoi qu'il en soit, voici ce qui me paraîtrait le plus vraisemblable : Louise Labé, jeune et libre, aurait aimé et chanté ses ardeurs, comme il était permis alors, et sans trop déroger par là aux convenances du siècle. Puis, ces treize années de jeunesse et de passion écoulées, elle se serait laissé épouser par le bon Ennemond Perrin, beaucoup plus âgé qu'elle, qui lui aurait offert sa fortune, son humeur débonnaire et ses complaisances, à défaut de savoir et de poésie ; elle aurait fait en un mot un mariage de raison, un peu comme Ariane désolée (chez Thomas Corneille) si elle avait épousé ce bon *roi de Naxe,* qui était son pis-aller. Son mariage, qu'il ait eu lieu avant ou après la publication des poésies, n'y aurait apporté aucun obstacle, parce que ces poésies étaient connues *depuis longtemps* dans le cercle de Louise Labé, que ses amis en avaient *soustrait des copies,* comme l'allègue le privilége du roi de 1554, qu'ils en avaient même *publié* plusieurs pièces *en divers endroits,* et que son mari ne pouvait en apprendre rien qu'il ne sût déjà, ni en recevoir aucun déshonneur. Voilà une explication qui concilierait

(1) Ainsi, dit-on, la plupart des pièces d'éloges imprimées avec ses œuvres, en 1555, lui sont adressées avec la qualification de *dame;* mais dans ces mêmes pièces on l'appelle également *pucelle.* Et quant à la preuve qu'on veut tirer, pour son mariage, de la description que fait certain poëte du beau jardin voisin du Rhône qu'on dit être celui de son mari, je ne vois pas pourquoi le père de Louise n'aurait pas eu aussi bien, de ce côté, un jardin tout proche des terrains qui servaient aux travaux de leur commune profession. Dans le privilége du roi daté de mars 1554, elle n'est désignée que sous le simple nom de *Louise Labé,* sans le nom du mari.

à merveille la considération dont Louise ne cessa de jouir de son vivant, avec la vivacité de certains aveux élégiaques et avec la publication de ce qu'elle appelait *ses jeunesses*. Cependant l'ode d'Olivier de Magny, publiée en 1559, et dans laquelle le gracieux poëte, un des adorateurs de Louise Labé, parle très-lestement de ce mari que jusque-là on n'avait vu nommé nulle part ailleurs (1), donne à soupçonner

(1) On en peut prendre idée par le début; le reste est de plus en plus vif :

> Si je voulois par quelque effort
> Pourchasser la perte ou la mort
> Du Sire Aymon, et j'eusse envie
> Que sa femme lui fust ravie,
> Ou qu'il entrast en quelque ennui,
> Je serois ingrat envers lui.

> Car alors que je m'en vais voir
> La beaulté qui d'un doux pouvoir
> Le cueur si doucement me brusle,
> Le bon Sire Aymon se recule,
> Trop plus ententif (*attentif*) au long tour
> De ses cordes qu'à mon amour, etc.

On trouverait d'ailleurs dans ce même volume d'*Odes*, d'Olivier de Magny, au livre IV, quelques pièces, d'un tout autre ton, ardentes, respectueuses, où il se dit amoureux d'une *Loyse* (page 131, 143); dans une ode à Du Bellay (page 133), il décrit les grâces et perfections d'une maîtresse qui, entre autres mérites, a celui de faire des vers aussi bien que *Saint-Gelais,* ce qui ne saurait s'appliquer qu'à un petit nombre; il parle, en une chanson (page 137), d'une beauté qui unit dans ses regards *Mars* à Vénus, ce qui peut s'entendre de notre guerrière ; enfin, dans une pièce à *Maurice Sève*, où il se représente comme ayant quitté Lyon et absent de s'amie depuis un mois, il s'écrie (page 149) :

> Rivages, monts, arbres et plaines,
> Rivières, rochers et fontaines,
> Antres, forêts, herbes et prez,

qu'il n'y a peut-être pas lieu de se mettre tant en frais
pour sauver le décorum. Les mœurs de chaque siècle
sont si à part et si sujettes à des mesures différentes,
qu'il serait, après tout, très-possible que Louise, en sa
qualité de bel-esprit, se fût permis, jusque dans le
sein du mariage, ces chants d'ardeur et de regret,
comme une licence poétique qui n'aurait pas trop tiré
à conséquence dans la pratique. Nous-même, en notre
temps, nous avons eu des exemples assez singuliers
de ces aveux poétiques dans la bouche des femmes.
J'ai sous les yeux de très-agréables poésies publiées
avant juillet 1830, et qui n'ont pas fait un pli, je vous
assure; de touchantes élégies dans lesquelles une jolie
femme du monde écrivait :

> . . . . . J'étais sans nulle défiance;
> J'avançais en cueillant un gros bouquet de fleurs,
> En chantant à mi-voix un air de mon enfance,
> Avec lequel toujours on m'endormait sans pleurs.
> Tout à coup je le vis au détour d'une allée,
> Je le vis, et n'osai m'approcher d'un seul pas;
> Je m'arrêtai confuse, interdite, troublée,
> Le regardant sans cesse et ne respirant pas.
> Il était jeune et beau; sa prunelle azurée
> Se voilait fréquemment par ses cils abaissés...
> Ah! comme son regard pourtant m'eût rassurée!

> Voisins du séjour de la belle,
> *Et vous petits jardins secrets,*
> Je me meurs pour l'absence d'Elle,
> Et vous vous égayez auprez!

Ne s'agit-il pas, en cet endroit, des jardins si souvent célébrés de
Louise Labé? Je le croirais d'autant plus que le reste du signale-
ment semble indiquer la même dame au doux *chant* et à la belle
voix : αὐδήεσσα, comme a dit Homère de Circé.

En le voyant ainsi, de mes rêves passés
Je croyais ressaisir la fugitive image,
Et retrouver un être aimé depuis longtemps;
Mon écharpe effleura le mobile feuillage,
Et l'inconnu put voir le trouble de mes sens (1)!...

Et quant à ce qui est des jeunes filles poëtes qui parlent aussi tout haut de la beauté des jeunes inconnus, nous aurions à invoquer plus d'un brillant et harmonieux témoignage, que personne n'a oublié, et où l'on n'a pas entendu malice apparemment (2). Tout ceci soit dit pour montrer que Louise Labé a pu s'émanciper quelque peu dans ses vers sans trop déroger aux convenances d'un siècle infiniment moins difficile que le nôtre.

Il est vrai qu'elle s'émancipe un peu plus qu'on ne le ferait aujourd'hui ; son dix-huitième sonnet est tout aussi brûlant qu'on le peut imaginer, et semble du Jean Second *tout pur;* c'était peut-être une gageure pour elle d'imiter le poëte latin ce jour-là. Louise était savante, elle lisait les maîtres, elle avait contracté dans le commerce des Anciens cette sorte d'audace et de virilité d'esprit qui peut bien n'être pas toujours un charme chez une femme, mais qui n'est pas un vice non plus. Il faut ne pas oublier cette éducation pre-

(1) *Poésies d'une Femme,* imprimées à Bordeaux dans les premiers mois de 1830.

(2) Au plein cœur de la Restauration, les échos des salons les plus monarchiques ont longtemps répété ce vers de Mlle Delphine Gay, dans *le Bonheur d'être belle :*

Comme, en me regardant, il sera beau ce soir !

On en souriait bien un peu, pourtant on y applaudissait.

mière en la lisant ; mais surtout un trait chez elle absout ou du moins relève la femme, et la venge des inculpations vulgaires : elle eut la passion, l'étincelle sacrée, c'est-à-dire, dans sa position, le préservatif le plus sûr. Il lui échappe en quelques endroits de ces accents du cœur qu'on ne feint pas et qui pénètrent. Bayle et Du Verdier, qui n'entendaient pas finesse au sentimental, ont pu prendre ces élans pour des marques d'un désordre sans frein et continuel : libertinage et passion, c'est tout un pour eux ; et Bayle, sans plus de délicatesse, se retrouve ici d'accord avec Calvin. J'en conclurais plutôt (s'il fallait conclure en telle matière) que Louise Labé, en mettant les choses au plus grave, dut être pendant des années aussi uniquement occupée qu'Héloïse.

Les œuvres de Louise Labé se composent, en tout, d'un dialogue en prose intitulé *Débat de Folie et d'Amour,* de trois élégies et de vingt-quatre sonnets, dont le premier est en italien. Une sérieuse et charmante épître dédicatoire à *Mademoiselle Clémence de Bourges, Lionnoise,* prouve mieux que toutes les dissertations à quel point de vue studieux, relevé et, pour tout dire, décent, Louise envisageait ces nobles délassements des Muses : « Quant à moi, dit-elle, tant en escrivant premièrement ces jeunesses que en les revoyant depuis, je n'y cherchois autre chose qu'un honneste passe-temps et moyen de fuir oisiveté, et n'avois point intention que personne que moi les dust jamais voir. Mais depuis que quelcuns de mes amis ont trouvé moyen de les lire sans que j'en susse rien, et que (ainsi comme aisément nous croyons ceux qui nous louent) ils m'ont fait à croire que les devois mettre en lumière, je ne les ai osé esconduire, les menaçant cependant de leur faire boire la moitié de la honte qui en proviendroit. Et pour ce que les femmes ne se montrent volontiers en public seules, je vous ai choisie pour me servir de guide, vous dédiant ce petit œuvre... »

Louise Labé se présente donc devant le public en tenant la main de cette demoiselle honorée dont elle se signe *l'humble amie :* voilà sa condition vraie et si peu semblable à celle qu'on lui a faite à distance.

Qui a lu et qui sait par cœur la jolie fable de La Fontaine, *la Folie et l'Amour,* n'est pas dispensé pour cela de lire le dialogue de Louise Labé, dont La Fontaine n'a fait que mettre en vers l'argument, en le couronnant d'une affabulation immortelle :

> Tout est mystère dans l'Amour,
> Ses flèches, son carquois, son flambeau, son enfance...

Le dialogue de Louise Labé, dans la forme ou dans le goût de ceux de Lucien, de la fable de Psyché par Apulée, de l'*Éloge de la Folie* d'Érasme et du *Cymbalum mundi* de Bonaventure Des Periers, est un écrit plein de grâce, de finesse, et qui agrée surtout par les détails. Je laisse à de plus érudits à rechercher à qui elle en doit l'idée originale, le sujet, à quelle source de moyen âge probablement et de *gaye science* elle l'a puisé, car je ne saurais lui en attribuer l'invention ; mais elle s'est, à coup sûr, approprié le tout par le par-

fait développement et le tissu ingénieux des analyses.
Dès l'abord, dans la dispute qui s'engage entre Amour
et Folie au seuil de l'Olympe, chacun voulant arriver
avant l'autre au festin des Dieux, Folie, insultée par
Amour qu'elle a coudoyé, et après lui avoir arraché les
yeux de colère, s'écrie éloquemment : « Tu as offensé
la Royne des hommes, celle qui leur gouverne le cerveau, cœur et esprit; à l'ombre de laquelle tous se retirent une fois en leur vie, et y demeurent les uns
plus, les autres moins, selon leur mérite. » Les plaintes
d'Amour et son recours à sa mère après le fatal accident, surtout le petit dialogue familier entre Cupidon
et Jupiter, dans lequel l'enfant aveugle fait la leçon au
roi des Dieux, sont semés de traits justes et délicats,
d'observations senties, qui décèlent un maître dans la
science du cœur. Puis l'audience solennelle commence :
Apollon a été choisi pour avocat du plaignant par Vénus, « encore que l'on ait, dit-elle, semé par le monde
que la maison d'Apollon (1) et la mienne ne s'accor-
doient guère bien. » Apollon accepte avec reconnaissance et tient à honneur de démentir ces méchants
propos. Mercure, d'autre part, est nommé avocat
d'*office* de Folie, et il fera son devoir en conscience,
« bien que ce soit chose bien dure à Mercure, dit-il,
de moyenner déplaisir à Vénus. » Le discours d'Apollon est un discours d'avocat, un peu long, éloquent
toutefois; il peint Amour par tous ses bienfaits et le
montre dans le sens le plus noble, le plus social, et

(1) C'est-à-dire Diane et les Muses.

comme lien d'harmonie dans l'univers et entre les
hommes. Les diverses sortes d'amour et d'amitié, l'a-
mour conjugal, fraternel, y sont célébrés ; Apollon cite
Oreste et Pylade, et n'oublie pas David et Jonathas ;
Mercure à son tour citera Salomon. A part ces légères
inconvenances, le goût, même aujourd'hui, aurait peu
à reprendre en ces deux ingénieuses plaidoiries. Apollon y fait valoir Amour comme le précepteur de la
grâce et du savoir-vivre dans la société ; la description
qu'il trace de la vie sordide du misanthrope et du
loug-garou, de celui qui n'aime que soi seul, est énergique, grotesque, et sent son Rabelais : « Ainsi entre
les hommes, continue Apollon, Amour cause une con-
noissance de soi-mesme. Celui qui ne tasche à complaire à personne, quelque perfection qu'il ait, n'en a
non plus de plaisir que celui qui porte une fleur dedans
sa manche. Mais celui qui désire plaire, incessamment
pense à son fait, mire et remire la chose aimée, suit
les vertus qu'il voit lui estre agréables et s'adonne aux
complexions contraires à soi-mesme, *comme celui qui
porte le bouquet en main...* » Tout ce passage du plai-
doyer d'Apollon est comme un traité de la bonne
compagnie et du bel usage. Retraçant avec complaisance les artifices divers par lesquels les femmes
savent, dans leur toilette, rehausser ou suppléer la
beauté et tirer parti de la mode, il ajoute en une
image heureuse : « et avec tout cela, l'habit propre
comme la feuille autour du fruit. » Amour, au dire
d'Apollon, est le mobile et l'auteur de tout ce qu'il y
a d'aimable, de galant et d'industrieux dans la société ;

il est l'âme des beaux entretiens : « Brief, le plus grand
plaisir qui soit après Amour, c'est d'en parler. Ainsi
passoit son chemin Apulée, quelque philosophe qu'il
fust. Ainsi prennent les plus sévères hommes plaisir
d'ouïr parler de ces propos, encore qu'ils ne le veuil-
lent confesser. » Et la poésie, qui donc l'inspire?
« C'est Cupidon qui a gaigné ce point, qu'il faut
que chacun chante ou ses passions, ou celles d'autrui,
ou couvre ses discours d'Amour, sachant qu'il n'y a
rien qui le puisse faire mieux estre reçu. Ovide a toujours dit qu'il aimoit. Pétrarque, en son langage, a fait
sa seule affection approcher à la gloire de celui qui a
représenté toutes les passions, coutumes, façons et natures de tous les hommes, qui est Homère. » Quel éloge
de Pétrarque ! il semblera excessif, même à ceux qui
savent le mieux l'admirer. Voilà bien le jugement
d'une femme, mais d'une femme délicate, éprise des
beaux sentiments, non d'une Ninon. En un mot, dans
toute sa plaidoirie, Apollon s'attache à représenter
Amour dans son excellence et sa clairvoyance, Amour
en son âge d'or et avant la chute pour ainsi dire,
Amour avant Folie.

Mercure, au contraire, plaide les avantages et les
prérogatives de Folie, cette fille de Jeunesse, et son alliance intime, naturelle et nécessaire avec Amour. Il
ne voit dans cette grande querelle qui les met aux prises qu'une bouderie d'un instant. Prenez garde, dit-il
en commençant, « si vous ordonnez quelque cas contre
Folie, Amour en aura le premier regret. » Il entre insensiblement dans un éloge de Folie qui rappelle celui

d'Érasme, et il se tire avec agrément de ce paradoxe,
Sans Folie, point de grandeur : « Qui fut plus fol qu'A-
lexandre..., et quel nom est plus célèbre entre les rois?
Quelles gens ont esté, pour un temps, en plus grande
réputation que les philosophes? Si en trouverez-vous
peu qui n'ayent esté abreuvés de Folie. Combien pen-
sez-vous qu'elle ait de fois remué le cerveau de Chry-
sippe? » Il poursuit de ce ton sans trop de difficulté,
et de manière à frayer le chemin à Montaigne; mais
c'est quand il en vient aux charmantes analogies de
Folie et d'Amour, que Mercure (et Louise Labé avec
lui) retrouve son entière originalité. Il soutient plaisamment, et non sans quelque ombre de vraisemblance,
que les plus folâtres sont les mieux venus auprès des
dames : « Le sage sera laissé sur les livres, ou avec
quelques anciennes matrones, à deviser de la dissolu-
tion des habits, des maladies qui courent, ou à démes-
ler quelque longue généalogie. Les jeunes Dames ne
cesseront qu'elles n'ayent en leur compagnie ce gay et
joli cerveau. » Toutes les chimères et les fantaisies
creuses dont se repaissent les amoureux au début de
leur flamme sont merveilleusement touchées. Puis, à
mesure que, dans cette analyse prise sur le fait, il
suit plus avant les progrès de la passion, le trait devient plus profond aussi, et le ton s'élève. Il n'est pas
possible, à un certain endroit, de méconnaître le rapport de la situation décrite avec ce qu'exprimeront tout
à côté les sonnets de Louise : « En somme, dit-elle ici
par la bouche de Mercure, quand cette affection est
imprimée en un cœur généreux d'une Dame, elle y est

si forte qu'à peine se peut-elle effacer ; mais le mal
est que le plus souvent elles rencontrent si mal, que
plus aiment et moins sont aimées. Il y aura quelqu'un
qui sera bien aise leur donner martel en teste, et fera
semblant d'aimer ailleurs, et n'en tiendra compte.
Alors les pauvrettes entrent en estranges fantaisies, ne
peuvent si aisément se défaire des hommes comme les
hommes des femmes, n'ayans la commodité de s'es-
longner et commencer autre parti, chassans Amour
avec autre Amour. Elles blasment tous les hommes
pour un. Elles appellent folles celles qui aiment, mau-
dissent le jour que premièrement elles aimèrent, pro-
testent de jamais n'aimer ; mais cela ne leur dure
guère. Elles remettent incontinent devant les yeux ce
qu'elles ont tant aimé. Si elles ont quelque enseigne de
lui, elles la baisent, rebaisent, sèment de larmes, s'en
font un chevet et oreiller, et s'escoutent elles-mesmes
plaignantes leurs misérables détresses. Combien en
vois-je qui se retirent jusques aux Enfers pour essayer
si elles pourront, comme jadis Orphée, révoquer leurs
amours perdues? Et en tous ces actes, quels traits trouvez-vous que de Folie? avoir le cœur séparé de soi-
mesme, estre maintenant en paix, ores en guerre, ores
en trefve ; couvrir et cacher sa douleur ; changer visage
mille fois le jour ; sentir le sang qui lui rougit la face,
y montant, puis soudain s'enfuit, la laissant pâle, ainsi
que honte, espérance ou peur nous gouvernent ; chercher ce qui nous tourmente, feignant le fuir, et néanmoins avoir crainte de le trouver ; n'avoir qu'un petit
ris entre mille soupirs ; se tromper soi-mesme ; brus-

ler de loin, geler de près ; un parler interrompu, un silence venant tout à coup, ne sont-ce tous signes d'un homme aliéné de son bon entendement?... Reconnois donc, ingrat Amour, quel tu es, et de combien de biens je te suis cause!... »

Il règne dans tout ce passage une éloquence vive et comme une expression d'après nature ; le mouvement de comparaison soudaine avec Orphée : « Combien en vois-je... » est d'une véritable beauté. — Mercure a donc mis dans tout son jour la vieille *ligue* qui existe entre Folie et Amour, bien que celui-ci n'en ait rien su jusqu'ici. Il conclut d'un ton d'aisance légère en faveur de sa cliente : « Ne laissez perdre cette belle Dame, qui vous a donné tant de contentement avec Génie, Jeunesse, Bacchus, Silène, et ce gentil Gardien des jardins. Ne permettez fascher celle que vous avez conservée jusques ici sans rides, et sans pas un poil blanc ; et n'ostez, à l'appétit de quelque colère, le plaisir d'entre les hommes. »

L'arrêt de Jupiter qui remet l'affaire à huitaine, c'est-à-dire à *trois fois sept fois neuf siècles,* et qui provisoirement commande à Folie de guider Amour, clôt à l'amiable le débat : « Et sur la restitution des yeux, *après en avoir parlé aux Parques,* en sera ordonné. » Cet excellent dialogue, élégant, spirituel et facile, mis en regard des vers de Louise Labé, est un exemple de plus (cela nous coûte un peu à dire) qu'en français la prose a eu de tout temps une avance marquée sur la poésie.

Les vers de Louise sont en petit nombre. Ses trois

élégies, coulantes et gracieuses, sentent l'école de Marot; elle y raconte comment Amour l'assaillit en son âge
le plus *verd* et la dégoûta aussitôt des œuvres ingénieuses où elle se plaisait; elle s'adresse à l'ami absent
qu'elle craint de savoir oublieux ou infidèle, et lui dit
avec une tendresse naïve :

> Goûte le bien que tant d'hommes désirent,
> Demeure au but où tant d'autres aspirent,
> Et crois qu'ailleurs n'en auras une telle,
> Je ne dis pas qu'elle ne soit plus belle,
> Mais que jamais femme ne t'aimera
> Ne plus que moi d'honneur te portera.
> Maints grands seigneurs à mon amour prétendent,
> Et à me plaire et servir prests se rendent;
> Joûtes et jeux, maintes belles devises,
> En ma faveur sont par eux entreprises;
> Et néanmoins tant peu je m'en soucie,
> Que seulement ne les en remercie.
> Tu es tout seul tout mon mal et mon bien;
> Avec toi tout, et sans toi je n'ai rien.

La situation de Louise, ainsi absente loin de son ami
qui porte les armes en Italie, a dû servir à imaginer
celle de Clotilde de Surville, qui, par ce coin, semble
modelée sur elle. Clotilde bien souvent n'est qu'une
Louise aussi vive amante, mais de plus épouse légitime
et mère. C'est dans ses sonnets surtout que la passion
de Louise éclate et se couronne par instants d'une
flamme qui rappelle Sapho et l'amant de Lesbie. Plusieurs des sonnets pourtant sont pénibles, obscurs;
on s'y heurte à des duretés étranges. Ainsi, pour parler du tour du soleil, elle écrira :

Quand Phébus a son *cerne* fait en terre.

C'est là du Maurice Sève, pour le contourné et le rocailleux ; ce Sève, je l'ai dit, tenait lieu à Louise de Ronsard. Elle n'observe pas toujours l'entrelacement des
rimes masculines et féminines, ce qui la rattache
encore à l'école antérieure à Du Bellay. Mais toutes ces
critiques incontestables se taisent devant de petits
tableaux achevés comme celui-ci, où se résument au
naturel les mille gracieuses versatilités et contradictions d'amour :

Je vis, je meurs ; je me brusle et me noye ;
J'ai chaud extresme en endurant froidure ;
La vie m'est et trop molle et trop dure ;
J'ai grands ennuis entremeslés de joye.

Tout à un coup je ris et je larmoye,
Et en plaisir maint grief tourment j'endure ;
Mon bien s'en va, et à jamais il dure ;
Tout en un coup je sèche et je verdoye.

Ainsi Amour inconstamment me mène :
Et quand je pense avoir plus de douleur,
Sans y penser je me treuve hors de peine.

Puis quand je crois ma joye estre certaine,
Et estre au haut de mon desiré heur,
Il me remet en mon premier malheur.

Louise était évidemment nourrie des Anciens : on
pourrait indiquer et suivre à la trace un assez grand
nombre de ses imitations ; mais elle les fait avec art
toujours et en les appropriant à sa situation particu-

lière (1). Son précédent sonnet et sa manière en général de concevoir la Vénus éternelle m'ont rappelé un
très-beau fragment de Sophocle, assez peu connu, que
nous a conservé Stobée (2). Je ne crois pas m'éloigner
beaucoup de Louise en le traduisant; il remplacera le
morceau de Sapho, trop répandu pour être cité.

« O jeunes gens! la Cypris n'est pas seulement Cypris, mais elle est surnommée de tous les noms; c'est
l'Enfer, c'est la violence irrésistible, c'est la rage fu-
rieuse, c'est le désir sans mélange, c'est le cri aigu de
la douleur! Avec elle toute chose sérieuse, paisible,
tourne à la violence. Car, dans toute poitrine où elle se
loge, aussitôt l'âme se fond. Et qui donc n'est point la
pâture de cette Déesse? Elle s'introduit dans la race
nageante des poissons, elle est dans l'espèce quadru-
pède du continent; son aile s'agite parmi les oiseaux
de proie, parmi les bêtes sauvages, chez les humains,
chez les Dieux là-haut! Duquel des Dieux cette lutteuse

---

(1) Ainsi, à la fin de son élégie première, elle se souvient de
Tibulle qui dit (liv. I, élég. v) contre le médisant et le jaloux :

> Vidi ego, quod juvenum miseros risisset amores,
> Post Veneris vinclis subdere colla senem...

Louise Labé applique cela, non plus à un homme, mais à une
femme, à quelqu'une de celles qui la blâmaient :

> Telle j'ai vu qui avoit en jeunesse
> Blasmé Amour, après en sa vieillesse
> Brusler d'ardeur et plaindre tendrement
> L'aspre rigueur de son tardif tourment.
> Alors de fard et eau continuelle
> Elle essayoit se faire venir belle..., etc.

(2) *Anthologie* de Stobée, titre LXIII.

ne vient-elle pas à bout au troisième effort? S'il m'est
permis (et il est certes bien permis de dire la vérité),
je dirai qu'elle tyrannise même la poitrine de Jupiter.
Sans lance et sans glaive, Cypris met en pièces d'un
seul coup tous les dessins des mortels et des Dieux. »

Et puisque j'en suis à ces réminiscences des Anciens, à celles qui purent se rencontrer en effet dans
l'esprit de Louise ou à celles qu'aussi elle nous sug-
gère, on me permettra une légère digression encore
qui, moyennant détour, nous ramènera à elle finalement. Parmi les hymnes attribués à Homère, il en est
un très-beau adressé à Vénus. Le début ressemble par
l'idée au fragment de Sophocle qu'on vient de lire; le
poëte chante la Déesse qui fait naître le désir au sein
des hommes et des Dieux, et chez tout ce qui respire.
Mais il n'est que trois cœurs au monde qu'elle ne peut
persuader ni abuser, et près desquels elle perd ses sourires : à savoir, « l'auguste Minerve, qui n'aime que
les combats, les mêlées, ou les ouvrages brillants des
arts, et qui enseigne aux jeunes filles, sous le toit domestique, les adresses de l'aiguille; puis aussi la
pudique Diane aux flèches d'or et au carquois réson-
nant, qui n'aime que la chasse sur les montagnes, les
hurlements des chiens, ou les chœurs de danse et les
lyres, et les bois pleins d'ombre, et le voisinage des
cités où règne la justice; et enfin la vénérable Vesta, la
fille aînée de l'antique Saturne, restée la plus jeune
par le décret de Jupiter, laquelle a fait vœu de virginité éternelle, et qui, à ce prix, est assise au foyer de
la maison, à l'endroit le plus honoré, recevant les

                                              2.

grasses prémices. » A part ces trois cœurs qui lui
échappent, Vénus soumet tout le reste, à commencer
par Jupiter, dont on sait les aventures. Or, de peur
qu'elle ne se puisse vanter d'être seule à l'abri des
mésalliances, Jupiter, un jour, l'enflamme elle-même
pour le beau pasteur Anchise, qui fait paître ses bœufs
sur l'Ida. La manière dont elle le vient aborder, la
coquetterie de sa toilette et l'artifice de discours qu'elle
déploie pour le séduire sans l'effrayer, sont d'un grand
charme et d'une largeur encore qui ne messied pas à
la poésie homérique. Elle a soin de le surprendre à
l'heure où les autres pasteurs conduisent leurs troupeaux par les montagnes, un jour qu'il est resté seul,
par hasard, à l'entrée de ses étables, jouant de la lyre.
Elle se présente à lui comme la fille d'Otrée, roi opu-
lent de toute la Phrygie, et comme une fiancée qui lui
est destinée : « C'est une femme troyenne qui a été ma
nourrice, lui dit-elle par un ingénieux mensonge, et
elle m'a appris, tout enfant, à bien parler ta langue. »
Anchise, au premier regard, est pris du désir, et il lui
répond : « S'il est bien vrai que tu sois une mortelle,
que tu aies une femme pour mère, et qu'Otrée soit ton
illustre père, comme tu le dis, si tu viens à moi par
l'ordre de l'immortel messager, Mercure, et si tu dois
être à jamais appelée du nom de mon épouse; dans ce
cas, nul des mortels ni des Dieux ne saurait m'empêcher ici de te parler d'amour à l'instant même; non,
quand Apollon, le grand archer en personne, au-devant
de moi, me lancerait de son arc d'argent ses flèches
gémissantes; même à ce prix, je voudrais, ô femme

pareille aux déesses, toucher du pied ta couche, dussé-je n'en sortir que pour être plongé dans la demeure sombre de Pluton ! »

Cette naïveté de vœu en rappelle directement un autre bien orageux aussi, bien audacieux, et moins simple dans sa sublimité, celui d'Atala, lorsque, découvrant son cœur à Chactas, elle s'écrie : « Quel dessein n'ai-je point rêvé ! quel songe n'est point sorti de ce cœur si triste ! Quelquefois, en attachant mes yeux sur toi, j'allais jusqu'à former des désirs aussi insensés que coupables : tantôt j'aurais voulu être avec toi la seule créature vivante sur la terre ; tantôt, sentant une divinité qui m'arrêtait dans mes horribles transports, j'aurais désiré que cette divinité se fût anéantie, pourvu que, serrée dans tes bras, j'eusse roulé d'abîme en abîme avec les débris de Dieu et du monde !... »

Or, pour revenir à Louise Labé, qui ne se reprochait point, comme Atala, ses transports, et qui, en fille plutôt païenne de la Renaissance, n'a pas craint de s'y livrer, elle se rapproche avec grâce de la naïveté du vœu antique dans son sonnet XIII, qui commence par ces mots :

Oh ! si j'estois en ce beau sein ravie...!

et qui finit par ces vers :

Bien je mourrois, plus que vivante, heureuse !

Je suis obligé, bien qu'à regret, d'y renvoyer le lecteur curieux, pour ne pas trop abonder ici en ces sortes d'images (1) ; mais j'oserai citer au long le sonnet xiv, admirable de sensibilité, et qui fléchirait les plus sévères ; à lui seul il resterait la couronne immortelle de Louise :

Tant que mes yeux pourront larmes espandre,
A l'heur passé avec toi regretter ;
Et qu'aux sanglots et soupirs résister
Pourra ma voix, et un peu faire entendre ;

Tant que ma main pourra les cordes tendre
Du mignard luth, pour tes grâces chanter ;
Tant que l'esprit se voudra contenter
De ne vouloir rien fors que toi comprendre ;

Je ne souhaite encore point mourir.
Mais quand mes yeux je sentirai tarir,
Ma voix cassée et ma main impuissante,

(1) Ceci était de convenance dans la *Revue des Deux Mondes,* où l'article a paru d'abord ; mais n'ayant pas, dans un volume, à observer les mêmes conditions de réserve rigoureuse, je laisse glisser le fruit savoureux :

Oh! si j'estois en ce beau sein ravie
De celui-là pour lequel vais mourant;
Si avec lui vivre le demeurant
De mes courts jours ne m'empeschoit Envie;

Si m'acollant me disoit : Chère Amie,
Contentons-nous l'un l'autre, s'asseurant,
Que jà tempeste, Euripe, ne courant,
Ne pourra desjoindre en notre vie;

Si de mes bras le tenant acollé,
Comme du lierre est l'arbre encercelé.
La Mort venoit, de mon aise envieuse,

Lors que souef plus il me baiseroit,
Et mon esprit sur ses lèvres fuiroit,
Bien je mourrois, plus que vivante, heureuse!

Et mon esprit en ce mortel séjour
Ne pouvant plus montrer signe d'amante,
Prirai la Mort noircir mon plus clair jour !

Ce dernier vers pourra sembler un peu serré, un peu
dur, mais le sentiment général, mais l'expression vive
du morceau, ces *yeux* qui *tarissent, montrer signe d'a-
mante,* ce sont là des beautés qui percent sous les rides
et qui ne vieillissent pas.

Il nous serait possible de glaner encore dans les
vingt-quatre sonnets de Louise Labé, de relever quelques traits, quelques vers :

Comme du lierre est l'arbre encercelé...
J'allois resvant comme fais maintefois,
Sans y penser. . . . .
Où estes-vous, pleurs de peu de durée?...

Mais, après ce qu'on a lu, l'impression ne pourrait que
s'affaiblir. Louise, en terminant, allait au-devant des
objections, et, s'adressant au cœur des personnes de
son sexe, elle faisait noblement appel à leur indulgence :

Ne reprenez, Dames, si j'ai aimé ,...
Et gardez-vous d'estre plus malheureuses.

Il ne paraît pas, en effet, que cette publication de ses
vers ait rien diminué de la considération autour d'elle,
car je ne tiens pas compte des propos grossiers et des
couplets satiriques, comme il est à peu près inévitable
qu'il en circule sur toute femme célèbre (1). Elle avait

(1) On peut chercher une de ces chansons diffamantes et tout à

environ vingt-neuf ans à la date de cette publication ;
elle vécut jusqu'en 1566, et mourut à l'âge où les cœurs
passionnés n'ont plus rien à faire en cette vie, ayant
vu se coucher à l'horizon les derniers soleils de la jeunesse. Son testament, qu'on a imprimé, témoigne de
son humilité à la veille du jour suprême, et de son
attention bienfaisante pour tout ce qui lui était attaché.

Le silence que Louise a gardé dans les dix dernières
années de sa vie et le soin qu'elle prit, dans sa publication de 1555, de marquer à plusieurs reprises que
ces petits écrits ont été composés depuis longtemps et
que ce sont œuvres de jeunesse, pourrait faire conjecturer qu'elle entra à un certain moment dans un genre
de vie un peu moins ouvert à la publicité. Elle dut
pourtant continuer de jouir plus que jamais du contre-
coup de sa renommée ; tout ce que Lyon avait de considérable, tout ce qui passait d'étrangers de distinction
allant en Italie, devait désirer de la connaître, et sa
cour sans doute ne diminua pas. Quoi qu'il en soit,
ce silence des dernières années, qui ne laisse arriver
d'elle à nous, dans toute cette existence poétique, qu'un
accent de passion émue et un cri d'amante, sied bien
à la muse d'une femme, et l'imagination peut rêver le
reste.

fait *fescennines* dans un petit écrit intitulé *Documents historiques
sur la vie et les mœurs de Louise Labé*, Lyon, 1844 ; mais de telles
malignités, ainsi exprimées, ne prouvent rien. *La belle Cordière*
eut des ennemis et des *brocardeurs* jusqu'au sein de son triomphe ;
qui en peut douter ? Qui nous dit même que l'ode légère d'Olivier
de Magny (1559) n'est pas du fait d'un ami brouillé qui gardait
quelque rancune au mari ? Cela en a presque l'air.

Ce ne fut que vingt ans environ après sa mort qu'Antoine Du Verdier enregistra à son sujet, en les ramassant crûment, certaines rumeurs courantes, et donna signal à la longue injustice. Il eut beau faire, lui et ceux qui le copièrent : malgré l'injure des doctes qui voulurent transformer sa vie en une sorte de fabliau grivois, *la belle Cordière* resta populaire dans le public lyonnais ; la bonne tradition triompha, et quelque chose d'un intérêt vague et touchant continua de s'attacher à son souvenir, à sa rue, à sa maison, comme à Paris on l'a vu pour Héloïse. C'est qu'aussi Louise Labé, telle qu'on la rêve de loin et telle que nous l'avons devinée d'après ses aveux, demeure, par plus d'un aspect, le type poétique et brillant de la race des femmes lyonnaises, éprises qu'elles sont de certaines fêtes naturelles de la vie, se visitant volontiers entre elles avec des bouquets à la main, et goûtant d'instinct les vives élégances, les fleurs et les parfums. Que si l'on nous pressait trop sur cette théorie des Lyonnaises que nous ne croyons que vraie, il serait possible de citer à l'appui, aujourd'hui encore, celui des noms célèbres de femmes qui résume le mieux la grâce elle-même (1). Mais nous ne parlons que de Louise. Son souvenir, agité et traduit en tous sens, était resté si présent, qu'en 1790 un des bataillons de la garde nationale de Lyon, celui du quartier qu'elle habita et de la rue *Belle-Cordière*, s'avisa d'arborer aussi son nom et son image sur

---

(1) Ce ne peut être que Mme Récamier, qui est en effet de Lyon. — Mlle de Lespinasse en était aussi.

son drapeau : on la transforma même alors, pour plus d'à-propos, en une héroïne de la liberté ; on lui mit la pique à la main, et l'on surmonta le tout du chapeau de Guillaume Tell, avec cette devise :

Tu prédis nos destins, Charly, *belle Cordière,*
Car pour briser nos fers tu volas la première.

L'épisode du siége de Perpignan était devenu ici une croisade pour la liberté. Voilà ce que Bayle aurait eu de la peine à prévoir ; c'est une exagération dans le sens héroïque, comme les doctes avaient eu la leur à son sujet dans le sens badin. Ainsi fait la tradition populaire, se jouant à son gré de ces figures lointaines comme le vent dans les nuages. Après tant de vicissitudes contraires et tous ces excès apaisés, il survit de Louise Labé un fonds de souvenir plus vrai, plus doux. Une muse tendre qui a vécu quelque temps sous le même ciel et qui en a respiré l'influence, Mme Valmore, s'est rendue l'écho de cette tradition vaguement charmante sur elle dans les vers suivants, qui sont dignes de toutes deux :

. . . .
L'Amour! partout l'Amour se venge d'être esclave :
Fièvre des jeunes cœurs, orage des beaux jours,
    Qui consume la vie et la promet toujours;
Indompté sous les nœuds qui lui servent d'entrave,
Oh! l'invisible Amour circule dans les airs,
Dans les flots, dans les fleurs, dans les songes de l'âme,
Dans le jour qui languit, trop chargé de sa flamme,
    Et dans les nocturnes concerts!

Et tu chantas l'Amour! ce fut ta destinée.
Femme! et belle, et naïve, et du monde étonnée!
De la foule qui passe évitant la faveur,
Inclinant sur ton fleuve un front tendre et rêveur,
Louise, tu chantas! A peine de l'enfance
Ta jeunesse hâtive eut perdu les liens,
L'Amour te prit sans peur, sans débats, sans défense;
Il fit tes jours, tes nuits, tes tourments et tes biens.
Et toujours, par ta chaîne au rivage attachée,
Comme une nymphe ardente au milieu des roseaux,
    Des roseaux à demi cachée,
Louise, tu chantas dans les fleurs et les eaux!

Louise Labé, nous l'avons pu voir en l'étudiant de
près, était beaucoup moins fille du peuple et moins
naïve; mais qu'importe qu'elle ait été docte, puisqu'elle
a été passionnée et qu'elle parle à tout lecteur le langage de l'âme? Cette *nymphe ardente* du Rhône fut
certainement orageuse comme lui : est-ce à dire qu'elle
rompit comme lui sa chaîne? En prenant aujourd'hui
parti, à la suite de plusieurs bons juges, pour sa vertu,
ou du moins pour son élévation et sa générosité de
cœur, nous ne craignons pas le sourire; nous nous
souvenons que des débats assez semblables se raniment
encore après des siècles autour des noms d'Éléonore
d'Este et de Marguerite de Navarre, et, pourvu que le
pédantisme ne s'en mêle pas (comme cela s'est vu),
de telles contestations agréables, qui font revivre dans
le passé et qui se traitent en jouant, en valent bien
d'autres plus pressantes.

15 mars 1845.

(Dans la Notice sur Louise Labé placée par M. Monfalcon en
tête de la belle et rare édition des *OEuvres de la belle Cordière*
(1853), il est dit à l'occasion d'une des dernières pages qu'on vient
de lire : « M. Sainte-Beuve a trop généralisé quelques individua-
lités brillantes; sa théorie des Lyonnaises est plus ingénieuse que
vraie. Louise Labé n'est leur type sous aucun point de vue, et
Mlle de Lespinasse pas davantage. » Ce que je puis dire seulement,
c'est que j'ai parlé d'après quelques exemples à moi connus et
d'après l'impression de personnes qui ont elles-mêmes vécu à
Lyon; je suis loin de prétendre que les femmes de la société lyonnaise proprement dite soient ainsi; j'ai eu en vue celles de toutes
les classes, et même au-dessous de la bourgeoisie. Je me soumets
au reste à la décision de ceux qui doivent mieux connaître les
Lyonnaises que moi.)

DÉSAUGIERS.

Voici un portrait qu'il ne m'appartenait pas de faire.
J'avais eu dès longtemps l'idée que le plus gai, le plus
franc, le plus copieux et le plus ample de nos chansonniers manquait en effet à une série déjà si longue de
poëtes, et qu'après tous ces élégiaques, tous ces lyriques,
tous ces sensibles et ces délicats, presque tous mélanco-
liques et plaintifs, il fallait, lui aussi, l'introduire, dût-il
venir un peu tard, pour être le boute-en-train de la bande.
On avait insisté auprès de Charles Nodier, qui avait fort
connu Désaugiers, pour qu'il retraçât cette physionomie
si vivante et rassemblât à ce sujet ses souvenirs : les
souvenirs, même en se composant et se confondant un
peu selon la fantaisie de Nodier, en s'entremêlant de
quelques folles couleurs, n'eussent été ici qu'un charme
de plus et une manière non moins vive de ressemblance.
Mais Nodier mourut avant d'avoir laissé échapper les
pages riantes, et nous voilà en demeure, nous poëte
autrefois intime, critique aujourd'hui très-grave, de
payer le tribut au plus joyeux et au plus bachique des
chanteurs. N'importe, nous le ferons sans trop d'effort :
la critique a pour devoir et pour plaisir de tout com-

prendre et de sentir chaque poëte, ne fût-ce qu'un jour.

A une noble dame qui lui demandait de réciter des vers à table, le poëte Parini répondit par un refus :

> Orecchio ama placato
> La Musa, e mente arguta e cor gentile.

« La Muse, pour se confier, veut une oreille apaisée, un esprit fin et un cœur délicat. » Cela est vrai et le sera toujours des muses discrètes, tendres ou sévères. Mais il est aussi une poésie qui a présidé de tout temps aux banquets, aux réunions cordiales des hommes, et qui s'inspire de la bonne chère, de l'abondance de la paix et des joies de la vie. Les moins lettrés vous citeront tout aussitôt, comme antiques patrons du genre, Horace et Anacréon. On remonterait plus haut encore et c'est Horace lui-même qui a dit :

> Laudibus arguitur vini vinosus Homerus.

Homère, en effet, ne perd aucune occasion de remplir les coupes dans les festins qu'il décrit. Lorsque Ulysse déguisé en mendiant arrive chez le fidèle Eumée, celui-ci traite son hôte avec honneur ; il lui sert le dos tout entier d'un porc succulent, lui présente la coupe toute pleine, et Ulysse, moitié ruse, moitié gaieté, et comme animé d'une pointe de vin, se met à raconter avec verve certaine aventure à demi mensongère où figure Ulysse lui-même : « Écoute maintenant, Eumée, s'écrie-t-il, écoutez vous tous, compagnons, je vais parler en me vantant, car le vin me le commande, le vin qui égare, qui ordonne même au plus sage de chanter, qui excite

au rire délicieux et à la danse, et qui jette en avant
des paroles qu'il serait mieux de retenir... » Et cela
dit, le malin conteur pousse sa pointe et, comme entre
deux vins, il risque son histoire, qui a bien son grain
d'*humour* et dans laquelle il joue avec son propre secret.

Mais, après Homère, et sans parler d'Anacréon trop
connu, le poëte ancien qui a le mieux parlé du vin est
peut-être Panyasis, de qui l'on n'a que des fragments.
Ce Panyasis, qui était de la grande époque et oncle ou
cousin germain d'Hérodote, avait composé chez les
Grecs la troisième épopée célèbre, celle qui suivait en
renom les deux filles d'Homère. On n'en sait guère que
le morceau que voici, et il est fait pour donner le
regret de l'ensemble. Rien qu'à la largeur de la coupe
on peut prendre idée de la manière du maître :

« Allons, ô mon hôte, bois! c'est là un talent aussi
que de savoir dans un festin boire comme il faut et
plus que tous les autres, et en même temps de donner
le signal à tous. Le héros d'un festin est égal au héros
qui, dans la guerre, dirige les mêlées terribles, là où
si peu demeurent inébranlables et soutiennent de pied
ferme le choc de Mars impétueux. Cette gloire-là est,
à mes yeux, toute pareille à celle du convive intrépide
qui jouit lui-même de la fête et met en train les autres.
Car il ne me semble pas vivre, il ne connaît pas la
consolation de la vie, le mortel qui, éloignant son cœur
du vin, boit quelque autre boisson d'invention nouvelle (1). Le vin est aux mortels aussi utile que le

_____

(1) Ne dirait-on pas que le bon Panyasis en veut au thé ou à la

feu; il est le vrai bien, le remède des maux, le compagnon de tout chant. Il est une part sacrée de toute
réjouissance, de toute allégresse, de la danse et de
l'aimable amour. C'est pourquoi, assis au festin et
t'humectant à souhait, il te faut boire, et non pas te
gorger de viandes comme un vautour, oubliant les gracieuses délices. »

On a là, dans ce fragment de Panyasis, comme un
premier type classique de l'admirable *Délire bachique*
de Desaugiers.

Les Gaulois, on le sait, ont toujours aimé le vin, et
les Français la chanson. Chanson galante, chanson
satirique, chanson de table, ils en ont eu de toutes les
sortes et dans tous les âges. On assure, non sans vraisemblance, que cela commence fort à passer, et qu'on
ne chante plus guère, du moins dans le sens joyeux
du mot. Un reproche certain qu'ont mérité nos poëtes
modernes, si éminents à tant d'égards, si grandement
lyriques, si tendrement élégiaques, c'est d'avoir trop
oublié l'esprit, ce qui s'appelle proprement de ce nom,
ce qu'avaient précisément nos pères. En effet, si l'on
excepte Béranger et Alfred de Musset, on trouvera qu'ils
s'en sont passés en général et qu'ils ont tous négligé
le sourire. Si cette remarque est vraie du sourire et de
l'esprit, que sera-ce s'il s'agit du rire et de la franche
gaieté? On conviendra qu'elle est encore plus absente (1).

bière ? Les Grecs de tout temps méprisèrent la boisson du Celte ou
du Scythe.

(1) M. de Vigny, dans ce fameux discours de réception à l'Académie où il célébrait M. Étienne, s'est plu à constater la diffé-

Il faut avouer que Béranger lui-même n'en a que le premier abord et le semblant; elle ne fournit bien souvent chez lui que le prétexte et le cadre, tandis qu'elle reste le fond chez Désaugiers. Celui-ci est le dernier chansonnier vraiment gai, le pur chansonnier sans calcul, sans arrière-pensée, dans toute sa verve et sa rondeur; à ce titre, il demeure original et ne saurait mourir.

Désaugiers, dans son *Hymne à la Gaieté*, a dit:

> Il n'est donné qu'à la vertu
> D'éprouver ton heureux délire.

Je n'oserais affirmer que la vertu et la gaieté se tiennent si étroitement; la gaieté naît avant tout d'un tempérament heureusement mélangé par la nature, mais il faut aussi que ce tempérament ne soit pas altéré de bonne heure par des habitudes sociales et des influences factices trop contraires. La gaieté annonce d'ordinaire un fonds pur, non tourmenté, non compliqué. Ce qui nuit le plus à la gaieté dans notre genre de vie actuel, c'est la complication en toute chose, c'est le harcèlement et l'aiguillon, l'inquiétude dans la vie matérielle comme dans celle de l'imagination et de l'intelligence. Les plus nobles préoccupations sont promptes à l'étouffer, à la tarir jusque dans sa source. Il n'est pas exagéré

---

rence : « J'ai, dit-il, je m'en accuse, le tort particulier à *ma* génération de ne pas assez regretter la gaieté de l'ancien Caveau, où se réunissaient, *dit-on*, les disciples fervents de Vadé, de Collé et de Piron... » Il y a bien du dédain, bien du sérieux dans ce *dit-on*.

de dire que, chez les modernes, l'ivresse elle-même a
changé de caractère, et qu'elle n'engendre plus la même
disposition d'oubli d'autrefois. Voyez l'éloge qu'ont fait
du vin d'éloquents écrivains de nos jours. Je viens
de relire la deuxième des *Lettres d'un Voyageur*, par
George Sand, où se trouve cet hymne enthousiaste :
« A Dieu ne plaise que je médise du vin! Généreux sang
de la grappe, frère de celui qui coule dans les veines
de l'homme!... Vieux ami des poëtes!... toi que le
naïf Homère et le sombre Byron lui-même chantèrent
dans leurs plus beaux vers, toi qui ranimas longtemps
le génie dans le corps débile du maladif Hoffmann! toi
qui prolongeas la puissante vieillesse de Gœthe, et qui
rendis souvent une force surhumaine à la verve épuisée
des plus grands artistes, pardonne si j'ai parlé des
dangers de ton amour! Plante sacrée, tu crois au pied
de l'Hymette, et tu communiques tes feux divins au
poëte fatigué, lorsqu'après s'être oublié dans la plaine,
et voulant remonter vers les cimes augustes, il ne
retrouve plus son ancienne vigueur. Alors tu coules
dans ses veines et tu lui donnes une jeunesse magique ;
tu ramènes sur ses paupières brûlantes un sommeil
pur, et tu fais descendre tout l'Olympe à sa rencontre
dans des rêves célestes. Que les sots te méprisent, que
les fakirs du bon ton te proscrivent, que les femmes
des patriciens détournent les yeux avec horreur en te
voyant mouiller les lèvres de la divine Malibran!... »
— Toute une philosophie sociale va se mêler insensiblement à cet élan du poëte, et nous voilà bien loin de
la gaieté. — M. de Laprade, à son tour, célébrant *la*

Coupe, dans une pièce pleine de beaux vers, a dit:

Des hautes voluptés nous que la soif altère,
Fils de la Muse, au vin rendons un culte austère,
Buvons-le chastement, comme le sang d'un Dieu.

C'est là ce qu'on peut appeler s'enivrer du bout des lèvres et selon la méthode des Alexandrins, en christianisant du mieux qu'on peut le Bacchus du paganisme, en symbolisant l'orgie sacrée avec des réminiscences de la communion. C'est de l'ivresse tempérée et commentée de métaphysique (1). On ne saurait mieux marquer que par de tels traits la différence qui nous sépare de nos pères ; ceux-ci et Désaugiers le dernier, dans leur manière d'*entendre* le vin, c'est-à-dire de le boire et de le chanter, tenaient un peu plus directement, on en conviendra, des façons du bon Homère et de celles du bon Rabelais.

(1) Que Pindare abordait autrement la *coupe* dans ce début sublime de la viie olympique, où il compare les libéralités de sa muse à l'envoi d'un nectar généreux! J'y voudrais faire sentir du moins le désordre du mouvement, la largesse d'effusion et l'opulence.

« Comme lorsqu'un riche, prenant à pleine main la coupe toute bouillante au dedans de la rosée de la vigne, après avoir bu à la santé de son gendre, la lui donne en cadeau pour l'emporter d'une maison à l'autre, — une coupe toute d'or, son bien le plus cher et la grâce du festin, — honorant par là son alliance, — et il rend le jeune époux enviable à tous les amis présents pour un si cordial hyménée;

« Et moi aussi, riche du nectar versé, présent des Muses, j'envoie ce doux fruit de mon génie aux héros chargés de couronnes, et j'en favorise à mon gré les vainqueurs d'Olympie et de Delphes... »

Marc-Antoine Désaugiers naquit le 17 novembre 1772, à Fréjus en Provence. C'est cette même ville qui avait donné naissance à Sieyès, le grand métaphysicien de 89 ; venant après lui et sorti du même lieu, le chansonnier de l'Empire et de la Restauration semblait destiné à prouver qu'en France, même après 89, *tout finit* encore *par des chansons*. Mais cela n'était plus vrai qu'en passant, et l'issue a prouvé qu'il ne fallait pas se fier à l'apparence. Pour les Bourbons, si on veut le prendre en un certain sens, tout a fini en effet par des chansons, mais ç'a été par celles de Béranger, non point par celles de Désaugiers.

Désaugiers sortait d'une famille où les dons du chant et de l'esprit semblent avoir été héréditaires. Son père, compositeur de musique et ami de Sacchini, de Gluck, a donné des opéras et d'autres morceaux lyriques appréciés des maîtres. Notre Désaugiers eut deux frères, dont l'aîné, traducteur et commentateur distingué des *Bucoliques* de Virgile, a fait ses preuves, et à l'Opéra encore et dans la cantate. Il y avait dans cette famille comme un courant naturel de verve, de gaieté et de musique, qui allait du père aux enfants. Ces courants-là, en se divisant, ont aussi leurs caprices et leurs inégalités de veine : ici ce n'est qu'un filet, là c'est un jet à gros bouillons. Nous n'avons qu'à suivre dans son plein la source même.

Le jeune Désaugiers marqua dès l'enfance d'heureuses dispositions. Son père, qui était venu s'établir à Paris, le mit pour faire ses études au collége Mazarin, et l'écolier, en terminant, y eut pour professeur de rhétorique

Geoffroy, nature peu délicate assurément, mais plus
nourri de l'antiquité et des Grecs qu'on ne l'était généralement alors, même au sein de l'Université. L'autre
professeur de rhétorique, dont le jeune Désaugiers suivait également les leçons, était un M. Charbonnet, que
Duvicquet donne pour homme d'esprit dans toute
l'acception du mot, et qui, ajoute-t-il, tournait fort
bien le couplet (1). Rien donc ne manqua, ni au collége, ni au logis, pour mettre en jeu des facultés naturelles si vives dès le premier jour. Un honorable
chanoine de l'église de Paris, compatriote de la famille
Désaugiers, écrivant à l'un des frères du célèbre chansonnier sur la nouvelle de sa mort (août 1827), lui
rendait ce gracieux témoignage : « Je n'oublierai
jamais l'homme aimable que j'ai vu dans sa première
enfance, et dont feu l'abbé Arnaud avait tiré l'horoscope
qu'il a si bien justifié: « Voilà, disait-il du jeune *Tonin* (2),
voilà une tête grecque. » Il aurait pu dire aussi :
« Voilà une tête romaine, et y découvrir des traits de
ressemblance avec le bon, l'aimable Horace, que votre
ingénieux chansonnier rappelait si souvent. Si je
n'avais pas craint d'effaroucher sa muse folâtre et de
rembrunir sa gaieté, je l'aurais volontiers recherché
pour partager celle qu'il répandait autour de lui. Avec
moins de raisons de me tenir à l'écart que monseigneur
l'évêque de Verdun, le sérieux de mon état me parais-

(1) Article sur Désaugiers dans le *Journal des Débats* du 12 août
1827.

(2) Dans son enfance, on l'appelait *Tonin*, diminutif d'Antoine;
plus tard, en famille, on l'appelait *Saint-Marc.*

sait contraster avec cette gaieté habituelle, qui, au
surplus, au dire de monsieur le curé de Saint-Roch,
n'a jamais passé les bornes de la décence. »

Nous aurons plus tard occasion de revenir sur cette
indulgence du clergé et des personnes religieuses pour
la malice innocente de Désaugiers, tandis qu'on était,
au même moment, très en garde contre d'autres gaietés plus suspectes. On aura remarqué cette expression
de *tête grecque* appliquée à l'enfant; n'oublions pas que
sur ces plages favorisées de la Provence étaient déposés
de toute antiquité des germes apportés d'Ionie. L'évêque
de Verdun, dont il est question dans cette lettre, était
M. de Villeneuve, compatriote également de Désaugiers,
et qui avait conseillé à son père, au sortir des études,
de le placer dans l'Église, si bien que le jeune homme
passa six semaines au séminaire de Saint-Lazare. Mais
il ne tint pas à l'épreuve, et dès le lendemain sa vocation l'emportait : il faisait une comédie en un acte et
en vers qui réussissait au boulevard; il arrangeait en
opéra-comique *le Médecin malgré lui* de Molière, dont
son père faisait la musique, et qu'on jouait à Feydeau
en 1791. La révolution vint à la traverse et coupa en
deux cette gaieté naissante qui allait si aisément prendre son essor.

Au moment où la patrie pouvait sembler le moins
regrettable, Désaugiers accompagna à Saint-Domingue
sa sœur, qui venait d'épouser en France un colon de
cette île. On débarqua à la ville du Cap en janvier 1793. Une lettre de notre voyageur, que nous avons
sous les yeux, nous le montre au naturel, tel qu'il était

en ces années d'hilarité et d'insouciance, tel qu'il eut
l'heureux privilége de rester toujours. Il paraît qu'il y
avait à vaincre quelque prévention dans la famille
chez laquelle il arrivait; l'accueil fut d'abord un peu
froid pour lui, pour les jeunes époux et pour sa sœur
en particulier, qui avait à se faire adopter de la nouvelle famille et à s'y apprivoiser elle-même. De jeunes
belles-sœurs observaient les nouveaux-venus avec un
intérêt encore plus curieux qu'affectueux peut-être;
mais tout ce petit manége ne tint pas longtemps en
face d'un hôte aussi imprévu; on avait affaire en sa
personne au plus irrésistible génie (le *Genius* des
Anciens), à celui qui se rit de la contrainte et qui
épanouit les fronts : « Quant à moi, écrivait Désaugiers
racontant ce premier accueil et comment il avait rompu
la glace, j'ai fait des prodiges, soit dit sans me flatter.
Je me suis surpassé en gaieté, je ne dirai pas et en esprit,
mais je puis dire qu'on m'en soupçonne beaucoup. J'ai
été enjoué, galant, plaisant, et j'ai fait fortune. Madame
Mourlan a ri et plaisanté avec moi comme avec son
fils. Les demoiselles ont commencé par m'éplucher
(madame Lavaux me l'avait prédit); elles m'ont
d'abord fait mille questions, auxquelles j'ai répondu
avec une justesse qui m'étonne quand j'y pense. Elles
ont été forcées de quitter la partie, et ce succès m'a
enhardi à un point extrême. On m'a fait chanter et
jouer du piano, je ne me suis pas fait prier. Nous étions
à chaque repas vingt personnes à table, et j'ai eu le
talent de les faire toutes rire. Bref, quand il a été
question d'aller au Borgne, on ne voulait plus me lais-

ser aller, et on a fait tout ce que l'on a pu pour reculer ce *funeste* départ... »

Cette lettre si folâtre (contraste funèbre!) est datée
du *lundi* 21 *janvier* 1793. Riez, chantez à souhait,
portez avec vous la joie, et soyez partout où vous en-
trez l'âme de la fête! vous avez beau l'ignorer ou
l'oublier, ce contraste se reproduira chaque fois et
chaque jour, pour qui le saura voir : publique ou cachée, il y aura toujours ce jour-là dans le monde une
grande douleur, — une infinité de grandes douleurs.

Les désastres de Saint-Domingue vinrent avertir les
heureux colons que la foudre n'était pas loin. La révolution, là aussi, éclata, et avec la fureur d'un orage du
tropique. La famille de Désaugiers et lui-même furent
en proie à toutes les calamités qui assaillirent les
blancs. Publiant en 1808 son premier recueil de chansons, il toucha, dans sa préface, quelque chose de ces
horribles scènes dont il avait été témoin et victime ;
mais, chez les êtres vivement doués et qui ont été
désignés en naissant d'une marque singulière, la nature
au fond est si impérieuse, et elle donne tellement le
sens qui lui plaît à tout ce qui vient du dehors, qu'il
y voyait plutôt un motif de s'égayer désormais et de
chanter : « Permettez-moi, disait-il au lecteur de cette
préface, de payer à la Gaieté, ma généreuse libératrice,
un hommage que l'ingratitude la plus noire pourrait
seule lui refuser ; daignez m'entendre, et vous en
allez juger. C'est elle qui, me tendant une main secou-
rable sous un autre hémisphère, adoucit pour moi les
périls et les horreurs d'une guerre dont l'histoire n'of-

frira jamais d'exemple; c'est elle qui me consola dans
les fers où me retenait la férocité d'une caste sauvage;
c'est elle enfin qui, m'environnant de tous les prestiges
de l'illusion, me fit envisager d'un œil calme le moment où, pris les armes à la main par ces cannibales,
condamné par un conseil de guerre, agenouillé devant
mes juges, les yeux couverts d'un bandeau qui semblait
me présager la nuit où j'allais descendre, j'attendais
le coup fatal... auquel j'échappai par miracle, ou plutôt par la protection d'un Dieu qui n'a cessé de veiller
sur moi pendant le cours de cette horrible guerre.
Une maladie cruelle fit bientôt renaître pour moi de
nouveaux dangers; ce n'était pas assez d'avoir été
condamné par mes juges, je le fus par les médecins.
J'allais périr,... quand la Gaieté, mon inséparable com-
pagne, soulevant d'une main le voile de l'avenir, me
montra de l'autre le beau ciel de ma patrie, où le bonheur semblait m'appeler. » Et voilà sa barque remise
à flot, aventureuse et légère; le voilà plus en humeur,
plus en veine que jamais, se croyant quitte une bonne
fois avec le malheur, et n'invoquant pour tous patrons
à l'avenir que *Momus* (comme on disait alors) et que
Thalie :

Naturam expellas furca, tamen usque recurret.

Tant il est vrai que toute nature douée d'une vocation
énergique se fait jusqu'à un certain point sa propre
destinée et porte avec elle son démon.

A peine remis de tant de maux, Désaugiers fut em-
mené de Saint-Domingue aux États-Unis par un capi-

taine américain qui l'avait entendu un jour toucher du
piano. Ce brave homme n'avait pu résister à l'intérêt
qu'un talent si naturel et si expansif lui inspira : il lui
offrit sur-le-champ le passage *gratis* à son bord, et lui
garantit qu'il trouverait sur le continent prochain à
donner autant de leçons qu'il voudrait. Arrivé à Balti-
more, le jeune Saint-Marc y passa les années 1795, 1796 ;
il savait très-bien l'anglais et avait des écolières pour
le piano en grand nombre : il s'était rendu extrêmement
fort sur cet instrument. Sa sœur, devenue veuve, l'avait
rejoint, et leur existence à tous deux était tolérable. Ce
genre de vie convenait même beaucoup mieux à Désaugiers que le sort qui lui était primitivement destiné à
Saint-Domingue comme régisseur de quelque plantation ;
mais tous ses vœux se portaient vers la France, et il ne
fut heureux que lorsqu'il revit le sol natal et sa famille, au printemps de 1797.

C'était le moment de l'extrême orgie du Directoire
et de la bacchanale universelle. On a vu quelquefois, au
plus fort des calamités et des fléaux, le cœur humain
réagir bizarrement et prendre sa revanche par une sorte
d'étourdissement et d'ivresse. On a l'idéal le plus charmant de cette disposition un peu artificielle dans le
cadre du *Décaméron* de Boccace. Mais, s'il y a toujours
quelque chose contre nature dans ce contraste d'un
oubli volontaire et factice au sein des fléaux, rien n'est
plus simple au contraire et plus concevable que l'ex-
pansion et la détente au lendemain même de la crise.
C'est ce qui eut lieu en France au sortir des atrocités de
la Terreur. On se remit à l'instant à vivre, à vivre avec

délices, à jouir éperdument des dons naturels, de
l'usage de ses sens, des plaisirs libres et faciles, du
charme des réunions surtout et de la cordialité des
festins. On déjeuna, on dîna, on chanta beaucoup;
Comus, Momus et Bacchus furent à l'ordre du jour :
c'était bien le moins après la déesse Raison. La mode
s'en mêla, comme elle se mêle de tout : on se fit un
rôle de gastronome et d'épicurien;

> Oui, nom d'un chien !
> J' veux t'être épicurien,

se disait plus tard Cadet Buteux dans la chanson. De
très-honnêtes gens se l'étaient dit avant Cadet Buteux,
et s'étaient crus obligés de l'être en dépit de leur esto-
mac lui-même, *invita Minerva*. Des personnages que
nous avons connus très-graves et même moroses (Eu-
sèbe Salverte, par exemple) avaient débuté, grelots en
main, sous ce masque de gaieté. Désaugiers n'eut pas
à le prendre; il saisit, comme on dit, la balle au bond,
et la relança de plus belle. On peut dire que la gaieté
en France n'eut son plein accent et tout son écho que
lorsqu'il y fut revenu.

Pendant les deux ou trois premières années qui
suivirent son retour, nous le perdons un peu de vue :
il ne resta pas tout ce temps à Paris. Attaché, comme
chef d'orchestre, à une troupe de comédiens, il alla
me dit-on, à Marseille, et fit ses caravanes en province.
Molière, jeune, les avait faites aussi. On a, depuis,
brodé sur cette époque de la jeunesse de Désaugiers,
car il a eu et il a sa légende, comme il convient à un

type jovial et populaire; on a inventé mainte anecdote
sur lui non moins que sur Rabelais, non moins que sur
La Fontaine, et il est devenu matière à vaudevilles à
son tour. On ne sait rien d'ailleurs de précis ; il parlait
peu de son passé et de ses aventures de jeunesse, ou
du moins il n'en parlait qu'en courant, entre la coupe
et les lèvres ; il en disait quelquefois : « J'écrirai tout
cela un jour, quand je serai vieux ; » mais ce souvenir,
chez lui, n'était qu'un éclair ; et l'abondance de la vie
présente, le jet de chaque moment, recouvrait tout (1).

Depuis mars 1799, où il donnait au théâtre des Jeu-
nes-Artistes *le Testament de Carlin,* on le trouverait
sans interruption mêlé à une foule de petites pièces de
tout genre, opéras-comiques, vaudevilles, tantôt comme
auteur unique, tantôt et le plus ordinairement comme
collaborateur pour une moitié ou pour un tiers. Son
esprit à ressources excellait à ces jeux de circonstance,
à ce travail en commun de quelques matinées. Chansonnier, musicien, metteur en scène, plein de gais
motifs et de saillies, il était là dans son élément. On
raconte qu'un jour l'acteur qui faisait *Arlequin,* dans

(1) Dans une notice sur Désaugiers (*Chants et Chansons populaires de la France,* 39e livraison), M. du Mersan, qui l'a bien
connu, a dit en effleurant cette époque : « Il voyage avec quelques
amis, et, leur bourse légère étant épuisée, ils se font acteurs de
circonstance. Leur talent ne répondant pas à leur bonne volonté,
ils fuient la scène ingrate qui ne les nourrissait pas, et laissent jusqu'à leurs vêtements pour gages. » Les *Mémoires de mademoiselle
Flore* (chap. vi) nous montrent Désaugiers chef d'orchestre au
petit théâtre dit *des Victoires nationales,* rue du Bac, vers l'année
1799.

je ne sais quelle farce de lui, se trouvant indisposé au
moment de la représentation, il le suppléa à l'improviste, et joua incognito le rôle avec applaudissement (1).
Le chiffre des pièces auxquelles il a pris part ne va pas
à moins de cent quinze ou de cent vingt. Nous n'aurons
point à l'y suivre; la plupart de ces productions légères
ressemblent à un champagne autrefois piquant, mais
dont la mousse s'est dès longtemps évaporée. Une
couple de fois, il parut vouloir tenter une scène plus
haute : en 1806, il donna seul *le Mari intrigué*, comédie en trois actes et en vers, très-faible, qui fut jouée
au théâtre de l'Impératrice, autrement dit théâtre Louvois; en 1820, il atteignit aux cinq actes, également en
vers, et fit jouer à l'Odéon, une comédie, *l'Homme aux
précautions*, dont je n'ai rien absolument à dire. Le joli
acte de *l'Hôtel garni*, fait en société avec M. Gentil, est
resté à la Comédie-Française. Mais l'originalité de Désaugiers et sa vraie veine doivent se chercher ailleurs ;
laissons là ces prétendus succès *d'estime*, et qu'on me
parle de son *Dîner de Madelon!* Comme vaudevilliste
et auteur dramatique, il prit rang vers 1805, et ne cessa,
durant les vingt années qui suivirent, d'attester chaque
soir sa présence par cette quantité de folies, de parades,
de parodies plaisantes dont les représentations se comptaient par centaines, et qui fournissaient aux Brunet et
aux Potier des types d'une facétie incomparable :
M. Vautour, la série des *Dumollet*, *le père Sournois*, et

(1) On apprend des *Mémoires*, déjà cités, de *mademoiselle Flore*
(chap. II) que c'était le rôle d'Arlequin cadet, joué d'ordinaire par
Monrose, dans *l'Un après l'Autre* (théâtre Montansier, 1804).

tant d'autres. Comme chansonnier proprement dit, il
débuta et se classa d'emblée, vers 1806, à titre de convive du *Caveau moderne* : c'est par ce côté qu'il nous
appartient ici.

Il y aurait une jolie histoire à esquisser, celle de la
gaieté en France. La gaieté est avant tout quelque
chose qui échappe et qui circule; mais elle eut aussi
ses rendez-vous réguliers, ses coteries et foyers de
réunion, ses institutions pour ainsi dire, aux divers
âges. Laujon, au tome IV de ses *OEuvres*, a tracé un
petit aperçu des dîners chantants, à commencer par
l'ancien Caveau, dont la fondation appartient à Piron,
Crébillon fils et Collé, et qui remonte à 1733 (1). On
remonterait bien au delà, si l'on voulait rechercher
tous les dîners périodiques un peu célèbres, égayés de
chant, de même que, dans l'histoire de notre théâtre,
on remonte bien au delà de l'établissement des *Confrères de la Passion.* Il y avait les dîners du *Temple,*
où Chaulieu, l'abbé Courtin et autres libres com-
mensaux des Vendôme, célébraient Lisette, la paresse et
le vin. Il y eut ces gais dîners de la jeunesse de Boileau
et de Racine, où faisaient assaut La Fontaine et
Molière : Chapelle n'y laissait pas dormir le refrain. On
entrevoit plus anciennement les dîners ou soupers de
la *Satire Ménippée,* où de malicieux couplets durent se
chanter, à la sourdine, la veille de l'entrée d'Henri IV,

(1) Laujon a varié sur cette date : dans une notice sur le même
sujet insérée dans le recueil des *Dîners du Vaudeville* (mois de
frimaire an IX), il indique l'année 1737. Je livre ces discordances
aux futurs historiens et aux chronologistes de la chanson.

et à gorge déployée le lendemain. Marot, dans sa jeunesse, était le meneur et l'âme de cette société des
Enfants sans souci; folle bande directement organisée
pour le vaudeville et les chansons; mais c'est à partir
de 1733 qu'on peut suivre presque sans interruption la
série des dîners joyeux, et qu'on possède les annales à
peu près complètes de la gastronomie en belle humeur.
L'ancien Caveau, dont les réunions se tenaient au carre-
four Bussy, chez le restaurateur Landelle, dura dix
années et plus. Les dîners qui eurent lieu ensuite chez
le fermier-général Pelletier, et qui, à partir de 1759,
rattachèrent plusieurs des *précédents* convives, eurent
l'air un moment de vouloir remplacer le centre qu'on
avait perdu; pourtant on ne s'y sentait pas assez entre
soi, pas assez au cabaret. Bon nombre des membres
dispersés de l'ancien Caveau, aidés de fraîches re-
crues qu'ils s'adjoignirent, reformèrent un *Caveau* véritable, qui paraît avoir duré jusqu'après 1775. Il y eut
là un nouvel intervalle comblé par d'autres fondations
intérimaires, que Laujon a touchées en passant. Mais
c'est au lendemain de la Terreur qu'il se fit une véritable restauration de la gaieté en France. Dans un dîner
du 2 fructidor an IV (1796), dix-sept gens d'esprit dont
on a les noms, et parmi lesquels on distingue les deux
Ségur, Deschamps, père des poëtes Deschamps d'aujour-
d'hui, Piis, Radet, Barré, Després, etc., posèrent entre
eux les bases d'un projet de réunion mensuelle qu'ils
rédigèrent le mois suivant en couplets; c'était l'ère des
constitutions nouvelles et des décrets de toutes sortes;
on ne manqua pas ici d'en parodier la formule :

> En joyeuse société,
> Quelques amis du Vaudeville,
> Considérant que la gaieté
> Sommeille un peu dans cette ville,
> Sous les auspices de Panard,
> Vadé, Piron, Collé, Favart,
> Ont regretté du bon vieux âge
> Le badinage
> Qui s'enfuit;
> Et, pour en rétablir l'usage,
> Sont convenus de ce qui suit :

et, après la rédaction rimée de divers articles du règlement, la commission signait en bonne forme :

> Au nom de l'Assemblée entière,
> Paraphé, *ne varietur.*
> Paris, ce deux vendémiaire,
> *Radet, Piis, Deschamps, Ségur.*

De là les *Dîners du Vaudeville,* qui fournirent une carrière assez brillante, et ne prirent fin qu'à la naissance de l'Empire (1). Un peu plus tôt, un peu plus tard, l'aimable société avait son terme marqué vers ce moment qui enleva plusieurs de ses principaux convives : l'un des Ségur mourut, l'aîné devenait maître des cérémonies; Després, nommé secrétaire des commandements du roi de Hollande, et d'autres membres encore, appelés à de graves fonctions officielles, durent renoncer à des amusements qui semblaient incompatibles avec l'éti-

---

(I) On a la collection des chansons qu'on y chantait et qui se publiaient par cahier chaque mois, plus ou moins régulièrement, à partir de vendémiaire an v (septembre 1796).

quette renaissante. Le décorum impérial ne passait
rien ; il était très-roide, comme quelque chose de très-
neuf. De plus jeunes et de moins compromis dans les
honneurs survinrent donc, et se groupèrent de toutes
parts en frairies à la ronde. J'omets cette foule de réunions moins en vue et vouées à une goguette moins choisie, qui pullulèrent alors, et qui n'ont pas laissé de
traces ni d'archives ; mais l'institution qui sembla l'hé-
ritière directe des *Dîners du Vaudeville,* et qui représente la gaieté sous l'Empire, comme l'autre réunion
l'avait représentée sous le Directoire et sous le Consu-
lat, ce fut la société du *Rocher de Cancale* ou du *Caveau
moderne.* Nous y trouvons tout d'abord Désaugiers.

La gaieté sous l'Empire différa un peu de celle du
Directoire ; elle se régla davantage sans cesser d'être
abondante, elle se simplifia. Sous le Directoire, elle
était en train de tout envahir et de déborder : l'Empire
fit là comme ailleurs, il fit des quais. La gaieté y put
couler à pleins bords dans un lit tracé.

C'est Tyrtée ou Callinus qui a dit, s'adressant à la
jeunesse oisive : « Jeunes gens, vous vous croyez en
pleine paix, et la guerre embrasse toute la terre. »
Ceci s'appliquerait très-bien au très-petit nombre de
jeunes gens ou d'hommes jeunes encore qui avaient
trouvé moyen d'éviter la conscription et de rester à
Paris sous l'Empire. Sous ce gouvernement fort et victorieux, dans ce silence absolu de toute discussion politique sérieuse, on avait pris le parti, quand on le pouvait, de jouir de la vie, du soleil de chaque matin, de rêver
la paix et d'en prélever les douceurs. On s'était refait

une sorte de sécurité par insouciance, et, puisqu'on ne
pouvait rien au gouvernail, on ne songeait qu'à remplir gaiement la traversée. On pratiquait l'épicuréisme
tout de bon ; on répétait en chœur la ronde bachique
d'Armand Gouffé : *Plus on est de fous....* ; et, du café
des Variétés au café de Chartres, on s'en allait fredon-
nant la devise de Désaugiers et du *Caveau :*

> Aime, ris, chante et bois,
> Tu ne vivras qu'une fois.

Cette morale des joyeux chansonniers est, après tout,
celle même que chante bien mélodieusement, si l'on
s'en souvient, l'oiseau magique dans les jardins d'Armide : *Cogliamo la rosa...*

> Cueillons, cueillons la rose au matin de la vie !

Que si, sous sa forme purement folâtre et dans la voix
bruyante de l'ivresse, elle est moins faite pour séduire
les âmes délicates et tendres, elle prend parfois aussi
des accents d'une telle richesse, d'une folie si éclatante
et si sincère, qu'elle a force de poésie à son tour, et
que, bon gré mal gré, elle entraîne. Je puis assurer
les élégiaques et les rêveurs que Lamartine, qui effleura cette vie de l'Empire dans sa jeunesse, apprécie
fort et sait très-bien rappeler à l'occasion certaines des
plus belles chansons de Désaugiers.

Ce ne sont pas celles qui ont pour titre et pour
sujet un de ces noms tirés au sort, comme c'était d'u-
sage dans les réunions du *Caveau*, la *neige*, la *plume*,
le *noir*, le *long ;* il s'agissait de broder là-dessus quel-

ques couplets, vraie gageure de société et pur jeu
d'esprit. Ces sortes de chansons, qui prêtent aux
pointes et aux calembours, sont trop nombreuses dans
le premier recueil de Désaugiers; mais bien vite et du
second coup il perça juste et ouvrit largement sa veine.
Ses belles chansons, toutes de feu et d'inspiration (il
suffira de les noter d'un mot), ce sont : *Ma Vie épicurienne* (1810).

> Le jour
> Chantant l'amour,
> Et souvent le faisant sans bruit
> La nuit...;

le *Panpan bachique* (1809) :

> Lorsque le champagne
> Fait en s'échappant
> Pan, pan...;

ce sont ces autres refrains irrésistibles et qui éveillent
de toutes parts l'écho, *le Carillon bachique* (1808), surtout *le Délire bachique* (1810) :

> Quand on est mort, c'est pour longtemps...

admirable chant, tout bouillant d'une douce fureur, et
où brille dans tout son éclat le génie rabelaisien. Il est
telle de ses premières chansons faites comme parodie
et pendant à la fameuse chanson à boire de maître
Adam de Nevers, et intitulée *Chanson à manger* (1806),
où ce même génie à la Gargantua se déclare. Je ne
me figure pas qu'on chantât autre chose aux noces de
Gamache; on en a plein la bouche à chaque mot, on

v.   4

nage véritablement en pleine bombance. Désaugiers,
en ce genre, a la veine plus grasse qu'aucun de ses
devanciers et de ses contemporains; mais on ose mieux
louer en lui les vifs et légers accès de son humeur
jaillissante, au nombre desquels je rappellerai encore
la *Manière de vivre cent ans* (1810). C'est par de telles
explosions de verve, populaires en naissant, que Désaugiers est devenu si vite un type national de gaieté et
comme le patron à perpétuité de tous les dîners chantants; il n'en est aucun désormais où sa réjouissante
mémoire ne préside. Il a, du premier jour et sans y
songer, effacé le pâle Laujon, redonné la main aux
maîtres gaulois de vieille race, et n'a pas été détrôné
à cet endroit, même par Béranger.

La sensibilité que celui-ci a introduite avec tant
d'art dans la chanson n'est pas absente, autant qu'il
le semblerait d'abord, chez Désaugiers. Dans ce *Dîner
de Madelon,* sa petite comédie la plus charmante (1813),
il se rencontre de jolis couplets qui expriment *la Philosophie du sexagénaire :*

> A soixante ans on ne doit pas remettre
> L'instant heureux qui promet un plaisir.
>
> . . . .
>
> Celui qui plie à soixante ans bagage,
> S'il vécut bien, vécut assez longtemps.

Il y a là-dessous une tristesse que voilent l'expression
et le sourire. C'est, au ton près, la pensée de cet Ancien
qui disait : « Lorsque tu auras doublé (1) le soixan-

---

(1) Métaphore empruntée des Jeux olympiques.

tième soleil, ô Gryllus, Gryllus, meurs et deviens poussière; bien sombre en effet est le tournant par delà ce
point de l'existence, car déjà le rayon de la vie est
émoussé (1). »

Le propre du chansonnier, c'est que la parole chez
lui soit à peu près inséparable de l'air. Un poëte
lyrique a du nombre, de l'harmonie, de la mélodie;
mais le chant proprement dit, l'*air*, il faut que cela
dans la chanson accompagne, inspire, comme d'un seul
et même souffle, la parole et ne fasse qu'un avec elle.
Composer après coup de la musique sur de jolis vers
lyriques qu'on a intitulés ballade ou chanson, ou encore envoyer ses couplets ou stances au compositeur,
ce n'est pas du tout la même chose que d'être chansonnier. Désaugiers l'était, si jamais on le fut, et tout
ce qu'il a fait en ce genre a été tellement lancé d'un
jet, qu'on ne peut guère y adapter d'autres airs;
rhythme et pensée, la chose légère est née tout entière avec le chant. A ne les juger que sur le papier,
les pièces lues (qu'on ne s'en étonne pas) ne rendent
que bien peu les mêmes pièces chantées; c'est une
lettre morte et muette; il faut l'air pour leur rendre
le souffle et le sens. A lire, par exemple, la jolie chanson intitulée *les Inconvénients de la Fortune* (1812), se
douterait-on de ce demi-ton de tristesse, de ce filet de
mélancolie qui se mêle si bien au refrain chanté?

(1) M. Royer-Collard, que je voyais au jour de l'an (1845) malade
et octogénaire, me disait de ce ton qui n'était qu'à lui et dans le
même sens : « Si vous m'en croyez, monsieur, ne vieillissez pas,
ne vieillissez pas! »

> Depuis que j'ai touché le faîte
> Et du luxe et de la grandeur,
> J'ai perdu ma joyeuse humeur :
>   Adieu bonheur! (*bis*)
> Je bâille comme un grand seigneur...
>   Adieu bonheur!
> Ma fortune est faite.

Ce refrain : *Ma fortune est faite,* revient chaque fois plus tristement. La sensibilité, chez Désaugiers, se glisse quelquefois dans l'air, même lorsqu'elle n'est pas dans les paroles. — Comme pendant à cette délicieuse chanson, il faut prendre aussitôt celle du *Réformé content de l'être* (1814), dont le refrain est d'un effet tout contraire au précédent, et dont l'air également va en sens inverse du trait final :

> Tout va bien (*bis*),
> Grâce au Ciel, je n'ai plus rien,
> Je n'ai plus rien, je n'ai plus rien.

De toutes les chansons de Désaugiers, s'il m'était permis de préférer et de dire celle qui me semble peut-être la plus complète littérairement (*littérairement!* mot sobre et profane, mot académique dont je ne saurais assez demander pardon en telle matière!), je nommerais *la Treille de sincérité* (1814). Composition, détail, expression et facture, elle me paraît tout réunir au point de perfection et à ce degré d'art dans le naturel qui, en chaque genre et même en chanson, constitue le chef-d'œuvre.

J'ai indiqué à dessein, chemin faisant, les dates de presque toutes les pièces que j'ai citées; on aura pu

remarquer qu'elles sont toutes d'avant 1815 ; non pas
que Désaugiers n'ait fait de charmants couplets depuis; mais ce que je tiens à bien montrer, c'est qu'il
est proprement le chansonnier de l'Empire, celui d'a-
vant 1815 en effet. A dater de ce moment et sous la
Restauration, cette veine purement épicurienne et
rieuse ne suffit plus à la France; on a vu de près
d'affreux désastres, on a subi des affronts ; l'inquiétude
est partout qui gagne à l'intérieur et se prolonge dans
l'avenir. Si l'on chante encore, il faut que la chanson
soit modifiée, soit enhardie et armée comme en guerre.
La muse inoffensive, insouciante, du Vaudeville et du
Caveau, ne répond plus assez à la disposition publique et ne saurait l'exprimer pleinement. Il y a une
jolie boutade de Désaugiers dont voici le premier
couplet :

> Chien et chat,
> Chien et chat,
> Voilà le monde
> A la ronde;
> Chaque état,
> Chaque état
> N'offre, hélas! que chien et chat.

Et il énumère toutes les zizanies d'alentour, classiques
et romantiques, grétristes et rossinistes, Grecs et
Turcs ; à propos de ces deux peuples alors aux prises
il disait :

> Qu'êtes-vous sous ce beau ciel
> Que réfléchit l'Archipel,
> Turcs si doux et si polis,

4.

Et vous, soldats de *Miaulis?*
Chien et chat, etc., etc.

Eh bien! non, on prenait dès lors les choses plus au
sérieux; on ne disait plus, on ne voulait plus entendre
dire, même en chanson, *chien et chat,* de toutes ces
luttes et de tous ces hommes; on disait : *tyrans et esclaves, bourreaux et victimes;* on prenait parti pour et
contre. Bref, l'esprit public se modifiait profondément,
et la chanson elle-même avait à s'ingénier, à s'élever,
au risque de perdre quelque chose de sa gaieté sans
doute et de son naturel : assez d'accroissements et de
riches conquêtes purent l'en consoler.

Les éditions de Désaugiers répondent exactement à
cette vue de la critique : un premier volume parut en
1808, un second en 1812, un troisième en 1816. On y
trouve tout entier le chantre original et populaire de
cette époque, dont nous avons défini l'esprit au dedans.
Les loisirs de l'Empire et la première Restauration,
voilà son cadre et son règne à lui, son règne sans partage. Désaugiers excelle à nous faire voir en raccourci,
par le bout rapetissant de la lorgnette, les mœurs et le
tableau d'un temps déjà si loin de nous. J'ai parlé de
ses belles et grandes chansons; mais il y a celles de
genre, les miniatures, le *Palais-Royal* d'alors, les rues
d'alors, *Paris à cinq heures du matin, à cinq heures du
soir.* Le moraliste peu chagrin fait défiler en de vifs
couplets toute une suite de petites scènes, de façades
ou de facettes, nettes, brillantes, mouvantes, de la vie
humaine; c'est bien l'espèce de chanson dont Picard

nous rend la comédie. Dans *l'Atelier du peintre*, Désaugiers a des traits du grotesque Saint-Amant; c'est la
charge du genre *David* dans sa défroque et son mobi-
lier. Comment oublier ces folles scènes nocturnes de
M. et Madame Denis (1807), si bourgeoises, si gauloises,
si avant logées dans toutes les mémoires, et qui semblent nous être venues du temps de ma Mère-grand',
Comme on se figure que Molière y aurait ri (1)! Et
La Fontaine! qu'est-ce qu'il aurait dit de voir Philé-
mon et Baucis ainsi tournés en gaudriole? La série des
Cadet Buteux est une autre branche dramatique de la
chanson de Désaugiers; il met sur le compte de ce
batelier de la Râpée la plupart de ses parodies des
pièces célèbres d'alors, telles que *la Vestale, les Deux
Gendres, les Danaïdes*. On a justement remarqué que
ces pots-pourris si naïfs, si amusants, sont sans fiel :
il y fait presque valoir les qualités des ouvrages qu'il
parodie. Ce *flâneux* de *Cadet Buteux* est un excellent
type de gros sens parisien, faubourien, d'observation
badaude et populaire. Malherbe s'était vanté d'aller
prendre tous les mots de son vocabulaire chez les cro-
cheteurs du Port-au-Foin ; Désaugiers, à certains jours,
s'en allait parmi les passeurs du Port-au-Vin et y prenait tout simplement sa philosophie. Aux confins du
même genre, proche barrière, et tirant sur le poissard
ou le grivois, les amateurs distinguent et goûtent fort

---

(1) Le vaudeville de *Monsieur et Madame Denis, tableau conjugal en un acte*, fut représenté pour la première fois aux Variétés
en juin 1808. On chantait à la suite de la pièce les couplets déjà
bien connus.

les amours de *Pierre et Pierrette*. Mais je commence
à me sentir par trop incompétent au détail, et j'ai hâte
de rentrer dans l'ensemble (1).

Il faut bien aborder la comparaison de Désaugiers et
de Béranger, puisqu'elle est inévitable en tel sujet et
qu'on aurait l'air, si on l'omettait, de la fuir. Est-il
besoin de rappeler avant tout que Béranger est un esprit d'un tout autre ordre, un talent hors de pair, qui
a créé son domaine et qui a ouvert, ne fût-ce que
pour lui seul, des voies nouvelles? L'ami de Chateaubriand et de Lamennais a su rendre la chanson digne
de la familiarité et du tous-les-jours de ces hautes
imaginations, de ces nobles intelligences. Un tel éloge
en dit beaucoup. Comme poëte, Béranger n'a, de nos
jours, nulle comparaison à craindre. Mais sur un seul
point, en ce qui est de la chanson proprement dite
(et j'ai bien le droit de glisser ici la réserve, puisque je
proclame assez franchement la gloire), sur un seul point
Désaugiers garde l'avantage, c'est sur le chapitre de la
gaieté franche. Béranger, jeune, avant toute célébrité,
regardant passer Désaugiers, qu'il connaissait de vue
sans être connu de lui, murmurait tout bas : « Va!

(1) Le nom de Désaugiers m'en rappelle un autre qu'on n'est
guère tenté de lui associer, et que je tiens absolument à y rattacher par quelque bout, — un personnage célèbre à tout autre
titre, et qui pourtant, né en d'autres régions sociales, eût tenu largement sa place parmi les coryphées de la gaieté pure : je veux
parler de Lally-Tollendal, auteur de pots-pourris délicieux, d'une
folie à l'usage de la bonne compagnie, et qu'il chantait à ravir; il
n'était pas seulement *le plus gras,* mais encore *le plus gai des
hommes sensibles.*

j'en ferais aussi bien que toi, des chansons, si je voulais. » — Il disait vrai et il l'a bientôt prouvé ; il en
a fait d'aussi jolies, même avant d'en faire de très-
belles et de sublimes ; il en a fait d'aussi jolies et
presque d'aussi gaies, mais il les a faites parce qu'il
l'a *voulu*. Or en cela seulement, mais pourtant en cela,
il est moindre que Désaugiers.

Celui-ci était chansonnier comme La Fontaine était
fablier ; il y avait dans le talent qui le poussait à la
chanson, ou, pour mieux dire, dans la séve qui poussait des chansons en lui, quelque chose d'irrésistible,
quelque chose qui le pose assez bien entre Chapelle
et La Fontaine.

Béranger a de la sensibilité, de la malice, de l'élévation, je ne veux certes pas prétendre qu'il n'ait pas
aussi de la gaieté ; mais cette gaieté, il songe vite à
s'en servir, à s'en couvrir, à s'en faire un cadre, un
véhicule et un auxiliaire pour aller à mieux et viser
plus haut, tandis qu'elle était à la fois la forme et le
fond, la source et le fleuve même chez Désaugiers.
Désaugiers, si plein de traits, n'a pas fait une épigramme en sa vie ; il n'a pas blessé un ennemi, il
n'en a pas eu. A qui aurait prononcé devant lui le
mot de vengeance, il aurait dit plaisamment comme
dans Regnard :

Que feriez-vous, monsieur, du nez d'un marguillier ?

Son hilarité était pure : *sal merum*. Je l'ai comparé à
Chapelle, il en avait la franchise et la rondeur, mais
sans la crapule. Il avait aussi de la saillie et du sel à

poignée de Santeuil, tout cela innocemment. Il y a
beaucoup d'art dans le talent de Béranger, il y entre
même quelque ruse. Avec Désaugiers, le naturel est
tout grand ouvert; on rit rien que pour rire; on sent
une sécurité complète résultant de l'entière cordialité.

Le propre du talent de Désaugiers, c'est, je l'ai dit,
qu'il est chansonnier sans aucune *arrière-pensée*. Béranger a des arrière-pensées; il en est tapissé, et
bien lui en prend ainsi qu'à nous, puisque c'est de là
qu'il tire ses points de vue supérieurs et qu'il dé-
masque au besoin ses horizons. Pascal a dit hardiment : « Il faut avoir une porte de derrière et juger
de tout par là : en parlant cependant comme le peuple. » Béranger a eu cette *porte de derrière* dans la
chanson : il a su y introduire toute une armée par la
poterne, toute une race de héros et de vainqueurs
comme dans une Ilion. Tant de glorieux sujets, tant
de vaillants chefs y sont bien parfois un peu à l'étroit
et un peu pressés comme dans le cheval de bois; mais
ils en sortent de même plus imprévus et plus impétueux, avec grandeur, avec éclairs. — Quoi qu'il en
soit, c'est cette absence bien reconnue d'arrière-pensée
qui fait passer chez Désaugiers certaines plaisanteries
de rencontre, sur la création dans *le Nouveau Monde*,
sur Adam et la pomme dans *Verse encor*, sur les
diables et les damnés dans *Il faut rire,* sans qu'il ait
été le moins du monde soupçonné d'impiété. Béranger
ne pouvait impunément en dire autant sous les Bourbons, et, s'il touchait du bout du doigt au sacré, il
sentait tout aussitôt le *roussi*, à titre de philosophe.

Mais Désaugiers était de l'ancienne race, de cette malice du bon vieux temps et d'avant Voltaire ; on lui par-
donnait de rire comme dans les vieux noëls, sans que
cela tirât à conséquence. Le curé de Saint-Roch ne le
chicana en rien à l'article de la mort, et le digne ec-
clésiastique oublia ou ignora parfaitement qu'en racontant autrefois le refus de prières qui signala l'enterre-
ment de Mlle Raucourt, *Cadet Buteux* avait chansonné
sur l'air : *Faut d' la vertu, pas trop n'en faut...* On se
rappelle la lettre du bon chanoine que nous avons précédemment citée, et qui témoigne de l'indulgence du
clergé en général pour Désaugiers ; il me semble maintenant que nous nous l'expliquons très-bien.

Béranger à ses débuts, et dans sa période du *Roi
d'Yvetot*, avait été fort lié avec Désaugiers ; l'aimable
président du Caveau avait accueilli à bras ouverts le
nouveau venu qui s'annonçait si bien ; il fut le premier à lui donner l'accolade, il chantait partout ses
louanges, et, qui mieux est, ses chansons pour les
faire valoir. Béranger le lui a rendu par ces couplets
sémillants qui se sentent si bien de leur sujet :

> Bon Désaugiers, mon camarade,
> Mets dans tes poches deux flacons ;
> Puis rassemble, en versant rasade,
> Nos auteurs piquants et féconds.
> Ramène-les dans l'humble asile
> Où renaît le joyeux refrain.
>   Eh ! va ton train,
>   Gai boute-en-train !
> Mets-nous en train, bien en train, tous en train,

Et rends enfin au Vaudeville
Ses grelots et son tambourin.

On dit que, bien peu après, les opinions politiques avaient séparé ces deux hommes, rivaux un
seul moment ; qu'il en était même résulté d'un côté...
Mais chut! j'aime mieux croire en tout à la louange
manifeste qu'à l'allusion cachée.

Désaugiers devait voir la Restauration avec faveur ;
s'il avait chanté l'Empire, comme c'était d'usage et de
rigueur alors, il était prédisposé par nature à devenir
bourbonien ; il aimait les jouissances sociales, les
bienfaits de la paix, et la race de Henri IV prêtait de
tout point à ses refrains favoris. Sa politique et sa
charte, à lui, étaient courtes : s'en remettre à la Providence et au pilote pour le gouvernail de l'État, et se
contenter d'être le plus aimable, le plus égayant des
passagers. Il fut très-bien traité par les princes ren-
trants, par le comte d'Artois en particulier; on lui
demandait en toute occasion d'animer de sa présence
et de sa verve les divertissements et les fêtes. Nommé
directeur du Vaudeville en 1815, il y resta jusqu'à sa
mort, sauf une interruption de deux ou trois ans (1822-
1825). Il continua aussi de présider les dîners du *Caveau moderne,* qui ne mourut qu'avec lui. Les chansons de Désaugiers, plus rares sous la Restauration,
furent trop souvent de circonstance : les fêtes du roi,
le baptême du duc de Bordeaux, le sacre de Reims,
obtenaient de lui sans effort des couplets sincères,
mais que la France entière ne répétait pas. En vain

dans son *Appel aux Français* soupirait-il d'un demi-
ton de plainte :

> Peuple français, la politique
> T'a jusqu'ici fort attristé;
> Rappelle ta légèreté,
>   Ton antique
>   Joyeuseté !

Cette gracieuse chanson était comme le *chant du*
cygne de la gaieté en France. La politique gagnait de
plus en plus, et, lorsqu'on riait encore avec Desaugiers, ce n'était qu'une trêve. Pourtant les cercles les
plus familiers ou les plus brillants le recherchaient
et se le disputaient à l'envi; il continuait d'être le
convive le plus indispensable et le plus promis, et
l'âme vivante de toute réunion. Si la cause de la gaieté
se perdait de plus en plus dans l'ensemble, il lui rendait l'avantage dès qu'il paraissait sur un point, et,
comme ces foudres de guerre qui ne meurent qu'en
triomphant, il ramenait la victoire partout où il était
de sa personne. — Dans les repas de corps de la
garde royale, il avait nom l'*aumônier* du régiment. —
Sa maladie, une maladie bien cruelle, la pierre, interrompit à peine les saillies de sa vive et indulgente
humeur; il chansonna son mal comme toute chose,
sans amertume et en lui pardonnant; il fit en riant
son épitaphe, sans y croire encore. Cette maladie devint bientôt un événement pour tous, et sa mort fut
un deuil public, car il avait été la joie de beaucoup.
Ce jour-là, ce seul jour, le nom de Désaugiers fit

couler des pleurs de tristesse, et ils coulèrent en
abondance. Il n'avait que cinquante-quatre ans accompli lorsqu'il mourut (9 août 1827). On trouvera
dans la notice de M. Merle, en tête des œuvres (1), et
dans celle de M. Creuzé de Lesser (*Biographie universelle*), l'expression touchante des regrets unanimes.
J'ajouterai seulement ici quelques traits puisés en bon
lieu, et qui achèveront de dessiner cette physionomie
heureuse.

Désaugiers (ce qu'on croirait difficilement à ne le
juger que du dehors) était un homme d'intérieur;
mari et père tendre, voué aux affections domestiques,
il n'a laissé au sein de la famille la plus unie que
des souvenirs pieux et inaltérés, aussi vifs après tant
d'années que le premier jour. Les instants où il parve-
nait à s'arracher au monde et où il s'asseyait parmi
les siens, à sa table bourgeoise, étaient peut-être ses
plus vrais jours de fête; à lui. — On a dit qu'il avait
un certain fond mélancolique sous sa gaieté. Il disait
lui-même que sa première pensée au réveil était toujours triste. J'ai vu son portrait peint par Riesener le
père, datant de 1812, et avant cet embonpoint qu'il
prit dans la suite : la finesse et la sensibilité y frappent
tout d'abord. Sa figure, si on la surprenait au repos,
était plutôt mélancolique. Quand il était au piano, il
finissait volontiers, au bout d'un certain temps, par
tomber dans la pure romance sentimentale; mais dans

_____

(1) J'ai beaucoup emprunté pour tout ce qui précède à cette notice de M. Merle, et je dois de plus à la parfaite obligeance de cet
homme d'esprit plus d'un souvenir dont j'ai profité.

l'habitude, et dès qu'il voyait des visages et des yeux humains, il souriait, il étincelait au premier choc, et la gaieté ne tarissait pas.

Il y avait jusque dans sa manière de serrer la main quelque chose de moelleux et de naturellement caressant qui exprimait l'affection.

Je continue de le peindre tel qu'on me l'a montré, tel qu'il m'apparaît tout à fait présent. Très-distrait, très-flâneur, il est toujours en retard dans les dîners d'étiquette où il se rend; il s'attarde aux boutiques, aux passants, au *polichinelle* du coin, même quand la belle compagnie, à deux maisons de là, pourrait très-bien l'apercevoir du balcon. Il entre, une saillie s'échappe, et tout est réparé.

Directeur du Vaudeville, il était peu fait, on le conçoit, pour les détails et pour les tracas de l'administration. Pourtant, par le privilége de sa nature, il apaisa d'un mot et fit tomber plus d'une fois les différends. Tendrement aimé de la jeunesse, il la favorisait avec zèle. Dans les pièces de jeunes gens qu'il faisait jouer, combien de fois il lui arriva de jeter des couplets sans s'en vanter, quelques grains de son sel! — Le soir, en rentrant du théâtre, à minuit, il se mettait à lire les pièces présentées, avant de les faire lire au comité. Il les lisait jusqu'au bout, et écrivait aux auteurs des lettres longues, motivées, paternelles, qui adoucissaient les refus. Tous les conflits d'amour-propre ou d'intérêt se taisaient aisément devant lui. Il était de ceux qui ont un don à part, et qui sont destinés par la nature, non-seulement à égayer, mais encore à adoucir les relations des hommes. — On pouvait le définir *une joie de la vie*.

Il y avait dans tout son être un *liant* unique; on sentait bien au vrai que la joie était là-dedans. Il semblait dire à tous en entrant : « Nous n'avons qu'un instant, laissons ce qui divise, et jouissons ensemble de ce que je vous apporte. » Il avait besoin de voir tous les visages heureux autour de lui.

Une fois au piano, on aurait dit que la chanson lui sortait par tous les pores, par les doigts, par les cheveux légèrement en désordre, par ses yeux brillants comme par ses lèvres riantes. Ce n'était ni étudié ni travaillé, et, le lendemain, cela faisait une chanson charmante, que tous répétaient déjà.

Il ne faudrait pas croire pourtant qu'il ne travaillât pas ses chansons, celles dont on se souvient. Desaugiers travaillait beaucoup sans en avoir l'air, non pas dans son cabinet sans doute, les coudes sur sa table et en se rongeant les ongles; il travaillait en marchant, seul, aux Champs-Élysées ou aux Tuileries, dans son allée favorite du *Sanglier*. Enfin, ses chansons si promptes à naître et souvent si parfaites d'exécution, ne s'achevaient pas toutes seules, qu'on le sache bien. Il y avait entre elles et lui le dernier tour de promenade solitaire et le tête-à-tête du lendemain matin.

On a là tout ce que j'ai pu recueillir de plus intéressant et d'un peu littéraire sur cette imagination riante et cette âme sans replis, sur ce dernier représentant de la gaieté française, et qui en a fait éclater le bouquet final éblouissant. L'aimable chose est si en

souffrance pour le quart d'heure, qu'il a dû être raconté et analysé (j'en demande bien pardon à ses
mânes) par celui de tous les auteurs de *Tristes* qui a
le moins le bonheur de lui ressembler. Il est tombé
aux mains des élégiaques, mais non pas tout à fait
des profanes, et nous avons fait de notre mieux pour
l'honorer à notre manière, pour arroser de lait et de
miel, et même d'un peu de vin, son tombeau.

1er juillet 1845.

GRESSET.

(Essai biographique sur sa Vie et ses Ouvrages (1),
par M. DE CAYROL.)

Alexandre ne voyageait jamais sans emporter avec
lui les poëmes d'Homère, et la cassette dans laquelle
il les enfermait est restée célèbre. Silius Italicus, dans
sa retraite de Naples, avait coutume de fêter le jour
de naissance de Virgile plus solennellement que le sien
propre, et il n'approchait du tombeau du grand poëte
que comme d'un temple. Lors de la renaissance des
lettres, ce culte pour les prédécesseurs s'est renouvelé
sous plus d'une forme, parfois singulière, et il suffit
de rappeler ce noble vénitien Naugerius qui, dans son
adoration pour Catulle, brûlait chaque année quelques
exemplaires de Martial en son honneur. Enfin, sans
tant multiplier les exemples, il est bien constant qu'il
y a telle chose que la religion et même que la dévotion littéraire : là aussi on n'adore pas seulement les
grands dieux, on se prend aux moindres saints. Saint
Paulin, retiré près de Nole, s'était choisi pour patron

(1) 2 volumes in-8°, 1845.

saint Félix, et il lui adressait chaque annee un panégyrique en vers. Il y a telle dévotion littéraire qui fera la même chose pour le patron auquel elle s'est une fois consacrée ; elle lui élève une chapelle, si ce n'est un temple ; elle dessert l'autel, et y expose les reliques, et sonne la cloche en tout temps pour réveiller les fidèles. M. de Cayrol s'est fait le desservant de Gresset.

Il y a quinze ans que cet honorable gentilhomme, ancien député sous la Restauration, a pris à cœur de rechercher tout ce qui pouvait, de près ou de loin, concerner l'aimable poëte d'Amiens. M. de Cayrol a vécu quelque temps en Picardie, il est membre et a été chancelier de l'Académie du département de la Somme ; il n'en a pas fallu davantage pour enflammer chez lui une prédisposition qu'on peut croire préexistante et comme innée. Depuis ce temps, il n'est pas de soins ni de mouvements qu'il ne se soit donnés pour retrouver les moindres débris du portefeuille de Gresset, pour en déchiffrer les plus informes brouillons, pour en restituer les plus exigus fragments, pour conférer les diverses éditions et présenter les variantes comme on fait pour les grands classiques ; les académies du lieu, les sociétés littéraires des cantons circonvoisins, ont retenti maintes fois du prélude de ces estimables travaux, poursuivis avec un zèle pour ainsi dire acharné ; et aujourd'hui, maître de son sujet, en ayant épuisé toutes les veines, le laborieux biographe ramasse ses résultats en deux volumes, qui contiennent tout sur Gresset, et même un peu plus que tout, puisqu'on y rencontre certaines petites injures contre les ex-roman-

tiques, contre cette abominable postérité de Jodelle et
de Du Barlas, et aussi contre *le virus des âmes gangre-
nées* de George Sand et consorts. Oh ! pour le coup,
ceci est trop ; en matière littéraire un peu de superstï-
tion ne me déplaît pas, mais point de fanatisme. M. de
Cayrol, en mêlant ces sorties sans motif à la célébra-
tion de son innocent et gracieux poëte, pourrait compromettre la cause de celui-ci et lui attirer par contre-
coup des désagréments, si on ne faisait la part d'une
grosseur de termes qui tient à une plume rarement
taillée, et si on ne rabattait d'un emportement qui
n'est guère qu'une faute de goût. Ceux qui ont tant
parlé de goût au nom des classiques, dont ils se
croyaient les seuls défenseurs, ont eu souvent ce tort
et commis cette petite inconséquence. Nous devions
d'abord en prendre acte et montrer qu'ici elle ne nous
a pas échappé. Après quoi nous nous empressons de
l'oublier, car elle nous conduirait à être sévère, c'est-
à-dire injuste envers un homme et un ouvrage dont le
mobile et l'objet sont faits pour intéresser.

Il est intéressant en effet de voir ce zèle dont se
trouvent tout d'un coup saisis, après de longues années, certains critiques et biographes pour l'auteur
qu'ils adoptent avec prédilection. Un écrivain a fleuri
et brillé en son temps ; il est mort ; le goût public a
changé ; sa renommée a vieilli et a pâli ; on le cite
encore à la rencontre, on a de lui une ou deux pièces
qui seules survivent au reste des œuvres oubliées ; il
semble que tout soit dit sur son compte : et voilà subi-
tement qu'un homme arrive, littérateur ou non de

métier, mais ayant au cœur je ne sais quelle étincelle
littéraire, et cet homme un matin se consacre à cette mémoire défunte, la réchauffe, la restaure, s'applique de
tout point à la rehausser. C'est comme un contemporain retardé par accident, venu un siècle après, et qui
va compenser par surcroît d'efforts le temps perdu;
c'est un serviteur posthume de cette gloire dans laquelle,
comme au premier jour, il va tout replacer. Le pauvre
poëte défunt pourrait revenir et, devant ce tombeau
refleuri, se croire encore à son heure de triomphe et
de fête. Je dis que cela est touchant, parce que cela
est désintéressé; et c'est l'honneur éternel des lettres,
de ce que les Anciens appelaient *studia,* d'entretenir
en ceux qui les aiment de ces piétés qu'on appellera,
si l'on veut, des manies : les hommes qui ne visent
qu'au présent et à user à leur profit des circonstances
sont incapables, je l'avoue, de telles illusions, qui supposent le rêve d'immortalité, et c'est pourquoi, avec
toute sorte de considération pour ces hommes *utiles,*
je préfère les autres.

Y a-t-il rien de nouveau à dire sur Gresset? y a-t-il
lieu surtout de réformer à quelques égards le jugement
établi sur son talent? Je ne le crois pas, et pourtant je
vais refeuilleter sa vie et ses ouvrages avec M. de Cayrol, me bornant à toucher quelques traits çà et là. Il
naquit à Amiens, comme on sait, le 29 août 1709; son
père, qui remplissait d'honorables fonctions judiciaires,
était tant soit peu poëte, et rimait en style convenable
des épîtres ou satires à l'imitation de Boileau. Le jeune
Gresset fit ses études au collége des Jésuites à Amiens;

5.

d'élève devenu novice et admis dans la compagnie, il
passa au collége Louis-le-Grand, et de là fut envoyé
pour professer en divers lieux, à Nevers peut-être,
certainement à Moulins, dans le voisinage de ce couvent de Visitandines qu'il a si joliment célébré. Gresset
avait deux de ses sœurs qui se firent religieuses au
couvent des Augustines d'Amiens. A ses débuts, on le
voit, il tenait par tous les côtés à cette vie de collége
et de cloître qui fut son premier horizon, et qui resta
toujours sa perspective ; il y était initié à fond, et son
naturel badin, agréable et ingénument malicieux, ne
réussit jamais d'un ton plus sûr que lorsqu'il s'y donna
ses ébats, en ayant l'air d'en sortir. Des vers latins,
des discours latins, des énigmes rimées, une traduction en vers français des Églogues de Virgile faite à
vingt et un ans, je franchis d'un pas tout ce premier
bagage, sur lequel le biographe, comme de juste, s'ap-
pesantit. Gresset, jésuite, avait vingt-cinq ans lorsqu'en
1734, *Vert-Vert* s'échappant par mégarde de son portefeuille, trois éditions (quel scandale!) en parurent
coup sur coup, et divulguèrent un talent nouveau du
côté où l'on s'y attendait le moins. Le succès de ce
petit poëme fut inimaginable ; la condition de l'auteur
ajoutait au piquant. Envoyé en pénitence à La Flèche,
par une punition fort douce, convenons-en, et de bien
peu de durée, il ne revint à Paris que pour récidiver
de plus belle : *la Chartreuse* courut avec la pièce des
Ombres, qui en est la suite, et un libraire les imprima.
Cette fois, l'affaire parut plus grave ; quelques vers
étaient de nature à mécontenter le Parlement. Les su-

périeurs se décidèrent à renvoyer Gresset de la compagnie, non sans avoir consulté le cardinal Fleury, qui écrivait là-dessus au lieutenant de police Hérault :

« A Issy, le 23 novembre 1735.

« Voici une lettre, monsieur, du Père de Linyères, au sujet de ce jeune homme dont vous m'avez donné trois petits ouvrages. Celui du *Perroquet* est très-joli et passe bien les deux autres; mais il est bien libertin, et fera très-certainement des affaires aux jésuites, s'ils ne s'en défont. Tout le talent de ce garçon est tourné du côté du libertinage et de ce qu'il y a de plus licencieux, et on ne corrige point de pareils génies. Le plus court et le plus sûr est de le renvoyer, car *les Nouvelles ecclésiastiques* (1) triompheront sur un homme de ce caractère... »

J'ai cité cette lettre parce qu'elle me paraît caractériser à merveille, dans le ton paterne du bon octogénaire, le genre de *libertinage*, comme il disait, dont la muse de Gresset s'était rendue coupable; c'est un petit libertinage léger et sans trop de fond, une gaieté de jeunesse très-émoustillée, et qui ne tire pas tellement à conséquence qu'elle ne fasse encore sourire le digne cardinal au moment où il la condamne : on sent que, s'il ne faut plus garder Gresset chez les jésuites, il n'est pas perdu sans ressources pour cela, et qu'il pourra revenir à résipiscence, comme y revint ce Vert-Vert lui-même qu'il a si gentiment chanté. Dans une lettre à peu près du même temps, que Gresset écrivait à sa mère après son retour de la pénitence à La Flèche,

(1) Journal janséniste.

et avant sa sortie définitive de chez les jésuites, il lui
disait d'un ton de plaisanterie qui rentre bien dans
notre remarque :

« Ma très-chère mère,

« Voilà qui n'est, en vérité, point édifiant : dater une lettre d'une heure après minuit (1), temps auquel une vertueuse
mère de famille doit, comme la femme forte, goûter dans le
sein du repos la douceur des songes évangéliques; temps
auquel une jeune prosélyte doit tranquillement sommeiller et
rêver pieusement. De telles nuits marquent des âmes beaucoup trop éveillées, et assurément, si je me mêlais de me
scandaliser, ma délicatesse serait bien déconcertée par un
pareil dérangement, surtout après la grande et pompeuse retraite. C'est donc là que sont venus aboutir tant d'affectueux
sentiments! C'est donc en vain que le vertueux Père Fleu-
riau, l'apôtre des gentils, a labouré, semé, arrosé; voilà donc
sa moisson! Il a prié, exhorté, menacé, tonné, cassé sa
flûte, et cependant je ne vois point de changement; on continue : autrefois on se couchait à minuit, et depuis la retraite on est devenu plus méchant d'une heure. »

Et le caquetage continue sur ce ton. On voit combien cela est d'une gentillesse enfantine ou du moins
adolescente : *on est devenu plus méchant d'une heure!*
Le joli mot! Nous tenons là sur le fait l'espiègle, le
petit libertin, comme dirait le cardinal Fleury ou madame sa maman.

Vert-Vert nous offre le chef-d'œuvre de cette malice
encore innocente et décente dans son plus périlleux

(1) Il paraît qu'il avait reçu de sa mère et de sa sœur une lettre
datée de cette heure-là, et que de plus il y avait eu une *retraite* à
Amiens.

excès. Bailly, le grave Bailly, en son *Éloge* de Gresset
(car Bailly a fait l'*Éloge* de Gresset, et il eut même
pour concurrent Robespierre), a très-finement déduit
comme quoi ce gracieux petit poëme n'est qu'un trans-
parent à travers lequel on devine les passions, les
émotions chères au cœur, qui prennent ici le change
pour éclore et s'amusent à ce qui leur est permis :

> Et dans le vrai c'était la moindre chose
> Que cette troupe étroitement enclose,
> A qui d'ailleurs tout autre oiseau manquait,
> Eût pour le moins un pauvre Perroquet.

On sent courir à tout moment la vague pensée, on
effleure le sujet interdit, mais au même moment on
l'esquive: on est chatouillé et rassuré à la fois; on se
donne une entière licence avec une sorte de sécurité;
car, notons-le bien, c'est encore un novice qui badine,
et non un page : le Chérubin dont l'enjouement a dicté
ces gaietés d'un jour ne sera jamais l'amant de sa mar-
raine; que dis-je? en vieillissant il deviendra presque
un marguillier.

Gresset, n'en déplaise à l'enthousiasme trop continu
de son panégyriste, n'a fait dans sa vie que deux choses
qui se puissent relire avec un vrai plaisir, et qui s'at-
tacheront toujours à son nom : il a fait *Vert-Vert* à son
moment le plus vif, et *le Méchant* à son moment le plus
mûr. Dans tout ce qu'il a écrit dans l'intervalle et depuis, il n'a su que répéter, affaiblir, délayer la manière
ou les idées de ces deux excellents ouvrages, les seuls
de lui qui méritent de rester. Le plus léger des deux,

Vert-Vert, est peut-être celui qui, à cette distance, a le moins perdu dans son ensemble : il se retrouve d'un bout à l'autre agréable et charmant.

Il y a des esprits et des talents qui n'ont que de la jeunesse, et encore de la première jeunesse : Gresset en eut de bonne heure le pressentiment. Dans cette *Chartreuse* si goûtée de nos pères, et où quelques bons vers seulement nous arrivent à la nage dans un torrent de rimes, il disait :

> Persuadé que l'harmonie
> Ne verse ses heureux présents
> Que sur le matin de la vie,
> Et que sans un peu de folie
> On ne rime plus à trente ans...

Dans une pièce adressée *à ma Muse,* il disait encore, toujours dans ce même sentiment de la brièveté :

> Moi que le Ciel fit naître moins sensible
> A tout éclat qu'à tout bonheur paisible,
> Je fuis du nom le dangereux lien ;
> Et quelques vers échappés à ma veine,
> Nés sans dessein et façonnés sans peine,
> Pour l'avenir ne m'engagent à rien.
> Plusieurs des fleurs que voit naître Pomone
> Au sein fécond des vergers renaissants
> Ne doivent point un tribut à l'Automne :
> Tout leur destin est de plaire au Printemps.

Ce qui manqua à Gresset, ce furent les idées, le renouvellement d'idées. Son fonds d'adolescence et de première entrée dans le monde resta à très-peu près le même, ni plus ni moins. Dans un siècle qui remuait

toutes les théories, qui agitait tous les problèmes, il
ne prit aucune part effective, aucun intérêt véritablement intelligent. Pas plus que Crébillon, que Jean-
Baptiste Rousseau, que Piron, ses aînés, il n'avait l'esprit *sérieux*, tandis que Voltaire l'avait jusqu'en ses
saillies; et c'est ce qui explique le peu de résistance
qu'ils firent tous en face d'un tel rival, à la fois léger
de plume et muni du fonds. La première veine de jeunesse dissipée, la matinée à peine finie et midi son-
nant, Gresset n'eut plus rien à dire, et ne put que se
replier dans Amiens : car je suis fort de l'avis de Diderot, qui remarque quelque part que, lorsqu'un poëte
peut prendre si aisément sur lui de se taire, c'est
qu'il n'a plus guère à parler. Après *le Méchant*, dans
lequel il prouva une heureuse entente des tracasseries
du monde, comme dans *Vert-Vert* il s'était joué avec les
tracasseries du couvent, Gresset avait tout dit.

Il y eut, ne l'oublions pas, deux temps très-distincts,
deux moitiés très-tranchées dans le XVIIIᵉ siècle; ce
n'est que dans la seconde moitié, et après 1747, année
du *Méchant*, que ce siècle produisit les mémorables
ouvrages qui en firent décidément une grande époque
de philosophie et d'éloquence : l'*Esprit des Lois*, l'*Histoire naturelle*, l'*Encyclopédie*, l'*Emile* et tant d'autres;
Voltaire embrasse et remplit les deux périodes, Rousseau n'éclate que dans la seconde; Gresset ne passa
jamais la première. Le lendemain du *Méchant*, sa
moisson était faite, et sa provision aussi; son esprit
rassasié n'accepta pas une idée depuis. On voit assez
en quel sens on est autorisé à dire qu'il n'avait pas

l'esprit sérieux. Combien de poëtes sont ainsi, et eurent le talent plus distingué que l'intelligence!

On retrouverait en lui partout et dans le meilleur sens l'élève des jésuites et du Père Du Cerceau ; quand les jésuites ne se mêlaient pas de théologie, mais seulement de littérature, ils avaient de ce genre d'esprit dont Gresset représente la fleur la plus brillante et la plus mondaine : il suffit de nommer Commire, Cossart, Rapin, Porée, Bougeant et tant d'autres. Cette littérature tout intérieure et confinée aux ornements des écoles avait de la gaieté, et laissait à ces aimables maîtres (encore un coup, je ne parle que de ceux qui ne faisaient pas les théologiens) une certaine enfance de mœurs et d'esprit qui de près n'était pas sans charme. Pline le Jeune, parlant d'un vieux et aimable rhéteur, Isée, qui avait un prodigieux talent de parole et d'amplification, une élégance et une pureté de diction réputée attique, ajoute : « Il a plus de soixante ans, et il n'en est encore qu'à s'exercer au sein des écoles ; c'est dans cette classe d'hommes qu'on trouve le plus de simplicité, de sincérité et de bonté pure ; car, nous autres, qui passons notre vie au barreau et dans les contestations réelles, nous y apprenons, bon gré, mal gré, beaucoup de malice (1). » Gresset, même dans le temps de ses plus grandes malices, fut toujours un peu un homme de cette nature, un *scholasticus* comme Pline

---

(1) « Annum sexagesimum excessit, et adhuc scholasticus tantum est : quo genere hominum nihil aut simplicius, aut sincerius, aut melius. Nos enim qui in foro verisque litibus terimur, multum malitiæ quamvis nolimus, addiscimus. » (*Epist.*, lib. II, 3.)

le dit en bonne part du rhéteur Isée, et comme Voltaire l'a dit moins bénignement de lui dans ces vers si connus :

> Gresset doué du double privilége
> D'être au collége un bel-esprit mondain,
> Et dans le monde un homme de collége.

Aussitôt après sa sortie des Jésuites (1735), Gresset, accueilli dans le monde, et particulièrement à l'hôtel de Chaulnes par suite de ses relations de province, prodigua, pendant les années suivantes, une foule de vers légers, agréables en naissant, dans le genre de Chaulieu et d'Hamilton; mais, si Hamilton est un inimitable modèle, ce n'est point par ses vers assurément. Ceux de Gresset avaient pourtant de quoi plaire dans leur nouveauté : Jean-Baptiste Rousseau, qui les recevait à Bruxelles, ne se contenait pas de joie, et voyait déjà dans le nouveau-venu un rival et un vainqueur de Voltaire : « Je viens de relire votre divine Épître (celle *à ma Muse*), lui écrivait-il, et, si la première lecture a attiré mon admiration, je ne puis m'empêcher de vous dire que la seconde a excité mes transports. » Il est vrai que, dans l'épître en question, Gresset y parlait de Jean-Baptiste comme d'un Horace, et le proclamait *ce Phénix lyrique*. De son côté, Frédéric, avec qui Gresset était en correspondance, trouvait ses vers *d'un acabit admirable*. Desfontaines, plus judicieux, concluait, après bien des éloges : « Ce sont de jolis riens qui ne conduisent à rien. »

A les relire aujourd'hui, en effet, presque tous ces

vers de Gresset ne nous offrent plus guère qu'une interminable enfilade de rimes entre-croisées dans lesquelles
chaque mot ne marche qu'invariablement escorté de
son épithète : pur babil, ramage, une sorte de loquacité
poétique qui prouve de la facilité plutôt que de la
verve, *facilitas potius quam facultas*. Il ne sait ni s'arrêter, ni finir sa phrase ; le sens est noyé. Dans ce courant verbeux, redondant à l'oreille et plus gonflé que
léger, on saisit au passage quelques vers dignes d'être
retenus, mais aucun de ces traits dont le ton chaud
gagne en vieillissant. Qu'y faire? le brillant tout entier
a péri, la fleur du pastel est dès longtemps enlevée, et
on ne distingue plus rien de la poussière première à
ces ailes fanées du papillon.

Je ne prétends pas dire que Gresset n'ait pas eu là
d'heureuses années embellies de succès légitimes; des
idées riantes, un certain jeu de vivacité naturelle et de
mollesse voluptueuse, quelques éclairs de tendresse,
des accents sortis d'un cœur droit, d'une âme honnête
et bonne, animaient ces productions de sa veine dans
leur fraîcheur : presque tout cela, encore un coup, a
disparu. Gresset était d'une physionomie douce, fine, et
qui devait s'accommoder du sourire. On a dit qu'il était
très-aimable dans l'intimité, et je le crois volontiers;
mais, d'après les échantillons mêmes qu'on donne de
sa conversation et des ingrédients qu'il y faisait entrer,
j'y trouve tout un train de bons mots, anecdotes et historiettes, accusant ce tour d'esprit un peu futile dont le
dix-huitième siècle ne se payait qu'en de certains
moments. En ce genre-là, je doute que Gresset ait

jamais approché de Delille. M. de Cayrol, qui n'entend
pas contradiction sur son héros, traite fort mal
M. de Feletz, pour avoir osé mettre en doute l'agrément
de Gresset en prose ; il me semble qu'au moment où il
plaidait pour les agréments d'un autre, le digne biographe l'aurait pu faire en un style plus persuasif et
mieux assorti ; pour moi, en ces matières d'urbanité, je
suis accoutumé à reconnaître M. de Feletz comme un
excellent juge. Non, Gresset, causeur et conteur, n'était
rien moins qu'un Hamilton ; malgré ses succès dans
deux ou trois cercles où on l'adopta, j'oserai conclure
des récits mêmes de son biographe que, durant ces
quinze années qu'il passa dans le monde de Paris,
depuis sa sortie de chez les jésuites jusqu'à sa retraite
à Amiens (1735-1750), Gresset n'eut jamais pied véritablement en plein milieu du siècle, et qu'il n'y tint
jamais un de ces premiers rôles, ne fût-ce que d'ama-
bilité brillante, qu'on a peine ensuite à quitter. Il
assista, il observa d'une place commode, et pour lui
c'était assez. Quelques mots épars, quelques indices
recueillis par M. de Cayrol, semblent indiquer que les
jouissances de cœur ne manquèrent pas à Gresset dans
ces années mondaines ; mais la discrétion du poëte n'a
rien laissé percer sur l'objet aimé, et, dans un monde
où tout s'affichait, il sut couvrir d'un voile mystérieux
le nom de sa *Glycère*. Gresset avait le cœur délicat ;
même à son heure la plus brillante et en son midi, il
se rejetait le plus qu'il pouvait dans le demi-jour (1).

(1) On lit dans une lettre de d'Argens à Frédéric le Grand, datée

Ses tentatives au théâtre, où il débuta en 1740 par
Édouard III, où il récidiva en 1745 par *Sidnei,* deux
pièces assez équivoques de genre comme de talent, se
couronnèrent en 1747 par le succès brillant et imprévu
du *Méchant,* l'une des meilleures comédies d'un siècle
qui n'en a pas eu de grande avant Figaro. L'observation
fine de Gresset venait de prendre sur le fait un travers,
un vice particulier à ce moment de société auquel il
assistait ; son talent redevenu net, vif, élégant, et à la
fois enhardi, avait mis l'odieux objet dans une entière
lumière ; sa conscience d'honnête homme l'avait flétri.
Après le débordement de la Régence, en effet, les vices
du siècle avaient légèrement rentré ; la corruption

---

de Paris, 5 septembre 1747 : « Tout ce qui a dans ce pays un certain mérite est presque impossible à déplacer. Gresset, par exemple, dont Votre Majesté me parle, a deux emplois qui lui rendent
deux mille écus ; il faut ajouter à cela une des plus jolies femmes
de Paris pour maîtresse. » Frédéric espérait Gresset à Berlin et
ne l'eut pas.

— On lit dans une lettre de Maupertuis à Frédéric, vers la même
date (29 octobre 1747) : « Votre Majesté me permet-elle de lui envoyer quelques vers de Gresset qui me paraissent dignes d'elle? Il
n'a osé dire dans sa lettre qu'il désire passionnément une place
dans votre Académie ; mais la duchesse de Chaulnes m'en a instruit, et connaissant la protection dont Votre Majesté l'honore et
combien il mérite toutes les distinctions littéraires, je l'ai proposé
pour être élu jeudi... » Frédéric répondit : « Chargez-vous de mes
remercîments à Gresset. C'est le poëte des Grâces, et il a prouvé
qu'il pouvait être autre chose, de moins parfait à la vérité, mais
qu'on croyait incompatible avec tant d'agréments et de légèreté.
Je me soucie peu qu'il soit sur notre liste : c'est à Postdam que
je le voudrais. Mais la duchesse de Chaulnes le tient apparemment dans ses fers, comme Mme du Châtelet Voltaire. Il est juste
que les belles aient la préférence sur les rois. »

s'était faite élégante, et ne circulait que mieux sous un vernis de persiflage ; on avait à combattre une seconde *rouerie* plus convenable d'apparence et plus périlleuse peut-être que la première ; armée d'une diction polie, acérée, elle se faisait gloire d'une sécheresse spirituelle et d'une scélératesse de bon ton qui, même entre gens qui se piquaient d'honneur, devait en plus d'un cas passer des paroles jusqu'aux procédés. Quelques hommes distingués avaient perfectionné cet art misérable, qui était devenu leur fonds de nature, et la jeunesse, comme toujours, s'y portait à leur suite par imitation et singerie. Le Cléon de Gresset jeta le masque, et vint exposer le portrait devant tous les yeux ; il était si frappant par tant de traits qu'on y appliqua à l'instant plusieurs noms, le marquis de Vintimille, le comte de Stainville, et bien d'autres. Le piquant, c'est qu'il y en avait parmi les dénoncés qui ne s'en défendaient pas beaucoup, et M. de Vintimille déclara que, sauf quelques traits de noirceur qui étaient plutôt du scélérat que du méchant, il n'aurait pas été fâché de ressembler à Cléon (1). Le personnage de Valère, de ce jeune homme bien doué et d'un naturel excellent, qui se croit obligé de faire le fat par bon air, n'est pas moins vivement saisi ; cela prête à plus d'une scène heureuse

(1) « On a prétendu, dit Craufurd dans ses *Essais sur la Littérature française*, que la duchesse de Chaulnes (depuis Mme de Giac) avait fourni plusieurs traits à Gresset ; et cela est vraisemblable : il ne connaissait pas beaucoup le monde alors, et la conversation de Mme de Chaulnes était semée de traits du genre de ceux qui ont fait le succès du *Méchant*. »

et d'un intérêt assez comique; mais la diction surtout
du *Méchant* est excellente; on en peut dire ce que Voltaire disait de la satire des *Disputes,* que ce sont des
vers comme on en faisait dans le bon temps. Aucune
comédie n'a peut-être autant fourni à la mémoire du
public et n'a mis en circulation pour l'usage journalier
un aussi grand nombre de ces mots devenus proverbes
en naissant :

> Les sots sont ici-bas pour nos menus plaisirs...
> C'est pour le peuple enfin que sont fait les parents...
> Il ne vous fera pas grâce d'une laitue...
> . . . . Elle a d'assez beaux yeux,
> Pour des yeux de province. . . . .
> On ne vit qu'à Paris, et l'on végète ailleurs...
> Tout le monde est méchant, et personne ne l'est...
> L'aigle d'une maison n'est qu'un sot dans une autre...
> L'esprit qu'on veut avoir gâte celui qu'on a...
> Et c'est là qu'on entend le cri de la nature...

Et cent autres. Relu aujourd'hui, *le Méchant* se ressent
un peu de cet inconvénient d'avoir trop réussi et d'être
trop su d'avance. Pourtant il se maintiendra toujours à
son rang littéraire, comme une des œuvres les plus
honorables dans ce genre de la comédie mitigée et de
l'épître morale, dont le mérite, lorsqu'il est universellement goûté par l'élite d'une nation, donne la mesure
certaine d'une qualité de civilisation bien polie et bien
délicate (1).

(1) Voir la correspondance de l'abbé Galiani et de Mme d'Épinay,
à la date du 27 février 1773. Galiani y fait une espèce de gazette
de théâtre, à l'occasion des représentations qu'une troupe de comé-

Le succès du *Méchant* ouvrit à Gresset les portes de l'Académie; il était donc à trente-neuf ans, en 1748, au comble, ce semble, de ses vœux et dans la plénitude de sa carrière, lorsque, sans qu'on vît bien pourquoi, il ressentit soudainement une grande lassitude et ne songea plus qu'à se retirer. Comme s'il avait pris à la lettre et tout à fait au sérieux son sujet du *Méchant*, et comme s'il s'était dit qu'il n'y avait pas à demeurer dans un pareil monde, il ne tourna plus désormais de regard qu'en arrière, vers la retraite et vers la vie de province. On le voit en 1749 obtenir des lettres patentes pour faire ériger en académie la Société littéraire d'Amiens; il s'y disposait un abri commode et un petit sanctuaire à sa convenance. Au commencement de 1751, il se maria dans sa ville natale, et n'en sortit plus qu'en deux ou trois occasions obligées; il y passa les vingt-six dernières années de sa vie.

À de telles déterminations, qui tiennent de si près à la conscience et à la morale intime, il n'y a rien à opposer; l'idée qu'on peut se faire du cœur de Gresset gagne plutôt à le voir ainsi se dérober à ce qui eût tenté la plupart. La gloire dont il venait de goûter à pleine coupe dans l'applaudissement universel lui fut amère; il parut sentir que c'était un breuvage trop fort pour lui, et il s'en détourna. Des pensées plus douces et plus humbles lui sourirent; le bonheur domestique lui fit envie. Je ne sais qui disait de la situation de l'Autriche

diens français donnait à Naples : « Dix-septième représentation : *le Méchant*, pièce qu'on n'entendit point du tout, parce qu'elle n'est que parlée. Rien ne s'y fait. »

par rapport aux autres États plus remuants : Que voulez-vous ? ce sont des gens qui ont la bêtise d'être heureux. Gresset, à même de choisir, préféra ainsi le bonheur sûr à l'éclat hasardeux ; mais le bonheur trouve son
prix en lui-même, et il n'est guère intéressant à raconter.

Il ne tiendrait pas à M. de Cayrol que nous ne vis-
sions dans ces années de retraite de Gresset l'époque
la plus remplie littérairement et la plus fertile de sa
vie. L'honorable biographe s'est tellement appliqué et
a si bien réussi à retrouver tous les canevas et projets
qui ont pu passer dans l'esprit ou s'ébaucher sous la
plume de l'auteur sommeillant et indécis, que nous
nous perdons avec lui dans cette multitude d'essais
oiseux, de dédicaces sans but et de faciles avortements.
Il ne nous a convaincu pourtant que d'une chose, c'est
que Gresset, à peine retiré, baissa aussitôt comme
poëte. Confiné et, pour tout dire, confit dans les solen-
nités provinciales, dans la coterie littéraire du lieu et
dans les admirations bourgeoises, il put encore avoir
de bons, d'aimables instants en petit comité, entre
le digne évêque M. de la Motte, qui le dirigeait, et
MM. de Chauvelin, gens d'esprit, dont l'un était inten-
dant de Picardie ; mais il ne retrouva plus désormais, il
ne posséda plus son talent ; il eût été incapable, à sa
manière, d'un grand et vivant réveil, comme en eut
Racine. En guise d'*Esther* et d'*Athalie,* il couva le *Par-
rain magnifique* et *le Gazetin,* deux pauvretés qu'il
regardait comme ses chefs-d'œuvre, et qui sont à *Vert-
Vert* ce que Campistron est à Racine lui-même.

Il est, je l'ai dit, et j'y reviens comme à la clef de

mon explication, il est des natures poétiques qui vieillissent vite, et Gresset était de celles-là. Il avait eu son
beau moment de maturité dans *le Méchant,* mais ce
n'avait été qu'un éclair : à partir de là, son talent
devint tout aussitôt vieillot avant l'âge, de même qu'il
avait été si agréablement jeunet dans *Vert-Vert.* Ce qui
avait été badinage aimable en sa primeur ne fut plus,
en se répétant, que babiole et pure fadaise.

Quand on retrouverait la totalité des manuscrits perdus, quand ce fameux portefeuille de Gresset qu'avait
eu entre les mains M. Duméril, et qui s'est égaré on
ne sait comment, se rouvrirait aujourd'hui tout entier ;
quand on en verrait sortir cette suite du *Vert-Vert* dont
M. de Cayrol porte encore le deuil et dont il a tenté de
nous donner en vers la complète restitution, on n'aurait guère à changer d'avis ; on y serait de plus en plus
confirmé, je le crains. Gresset vieillissant tournait sans
cesse autour du *Vert-Vert ;* il en avait repris, développé,
enjolivé les deux derniers chants ; une partie nouvelle
qui s'appelait *l'Ouvroir* fut par lui récitée à la famille
royale dans un voyage qu'il fit à Paris en 1774. Il eut
là le plus vif succès de ses vingt-cinq dernières années.
Mesdames Royales, filles de Louise XV, ne se sentirent
pas de joie à la peinture de cet intérieur de nonnes ;
c'était la plus vive gaieté qui eût jamais pénétré au sein
de cette autre vie cloîtrée et innocemment futile.

A part ce petit succès à huis clos, Gresset ne donna
signe de vie durant ces années que pour essuyer de
légers échecs qu'un manque de tact devenu trop habituel lui attirait. Chargé en 1754 de recevoir D'Alembert

à l'Académie, il trouva moyen, à propos de l'évêque de Vence qu'on remplaçait, de faire une critique des prélats de cour qui ne résidaient pas; l'occasion était mal choisie, et l'on dit que, lorsqu'il alla ensuite à Versailles pour présenter au roi son discours, Louis XV, qui le crut esprit-fort, lui tourna le dos. Quelques années après, en 1757, ce fut Gresset qui, lors de l'attentat de Damiens, voulut signaler son zèle en demandant au roi, par une Épître en vers, qu'il daignât changer le nom de la ville d'*Amiens* en celui de *Louisville*. Ce sont là de ces faiblesses telles qu'il en arrive aux gens honnêtes un peu amollis par la vie domestique; mais on se demande ce qu'est devenu l'homme d'esprit.

On se le demande encore, lorsqu'en 1759 on voit Gresset, sans nécessité, sans prétexte, s'aviser de publier une *Lettre sur la Comédie*, dans laquelle il déclare à tous son projet de renoncer au théâtre par scrupule de conscience, et d'après la décision qu'il en a reçue de l'évêque d'Amiens : « Je profite de cette occasion, y disait-il, pour rétracter aussi solennellement tout ce que j'ai pu écrire d'un ton peu réfléchi dans les bagatelles rimées dont on a multiplié les éditions, sans que j'aie jamais été dans la confidence d'aucune. » Ces sentiments sont respectables, même dans leur excès; mais à quoi bon les proclamer? et que cela donnait beau jeu à Voltaire de s'écrier dans le *Pauvre Diable*, qui est justement de l'année suivante :

. . . .
Gresset dévot, longtemps petit badin,
Sanctifié par ses palinodies;

Il prétendait avec componction
Qu'il avait fait jadis des comédies
Dont à la Vierge il demandait pardon.
— Gresset se trompe, il n'est pas si coupable (1) :
Un vers heureux et d'un tour agréable
Ne suffit pas; il faut de l'action,
De l'intérêt, du comique, une fable,
Des mœurs du temps un portrait véritable,
Pour consommer cette œuvre du démon !

Chez Gresset, sans qu'il s'en rendît compte, la conscience littéraire, par une de ces ruses d'amour-propre
qui sont naturelles au cœur humain, se déguisait ici
en conscience morale ; elle lui disait tout haut qu'il ne
devait plus rien faire, pressentant tout bas qu'il ne le
pourrait plus (2).

Mais l'échec le plus célèbre de Gresset depuis sa
retraite fut à l'un de ses retours comme directeur de
l'Académie, lorsqu'il reparut en public pour la réception
de Suard, en août 1774. Le siècle dans l'intervalle avait
changé ; les grandes œuvres philosophiques s'étaient
produites, et la mode elle-même tournait au sérieux.
Gresset, dans son séjour d'Amiens, s'était extrêmement
préoccupé, comme font volontiers les écrivains retirés en
province, du néologisme qui s'introduisait en quelques
branches du langage : « Il avait été frappé justement,
mais beaucoup trop, dit Garat dans sa *Vie de Suard,*

---

(1) « La prétention d'avoir trop péché n'est qu'une forme de la
vanité qui se glisse jusque dans le repentir. » C'est un moraliste
de l'école de La Rochefoucauld qui a dit cela.

(2) On peut voir dans le *Journal* de Collé, mai 1759 (tome II,
page 292), un jugement fort modéré et fort sensé sur la publication
de cette lettre et sur Gresset lui-même.

du ridicule d'une vingtaine de mots qui avaient pris leurs
origines et leurs étymologies dans les boutiques des
marchandes de modes, même dans les boutiques des
selliers. » Il en forma comme le tissu de son discours ;
toutes ces locutions exagérées dont il s'était gaiement
raillé vingt-cinq ans auparavant dans le rôle du jeune
Valère : Je suis *comblé, ravi,* je suis *au désespoir ;*
Paris est *ravissant, délicieux,* il les remit là en cause,
il fit d'une façon maussade comme la petite pièce en
prose à la suite du *Méchant ;* et tandis que Suard plaidait avec tact pour la raison, alors dans sa fleur, et pour
la philosophie, Gresset souligna pesamment des syllabes, anticipant l'office que nous avons vu depuis tant de
fois remplir à feu M. Auger avec un égal désagrément.
Le succès en effet répondit à la méthode, et, « dès les
premier mots, c'est encore Garat qui nous le dit, les
applaudissements furent si bruyants, si universels, si
continus, que Gresset lui-même ne put se méprendre à
leur intention (1). »

(1) Je trouve un petit récit, sinon élégant de tout point, du
moins très-impartial et fidèle, de cette même séance, dans une
lettre de Mme Necker adressée à l'ingénieux physicien Le Sage,
de Genève, à la date du 16 août 1774 : « L'aimable, le galant, le
léger M. Gresset, écrit-elle, est revenu à Paris après quinze ans
(lisez vingt-quatre) de séjour à Amiens. Dans le discours qu'il a
fait à la réception de M. Suard, il a voulu se montrer avec toutes
les grâces qu'il avait autrefois, et malheureusement il s'est donné
tous les ridicules dont il nous avait appris à nous moquer. Nous
eûmes ce jour-là un spectacle extraordinaire : toute l'Académie en
corps dans l'appareil le plus respectable, une assemblée nombreuse, un vieillard qui ajoutait à sa réputation par ses cheveux
blancs, qui fut *précédé par des applaudissements généraux,* et

Qu'est-ce donc que cette chose légère qu'on appelle le goût, l'urbanité, qui est si en danger de s'évaporer sitôt que l'on s'éloigne d'un certain centre et qu'on ne respire plus en un certain lieu? Qu'est-ce que cette mollesse et finesse de l'air que les Anciens trouvaient au ciel d'Athènes, que les Latins du temps des Césars croyaient ressentir à Rome (*proprium quemdam gustum urbis*), que Voltaire recommandait si fort aux poëtes trop absents de Paris, et dont lui-même, à ce qu'il semble, il savait se passer si bien? En combien d'endroits de ses lettres Cicéron se montre préoccupé de ce je ne sais quoi si réel et si indéfinissable, soit que, du fond de la Cilicie, il écrive à un de ses amis plus heureux, qui vit, comme il dit, à la lumière: « *Urbem, urbem, mi Rufe, cole et in ista luce vive* (1) , » soit qu'il écrive à cet autre qui se plaignait de lui, et qui tout d'un coup, en arrivant à Rome, change de ton : « Il a suffi du seul aspect de la ville pour te rendre ta première urbanité, *adspectus videlicet urbis tibi tuam pristinam urbanitatem reddidit* (2) ! » Comment la vue seule de

dont toutes les paroles étaient attendues comme des oracles; et qui trouva moyen de perdre en un quart d'heure *toute la masse d'estime littéraire* qu'il s'était acquise depuis si longtemps; le *Vert-Vert* et le *Méchant* restent, mais l'auteur n'est plus. » (*Notice sur la Vie et les Écrits de G.-L. Le Sage,* de Genève, par Pierre Prevost, 1805, page 195.)

(1) *Lettres familières,* II, 12. — Cet *ista luce* de Cicéron, c'est le *ruisseau de la rue du Bac* que regrettait Mme de Staël aux bords du Léman. Des deux parts le sentiment est aussi vrai; il s'exprime chez Mme de Staël d'une manière plus piquante, et chez Cicéron plus à l'antique.

(2) *Lettres familières,* III, 9.

Paris et de ce monde qu'il avait une fois connu ne fit-
elle point à Gresset cet effet-là? Comment la rouille avait-
elle si complétement recouvert ce vif et brillant esprit?
Car enfin, même en se retirant au bout du monde, on
emporte des préservatifs avec soi : Voltaire se fit un Paris
et un Versailles partout où il alla, et tout en se vantant
par coquetterie d'être Suisse et très-Suisse. Cet Hamilton
que Gresset, dans sa jeunesse, avait beaucoup lu, et
qu'il prétendait continuer, ne vécut pas toujours, tant
s'en faut, à Paris ou à Saint-Germain, et les délicieux
Mémoires de Grammont sont donnés comme venant de
la plume d'un campagnard, de quelqu'un qui se dit
rouillé par une longue interruption de commerce avec
la cour. Je sais bien qu'autre chose est l'entière retraite
de la campagne, autre chose la ville de province (1),
surtout l'Académie de l'endroit; et Gresset, par le genre
de vie anodin qu'il adopta, se soumit à la plus redoutable, à la plus assoupissante des épreuves. Malgré tout,
on revient toujours à se poser à son sujet cette question
délicate, embarrassante : Comment se fait-il que, lorsqu'on a eu du goût, on cesse tout d'un coup d'en avoir?
et est-il bien vrai alors qu'on en ait eu réellement auparavant, j'entends du vrai goût, du franc, du meilleur,
de celui qui tient à la première nature?

    C'est assez insister sur ces problèmes, un peu humi-

---

(1) La ville de province telle qu'elle était *autrefois*, car, on le
sait, il n'y a plus de province aujourd'hui, il n'y en aura plus
demain, grâce aux chemins de fer; nous sommes à la veille d'un
atticisme universel, à Paris comme ailleurs, et c'est ce qui me met
à l'aise pour m'expliquer.

liants au fond pour l'esprit humain et pour le talent.
Il ne me reste rien à dire de Gresset, sinon qu'il
mourut de mort subite en juin 1777, universellement
regretté malgré sa longue éclipse, et pardonné aisément d'un siècle qui avait deux fois reçu de lui un régal
excellent. — Pour moi, en tout ceci, à l'occasion du livre
de M. de Cayrol, je n'ai guère fait que commenter et
développer, en l'adoucissant convenablement, l'opinion
qu'avait exprimée Voltaire avec un bon sens malin et
intéressé, je l'avoue, mais d'autant mieux aiguisé.

15 septembre 1845.

FLÉCHIER.

(Mémoires sur les Grands-Jours tenus à Clermont en 1665-
1666, publiés par M. GONOD, bibliothécaire de la ville de
Clermont.)

C'est un de ces livres comme la postérité les aime, et
dont les contemporains ne soupçonnent pas le prix.
L'abbé Fléchier, âgé de trente-trois ans, avant sa célébrité, mais déjà fort bien posé dans le monde, fait le
voyage de Clermont en Auvergne à la suite de M. de
Caumartin, maître des requêtes, dont le fils est son
élève. M. de Caumartin avait charge du Roi de tenir
les sceaux pendant la durée des Grands-Jours : c'était
un magistrat poli, de cour, ami de Retz qui lui rend
bon témoignage, et fort lié avec les gens d'esprit de ce
temps-là. Il goûtait fort lui-même le très-aimable abbé.
C'est sans doute pour complaire à ce patron spirituel,
ainsi qu'à ces dames Caumartin et à leur société particulière, que Fléchier écrivit l'espèce de journal et de
chronique détaillée de ce voyage. Les éditeurs de ses œuvres avaient toujours jugé à propos d'éliminer un écrit,
selon eux, trop familier :

« Ce fut pendant ce voyage (d'Auvergne), est-il dit dans
le Discours préliminaire de l'édition de 1782, et à l'occasion
de tous les événements dont il y fut témoin, qu'il composa
la relation des Grands-Jours, ouvrage écrit à la hâte, et qui
ne ressemble en rien ni pour la gravité du ton, ni pour l'élégance du style, aux autres productions de sa plume... Aussi
Fléchier, parvenu aux honneurs de l'Église et compté déjà
parmi les hommes célèbres de son temps, n'a-t-il jamais
permis que cette bagatelle devînt publique par l'impression.
Nous avons jugé comme lui qu'elle n'était pas digne de paroître telle qu'il l'a laissée, à côté des compositions immortelles qui lui ont fait un si grand nom, et nous avons res-
pecté ses intentions en ne la donnant que par extrait, etc. »

Et en effet, tout à la fin du tome X de ses œuvres, on
reléguait un très-maigre extrait de l'ouvrage. Mais les
goûts changent ; la postérité, ce juge suprême assurément, a quelquefois aussi ses mobilités, ses oublis, ses
retours, et veut avant tout être amusée. L'Oraison
funèbre de Turenne reste très-belle, un des chefs-d'œuvre du genre, mais on se lasse de la savoir par cœur ;
on s'ennuie d'entendre dire que Fléchier est juste ; le
voisinage de Bossuet, qui grandit chaque jour comme
tout ce qui est vraiment grand, lui faisait tort d'ailleurs,
et on était en train, si je ne me trompe, de devenir ingrat, ou, qui pis est, indifférent, lorsque, par bonheur,
M. Gonod nous rend l'écrit oublié, et la mémoire de
Fléchier s'en rafraîchit pour longtemps, pour toujours ;
on le retrouve lui-même en personne, tel qu'il causait
chez M. de Caumartin, avec sa diction exquise, sa lenteur étudiée, sa douce raillerie et ses grâces ; et voilà,
si l'on n'y prend pas garde, qu'on va **tout sacrifier de**

son passé pour ne plus voir de lui que l'œuvre nouvelle.

Martial a très-bien remarqué qu'il y a ainsi deux sortes d'œuvres : celles qui font grand honneur par la gravité des sujets et par la solennité des genres, celles-là on les estime, on les admire ; les autres, réputées moins sérieuses, on les lit :

> Illa tamen laudant omnes, mirantur, adorant.
> — Confiteor : laudant illa, sed ista legunt.

Nous tenons donc une œuvre de Fléchier qu'on va lire, lire avec le plaisir qui s'attache aux choses familières et vraies, observées par un esprit délicat et fin, racontées par une plume rare. Mais, pour ne point passer d'un extrême à l'autre, qu'on nous permette de bien maintenir d'abord le premier, l'ancien Fléchier et ses titres à jamais durables dans l'histoire de notre littérature.

Il convient d'écarter au préalable cette comparaison écrasante avec Bossuet, dont Fléchier a trop souffert. Il y a longtemps que, dans un de ses dialogues, Vauvenargues faisait demander par Pascal à Fénelon *ce que c'est qu'un certain évêque qu'on a égalé à Bossuet pour l'éloquence*; et Fénelon répondait en des termes fort durs pour Fléchier, parlant de lui comme d'*un rhéteur* déjà *au déclin de sa réputation*. Certes, quoi qu'ait pu dire Vauvenargues, Fénelon n'aurait point parlé ainsi, lui qui, au moment où il apprit la mort de Fléchier, s'écria : « Nous avons perdu notre maître ! » C'était bien un maître de Fénelon en effet, celui qui, avec Pellisson, Bussy et Bouhours, et plus qu'aucun d'eux, contribua à mettre en honneur la culture polie, la régularité ornée et simple, à conduire la langue, selon sa propre expression, *dans un canal charmant et utile* (1). La Bruyère, dans une remarque souvent citée, a dit :

« L'on écrit régulièrement depuis vingt années : l'on est esclave de la construction ; l'on a enrichi la langue de nouveaux tours, secoué le joug du latinisme et réduit le style à la phrase purement françoise : l'on a presque retrouvé le nombre, que Malherbe et Balzac avoient les premiers rencontré, et que tant d'autres depuis eux ont laissé perdre. L'on a mis enfin dans le discours tout l'ordre et toute la netteté dont il est capable : cela conduit insensiblement à y mettre de l'esprit. »

Certes Fléchier, plus qu'aucun, avait réussi à donner ou à rendre au style toutes ces qualités requises par La Bruyère, et ce n'était pas l'esprit non plus qui lui avait manqué pour l'y ajouter *insensiblement*. Fléchier a repris exactement l'œuvre de prose de Balzac, un peu du côté de l'hôtel Rambouillet, et sans entrer dans le mouvement de Boileau ; il a rendu ce service dans sa propre ligne, directement, ayant reçu la tradition et la culture par ce coin un peu précieux du monde ; sorti de là, et sur les pas de Montausier, il s'est bientôt associé et assorti avec gravité à la décoration auguste du grand règne. Cette relation des Grands-Jours, où nous

(1) Fléchier a dit cela au sujet de Camus, évêque de Belley, qu'il lisait beaucoup ; il comparait son style spirituel et folâtre à une source abondante et mal ménagée dont le bon prélat s'amusait à faire des jets d'eau, tandis qu'on en aurait pu faire un canal charmant et utile. (Ménard, *Histoire de la ville de Nîmes*, tome VI, page 441.)

allons le voir encore au début et tout à fait lui, est
précisément de la même année que les *Maximes* de la
Rochefoucauld et que les premières Satires de Boileau
(1665-1666). On y reconnaît, à chaque phrase du narrateur, le Fléchier tel qu'il s'est retracé lui-même
dans un portrait déjà connu, adressé, selon toute
apparence, à mademoiselle Des Houlières (1), portrait
à la mode du temps, dans le goût un peu flatté des
ruelles et des bergeries, tout peint et comme peigné par
lui de charmantes caresses. Veut-on savoir comment
s'exprime sur sa propre personne l'agréable prélat,
celui que madame Des Houlières appelait *Damon*, que
Senecé appelait *Acaste* ?

« Vous voulez donc, Mademoiselle, que je vous trace le
portrait d'un de vos amis et des miens, et que je vous fasse
une copie d'un original que vous connoissez aussi bien que
moi... Sa figure, comme vous savez, n'a rien de touchant ni
d'agréable, mais elle n'a rien aussi de choquant. Sa physionomie n'impose pas et ne promet pas au premier coup d'œil
tout ce qu'il vaut; mais on peut remarquer dans ses yeux
et sur son visage je ne sais quoi qui répond de son esprit
et de sa probité.

« Il paroît d'abord trop sérieux et trop réservé, mais après
il s'égaye insensiblement; et qui peut essuyer ce premier
froid s'accommode assez de lui dans la suite. Son esprit ne
s'ouvre pas tout à coup, mais il se déploie petit à petit, et il
gagne beaucoup à être connu. Il ne s'empresse pas à acquérir
l'estime et l'amitié des uns et des autres; il choisit ceux qu'il
veut con..oître et qu'il veut aimer; et, pour peu qu'il trouve
de bonne volonté, il s'aide après cela de sa douceur natu-

(1) Ou à Mlle de Lavigne (voir l'article de M. Labitte, *Revue des
Deux Mondes* du 15 mars 1815).

relle et de certains airs de discrétion qui lui attirent la confiance...

« Il a un caractère d'esprit net, aisé, capable de tout ce qu'il entreprend. Il a fait des vers fort heureusement (1), il a réussi dans la prose, les savants ont été contents de son latin. La Cour a loué sa politesse, et les dames les plus spirituelles ont trouvé ses lettres ingénieuses et délicates. Il a ecrit avec succès, il a parlé en public, même avec applaudissement

« Sa conversation n'est ni brillante ni ennuyeuse; il s'abaisse, il s'élève quand il le faut. Il parle peu, mais on s'aperçoit qu'il pense beaucoup. Certains airs fins et spirituels marquent sur son visage ce qu'il approuve ou ce qu'il condamne, et son silence même est intelligible... »

Cette gracieuse analyse continue ainsi durant des pages, et l'on s'y laisse aller sans peine avec lui. Même avant la publication des *Mémoires sur les Grands-Jours*, il suffisait d'avoir lu le délicieux et complaisant portrait pour bien saisir dans son vrai jour cet *Atticus* de l'épiscopat français sous Louis XIV, élégant, disert, d'un silence encore plus ingénieux parfois que ses discours, qui n'est ni pour les jésuites, ni pour les jansénistes, ni contre; qui n'est ni une créature de la Cour, ni trop dissipé au monde, ni voué à la pénitence; honnête homme avant tout, excellent chrétien pourtant, tolérant

---

(1) D'Alembert, parlant de ces vers de Fléchier, par lesquels l'orateur avait préludé à ses succès de chaire, a dit ingénieusement : « Rien n'est plus utile à un orateur pour se former l'oreille que de faire des vers, bons ou mauvais, comme il est utile aux jeunes gens de prendre quelques leçons de danse pour acquérir une démarche noble et distinguée. » (*Éloge de Fléchier.*) — Se rappeler aussi ce que dit Pline le Jeune en ses *Lettres* (liv. VII, 9).

prélat, résidant et exemplaire, charitable aux protes-
tants persécutés, modérant sur leur tête les rigueurs
de Bâville, et trouvant encore des intervalles de loisir.
pour les divertissements floraux de son Académie de
Nîmes; doux produit du Comtat, chez qui tout est
d'accord, même son nom (il s'appelait *Esprit* Fléchier);
un Balzac en style, mais un Balzac châtié, mesuré et
spirituel, un Godeau plus jeune, mais avec une galanterie plus décente, une tête plus saine et sans engage-
ment de parti; une sorte de Fontenelle non égoïste et
encore chrétien ; enfin un bel-esprit tout à fait sage,
aimable et sensible, déjà un peu rêveur.

L'abbé Fléchier va nous permettre de vérifier de lui
tous ces traits réunis au complet dans les agréables
Mémoires, production de sa jeunesse, que M. Gonod nous
donne à lire aujourd'hui. Il commence d'un ton de
simplicité ce récit qui n'est pas sans composition ni
sans art : il y en a partout chez Fléchier. Il nous met
au fait, non sans quelque raillerie, des grands débats
de prééminence entre Riom et Clermont. C'est à Riom
qu'il s'arrête d'abord, c'est là qu'à propos d'une beauté,
merveille de cette ville et de la province, il se fait au
long raconter par une personne de qualité du pays
tout un petit roman des amours de cette belle (1),
lequel ne tient pas moins de trente pages, et qui pourrait être vraiment de madame de La Fayette elle-même.

(1) C'est par erreur qu'il est dit, page 7, que cette demoiselle,
au moment où Fléchier la voit, est âgée d'environ *vingt-deux* ans;
toute la suite montre que c'est *vingt-six* ans qu'il faut lire. Je
veux prouver au savant éditeur que j'ai lu en toute conscience.

Comme un autre prélat de sa connaissance, le docte
Huet, Fléchier aimait les romans et les traitait avec indulgence, en ami de mademoiselle de Scudéry. La
petite nouvelle qui fait le début de ces *Mémoires*
annonce, par la justesse et la mesure du ton et de l'analyse, toute la réforme que madame de La Fayette est
en train d'accomplir et que *la Princesse de Clèves* couronnera. Remarquez que, dans ces *Mémoires,* toutes les
fois que Fléchier veut entrer dans quelque développement prolongé sur les divers chapitres plus ou moins
sérieux et les tracasseries de la province, il introduit
un personnage et se fait raconter la chose en prêtant à
l'interlocuteur toutes ses finesses et ses élégances, et
en lui laissant pourtant des traits particuliers de physionomie.

Ce premier petit roman nous met en goût et en confiance avec Fléchier; on sent qu'on a affaire, non-seulement à un écrivain singulièrement poli, mais à un
esprit observateur et délié qui s'entend aux beaux
sentiments, aux grandes passions, qui en sourit tout
bas en les exposant, et les décrit à plaisir sans s'y
prendre. Ce prédicateur habile a lu l'*Astrée,* il a volontiers sur sa table l'*Art d'aimer* traduit par le président
Nicole; en un mot, il sait par principes les règles
du jeu, la carte du *Tendre,* mais surtout il excelle à
tout voir finement autour de lui, et à démêler du coin
de l'œil les nuances du cœur. Et puis, en paroles *d'or
et de soie,* comme on dit, il nous les dévidera.

Pourtant on arrive à Clermont; on y est reçu avec
force harangues et *comparaisons tirées de la lune et du*

soleil; tandis que Messieurs s'installent, qu'échevins et échevines défilent en cérémonie, et qu'on se promène un peu pour reconnaître la ville, M. Talon, en zélé procureur-général qu'il est, va tout d'abord visiter les prisons pour voir si elles sont sûres et capables de contenir autant de criminels qu'il espère en faire arrêter. La double perspective commence.

Régulièrement, durant tout le volume, on aura le récit des causes célèbres qui vont être jugées, des grandes exécutions qui vont faire éclat, et, entre deux petites histoires de la *question ordinaire* ou *extraordinaire,* on aura le délassement de ces horreurs, la conversation avec les dames, de galantes promenades en carrosse hors de la ville, quand le soleil d'automne le permet, non pas sans quelques excursions plus lointaines, à Vichy, par exemple, avec des descriptions de nature qui rappellent et égalent celles de madame de Motteville en face des Pyrénées. Cette double action du récit fait d'abord un peu l'effet de la fameuse lettre de madame de Sévigné, lorsqu'elle badine sur les émeutes et les exécutions en Bretagne : *Nous ne sommes plus si roués...* On se demande si ce n'est pas montrer quelque légèreté que de prendre ainsi le côté sombre et sanglant de la justice comme matière ou contraste à divertissement. Mais, en y regardant mieux, on s'aperçoit que l'humanité de Fléchier et de son cercle n'est pas ici à mettre en cause. Il y a parmi ce monde officiel des Grands-Jours les gens de palais et de Parlement, à proprement parler ; M. le président Novion, si à cheval sur la présidence, et dont la conduite ne paraît pas de tout point aussi conséquente qu'elle pourrait l'être; le redoutable, l'irréprochable M. Talon, qui *ne veut pas lâcher sa proie; M. Nau, d'humeur justicière,* et tant d'autres sur le compte desquels le doux railleur Fléchier ne laissera pas de nous égayer; et puis il y a, de l'autre bord, M. de Caumartin, c'est-à-dire l'homme de cour, de société, l'honnête homme sans préjugé de robe, le juge qui incline le plus qu'il peut à la douceur. Lorsqu'il est à bout de toutes ces pédanteries d'étiquette et de toutes ces pendaisons, M. de Caumartin écrit à son ami, le joyeux Marigny, pour se relâcher un instant; mais en tout il représente là-bas la bienséance et l'humanité même. C'est de ce parti qu'est Fléchier. Il opine du mieux qu'il lui est permis par la bouche de M. de Caumartin: ne trouvons pas mauvais qu'à son tour il se délasse. Et de quel droit ferions-nous les censeurs si rigides et les compatissants par excellence? Nos cours d'assises ne sont-elles pas chaque matin une partie de nos jeux? Ces *Mémoires* de Fléchier, au pis, peuvent s'appeler une *Gazette des Tribunaux* de ce temps-là, avec l'avantage du style en sus, et même avec celui de la singularité des causes. Fléchier, simple témoin, amené là par occasion, n'avait dû prendre le tout que comme une représentation dont il rend compte; et, parce qu'il y eut à la fin un mariage d'un de ces Messieurs avec une demoiselle du pays, il ne manque pas de faire remarquer que la pièce, si sanglante d'abord, se termine heureusement comme une tragi-comédie.

Vingt-cinq ans après, Fléchier eut pour son compte

à assister en qualité d'évêque de Nîmes à bien d'autres scènes dans lesquelles il eut un rôle plus délicat et d'où sa renommée est sortie pleine d'honneur. Un jeune écrivain, qui s'est occupé avec talent de ces guerres des Cévennes, M. Peyrat, dans son intéressante *Histoire des Pasteurs du Désert,* s'est montré bien sévère et décidément injuste contre Fléchier (tome Ier, page 204); il a méconnu, dans les relations du prélat adressées à M. de Montausier, ce caractère d'impartialité un peu compassée que nous retrouvons ici dans les *Mémoires,* cette justesse ennemie de tous les fanatismes, très-conciliable certes avec l'humanité comme avec un certain agrément, et qui, en démêlant les erreurs et les démences humaines, ne se défend pas d'en sourire. Et puis il faut tout confesser : il y a dans ces *Mémoires,* et il y eut toujours chez Fléchier, plus ou moins de froide rhétorique, du beau diseur au parler traînant et qui s'écoute volontiers.

Mais ici ce défaut réel disparaît et se fond presque dans l'ironie fine, légère, insensible et comme perpétuelle, qui s'insinue et qui pénètre.

Ce ne serait pas rendre justice à la relation des Grands-Jours que de n'y voir qu'un recueil piquant d'historiettes singulières, d'incroyables cas et de causes célèbres, dans lesquelles Fléchier se trouve, sans le savoir, le rival et, avec ses airs modestes, le vainqueur de Tallemant des Réaux. Un intérêt historique plus élevé s'attache à cette peinture fidèle des mœurs d'une province d'alors. L'Auvergne, ce pays de montagnes où la féodalité était comme retranchée, nous représente en abrégé

et dans un échantillon plus marquant l'état d'une grande
partie de la France, au sortir des guerres civiles ; il fallut, pour asseoir bien incomplétement encore l'ordre
administratif, que la souveraineté toute-puissante de
Louis XIV passât là-dessus avec vigueur et rasât bien
des châteaux. Épris que nous sommes aujourd'hui, et
avec raison, du beau langage de ce grand siècle, il est
bon de nous rappeler de temps en temps aussi à quelles
inégalités on y avait affaire. Le sévère Lemontey aurait
triomphé s'il avait eu entre les mains ce volume poli
où un fond de violence et de tyrannie ressort si à nu. On
ne doit en conclure que plus d'actions de grâces pour
le jeune monarque qui aspirait du premier jour à l'unité
du royaume et à celle de la loi. Certes les Grands-Jours,
avec leur justice sans appel et si expéditive, n'étaient
point eux-mêmes sans reproches. Ainsi, pour leur exemple d'éclat, ils firent tout d'abord tomber la tête de ce
pauvre vicomte de La Mothe de Canillac, *le plus innocent de tous les Canillacs,* ce qui ne veut pas dire qu'il
fût très-innocent. Fléchier, sur ce point comme sur les
autres, n'a rien dissimulé; sa conclusion judicieuse,
qu'il met par un détour ingénieux dans la bouche d'un
interlocuteur, nous offre les avantages et les inconvénients très-bien balancés : les avantages l'emportaient.
C'était ici le cas, ou jamais, d'appliquer d'avance le
mot de Napoléon à l'un des chefs de la justice sous
l'Empire : « Eh bien ! monsieur le premier président,
jugez-vous beaucoup? » — « Mais, Sire, nous tâchons
de rendre la justice, au nom de l'Empereur et de la loi,
avec équité. » — « Il s'agit surtout de juger beaucoup,

et beaucoup, entendez-vous? » Il s'agissait surtout, en
1665, et en cette rude contrée, d'inspirer une terreur
salutaire aux tyrans du pays, d'avertir, dans leurs déportements, les Canillac et les d'Espinchal qu'ils avaient
trouvé enfin un maître et des juges. Ce volume de Fléchier sera désormais un document précieux pour l'historien, et lui-même, esprit sérieux sous ses grâces, il a eu
l'honneur de ne pas rester étranger à ce que nous appel-
lerions la pensée administrative et politique qu'on en
peut tirer.

On aurait de quoi défrayer plus d'un article avec
maint extrait piquant, si le lecteur n'avait mieux à faire
en recourant au livre même. Les portraits abondent, les
personnages y vivent. Fléchier s'y prend lentement et
jour par jour pour les dessiner, mais on n'y perd rien,
et l'on arrive à savoir par le menu tout ce monde. Nous
connaissons à fond M. de Novion, le digne président,
qui est si galant auprès de mesdames ses filles, et qui
oublie parfois un peu trop sa gravité pour leur donner
le plaisir de la comédie. On chercherait vainement de
ces traits sur M. de Novion dans la pièce de vers latins,
très-élégants, que Fléchier consacra à ces mêmes Grands-
Jours ; les vers latins, pas plus que les oraisons funè-
bres, ne disent pas tout :

« Ne vous souvenez-vous point de ce théâtre dressé dans
la salle où il tenoit la comédie à mesdames ses filles, qui
avoit toute la mine d'un échafaud, et dont l'aspect faisoit
trembler tous ceux qui venoient le solliciter? Ne l'avez-vous
pas vu donner le bal et des fêtes à grand bruit en un temps
où tout le peuple regrettoit la mort de M. de Canillac, et où

il venoit presque lui-même de le condamner? Trouvez-vous
qu'il fût fort séant à un homme grave d'être presque habillé
de court hors du palais, peut-être pour faire mieux paroître
son Saint-Esprit? »

Quant à M. Nau, le plus actif des conseillers, il est
croqué à se faire reconnaître entre mille : toujours en
avant, toujours en arrêt, un Perrin Dandin au criminel,
qui menace tout le monde de la question, et qui danse
si bien les bourrées :

« Enfin on faisoit peur de M. Nau aux petits enfants; il
avoit eu le soin de régler la police, et il avoit eu l'industrie
de manger beaucoup de perdrix à très-bon marché. Il dressa
tous les grands arrêts, il réforma les poids et les mesures
sous l'autorité de Mme Talon, et fit tout ce que le plus fier
lieutenant-criminel eût su faire. Il ne parla doucement qu'à
son maître à danser... »

Madame Talon elle-même, dont M. Nau est le bras
droit, cette digne mère qui est venue là pour tenir le
ménage de monsieur son fils, occupe dans la relation
toute la place qu'elle peut ambitionner; elle préside à
sa façon les Grands-Jours parmi les dames de la ville,
les organise en assemblées de charité, les réglemente,
les gronde, les fait taire, s'ingère dans les brouilleries
des couvents, et prétend réformer jusqu'aux Ursulines.
C'est un personnage de Molière que cette recomman-
dable matrone, mère du Caton des Grands-Jours ; et
Fléchier, par une si agréable entente des travers et des
ridicules, retrouve ici son vrai rang comme précurseur
de La Bruyère.

Un tout petit trait de bon goût qui n'est pas à omettre :

7.

pendant ce séjour en Auvergne, Fléchier a prêché deux fois, avec succès, et il ne parle que très-peu de ses sermons.

Je pourrais ajouter plus d'une remarque de style sur cette langue à la fois si pure de source, si droite d'acceptions, et qui a pourtant bien des latitudes et des licences dans son atticisme. L'atticisme du grand règne, comme celui de la Grèce, est plein de ces agréables négligences et irrégularités qui ne sont permises qu'aux délicats. Mais j'aime mieux finir par la conclusion sérieuse, qu'il est impossible d'éluder en fermant ce livre : c'est que, s'il faisait beau écrire et parler comme chez M. de Caumartin au xviie siècle, il fait bon de vivre au xixe, sous nos lois, sans Grands-Jours, sous notre Code civil et notre régime d'égalité, même lorsqu'on est gentilhomme comme lorsqu'on ne l'est pas.

17 août 1844.

THÉOPHILE GAUTIER.

(Les Grotesques.)

Sous ce titre, le spirituel écrivain a réuni une dizaine
de portraits littéraires dont les originaux appartiennent
plus ou moins au genre dans lequel il les a classés : il
débute par Villon, mais il saute vite à des auteurs d'une
époque plus rapprochée. Il s'attache particulièrement à
ces poëtes si mal famés de la littérature *Louis XIII,*
Saint-Amant, le vieux Colletet, Cyrano, Scudéry, Scarron ; tous ensemble, ils paraissent se grouper assez
bien autour du poëte Théophile, que son très-piquant
et très-amusant homonyme s'efforce de réhabiliter (si
le mot n'est pas trop solennel), et sur le compte duquel
il s'étend avec verve, boutade et complaisance.

Quoique M. Gautier ne soit pas homme à se laisser
prendre en *flagrant délit* d'un dessein littéraire prémé-
dité et qui aurait l'air sérieux, quoiqu'il se moque lui-
même très-agréablement de la plupart des *pauvres
diables* dont il s'est senti d'humeur à s'occuper cette
fois, et quoiqu'enfin dans sa *post-face* (les *préfaces* sont
le pont-aux-ânes, et dans un livre sur les grotesques il
est bien permis de les mettre à l'envers) il ait paru

faire bon marché de l'effort capricieux et léger qu'il venait de tenter, nous remplirons tout gravement à son égard notre métier de critique, et dussions-nous être réputé de lui bien pédant, bien académicien déjà, nous rendrons justice à l'idée logique de son livre, nous la discuterons, sans préjudice toutefois des brillantes fantaisies et des mille arabesques dont il l'entoure.

Après les diverses tentatives de réhabilitation et de renaissance auxquelles s'était livrée l'école romantique, il en restait une, de tous points indiquée, mais devant laquelle on avait reculé encore. Irait-on de résurrection en résurrection jusqu'au sein de l'époque *Louis XIII,* descendrait-on jusque dans cet intervalle qui s'étend de Malherbe à Boileau, et au milieu duquel une foule de poëtes libertins et débauchés ont été pris par ces deux grands tacticiens comme entre deux feux? Essayerait-on de les dégager et de les délivrer? En valent-ils sérieusement la peine? Plusieurs littérateurs et critiques s'étaient déjà adressé cette question. Un homme instruit et de qui les recherches allaient en sens inverse des doctrines, M. Viollet-le-Duc, tout classique qu'il voulait être, fut conduit à remettre en demi-jour quelques-unes de ces victimes de Boileau. M. Philarète Chasles a depuis exprimé manifestement le dessein plus formel de les venger, ou du moins de les faire connaître. Sans avoir de plan bien arrêté, voilà M. Théophile Gautier qui vient à eux cette fois, non plus seulement comme un curieux et comme un érudit, mais comme un franc auxiliaire; il entre dans la question flamberge au vent et enseignes déployées, ou, pour parler son pittoresque

langage, il y entre « comme un jeune romantique *à
tous crins* de l'an de grâce mil huit cent trente. » Un
tel point de vue, hardiment choisi, est bien fait pour
éveiller l'intérêt, quand on sait à quelle plume vive, à
quelle plume effilée, intrépide et sans gêne on a affaire.
Cela promet toute sorte d'éclats et d'ouvertures dans
tous les sens, et c'est le cas, ou jamais, de dire avec
M. Royer-Collard : On s'attend à de l'imprévu.

Je confesserai pourtant, avant d'aller plus loin, ma
faiblesse : je suis de ceux qui ont toujours reculé
devant cette poésie Louis XIII, et je n'ai jamais pu m'en
inoculer le goût; tout en désirant qu'il s'en écrivît une
histoire exacte et critique, et en croyant qu'il en résulterait des jours curieux et utiles sur la formation définitive du genre Louis XIV, il m'a été impossible
d'admirer à aucun degré (j'excepte bien entendu Corneille et Rotrou) aucun de ces poëtes. Combien de fois
n'ai-je pas essayé de revenir, particulièrement au sujet
de Théophile, le plus signalé d'eux tous! Avant d'avoir
lu le livre de M. Gautier, il m'était arrivé de rendre
mon impression personnelle en ces termes : « Je viens
de lire tous les détails relatifs à l'affaire de ce pauvre
poëte Théophile et à son délit. Jeté entre Henri IV et
Richelieu, c'est un poëte de régence, le favori de ces
jeunes seigneurs que Richelieu décapitera (Bouteville,
Montmorency); sa poésie libertine eût dû se ranger
sous le grand Cardinal. Il a, pour les mœurs, pour le
déréglement de la vie et de la veine, plus d'un rapport
avec les poëtes de ce temps-ci : je lui voudrais pourtant
plus de talent eu égard à son malheur. » Je ne me dis-

simule pas les points nombreux de rapprochement que
cette école poétique de Louis XIII peut offrir avec l'école
poétique d'aujourd'hui ; mais, loin de m'en applaudir,
j'en suis bien plutôt à le regretter, car ces rapports
sont en général ceux d'une corruption hâtive et d'une
décadence prématurée. Les poëtes de Louis XIII, en
tant qu'ils se rattachaient au mouvement du xvie siècle, étaient une fin et non un commencement ; ils
peuvent se considérer la plupart comme une postérité
dégradée de Regnier. C'est en somme une très-mauvaise
compagnie ; on ne devrait s'approcher d'eux et les hanter
qu'avec précaution. Voyez ce qui est advenu du drame
moderne pour y avoir donné inconsidérément. A côté
de touches énergiques, de tons mâles et chauds à la
d'Aubigné, à la Rotrou, il s'y est glissé une veine de
Cyrano de Bergerac, laquelle se voit au milieu du front.
Telles sont, telles étaient mes préventions sincères avant
de lire les volumes de M. Gautier. L'auteur, dès les
premières pages, m'a rappelé tout d'abord combien, au
sein d'un même mouvement littéraire, il y a de différences entre les générations qui se succèdent, qui se
dépassent : c'est, toute proportion gardée, et *si parva
licet componere magnis,* comme dans notre grande Révolution. Je suis un vieux constituant de 89, me disais-
je, et voilà un jeune girondin qui nous en prépare
de rudes ; ou bien je suis un girondin déjà arrêté, et
voilà un enragé de dantoniste qui n'y va pas de main
morte. Cette dernière ressemblance me sourit d'autant
plus, qu'on m'assure que depuis quelque temps M. Théophile Gautier est lui-même en danger d'être dépassé.

Je ferai donc de lui, sans plus de façon, une espèce de
Camille Desmoulins du romantisme (ne demandez à ma
comparaison qu'un à-peu-près), hasardeux; téméraire,
immodéré à plaisir et même dévergondé de plume
comme l'autre, — dévergondé de sang-froid, j'en ai
peur, affectant comme par gageure plus d'un terme
sans-culotte, mais extrêmement spirituel, et qui plus est
(tous l'affirment) très-bon compagnon. Ce livre sur *les*
Grotesques suffirait, indépendamment de ce qu'on sait
de lui d'ailleurs, pour poser M. Gautier dans l'attitude
du rôle excentrique qu'il s'est choisi.

Ce n'est pas un livre, à proprement parler : si l'auteur
avait voulu suivre toute l'histoire du grotesque dans
notre littérature et nous donner une galerie complète,
ou du moins nous faire toucher les anneaux essentiels
de la série, il s'y serait pris autrement. Qu'il commence
par Villon, à la bonne heure! quoique Villon ne puisse
passer rigoureusement pour un grotesque; c'est un fils
direct des trouvères et un malicieux aïeul de Voltaire.
Mais il n'y avait pas moyen sur la route, pour peu qu'on
suivît une route, d'éluder Rabelais, l'Homère du genre ;
et pourtant M. Gautier l'a enjambé. Si de plus il avait
voulu donner des échantillons marquants de l'extravagance littéraire durant le xvie siècle, il aurait fallu
prendre d'autres exemples que celui de Scalion de Vir-
bluneau. Comment oublier Du Monin, dont le nom était
devenu proverbial à titre de poëte amphigourique, vers
1580? J'en pourrais ajouter plusieurs autres encore. Et
puis, quand on en venait au siècle suivant, pourquoi ne
pas aborder aussitôt par cet aspect de la charge sati-

rique Mathurin Regnier, dont les grotesques de l'époque
Louis XIII procèdent naturellement, et ne sont, après
tout, que d'assez mauvais bâtards? Pourquoi s'en aller
ranger sans raison parmi ces grotesques Chapelain, le
régulier, le respectable et ennuyeux Chapelain, puis
encore l'académicien Colletet, tandis qu'on omettait tout
à côté d'eux d'Assoucy, le coryphée du genre? Colletet et
Chapelain peuvent être qualifiés ridicules, mais ils ne sont
pas grotesques pour cela. En voilà assez pour montrer que
l'auteur n'a cherché, dans le titre donné à son livre, qu'une
sorte d'étiquette suffisamment accommodée à la plupart
de ses portraits, et que ce n'est pas un sujet, un cadre
complet qu'il s'est à l'avance proposé de remplir. Pre-
nons-le donc à bâtons rompus, comme il a fait lui-même.

M. Théophile Gautier a un sentiment très-vif d'une
certaine espèce de poésie pittoresque et matérielle;
quand il n'en fait pas pour son propre compte, il excelle
à la décrire et à la mettre en saillie là où il la rencontre,
il la refait bien souvent et l'achève tout en la racontant ;
c'est ce qui lui est arrivé plus d'une fois à propos de ces
rimeurs dont il nous rend les ébauches. Il redevient
peintre en parlant poésie. Il a de la plume un vocabulaire très-raffiné et très-recherché, qui ressemble à
une palette apprêtée curieusement et chargée d'une infinité de couleurs dont il sait et dont il dit les noms. On
est sûr, en le lisant, si l'affectation de l'étrange ne vous
repousse pas d'abord, de trouver abondance d'esprit,
de verve, des aperçus fins, des saillies heureuses, mille
traits d'irrévérence et des bouffées d'impiété ; je mets le
tout sur la même ligne, car se sont là autant d'éloges

avec lui. Mais il lui manque cette curiosité attentive de
recherche et d'étude qu'on appelle l'érudition ; il se
garderait surtout de paraître viser à l'exactitude du
détail, qui est pourtant le fond de la trame en ce genre
de portraits et de biographies littéraires. Fi donc! il
laisse ces scrupules aux Étienne Pasquier, aux Antoine
Du Verdier et *autres pédants,* comme il les appelle tout
net (tome I, page 7). J'avoue humblement que je ne
me fais pas de la pédanterie une idée si particulière ni
si limitée à telle forme. d'affectation ; je pense avec
Nicole que c'est un vice, non pas de robe, mais d'esprit, et, au lieu d'appeler pédants d'honnêtes écrivains
qui s'appliquent à être exacts quand il importe de
l'être, je serais tenté bien plutôt de voir une sorte de
pédanterie *retournée* dans la prétention qu'on affiche
de se passer de ces humbles qualités là où elles sont
nécessaires. Où ce dédain mène-t-il en effet? M. Théophile Gautier nous dira en un endroit (tome II, p. 315)
que *madame de Sévigné* et sa coterie étaient pour Pra-
don contre Racine; c'est sans doute madame Des Houlières qu'il a voulu dire. La part des inadvertances est
à faire, je le sais, dans tout écrit, même consciencieux.
Nous tous, historiens littéraires, nous commettons, sans
le vouloir, bien des fautes. Mais comment concevoir que
dans un livre où l'auteur paraît sentir si bien le prix
de l'art et où il se pique de faire valoir ses poëtes, de
nous les faire admirer presque à la loupe, les négligences soient poussées au point où on les voit ici? Le
critique nous cite (t. I, p. 156) comme le plus charmant
endroit et comme le plus *adorable* morceau de Théo-

phile une page de prose qui devient parfaitement inin-
telligible telle qu'il la transcrit, et dans laquelle des
lignes indispensables au sens (ligne 16, page 157) ont
été omises. Dans l'histoire abrégée du sonnet qu'il
retrace d'après Colletet (tom. II, p. 43), nous croirions
d'après lui que Pontus de Thiard a eu pour maîtresse
poétique *Panthée,* tandis que c'est *Pasithée* qu'il faut
lire ; Olivier de Magny n'a pas célébré non plus *Eustya-
nire,* mais bien *Castianire ;* de même aussi que, tout à
côté de là (p. 31), les *Isis nuagères* ne sauraient être
que des *Iris.* Mais par quel bouleversement de chiffres
Chapelain a-t-il pu naître, selon notre auteur, en 1569,
c'est-à-dire en plein xvie siècle? je suis encore à m'en
rendre compte. Est-ce pédantisme de relever de telles
fautes lorsqu'elles fourmillent chez ceux qui traitent
de si haut les pédants? Nous avons vu avec une sorte
d'effroi que ce livre sortait des presses de Firmin
Didot, si classique en impressions correctes. Il serait
temps, ce nous semble, que de ces trois personnes,
l'imprimeur, l'éditeur ou l'auteur, l'une au moins daignât relire avec quelque soin avant de livrer un volume
au public. Qu'on nous excuse de nous être allé prendre
tout droit à ces détails, mais ils sautent aux yeux.

Il est en ce genre d'étude biographique un travail
de recherche préalable qu'on exige aujourd'hui de
l'écrivain. On aime, indépendamment du jugement
critique, à savoir avec précision ce qu'a écrit l'auteur
qu'on juge, ce qu'il a laissé d'imprimé ou d'inédit, et
même ce qui a été pensé par d'autres à son sujet.
M. Gautier, qui souvent aurait eu peu à faire pour com-

pléter de la sorte ses propres aperçus, pour donner du moins un fond solide à ses jeux brillants et capricieux, s'en est trop peu soucié d'ordinaire . Dans son article sur Colletet, par exemple, il indiquera l'*Histoire des Poëtes françois,* que ce vieil auteur a composée et qui est restée manuscrite : elle est à la bibliothèque particulière du Louvre; le conservateur, M. L. Barbier, qui en a fait réunir les cahiers, les communique avec une parfaite obligeance. Il suffit d'ouvrir, de feuilleter, de lire çà et là ces volumes, pour prendre aussitôt du vieux Colletet une idée plus complète, plus vraie ; on ne le connaît qu'alors dans *toute sa bonhomie et toute sa culture gauloise.* En même *temps* le moindre examen suffit pour s'assurer qu'il n'est nullement à souhaiter qu'on imprime cette histoire, ce serait faire double emploi à la *Bibliothèque françoise* de l'abbé Goujet. Ce manuscrit est uniquement fait pour être consulté par les curieux en quête sur ces matières, par ceux surtout qui ont à parler de Colletet. M. Théophile Gautier y aurait trouvé de nouveaux détails naïfs sur les mœurs et les habitudes du poëte suranné, des doléances de ménage mêlées à des extraits littéraires; il en aurait pu tirer de nouvelles preuves piquantes de ce paganisme poétique que professait le XVIe siècle, et dont lui-même il se montre si épris.

C'est dans cet essai sur Colletet que M. Gautier, ayant à parler de La Fontaine, lequel, en effet, fréquenta beaucoup à ses débuts le vieux rimeur, nous dit tout couramment : La Fontaine, *qui n'était point bonhomme...* En général, le procédé de M. Gautier est tel ; il aime,

non pas à modifier, mais à retourner sans dire *gare*
les jugements les plus reçus. C'est un moyen assuré
de faire dresser les oreilles à l'honnête lecteur : un
écrivain d'autant d'esprit devrait savoir s'en passer.
S'il s'était borné, dans le cas présent, à dire du bonhomme qu'il était à la fois malin, il n'aurait pas été si
neuf. Je ne saurais admettre non plus la façon dont il
parle de Louis Racine. A propos de Colletet père et de
Colletet fils, il ajoute : « Voilà ce que c'est que d'être
poëte et d'avoir des enfants poëtes. Triste chose! les
grands hommes ne devraient jamais avoir de postérité : les Césars engendrent communément des Laridons,
et les Racine père des Racine le fils...» Je ne m'amu-
serai pas à réfuter ce que le spirituel auteur a lancé là
en passant comme une de ces espiègleries bien irrévé-
rentes qui font sa joie ; je le renverrai seulement à la
très-belle page des *Soirées de Saint-Pétersbourg* (3ᵉ *Entretien*), dans laquelle Joseph De Maistre, qui ne passe
pas pour être esclave du lieu commun, rend à Racine
fils un hommage aussi touchant que celui que Montesquieu payait à Rollin.

Je pourrais continuer en bien des sens à épiloguer
de la sorte, et harceler l'auteur sur bien des points,
tant pour ce qu'il dit que pour ce qu'il ne dit pas. Ainsi,
dans l'article sur Chapelain, on regrette qu'il n'ait pas
connu une très-agréable conversation sur les vieux romans racontée et adressée par Chapelain au cardinal
de Retz (1), et qui vaut mieux que toute *la Pucelle.*

(1) *Continuation des Mémoires de Littérature,* par le père Des-
molets, tome **VI,** partie **II,** p. 281.

C'est par de telles recherches et par les jours nouveaux
qu'elles procurent plus sûrement que par des saillies pa-
radoxales et par des tours de force de diction qu'on
parvient à rajeunir de vieux sujets. Mais, laissant encore
une fois ces préambules, abordons, sans plus tarder,
ce qui est le cœur même du sujet et la matière favorite
de l'auteur, je veux dire la tentative de réhabilitation
de Théophile et de Saint-Amant. Voyons ce qu'elle a
de fondé, ce qu'elle a de juste ; car je m'accoutumerais
plutôt à voir de la poésie toute matérielle et entièrement
dénuée de sensibilité, qu'à supporter de la critique
tout entière en hors-d'œuvre et sans un fonds de
justesse.

« Cette fois, dit M. Gautier en parlant de Théophile,
c'est *d'un véritable grand poëte* que nous allons parler. »
— Et à propos de Saint-Amant : « C'est, à coup sûr, *un
très-grand et très-original poëte,* digne d'être cité *entre
les meilleurs* dont la France puisse s'honorer. » Voilà
des paroles positives. Il est piquant, en regard de l'article de M. Gautier sur Théophile, de relire celui de
M. Bazin sur le même sujet (1). L'historien de Louis XIII,
dans le compte exact et fin qu'il nous rend des vicissitudes du poëte, n'a pas de peur plus grande que
celle de paraître l'admirer ; sa parole discrète et correcte est comme armée à demi-mot d'une épigramme
continuelle. M. Bazin, quoi qu'il en soit, a très-bien
rapporté le caractère de la poésie de Théophile à la
date politique qui y correspond. Il y eut véritablement

(1) *Études d'Histoire et de Biographie*, 1844, et *Revue de Paris,*
novembre 1839.

trois régences, et toutes les trois presque également dissolues, celle du *Régent* à proprement parler, celle de Mazarin, celle enfin du maréchal d'Ancre et du conné-table de Luynes (sans tenir compte de l'âge de Louis XIII), et qui expire à la dictature de Richelieu. Des trois régen-ces, on a dans celle-ci, à tous égards, la plus misérable. Théophile s'annonce comme le bel-esprit en titre et le coryphée littéraire de cette dernière époque ; il en est le poëte débauché, raffiné ; il avorte comme elle, et il a un sort assez pareil à celui de ses patrons. Qu'il eût reçu de la nature un génie prompt, facile et brillant, c'est ce que les contemporains ont reconnu générale-ment, et ce qu'il serait cruel, après ses malheurs, de venir lui refuser. Mais quel résultat, quelle mise en œuvre a-t-il offerte de ces heureux dons ? En faisant aussi large qu'on voudra la part des calomnies et des sots propos, il est trop constant (et M. Gautier l'en admire plus qu'il ne l'en blâme) que l'orgie fut d'abord un des emplois les plus assidus de son talent ; ces *Cabinet satyrique,* ces *Parnasse satyrique,* où on l'accusait d'avoir trempé avec d'autres beaux-esprits, et dont tout le monde voulut se justifier dès que vint le danger, ces recueils, tout farcis de grossières horreurs, avaient pourtant été approvisionnés par quelqu'un, et Théophile, sans nul doute, y avait fourni son contingent (1). Ses

(1) Un curieux manuscrit de la bibliothèque de l'Arsenal, qui a pour titre : *Recueil de plusieurs pièces très-plaisantes du sieur Théophile, avec d'autres pièces de différents auteurs,* etc. (in-fol. n° 122, Belles-Lettres franç.), contient la quintessence de cette première manière de Théophile ; c'est mieux peut-être (en ce qui

œuvres, telles qu'on les a aujourd'hui, publiées par lui
après l'accusation et dans un but avoué d'apologie,
paraissent, je le sais bien, assez innocentes, mais,
par là même, elles manquent à chaque instant de franchise, de relief, des qualités ou défauts qu'on est le
plus tenté d'y réclamer. Elles commencent par un grand
traité, vers et prose, paraphrase et parodie du *Phèdon*;
Théophile le composa durant son premier bannissement
pour réfuter les imputations d'athéisme et d'épicuréisme
auxquelles il avait prêté, et pour racheter certain *Hymne
à la Nature* dont les échos du Louvre avaient, un soir,
retenti. Ses premiers excès l'induisirent ainsi à de perpétuelles palinodies qui ôtent à l'ensemble de ses œuvres
tout caractère. Traçant dans une ode le portrait idéal
du vertueux et du sage, il le termine par ce trait :

> Jésus-Christ est sa seule foi,
> Tels seront mes amis et moi.

Et tout à côté, il recommence les stances amoureuses à
Philis et à Chloris ; au nombre des plus agréables sont
celles qu'il composa pour une demoiselle éprise, laquelle
rêvait toute la nuit à son Alidor :

> Et le matin je pense avoir commis **un crime**
> Dans mon lit innocent.

Cette bigarrure de ton se retrouve en plus d'un endroit
du volume de Théophile et elle en relève, à défaut de

le concerne) qu'un extrait du *Parnasse satyrique,* et il se peut
que certaines pièces marquées à son nom ne se retrouvent que
dans ce manuscrit. La nature du genre donne peu l'envie de colla-
tionner de près.

mieux, la trop habituelle insipidité. Je cherche à
grand'peine de lui une pièce, même courte, qui soit
tout à fait bien. La seule que je trouve, et qui me
paraisse satisfaire peut-être à cette condition d'*anthologie,* se compose en tout de cinq stances :

> Quand tu me vois baiser tes bras, etc.

Et encore, pour les deux premières, j'aime mieux renvoyer au volume que de les transcrire ici. C'est moins
le nu qui m'arrête que le déshabillé vulgaire. Le poëte
se représente à genoux auprès de sa maîtresse endormie. En voici les dernières stances :

> Le Sommeil, aise de t'avoir,
> Empêche tes yeux de me voir,
> Et te retient dans son empire
> Avec si peu de liberté,
> Que ton esprit tout arrêté
> Ne murmure ni ne respire.
>
> La rose en rendant son odeur,
> Le soleil donnant son ardeur,
> Diane et le char qui la traîne,
> Une Naïade dedans l'eau,
> Et les Grâces dans un tableau,
> Font plus de bruit que ton haleine.
>
> Là (1), je soupire auprès de toi,
> Et considérant comme quoi
> Ton œil si doucement repose,
> Je m'écrie : O ciel! peux-tu bien
> Tirer d'une si belle chose
> Un si cruel mal que le mien?

(1) Ou bien peut-être *las!* dans le sens d'*hélas!*

Fontenelle, dans son *Recueil des plus belles pièces...*
(1692), a su faire un choix assez agréable de Théophile.
J'y distingue les stances écrites pour le *Prince de Chypre*
dans un ballet, et où l'on croirait entendre à l'avance
quelque accent de Quinault ; je me rappelle aussi que
madame Tastu aime particulièrement les stances qui
ont pour titre *les Nautonniers*. La *Remontrance* du poëte
captif au conseiller du parlement M. de Vertamont, qui
était son juge, appelle l'intérêt par la situation et par
quelques tons de fraîcheur ; il décrit à ce magistrat le
retour du printemps deviné à travers ses barreaux, et
il demande la clef des champs, que la nature en cette
saison accorde à toute créature ; aujourd'hui, dit-il :

> Que l'oiseau, de qui les glaçons
> Avoient enfermé les chansons
> Dans la poitrine refroidie,
> Trouve la clef de son gosier
> Et promène sa mélodie
> Sur le myrte et sur le rosier...

Cela fait ressouvenir de ces autres vers d'un poëte prisonnier :

> Soleil si doux au déclin de l'automne,
> Arbres jaunis, je viens vous voir encor !...

Il n'est pas difficile, en glanant chez Théophile, de
trouver ainsi quelque citation qui promette, et d'où
l'on puisse avec de la bonne volonté déduire de spécieux
rapprochements ou même d'ambitieuses conséquences ;
mais, si l'on recourt au volume, tout cela diminue ou
s'évanouit, et la théorie du critique ne se vérifie pas.
M. Gautier a cité des stances de lui fort jolies, bien qu'il

nous semble les surfaire un peu. Et d'abord la pièce qu'il cite, l'ode qui a pour titre *la Solitude,* est composée primitivement de quarante et une stances, et M. Gautier n'en a donné que seize, qu'il choisit et dispose à son gré. Ainsi, après la première stance, il en saute trois ; après la seconde stance de sa citation il en omet une dizaine, très-mauvaises en effet ; plus loin il en saute encore six, puis cinq, et le tout sans indiquer, sans avertir. Je demande si c'est là offrir une pièce dans sa teneur, si ce n'est pas la composer en partie. En agissant de la sorte, M. Gautier donne, sans le vouloir, raison à Malherbe qui aurait dit certainement à Théophile : « Votre pièce est de plus de moitié trop longue ; vous ne savez pas vous arrêter à temps ni effacer ; rien de trop : *réduisez la muse aux règles du devoir.* » Il y a plus : M. Gautier corrige légèrement le style en deux ou trois endroits. J'en donnerai un exemple. Comme il a précédemment loué et félicité Théophile d'avoir proscrit les divinités mythologiques et qu'il s'est écrié à ce sujet : « Ne croyez pas non plus qu'il fît un grand cas de ce pauvre petit *cul-nud d'Amour* ; il lui plume les ailes impitoyablement, » etc., etc. ; comme il vient à quelques pages de là de s'exprimer de ce ton absolu, que va-t-il faire lorsqu'il rencontre dans ces mêmes stances, qu'il proclame *les plus admirablement amoureuses* de la poésie française, le petit dieu *Cupidon* en personne :

Ne crains rien, Cupidon nous garde...?

Il supprime alors, pour plus de simplicité, le *Cupidon,* et met en place :

Ne crains rien, *la forêt* nous garde.

C'en est assez pour montrer combien il y a d'arbitraire
dans l'admiration où il se joue et dans les preuves qu'il
en donne.

Le malheur de Théophile, comme poëte, est d'être
tombé dans un moment de transition, sans avoir su
s'en rendre compte, et de n'y avoir vu qu'une occasion
de licence. Les contradictions, les inconséquences éclatent dans ses idées comme dans sa manière. Il flotte de
Malherbe à Ronsard, il les associe, les confond l'un et
l'autre dans ses hommages, tout en s'en éloignant; il
s'essaye en divers sens au gré de son humeur, de son
inconstance; sa théorie, si l'on peut employer un tel
mot avec lui, est toute personnelle, tout individuelle :

> La règle me déplaît, j'écris confusément ;
> Jamais un bon esprit ne fait rien qu'aisément...

> J'approuve qu'un chacun suive en tout la nature ;
> Son empire est plaisant et sa loi n'est pas dure...

Il développe encore cette idée avec une singulière vivacité dans l'épître à M. Du Fargis, une de ses meilleures
pièces. Mais, pour mener à bien cette inspiration de
caprice et de fantaisie, il n'eut ni le talent assez ferme,
ni la fortune et les étoiles assez favorables. Les im-
promptus, les saillies, je ne le nie pas, lui échappent
sans grand effort ; il rencontre des vers heureux ; il dira
presque comme Regnier :

> J'en connois qui ne font des vers qu'à la moderne,

Qui cherchent à midi Phœbus à la lanterne,
Grattent tant le françois qu'ils le déchirent tout...

Mais, à deux pas de là, il fléchit, et son français pour
n'être pas assez *gratté*, n'en paraît que diffus, prolixe
et incertain.

Au défaut de ses vers, un ingénieux et savant critique, avec qui j'aime à me trouver d'accord (M. Philarète Chasles) (1), a fort loué sa prose et y a cru voir
comme une espèce de chaînon intermédiaire entre
Montaigne et Pascal; ce sont de bien grands noms, et
la prose de Théophile se borne à des opuscules facile-
ment et spirituellement écrits, mais de bien peu de
gravité, sauf les requêtes apologétiques où son malheur
l'inspire. Même en prose, j'ai peine à reconnaître en
lui ce trait distinctif du bon sens qu'il a trop peu dans
ses vers : cette qualité-là, quand on la possède, on la
porte partout. Or, Théophile, poëte, s'en est trop passé,
et il a, dans mainte rencontre, excédé avec énormité
la mesure, soit que, s'adressant au duc de Luynes qu'il
avait jusqu'alors négligé de célébrer, il s'écrie, comme
pour réparer le temps perdu :

> Ceux que le Ciel d'un juste choix
> Fait entrer dans l'âme des rois,
> Ils ne sont plus ce que nous sommes,
> Et semblent tenir un milieu
> Entre la qualité de Dieu
> Et la condition des hommes.
> Un chacun les doit estimer,

(1) *Revue des Deux Mondes,* août 1839.

Ainsi qu'un ange tutélaire;
La vertu, c'est de les aimer,
L'innocence est de leur complaire...;

soit que, voulant consoler un fils affligé de la mort d'un
père, il lui dise tout crûment :

Un homme de bon sens se moque des malheurs,
Il plaint également sa servante et sa fille;
Job ne versa jamais une goutte de pleurs
Pour toute sa famille.

Après t'être affligé pense à te réjouir :
Qui t'a fait la douleur t'a laissé les remèdes, etc.

Tout cela est trop, le goût aussi bien que l'âme s'en
offense, et de tels passages marquent un défaut de bon
esprit autant et plus que les deux fameux vers de *Py-
rame et Thisbé*.

Jugeant donc Théophile, non pour ce qu'il aurait pu
être en d'autres temps, mais pour ce qu'il a été du sien,
ma conclusion serait qu'il n'offre aucune de ces qualités
fermes et déclarées, même dans leur incomplet, qui
sont l'attribut des maîtres, et qui donnent envie de
retrouver après des années un ancêtre dans le vieil
auteur oublié. Racan et même Maynard, avec bien
moins de mouvement d'idées sans doute et moins de
velléités originales, ont laissé d'eux-mêmes des témoignages poétiques bien supérieurs et encore subsis-
tants (1). Je me trouve ici en contradiction ouverte

(1) Se rappeler de Racan *ta Retraite,* l'Ode au comte de Bussy,
et de Maynard l'Ode à *Alcippe.* On ne rencontre rien de tel, **rien
d'égal chez Théophile.**

avec M. Gautier, qui subordonne à son cher Théophile même Malherbe (1), et qui dit : « Saint-Amant est le seul, à notre avis, qui le puisse balancer avec avantage ; mais aussi Saint-Amant est-il un grand poëte, d'un magnifique mauvais goût et d'une verve chaude et luxuriante, qui cache beaucoup de diamants dans son fumier, mais il n'a pas l'élévation et la mélancolie de Théophile, ce qu'il rachète par un grotesque et un entrain dont Théophile n'est pas doué. *L'un fait de la poésie d'homme gras, l'autre de la poésie d'homme maigre, voilà la différence !* »

Ce n'est pas sans sourire que le spirituel auteur aboutit à cette conclusion un peu récréative ; mais, qu'il rie ou non, il n'en est pas moins certain, d'après l'ensemble de sa critique et de sa pratique en bien des cas, qu'il paraît, en effet, placer toute la poésie,

---

(1) En ce qui est de Malherbe, on se demande comment M. Gautier a pu arriver de gaieté de cœur à ce degré d'injustice. Que Malherbe ait raison avec dureté, qu'il soit grammairien, qu'il soit pédagogue, on l'accorde de reste, mais, avec tout cela, Malherbe est poëte. Je n'ose demander à M. Gautier de le relire, tant il le trouve *coriace* (c'est, je crois, son mot) ; mais il suffirait qu'il eût entendu chanter, l'hiver dernier, ces nobles stances mises en musique par Reber :

> N'espérons plus, mon Ame, aux promesses du monde, etc.

et ces autres encore :

> Ils s'en vont ces rois de ma vie,
> Ces yeux, ces beaux yeux, etc., etc

Il y a déjà du grand Corneille dans ce lyrique-là. Qu'il nous soit permis du moins d'assigner M. Gautier au tribunal d'André Chénier, qui, dans son commentaire, ne surfait certainement pas Malherbe (voir page 43 du *Malherbe* commenté), mais qui l'apprécie.

tout le génie, dans le *tempérament*. Sans prétendre
nier en rien les rapports du physique avec le moral, il
me semble que c'est ici abuser même de la physiologie;
la pensée de l'homme a coutume de siéger plus haut
que dans l'abdomen, et Gall, non moins qu'Homère,
la fait asseoir vers le milieu du front, au-dessus des
sourcils, comme sur un trône. Par malheur, il est trop
vrai que, de nos jours, plus d'un jeune auteur s'est
accoutumé à tout mettre dans la chaleur du sang et
dans la fougue du désir; leur talent a passé de bonne
heure dans le tempérament, et s'y est comme fixé.
Voyez les suites! ils ont été du même train poëtes
et viveurs, et l'un chez eux se trouve à bout comme
l'autre. A l'âge où le génie doit être dans toute sa force
et fructifier dans sa maturité, ils ont déjà comme
épuisé la nature, et ils tendent les bras à la muse, qui
s'enfuit plus vite encore que la jeunesse. O Dante! Milton! vous qui produisiez vos œuvres idéales à l'âge
sévère, où en seriez-vous avec ce système épicurien?

Cet épicuréisme, notez-le bien, caché assez souvent
sous de grands airs de croyance et de religiosité, a été
la plaie secrète de la poésie en ce temps-ci; il s'étend
plus loin qu'on ne croit, il a gagné et corrompu les
plus hauts talents, et je n'en prétends exempter personne. Mais M. Théophile Gautier se donne aussi trop
peu de peine pour le déguiser, et il l'installe tout ron-
dement sur l'autel.

Je pourrais rire à mon tour, et dire à M. Gautier:
Vous trouvez que Racine et Boileau ont été un peu trop
sobres, et sur quelques points je serai prêt à le trouver

avec vous ; mais prenez-vous-en, pour une bonne **part**, à ces devanciers exagérés et *viveurs*, comme vous les qualifiez. De tels excès sont bien faits pour rejeter dans les contraires. Boileau et Racine remirent en honneur le régime des honnêtes gens en poésie. Donnez-moi l'hygiène d'un poëte, et je vous dirai le ton général, la qualité saine ou maladive de ses œuvres. Il y a un beau mot de M. de Bonald : « Une vie déréglée aiguise l'esprit et fausse le jugement. »

Je ne pousserai pas M. Gautier sur sa réhabilitation de Saint-Amant, dont il reprend en sous-œuvre et nous traduit en prose brillante et colorée les peintures, car on croirait voir des peintures sous la plume, tant il les flatte, au lieu de charges dessinées au charbon sur la muraille ; il se plaît à y saisir des traits, des reflets de ressemblance à l'infini avec nos principaux contemporains. Saint-Amant, à le bien voir, est un poëte rabelaisien fort réjoui et de bon cru ; « il avait assez de génie pour les ouvrages de débauche et de satire outrée, » c'est Boileau qui lui accorde cet éloge, et qui lui reconnaît aussi des boutades heureuses dans le sérieux : ce jugement reste vrai et irréfragable. On suit, en effet, l'original, le jovial Saint-Amant, sans ennui, non pas toujours sans dégoût, de son ode fantastique à *la Solitude* jusqu'à son ode bachique au *Fromage de Brie,* en passant chemin faisant par *la Crevaille :* çe sont les titres de ses chefs-d'œuvre. Prenez bien garde toutefois, et n'allez pas tomber en enthousiasme trop pindarique devant ce grotesque, surtout pour prétendre l'imiter. Le grotesque de ce temps-là et de ces

gens-là diffère essentiellement de celui d'aujourd'hui :
le leur était abandon, bouillonnement et débordement,
plein de naturel et de coulant jusque dans son épaisseur ;
le nôtre est tout prétention et affectation, pur procédé
d'art, un grotesque fabriqué à froid, besoin de paraître
gai dans une époque triste, et chez quelques-uns, je
gage, parti-pris de se singulariser, en désespoir de ne
savoir se distinguer simplement et noblement.

Et puis, quand je vois prodiguer, à propos de la
moindre pochade en vers, ces noms de Téniers, de
Terburg et autres excellents peintres flamands, je me
permettrai de rappeler que la *poésie*, en de tels cas,
n'est point précisément la *peinture*. Je n'admettrai
jamais qu'en poésie (autrement qu'une fois par hasard
et comme tour de force) on se mette à peindre des
pots cassés, des chaudrons, ou, si vous voulez, des por-
celaines, uniquement pour le plaisir de les peindre. Si
ces ustensiles entrent dans le cadre et le fond d'un
tableau, à la bonne heure! mais en poésie, c'est la
pensée et le sentiment qui restent le principal, qui
gardent, pour ainsi dire, la haute main, tandis qu'en
peinture la *main-d'œuvre*, au besoin, prend le dessus.
— La quantité de noms célèbres que M. Gautier a trouvé
moyen de rassembler dans l'article Saint-Amant, pour
les rattacher à ce poëte bon vivant et comme pour lui
faire cortége, m'a rappelé encore que c'est vraiment
trop pour une mascarade. On y peut rire tant qu'on
veut et prendre son plaisir, mais il ne faut pas avoir
tellement l'air d'admirer. Parlant du poëme de *la Pucelle,* si vanté en son temps et non encore réhabilité du

nôtre, Montesquieu disait : « On ne saurait croire jusqu'où est allée dans ce siècle la décadence de l'admiration. »

En faisant intervenir ces autorités de haut bord, je
crois montrer assez le cas sérieux que je fais du talent
de M. Théophile Gautier; il en a donné des preuves
en ces volumes mêmes, si sujets à contradiction. Nombre de pages qu'il y a semées et qui me reviennent
à la fois, par exemple, sur Ronsard pédant et poëte,
sur le paganisme d'art au XVIe siècle, sur ce que les
Français ne sont pas une nation poétique, sur ce que
les poëtes ne sont que rarement musiciens et récipro-
quement, etc., toutes ces pages se lisent avec plaisir
et se retiennent; elles sont suffisamment vraies ou
auraient peu à faire pour le devenir. Que si un conseil
pouvait être donné au spirituel auteur, pourquoi donc
ne se prendrait-il pas au sérieux lui-même? pourquoi ne
reviendrait-il pas quelque jour, à loisir, sur ces études,
la plupart trop improvisées? En y corrigeant les inexactitudes de faits, en y revisant les jugements pour en
modifier l'excessif et le juvénile, en persistant toutes
les fois qu'il croirait avoir raison, en daignant par
instants discuter les opinions des autres, en complétant
aussi sa galerie par quelques autres portraits du temps
qui y manquent, et où il apporterait désormais plus de
précaution (comme il en a su prendre dans son article
Scarron, d'ailleurs si amusant), il aurait fait, non pas
une histoire régulière de la poésie sous Louis XIII, mais
un piquant, un mémorable essai, dans lequel le sentiment très-vif et très-filial qu'il a de cette poésie, et

qu'il rend d'une manière unique, compenserait heureusement bien des écarts.

31 octobre 1844.

(Nous avons dit quelque chose ailleurs de M. Théophile Gautier
poëte. Au tome V de l'édition in-8° des *Critiques et Portraits* (1839)
on trouverait quelques pages que nous ne reproduirons pas ici,
non pas que nous ayons beaucoup à y rétracter; nous n'y corri-
gerions guère qu'une honteuse inadvertance qui nous a fait placer
(page 535) l'exil d'Andromaque en *Thrace* au lieu de l'*Épire;* mais,
si l'ensemble de notre jugement reste le même, il y aurait à ajouter
que, dans son recueil de *Poésies complètes* (1845), M. Théophile
Gautier a inséré une quantité de charmantes petites pièces, élégies
et fantaisies, telles que le *Premier rayon de mai, Fatuité,* etc., etc.,
qui sont d'un bien véritable et tout à fait gracieux poëte.)

VICTORIN FABRE.

(Œuvres mises en ordre par M. J. Sabbatier.)

(Tome II, 1844.)

Le premier volume des œuvres ne paraîtra qu'après celui-ci, qui est le second : l'inconvénient de ce mode de publication n'a point échappé à l'éditeur ; mais on a cru devoir se conformer à un article du testament d'Auguste Fabre, qui a exprimé le désir qu'une médaille et un portrait de son frère Victorin, et le *bas-relief du monument funèbre,* fussent gravés et placés au frontispice du tome Ier des œuvres ; il a fallu du temps, et on a éprouvé des retards pour l'exécution de ces divers travaux. Auguste Fabre avait pour son frère Victorin un véritable culte, une religion exaltée. Il est fâcheux toutefois que des conditions qui se rapportent à des détails matériels, et qui touchent un peu à l'idolâtrie, l'aient emporté sur l'ordre véritable, sur les convenances naturelles ; on aurait peut-être dû (s'il est permis de blâmer l'excès du scrupule en telle matière) ne pas sacrifier l'*esprit* du livre à la *lettre* de l'exécution. Il y a longtemps que la destinée de Victorin Fabre est en butte aux contre-temps de toutes sortes ; on dirait que, même en cette publication dernière, il trouve moyen de nous arriver gauchement ; il est malencontreux encore.

Ce second volume contient d'ailleurs les ouvrages en prose qui sont ses vrais titres, et qui lui avaient valu dans les douze premières années du siècle une réputation si brillante et si pleine d'espérances. Né en 1785 dans l'Ardèche, il vint à Paris à l'âge de dix-neuf ans, c'est-à-dire tout au début de l'Empire ; et par ses goûts déclarés, par ses essais sérieux et variés en vers et en prose, par le caractère des doctrines, il mérita bientôt de se voir l'enfant chéri, le fils adoptif de la littérature alors régnante, de celle qui se rattachait plus étroitement aux traditions du xviiie siècle. Rival parfois heureux de Millevoye dans les concours en vers, il parut triompher sans partage dans les concours d'éloquence ; sont *Éloge de Corneille* (1808), son *Tableau du dix-huitième Siècle* (1809), son *Éloge de La Bruyère* (1810) promettaient décidément à la France un écrivain de plus. L'*Éloge de Montaigne* (1812) fut le temps d'arrêt ; un nouveau-venu, à la plume facile et légère, M. Villemain, l'emporta du premier coup sur le lauréat émérite qui ployait sous les couronnes. Victorin Fabre ne put revenir de cet échec ; il n'y crut pas. Il se dit que l'Institut aussi avait son ostracisme, et qu'on avait voulu exclure de l'arène un perpétuel, un inévitable et trop gênant vainqueur. Des malheurs domestiques se joignirent peu après aux malheurs de la patrie pour accabler son âme sensible et porter atteinte à son organisation. Il quitta Paris durant des années, et se voua en province, parmi les siens, à ce qu'il considérait comme de pieux devoirs. Ses vertus mêmes lui nuisirent. Lorsqu'il revint en 1822, le monde littéraire avait changé de face; en philosophie, en critique, en poésie, tout s'essayait *au renouvellement. Victorin Fabre, qui* n'avait pas quarante ans en 1822, s'était arrêté dès 1811 ; il ne put jamais reprendre le courant. Les hommes qui avaient le plus aidé et exalté ses débuts, les Suard, les Maury, les Parny, les Ginguené, les Garat, ou n'existaient déjà plus ou allaient disparaître. Il suivit à son tour le convoi de ces vieillards, et mourut, pour ainsi dire, *le dernier, en mai 1831.*

Singulière et vraiment amère destinée! Un talent précoce, incontestable, un travail opiniâtre et qui ne se fie pas à la seule nature, le culte des sérieuses traditions, un patriotisme ardent, une pureté de conscience inaltérable, et tout cela n'aboutissant qu'à une carrière manquée et à un douloureux avortement !

On cherche la cause, la clef de cette contradiction apparente. C'est, après tout, au talent, à l'esprit qu'il faut s'en prendre; c'est là qu'est le *point défectueux.* Victorin Fabre avait des qualités de jeune homme, et supérieures à celles que cet âge présente d'ordinaire : il avait la générosité de la jeunesse, il y joignait un esprit grave, une application constante, une faculté d'analyse et d'examen qui, dans l'expression, savait se revêtir de nombre et d'un certain éclat. Mais il n'eut de la *jeunesse rien de ce qui lui appartient* surtout en propre, rien de ce qui rafraîchit et renouvelle. Une fois entré sous le patronage des hommes distingués qui l'adoptèrent, l'idée ne lui vient jamais d'en sortir, de s'en détacher; il ne se dit pas que leur ombre, un moment tutélaire, lui est funeste en se prolongeant, que, s'il n'y prend garde, toutes ces belles fleurs et ces palmes du lauréat ne produiront jamais leur fruit :

> Nunc altæ frondes et rami matris opacant,
> Crescentique adimunt fœtus uruntque ferentem (1).

Il n'était pas facile d'avoir toute sa fraîcheur à l'ombre du cardinal Maury. D'un autre côté, les littérateurs établis d'alors, voyant un jeune homme plein d'espérance se faire si pareil à eux, ne se lassaient pas de l'admirer et le traitaient comme un égal. Victorin Fabre, ainsi grandi par ses maîtres, s'enferma de bonne heure et vécut toujours dans un cercle d'illusion.

Il lui arriva un peu ce qui arrive à de certaines jeunes filles qui épousent des vieillards : en très-peu de temps leur fraîcheur se perd on ne sait pourquoi, et le voisinage attiédissant leur nuit plus que ne feraient les libres orages d'une existence passionnée :

> Je crois que la vieillesse arrive par les yeux,
> Et qu'on vieillit plus vite à voir toujours les vieux,

a dit Victor Hugo. Ainsi pour le jeune talent de Victorin Fabre : il épousa sans retour une littérature vieillissante, et sa fidélité même le perdit.

---

(1) Virgile, *Géorg.*, II, 55.

Cela nous coûte à dire, mais il nous fait comprendre ce qu'il peut y avoir de bon, au moins par instants, chez les *libertins* en littérature. Nous disons habituellement assez de mal de ceux-ci (1) pour qu'on nous croie si par hasard nous leur sommes moins sévère. Ce que nous voudrions, s'il y avait moyen de régler les points, c'est qu'on pût, même en littérature, se donner le droit de fredonner, avec le plus spirituel des mondains :

> Dans mon printemps j'ai hanté les vauriens,

et qu'on se rangeât par degrés ensuite. Les trop bons sujets qui n'ont, à aucun moment, rompu avec les devanciers, courent risque de trop creuser dans le même sillon, c'est-à-dire de rester dans l'ornière. Quand la maturité, ou ce qui en a l'air, usurpe la place de la jeunesse, il est toujours à craindre qu'une certaine pesanteur n'occupe l'âge de la maturité.

Celui qui écrit ces lignes assistait, en 1822, si je ne me trompe, à la reprise du Cours de Victorin Fabre dans la chaire de l'Athénée. Ce pauvre Athénée, qui est aujourd'hui tout à fait tombé en enfance et qui s'est converti au néo-catholicisme sur ses derniers jours, se maintenait alors dans la verdeur d'une vieillesse encore respectée. De nobles débris du xviiie siècle étaient présents; la salle n'avait jamais vu plus d'affluence en ses beaux jours; évidemment il y avait une extrême attente. Les anciens expliquaient aux plus

(1) Voir l'article précédent.

jeunes de quoi il s'agissait au juste : était-ce un grand
écrivain, décidément, qui nous revenait de Jaujac?
n'était-ce qu'un lauréat fané? Tous les pronostics inclinaient pour le grand ecrivain. Victorin Fabre parut;
accueilli par un tonnerre d'applaudissements, il fut
quelques instants à se remettre. Il commença d'une
voix émue d'abord, mais surtout d'un accent rouillé, à
lire un discours dont chaque phrase sentait la lampe,
un discours à effets oratoires, tissu de compliments
empesés, de précautions devenues inutiles, d'allusions
devenues obscures ; rien ne s'y détachait bien nettement. On démêla d'une manière générale le sujet du
Cours qu'il venait ouvrir; il se proposait de parler de
la société civile, des lois de la civilisation et de la
perfectibilité, du rapport qui existe entre les lumières
et le bonheur des nations; c'était un publiciste qui
aspirait à remanier le grand problème du xviiie siècle
et à se frayer une voie entre Montesquieu et Rousseau.

Les leçons suivantes, dans lesquelles on ne pouvait
méconnaître les élaborations d'un esprit consciencieux
et méditatif, parurent de plus en plus pénibles et
sans résultat. L'attente était trompée ; la salle se dé-
peupla. Ce sont des symptômes auxquels on ne saurait
fermer les yeux. Victorin Fabre se donna le change à
lui-même, et il interrompit bientôt ses leçons en se
disant et en disant à ceux qui lui en parlaient qu'il
s'était aperçu du danger que pouvaient avoir, dans l'état
des circonstances politiques, certaines doctrines incomplétement expliquées et légèrement comprises.

Hélas! pour lui, pour les auditeurs, le danger n'était pas là.

Il essaya, dans les années suivantes, diverses fondations, celle d'un recueil périodique, *la Semaine*, qui n'eut pas de durée, et finalement *la Tribune*, qui vécut, mais lui échappa. Il était habituellement maladif, bien qu'avec les dehors et presque l'éclat de la santé, d'une allure assez alourdie, très-sédentaire, très-laborieux, d'un accueil bienveillant pour la jeunesse qui s'adressait à lui, et tenant évidemment à perpétuer ces traditions de politesse et de bon patronage dont il avait autrefois profité. Il semblait croire, plus qu'il ne devait être permis depuis les déceptions de 89, à la puissance de la vérité pure, à l'influence d'une idée juste une fois imprimée quelque part. Il n'admettait à aucun degré les tentatives dites *romantiques* qui se faisaient dans les divers genres, et c'était pour lui une religion de conscience de tout repousser.

Quand il conversait, ses souvenirs se reportaient involontairement à l'époque brillante à laquelle l'aiguille de sa montre, en quelque sorte, s'était arrêtée; même en s'adressant au jeune homme d'hier, il lui échappait de dire, comme entrée en matière, avec un clin d'œil d'allusion : « C'était en 1811; M. Suard me « disait un jour, en sortant de dîner chez le car- « dinal Maury (qui, par parenthèse, mangeait beau- « coup), etc., etc. » Que d'esprits en sont là, ne marquant réellement qu'une heure! C'était 1811 pour Victorin Fabre, il n'en sortait pas. Prenons bien garde nous-même de trop tourner sur 1829.

Un jour, vers cette date de 1829 (mais voilà que je
fais comme lui), à une représentation de l'Odéon, cet
espiègle de Janin, qui débutait, aperçut au balcon,
non loin l'un de l'autre, Victorin Fabre et Victor Hugo.
Il voulait, le lendemain, faire un petit article qu'on
voit d'ici : *Victor et Victorin*. On le pria d'épargner
l'athlète hors de combat, et il n'y songea plus.

Auguste Fabre, frère cadet de Victorin, formé par
lui aux lettres et deux fois sauvé de la mort par son
dévouement, avait pour cet aîné, nous l'avons dit, un
véritable culte qui prenait des formes touchantes et
d'autres fois bizarres. Auteur lui-même d'un poëme
épique, *la Calédonie,* et d'une tragédie héroïque, *le
Siège de Missolonghi,* il y aurait eu bien des choses à
lui retorquer sur cette pureté classique qu'il affichait
et qu'il ne pratiquait pas sans de légères atteintes.
Mais, plus docile et assez modeste en ce qui le concernait, il n'aurait supporté aucune objection à l'égard
de Victorin ; il le mettait sans hésiter entre Montesquieu et Rousseau, si ce n'est au-dessus. Comme, en
1815, après les Cent-Jours, quelques électeurs de
l'Ardèche avaient eu l'idée de porter à la députation
Victorin Fabre, Auguste s'est échappé à dire, dans une
notice biographique écrite après la mort de son frère,
que cette nomination, si elle avait eu lieu, aurait pu
changer le cours des choses et arrêter sur leur penchant les destinées de la patrie. Lorsque Victorin fut
mort, Auguste, atteint du coup, se renferma dans
l'appartement de son frère, laissa croître sa barbe, ne
sortit plus, ne permit plus qu'on enlevât la poussière

des papiers et des meubles, désormais consacrés à ses
yeux; il mourut tout entier à ce deuil, et constatant
sa pensée fixe dans un testament dont un récent procès
est venu révéler les dispositions singulières.

Que si, rabattant de ces illusions de famille, nous
venons à peser à leur juste valeur les œuvres de Victorin Fabre (je ne parle que de celles qui sont publiées), nous trouvons qu'il mérite, en effet, une mention honorable dans la littérature des premières années du siècle. Il fut l'élève le plus distingué de ce
groupe qui avait pour organe *la Décade*, et qui, en
méfiance contre l'Empire, prétendait à continuer le
xviiie siècle avec modération et fermeté. Des morceaux qu'il a publiés sous les auspices de ces maîtres,
et qu'ils ont couronnés, je préférerais l'*Éloge de La
Bruyère*, qu'on relit avec plaisir et avec fruit : l'*Éloge
de Corneille,* tant vanté, sent trop le rhétoricien encore ; l'*Éloge de Montaigne* accuse déjà un esprit fatigué, l'étouffement commence. Le *Tableau du dix-huitième siècle* n'est qu'une apologie écrite sous l'influence
des doctrines que Victorin Fabre exprimait, discutait
avec talent, mais ne rajeunissait pas. Plus d'une page
de lui nous représente, par le genre d'argumentation,
par le mouvement chaleureux et un peu factice, une
étude bien faite d'après Jean-Jacques. Quant à l'*Oraison funèbre du maréchal Bessières,* qui fut demandée
à l'auteur par Napoléon, et qui ne put être prononcée
à cause des événements, l'éditeur nous dit en produisant aujourd'hui jusqu'aux variantes du morceau : « Je
laisse aux lecteurs qui ont senti l'élévation de Bossuet

et la profondeur de Tacite, le soin d'indiquer le rang
où l'on doit placer Victorin .Fabre. » Mais les lecteurs
ne s'aviseront pas de donner le moins du monde
dans ces rapprochements : l'oraison funèbre de Fabre
est trop évidemment une copie, presque un pastiche de
celles du grand Condé ou de Turenne. Elle reste pour
nous un échantillon piquant du goût d'alors; la péro-
raison est tout entière empruntée au monde d'Ossian,
que Napoléon aimait, que Girodet traduisait aux yeux;
car Victorin Fabre croyait à Ossian, c'était là son *romantisme* à lui ; que voulez-vous ? le plus sage est sujet
à payer tribut au malin.

On doit d'ailleurs des éloges à M. J. Sabbatier pour
les soins qu'il apporte à cette publication, et qui, dans
leurs scrupules mêmes et leur détail un peu superstitieux, ne sont que mieux d'accord avec l'auteur et
avec le genre.

11 juin 1844.

VICTORIN FABRE.

(Œuvres publiées par M. J. SABBATIER.)

Tome Ier, 1845.

Le second volume de ces œuvres ayant paru avant
le premier, nous en avons parlé dans la *Revue de
Paris* du 11 juin dernier; la publication actuelle du
premier volume, qui contient des fables, des poëmes
académiques et quelques autres poésies, ne pourrait
que modifier très-peu notre premier jugement, et nous
n'y insisterions pas aujourd'hui, si la *Vie de Victorin
Fabre*, que l'honorable éditeur, M. Sabbatier, a mise en
tête du volume, ne nous paraissait trop singulière à
bien des égards pour devoir être passée sous silence.
L'amitié certainement a des droits, la sincérité d'intention a des priviléges; il est d'usage de penser et de
dire sur l'auteur qu'on publie, sur l'ami dont on recueille les reliques, un peu plus que tout le monde,
et la part d'illusion permise a sa latitude. Mais pourtant il y a un degré d'exagération qui, en se joignant à
une sincérité incontestable, devient piquant à étudier
et qui offre un cas bizarre de plus dans l'histoire des
sectes littéraires.

. Certainement si la France, en perdant au printemps
de 1831 le très-estimable écrivain Victorin Fabre, avait
perdu le tome cinquième en personne de Montesquieu,
de Voltaire, de Jean-Jacques et de Buffon, on n'en par-
lerait pas autrement que M. Sabbatier ne vient de le
faire dans les cent soixante-huit pages de son introduction. Pour qu'en 1845 une telle opinion puisse sérieusement se produire et qu'elle trouve place dans un
esprit aussi cultivé que paraît l'être celui de l'éditeur,
il ne suffit pas d'une dose d'illusion ordinaire; c'est
un phénomène qui exige une explication plus appropriée; Victorin Fabre a eu ses dévots, et M. Sabbatier
en est un..

Les grandes causes philosophiques et politiques,
les grands partis littéraires, une fois que l'influence
leur échappe et que le monde tourne décidément à un
autre cours d'idées, se rétrécissent, s'immobilisent,
passent à l'état de secte et comme de *petite Église;* ils
tombent dans ce que j'appellerai une *fin de jansénisme.*
Les chefs principaux disparaissent et meurent, quelques rares disciples survivent et essayent de réchauf-
fer le culte en le resserrant; la lettre grossit pour eux
en même temps que l'esprit se retire; ils reviennent
soir et matin sur leurs traces, ils répètent à satiété les
mêmes noms, ils ont des gloires domestiques, des
grands hommes et des saints à leur usage; ils sont
de vrais dévots, ai-je dit. Ainsi était resté Victorin
Fabre à l'égard de ses maîtres; ainsi se montre aujourd'hui à son égard son trop fidèle éditeur qui nous
semble renchérir encore sur lui. Victorin Fabre s'était

arrêté et comme *figé* en 1811 ; son biographe se **rabat**
de plus près à 1804 ; il n'en sort point, il a posé **son**
dieu Terme à cette date-là.

Certes, nous aussi nous respectons et nous **ne**
sommes pas sans apprécier hautement ces **hommes**
que Victorin Fabre et M. Sabbatier mettent en avant
à tout propos, Cabanis, Tracy, Garat, Ginguené, Daunou, Laromiguière, et quelques autres ; mais **ces**
hommes n'étaient pas tous aussi unanimes que de
loin, en les rangeant de front sur la même ligne, on
voudrait nous le faire croire ; mais surtout ils n'ont
pas eu de postérité littéraire et philosophique digne
d'eux, et ceux qui se sont portés comme héritiers directs de leurs traditions les ont dès longtemps com-
promises en les rapetissant et en les outrant avec un
véritable fanatisme. Peu s'en faut que nous ne ran-
gions aujourd'hui M. Sabbatier parmi ces héritiers
compromettants, et nous en aurions presque le droit
en lisant les paroles plus que sévères et les qualifica-
tions flétrissantes qu'il inflige à toutes doctrines littéraires et philosophiques qui ne sont pas les siennes.
M. Sabbatier est de ceux qui s'indignent « à la seule
pensée de voir rabaisser nos grands écrivains au niveau de quelques *extravagants* d'Allemagne ou d'Angleterre » (page 21). Shakspeare et Goëthe lui semblent
les deux plus faquins de ces *extravagants* sans doute,
et quant à Walter Scott, il ne se gêne pas pour en dire
(page 137) : « La faction doctrinaire (car M. Sabbatier
« voit partout les doctrinaires comme d'autres les jé-
« suites), marchant constamment à son but de brouil-

« ler toutes les idées pour dénaturer tous les senti-
« ments nationaux, tous les principes patriotiques,
« avait travaillé dix ans à faire une renommée colos-
« sale à un romancier anglais mille fois inférieur à
« Richardson, à Fielding, à Goldsmith, mais bien digne
« de sa tendresse puisque à sa qualité d'étranger il
« joignait le titre encore plus sacré de pamphlétaire
« aux ordres de l'aristocratie bretonne pour déchirer
« la France et tout ce qui faisait sa gloire et sa pro-
« spérité. » Ce sont là de ces douceurs judicieuses que
le biographe de Victorin Fabre répand comme le lait
et le miel sur la tombe de son héros. En revanche,
nous le verrons affirmer sans sourire (page 25) que
cette *littérature de la république,* tant calomniée,
comptait deux grands écrivains en prose, *Bernardin de
Saint-Pierre* et *Garat,* comme si Bernardin de Saint-
Pierre, qui avait produit tous ses grands ou charmants
ouvrages sous le règne de Louis XVI, pouvait être dit
un littérateur de la *république,* et comme si Garat, bon
littérateur, pouvait être, dans aucun cas, appelé un
grand écrivain. Que si M. de Barante, en 1810, a
l'extrême audace de concourir en même temps que
Victorin Fabre pour le *Tableau littéraire du dix-huitième
siècle,* voici comment M. Sabbatier ne craint pas de
s'exprimer : « Quant à l'ouvrage de M. de Barante,
« des *considérations particulières* avaient bien pu lui
« faire accorder une mention, mais *ne pouvaient don-*
« *ner à personne l'idée de le mettre en parallèle avec un*
« *écrit de Victorin Fabre !* » De telles manières de
louer son auteur sont faites pour impatienter, conve-

nons-en; quoi! on ne saurait avoir même l'idée de
mettre l'ouvrage très-distingué d'un homme d'esprit,
qui pense, en parallèle avec un écrit de Victorin! Mais
savez-vous bien que cela donne envie à quelques-uns
de ceux qui ont connu Victorin Fabre et qui voudraient
d'ailleurs observer le respect dû à sa mémoire (et je
suis du nombre), que cela leur donne envie de dire
tout net que cet écrivain de talent était surtout un
écrivain de labeur, qu'il pensait peu, hormis dans les
sillons déjà tracés, que sa rhétorique, pour ne s'être
pas faite à temps au collége, se prolongea trop longtemps dans les concours académiques, que ces concours académiques où il triompha coup sur coup en
vers et en prose ne firent jamais de lui qu'un magnifique écolier, que son front de lauréat ploya, à la
lettre, sous le poids de ses couronnes, et que, dès
qu'un premier échec l'eut jeté hors de l'arène des
concours, on ne retrouva plus en lui, devant le grand
public, qu'un talent fatigué et non pas un esprit supérieur? M. Sabbatier a dit assez haut son avis pour qu'il
nous permette de risquer le nôtre.

La Notice nous représente Victorin Fabre né à
Jaujac, en Vivarais, en 1785, d'une honorable famille
très-considérée dans le pays, et qui n'avait jamais
songé à demander des titres de noblesse ni à se prévaloir de ceux que lui conférait la possession de certains fiefs. Le biographe fait tout d'abord à son héros
un mérite de ne s'être point anobli, de ne s'être point
fait appeler M. Fabre *de Vals*, comme le lui conseillait
un jour le cardinal Maury. Il nous montre les Fabre

plus fiers de leur *roture de cinq cents ans* que d'autres
de leur noblesse de fraîche date. Il y aurait eu peut-
être une manière plus simple de penser sur les choses
de naissance, c'eût été de n'en être pas fier du tout.
Bientôt la Révolution commença, et, « quelque étonnant que cela puisse paraître, nous dit le biographe,
Victorin était déjà en état d'en comprendre les vastes
scènes. » On avouera qu'en effet c'était une précocité
assez étonnante chez un enfant qui n'avait que quatre
ou cinq ans. Suivent une quantité d'anecdotes d'enfance comme chacun peut en trouver à plaisir dans ses
premiers souvenirs, et qui sont ici données comme
d'héroïques présages : c'est d'une enfance de Spartiate
qu'il s'agit. Certes il n'était pas besoin d'entrer dans
de telles particularités enfantines pour établir, ce qui
est très-vrai, que Victorin Fabre, imbu des principes
de 89, y resta constamment fidèle, et fut jusqu'à son
dernier jour un patriote de ce temps-là; pas plus
qu'il n'était besoin, je pense, pour établir l'excellence
de ses premières études, d'enregistrer ce propos mémorable d'un de ses maîtres : *Enfin je ne lui connais
d'autre défaut que celui de ronger ses ongles!* (Puerilia!)
Les circonstances domestiques vraiment intéressantes
de la vie de Victorin Fabre, l'admirable courage avec
lequel il sauva son frère dans un naufrage sur le
Rhône en 1805, et son dévouement méritoire aux
siens, de 1815 à 1821, ces beaux traits eussent gagné
à ne pas être noyés à l'avance dans des récits qu'il
faudrait garder pour le fauteuil des grands parents.

Après de premières études, qu'il doit presque tout

entières à lui-même, Victorin Fabre nous est présenté,
vers la fin de 1799 (il avait quatorze ou quinze ans),
comme un esprit *dont le coup d'œil politique était dès
lors aussi juste qu'étendu :* « La manière dont s'était
opérée la révolution du 18 brumaire, et surtout quelques dispositions captieuses placées dans la Constitution
de l'an viii comme pierres d'attente, avaient excité son
mécontentement, *éveillé ses soupçons.* » Voilà un Solon
bien précoce qui nous arrive; en conséquence de ses
prévisions, Victorin Fabre, qui avait un moment songé,
nous dit-on, à prendre la carrière des armes, s'en détourne et ne songe plus qu'aux lettres et à la philosophie; nous concevons cette préférence ; qu'on nous
permette seulement de croire, sans faire injure à tout
ce puritanisme, que cela ne l'eût aucunement compromis de se trouver à Marengo.

Il vient à Paris en 1804; déjà en correspondance
avec Ginguené, il le visite tout d'abord et s'initie par
lui au groupe philosophique et littéraire qui soutenait
honorablement la cause des idées et celle de la république expirante. M. Sabbatier fait ressortir, et avec
raison, le mérite de ce choix réfléchi chez un jeune
homme qui n'avait pas, comme les autres membres de
ce groupe, une carrière déjà faite, mais qui hasardait
ainsi tout son avenir. Ce fut là le côté sérieux et digne
de Victorin Fabre; les exagérations trop fréquentes de
son biographe ne nous le font pas oublier. Ginguené
se prend aussitôt pour le jeune homme d'une tendresse fondée sur l'estime, il l'appelle son *fils,* il l'a-
dopte en quelque sorte; et c'est là en effet la vraie

place de Victorin, à la suite et à côté de ces écrivains
estimables qui espéraient en lui un rejeton. M. Sabbatier parle de Ginguené en de très-bons termes que
nous ne contesterons pas ; Ginguené était un littérateur
de grand mérite, plus instruit que La Harpe, bonne
plume, bon critique, mais non point d'un goût *exquis,*
comme M. Sabbatier le répète souvent, prodiguant à
ses amis ce terme rare ; Ginguené avait plus de sens
que de finesse, et moins de délicatesse que de solidité ;
ce mot *exquis,* si l'on y prend garde, s'applique à bien
peu de juges, et je ne sais que Fontanes, parmi les
maîtres de ce temps-là, à qui il convînt véritablement.
Victorin Fabre lui-même manqua essentiellement de
l'*exquis* en littérature ; après ses premiers essais, qui
ont du ton, du nombre, du mouvement, des passages
d'éclat, de nobles pensées, mais qui ne sont que d'un
disciple encore, on put croire un moment qu'il allait
se dégager et prendre son essor avec aisance ; l'*Éloge
de La Bruyère* donnait lieu de l'espérer ; mais l'*Éloge
de Montaigne,* remarquable pourtant, ne tint pas cette
promesse ; l'auteur, en cet heureux sujet, n'eut rien de
libre ni de léger ; en voulant approfondir, il s'aheurta, il
fut rocailleux, il commençait à se montrer pesant. Cette
pesanteur alla se manifestant en lui avec les années,
ou plutôt avant les années. Son séjour dans l'Ardèche,
de 1815 à 1821, et qui fut consacré à de vertueuses
douleurs, sembla (ceci est triste à dire) l'avoir rouillé
littérairement. Dans ses *Fables* de cette époque, que
M. Sabbatier admire et que nous n'admirons pas du
tout, et dans les divers écrits qu'il composa depuis lors,

nous ne cessons de retrouver le contraire précisément·
de l'*exquis* : le lourd, le pénible, l'enchevêtré gagnent
à chaque pas ; et, pour mon compte, je n'irais pas
chercher, si l'on me pressait, d'autre exemple plus
sensible de ce mot d'Horace : *In crasso jurares æthere
natum.*

Virgile, au livre III des *Géorgiques*, nous a peint admirablement la rivalité et le combat de deux taureaux
pour la belle génisse : le vaincu, tout farouche, ne peut
supporter sa défaite ; il s'exile et va dans les bois, loin
des pâturages connus, nourrir sa sombre blessure.
Victorin Fabre, battu dans le concours de 1812, et perdant la belle génisse, c'est-à-dire le prix de l'Académie,
ne fit pas autrement que le vaincu de Virgile, et sortit
de l'arène avec la rancune superbe du taureau blessé ;
mais il ne revint pas avec la même allure, et à le voir
reparaître, quelques années après, tout ralenti et tout
empesé, on put lui appliquer ce vers assez imitatif d'un
moderne :

> Taurus abit mœrens e regnis : ecce redit bos.

Ainsi, dans un sens plus léger, Martial parle quelque
part de la dame romaine qui, allant aux eaux de Baies,
y arrive Pénélope, dit-il, et s'en retourne Hélène :...
Penelope venit, abit Helene. Mais ceci sent le badinage,
et Victorin Fabre ne badina jamais.

La grande illusion de Victorin fut de prendre trop à
la lettre le cadre et le cirque académique, de s'y con-
sacrer, de s'y enfermer de toute son âme, comme
l'athlète d'autrefois faisait pour les Jeux olympiques.

Il fut l'athlète florissant et le lauréat désigné par
excellence. Lycée, Jeux Floraux, Académie, il brillait
partout ; il cumulait, comme cet héroïque lutteur, le
laurier de Delphes, le chêne de Pergame et le pin de
Corinthe ; il aurait volontiers laissé écrire au-dessous de
sa statue : « Ceci est la belle image du beau Milon, qui
sept fois vainquit à Pise, sans avoir, une seule fois, touché la terre du genou. » Or, le jour où son genou fléchit en effet, le jour où la *palme* (style du genre) lui
échappa et où il fut évincé par un plus heureux, il ne
sut plus se consoler, il resta dépaysé longtemps, l'esprit
tendu, avec tout un attirail oratoire qui ne sert que
dans ces sortes de joûtes, et qui, en se prolongeant, doit
nuire au libre développement des forces naturelles. Les
concours académiques sont un excellent prélude pour
le talent, mais il ne faut pas s'y éterniser.

Ajoutez l'inconvénient de rêver trop longtemps de
prix et d'*accessit*, ce qui est un tic particulier à ce genre
d'émulation. J'ai eu l'honneur de connaître un très-
vieux littérateur, le chevalier de Langeac, qui, dans sa
première jeunesse, avait remporté un prix à l'Académie
vers 1770 ou 1769, un prix en concurrence avec La
Harpe et de préférence à lui (quel honneur !) ; mais ce
premier triomphe si glorieux ne s'était plus renouvelé,
et, depuis ce prix mémorable, le digne lauréat n'avait
pu obtenir, dans les concours nombreux auxquels il
s'était voué, que de simples *accessits*. Ce qui lui en était
resté de chagrin au fond, dans une âme assez légère,
était inimaginable, et je l'ai entendu à près de quatre-
vingt-dix ans revenant à satiété en vieil écolier sur ces

injustices prétendues ou réelles dont il avait été victime. Victorin Fabre avait un peu de cela, et l'*accessit* ou la mention honorable de 1812 lui pesait sur le cœur, et lui revenait à la bouche plus souvent qu'il n'était convenable à un homme aussi sérieux et aussi mûr.

Les lettres confidentielles et admiratives de Ginguené, de Garat et de Maury, qui roulent sur cette grande affaire, et que cite au long le biographe, restent curieuses et montrent à quel point les jugements venus de près, de la part même de ceux qui semblent le plus compétents, sont sujets à illusion. Ces hommes distingués ne peuvent vraiment concevoir que le prix pour l'*Éloge de Montaigne* ait été décerné à M. Villemain, à ce brillant et facile esprit, si net, si charmant, que la littérature retrouvera demain encore, qu'elle a retrouvé déjà, nous l'espérons. La lettre de Garat à Ginguené sur ce sujet est incroyable d'émotion, de boursouflure : « Cette couronne de l'orateur de vingt ans, écrit-« il, le percera d'épines tout le reste de la vie. C'est un « grand malheur pour le talent de devoir son premier « triomphe à une iniquité. Le jeune homme croîtra, « mais son discours restera toujours petit. Il sera aisé « de prévoir (*écoutez bien ceci*) à quelle hauteur lui-« même doit s'élever un jour, lorsque le discours de *ton* « *fils* (de Victorin) sera imprimé. Si, en le lisant, il « verse des larmes d'admiration et de douleur, s'il « rougit d'avoir été couronné, s'il jette, s'il dépose « cette couronne aux pieds du vaincu, alors il donnera « de hautes espérances ; s'il continue à se croire vain-« queur, il restera, à peu près, aussi petit que son

« discours. » O Garat, Garat! le jour où vous écriviez
cette lettre, vous avez voulu jouer au *Diderot.* — Notez
bien pourtant qu'au nombre des juges qui se détachèrent
alors de Victorin était Fontanes. Victorin qui, je l'ai dit,
resta toute sa vie sur cet échec de 1812, l'expliquait en
racontant, comme une chose d'hier, que, s'il n'avait pas
eu le prix, c'est qu'on voulait alors que l'*Université* eût
son tour dans les succès de l'Académie; ce qui signifie,
en d'autres termes, que Fontanes se prononça contre
lui. Or (Université à part), il est remarquable que le
suffrage qui se retira de Victorin Fabre, et qui donna
le signal d'arrêt, ait été précisément celui de Fontanes,
du plus homme de goût de ce temps-là. M. Sabbatier,
qui ne veut voir partout qu'esprit de coterie et d'envie
contre son héros, ne peut concevoir non plus que des
critiques, gens d'esprit, tels que MM. Auger et de Feletz,
aient essayé, à certain jour, d'effleurer de leur plume
un écrivain qui ne leur paraissait ni aussi neuf ni
aussi pur qu'à d'autres; le biographe en prend occasion de s'exprimer sur le compte de ces deux critiques, l'un strictement judicieux et l'autre agréable,
d'une façon qui ne se ressent en rien assurément du
goût ni de l'aménité littéraire.

Mais que viens-je ici parler de goût et d'aménité?
Voulez-vous savoir comment M. Sabbatier prétend expliquer la non-réussite de Victorin Fabre à son retour
de 1821, et sous quels traits il nous représente la scène
littéraire et politique en ces années de nobles études
et de luttes méritoires? « Victorin Fabre, dit-il, revint
« à Paris vers la fin de 1821 ; mais combien tout y était

« changé ! Semblable à ces orages qui, en détruisant la
« moisson, ravagent et empoisonnent la terre, l'invasion
« avait jeté dans tous les esprits une perturbation qu'on
« aurait prise pour l'œuvre de plusieurs siècles. Paris se
« faisait encore appeler la capitale du monde civilisé ;
« mais qu'y trouvait-on au fond ? En politique, plus de
« parti national ; d'un côté, les hommes de l'émigration,
« etc., etc... ; de l'autre, les familiers d'un prince du
« sang, qui ne combattaient les premiers que pour pren-
« dre leur place... ; en d'autres termes, deux entreprises
« rivales qui se disputaient la France à *abrutir* et à *rui-*
« *ner*... Entre ces deux partis, Victorin ne pouvait pas
« hésiter ; il devait dire et il dit à l'instant : *Ni l'un ni*
« *l'autre !*— La littérature était aussi avilie que la politi-
« que...» Nous sommes affligé d'avoir à transcrire de tels
passages que nous abrégeons du moins ; les seuls noms
d'exception que cite M. Sabbatier, comme faisant éclair
dans ce noir tableau, les seuls écrivains orthodoxes qui
trouvent grâce à ses yeux, ce sont MM. Garat, de Tracy,
Alexis Dumesnil, Thurot, Laromiguière : je vous ai bien
dit que nous avons affaire ici à une petite Église ; il n'y
a pas lieu à discuter.

Cette théorie de l'*invasion*, qui impute à un fait
national aussi douloureux et aussi désastreux que la
catastrophe de 1814 et 1815 tout le libre mouvement
de renaissance philosophique, historique et littéraire
dont nous provenons, et qui essaye par là de le flétrir,
n'est point d'ailleurs particulière à l'éditeur, et M. Sabbatier ne fait en cela que rédiger, un peu crûment il
est vrai, l'opinion même de Victorin Fabre. Ce dernier

s'était habitué peu à peu (le cœur humain est ainsi fait) à confondre son échec de 1812 avec les calamités publiques qui suivirent. Il ressentait profondément l'humiliation de la France, il s'accoutuma à y rapporter et à y mêler la sienne propre, et, comme le monde littéraire lui échappait, il se dit que ce changement devait tenir à une perversion complète des sentiments de tous. Par une association d'idées si étroite et si étrange, il put se considérer jusqu'à la fin comme une victime de plus, immolée avec la patrie elle-même ; cela console toujours et ennoblit l'échec, de l'enchaîner à un grand malheur, de l'imputer à une cause de ruine universelle. Après une leçon à l'Athénée peu applaudie, on se voit déjà comme Caton après Pharsale ; et, si l'on vient à manquer l'Académie, on se dit que c'est qu'on est un des vaincus de Waterloo. Victorin était une âme noble, un caractère élevé, et il ne se rendait pas compte de tous ces calculs ; son amour-propre les faisait en lui à son insu.

Bien que les opinions de M. Sabbatier ne soient que celles de l'auteur même, traduites par un disciple et plutôt grossies que dénaturées, il n'est pas moins à regretter que le biographe se soit donné ainsi pleine carrière, et que sa misanthropie, en s'ajoutant aux humeurs noires d'Auguste Fabre et de Victorin, vienne aujourd'hui compromettre, sous une teinte aussi fâcheuse et trois fois morose, une publication qui, présentée sous un meilleur jour et ne réclamant que d'équitables éloges, eût mérité de tous indulgence et sympathie. Le second volume, sauf quelques commentaires, s'annonçait mieux. Mais que peut-on dire quand le biographe, au milieu des jugements outrageux qu'il fait planer sur tout ce qui écrit, exige pour son auteur une admiration exclusive et sans réserve ? Victorin Fabre a laissé un ouvrage inachevé sur *les Principes de la société civile ;* il en lut à l'Athénée, en 1822, des fragments qui (j'en fus témoin) ne réussirent que très-médiocrement : « Cet « ouvrage, s'écrie l'éditeur, est peut-être *le plus vaste, le* « *plus gigantesque qui ait jamais été entrepris...* Tel qu'il « est, il me paraît encore *le plus grand monument élevé* « *à la science politique.* » Ce sont de telles exagérations enthousiastes qui, jointes aux violences dénigrantes, nous ont donné le courage de dire hautement toute notre pensée sur Victorin Fabre, et d'insister sur le phénomène singulier de son avortement laborieux.

La préface de l'éditeur, à la date de 1845, restera elle-même un phénomène littéraire assez curieux en son genre ; elle témoigne de la persistance opiniâtre et du rétrécissement graduel de certaines doctrines depuis longtemps dépassées. L'éditeur répète à chaque page de sa Notice qu'il n'y a plus ni critique, ni indépendance de jugement en France ; il aurait trop lieu de le croire, si de pareilles énormités littéraires passaient tout à fait inaperçues.

8 février 1845.

DISCOURS DE RÉCEPTION

A L'ACADÉMIE FRANÇAISE

Prononcé le 27 février 1845, en venant prendre séance
à la place de M. Casimir Delavigne.

Messieurs,

C'est un grand moment dans la vie de tout homme
de lettres que celui où il entre à l'Académie : c'en est
un surtout bien imposant et tout à fait décisif pour
l'écrivain dont les débuts étaient loin de se diriger vers
un prix si glorieux et pouvaient même sembler s'en
détourner quelquefois ; qui eût considéré, il y a peu
de temps encore, ce but solennel comme peu accessible, et qui a eu besoin, pour y aspirer sérieusement, de
l'indulgence de tous et de l'encourageante bienveillance
de quelques-uns. Ces amitiés, Messieurs, s'il m'est
permis désormais de leur donner ce nom, ces amitiés
précieuses et illustres, en voulant bien me tendre la
main du milieu de vous, m'ont enhardi et comme
porté ; elles m'ont rendu presque facile un succès que
d'autres plus dignes ont attendu plus longtemps ; il se
mêle malgré moi aujourd'hui un reste d'étonnement et

de surprise jusque dans la reconnaissance. Je saurai
m'y accoutumer, jouir, comme je le dois, des honorables douceurs de cette distinction par vous accordée à
l'écrivain. Et que le public surtout, le grand juge per-
manent, n'ait à s'en apercevoir dans la suite qu'au
redoublement de mes efforts, à leur application de
plus en plus marquée vers les sujets élevés et sérieux,
qui sont faits pour remplir la seconde moitié de la vie.

C'est marcher tout d'abord dans cette voie, Messieurs,
que de venir retracer devant vous un caractère et un
talent comme celui de Casimir Delavigne : il a eu dès
le premier jour la célébrité, il a obtenu la gloire, et il
n'a pas cessé un seul instant depuis d'y joindre l'estime.
Homme de lettres accompli et qui n'a été que cela,
poëte à la fois populaire et modéré, d'une pureté inaltérable, habile et fidèle dispensateur d'un beau talent, bon
ménager d'un grand renom, il eût offert en tout temps
une existence littéraire bien distinguée et bien rare ;
elle le devient encore plus, à la considérer aujour-
d'hui.

Une qualité générale frappe au premier coup d'œil,
en parcourant l'ensemble de cette vie bien courte et
pourtant si remplie : quand je dis que cette qualité
frappe, j'ai tort, il serait plus juste de dire qu'elle
repose et satisfait : sa destinée a tout à fait l'*harmonie ;* et je n'en veux pour preuve que le sentiment
universel qu'elle inspire, cette sorte d'admiration affec-
tueuse et douce dont il est l'objet. Casimir Delavigne,
poëte, sut être toujours à l'unisson, au niveau du sentiment public ; il partagea les goûts, les émotions, les

enthousiasmes du grand nombre en ce qu'il y eut d'honnête, de légitime, de généreux ; il en fut l'organe clair, ingénieux, élégant, sensible. Qu'il chante ouvertement ou sous voile d'allusion les douleurs et les oppressions de la patrie, qu'il se reporte aux calamités, aux espérances ou aux plaintes de l'Italie et de la Grèce, qu'il raille au théâtre certains préjugés, qu'il flétrisse certaines tyrannies, il est toujours aisément d'accord avec ce que sont tentées de penser et de sentir sur ces sujets la plupart des natures droites et saines, des jeunes âmes écloses du milieu de notre société et formées par notre éducation libérale. Il exprime ses pensées, ses émotions, qui sont volontiers les leurs, du mieux qu'elles-mêmes le pourraient désirer, et avec les couleurs qu'il leur plairait le plus de choisir. C'est ainsi qu'en un temps où d'autres talents élevés poursuivaient et atteignaient, ou manquaient la gloire, en d'autres régions plus orageuses de la sphère et sur d'autres confins, lui, il suivait sa belle et large voie, populaire d'une popularité légitime, heureux d'un bonheur possible : en un mot il réalisait dans toute sa vie une sorte d'idéal tempéré et continu, sans aucune tache.

Même dans cette seconde moitié de sa carrière où il eut affaire à un milieu de société décidément modifié, à certains goûts littéraires que nous connaissons très-bien, moins réguliers, moins simples ou moins traditionnels, et, comme on dit, plus exigeants, là encore il sut trouver je ne sais quel point agréable ou tolérable dans le mélange : il étendit ses ressources sans trop sortir de ses données habituelles ; il put paraître quel-

quefois sur la défensive, il réussit toujours à garder
ses avantages, il ne fut jamais vaincu.

Casimir Delavigne, né au Havre en 93, d'une honorable famille de la classe moyenne, vint faire ses études
à Paris, au lycée Napoléon. Il était précédé de deux
années par son frère Germain, dont le nom n'est. pas
séparable du sien, et par cet autre ami non moins
inséparable, j'allais dire par cet autre frère, M. Scribe.
Il était sur les bancs et disputait les premières places
avec un autre de ses futurs confrères, alors brillant de
promesses, M. de Salvandy. Il faut dire pourtant que
ce ne fut que dans les hautes classes que le talent du
jeune Casimir se révéla : jusqu'à l'âge de quatorze ans,
son intelligence elle-même paraissait sommeiller. Ce
fut par la poésie qu'elle se fit jour. Un matin qu'on
avait donné quelque version de Perse ou d'Anacréon,
le jeune écolier trouva plus facile de traduire en vers
français. Les vers furent de tout temps plus à son
usage que la prose. Un de ses oncles était lié avec
Andrieux et lui montra ces premiers vers de Casimir :
« Qu'il laisse les vers, répondit Andrieux, c'est un vilain
métier : qu'il fasse son droit et devienne un bon avocat ! » Mais lorsqu'on lui eut porté, quelque temps
après, le *Dithyrambe sur la Naissance du Roi de Rome :*
« Allons, dit-il, amenez-le-moi ; aussi bien on voudrait
l'empêcher qu'il ne ferait jamais autre chose que des
vers. » Et le jeune Casimir lui ayant été présenté, il le
reçut comme un fils, lui donna des conseils particuliers, lui fit suivre son cours, le lia avec son autre lui-
même, Picard, et insensiblement, bien peu d'années

après, Casimir Delavigne, encore très-jeune, était devenu à son tour le conseiller de ses premiers maîtres, surtout de Picard qui lui lisait ses comédies : naïve et touchante réciprocité !

Les choses littéraires, Messieurs, ne se passent pas toujours ainsi, par une filiation si directe, si pieuse, si ininterrompue. Les générations ne se succèdent pas toujours comme il arrive dans une famille aimante et bien réglée. Un moment vient où le jeune homme, qui jusqu'alors avait paru suivre la leçon des devanciers et des maîtres, se croit sûr de lui. Un éclair l'éblouit, un rayon l'illumine, qu'importe ? il se lève, s'émancipe brusquement et se retourne souvent contre les plus proches : de là bien des discordes, des égarements sans doute, peut-être aussi quelques nouveautés conquises et ajoutées à grand'peine à l'héritage des anciens. Car toutes ces discordes domestiques et ces guerres civiles littéraires n'empêchent pas, Messieurs, et tout devant moi le prouve, que les vrais lettrés, j'entends par là ceux qui aiment les lettres pour elles-mêmes, ne soient, toute rébellion cessante, d'une même cité, d'une même famille, et que le bien acquis et par les pères et par les neveux ne compose finalement le trésor de tous.

Casimir Delavigne a cela de particulier, entre les gloires poétiques de son âge avec lesquelles on l'a souvent comparé, qu'il reçut docilement la tradition des maîtres d'alors, et qu'il n'eut jamais l'idée ni la velléité de s'y soustraire : il pressentait toutes les ressources que son talent en pouvait tirer, et qu'il en serait le rejeton le plus fertile, le plus brillant. Modeste

10.

et parfois timide d'apparence, on aurait tort pourtant
de croire qu'il manquât de fermeté. Il y a plus de
force qu'il ne semble dans cette tenue constante de caractère, de méthode et d'école, au milieu d'une époque
si diversement agitée. S'il céda quelquefois sur des
points de détail, quand il le crut nécessaire et raisonnable, il ne se laissa jamais tenter ni entraîner aux
séductions croissantes, ni aux souffles impétueux. De
quelque côté qu'on se place pour le juger, je le répète,
il y a de la force dans cette réserve.

Je ne puis qu'effleurer (et j'en ai regret) les circonstances intéressantes de sa vie à ses débuts. Il eut
d'abord une modique place dans l'administration de
ce bienveillant et universel patron, Français de Nantes,
qui, l'ayant aperçu un jour dans ses bureaux, lui
demanda : « Que venez-vous faire ici? » Lorsqu'il
commença ses *Messéniennes* vers 1816, il était plus sérieusement employé dans un travail pour la liquidation
des dettes étrangères sous M. Mounier. Il composait en
même temps son *Épître à Messieurs de l'Académie française* sur l'étude, pour ce brillant concours de 1817
d'où sortirent tant de jeunes noms. Il résultait parfois
de ce partage d'occupations quelques erreurs de chiffres dans sa tâche habituelle : on cite tel cheval dont
le chiffre fut porté, par mégarde, à la colonne des
10,000, au lieu de celle des 1000. M. Mounier, avec
une douce gronderie, telle qu'on la peut supposer de
sa part, ne put s'empêcher de le lui faire remarquer :
« Voyez donc, comment cela se fait-il? » — « Comment? répondit le poëte étonné : que vous dirai-je,

monsieur? il fallait que ce fût un bien beau cheval? »
La France, qui faillit payer ce cheval un peu trop cher,
allait retrouver son compte aux *Messéniennes*.

Elles coururent d'abord manuscrites, puis parurent
en public avec un succès prodigieux. Toutes les âmes
jeunes, vives, nationales, naturellement françaises,
y trouvèrent l'expression éloquente et harmonieuse de
leurs douleurs, de leurs regrets, de leurs vœux ; tout
y est honnête, avouable, et respire la fleur des bons
sentiments : Casimir Delavigne s'y montra tout d'abord
l'organe de ces opinions mixtes, sensées, aisément
communicables, et si bien baptisées par un grand écrivain, le mieux fait pour les comprendre et les décorer,
par M. de Chateaubriand, de ce nom de *libérales* qui
leur est resté. On n'en trouverait aucun représentant
plus irrépréhensible et plus pur, en ces jeunes années
d'essai, que Casimir Delavigne : en sincérité, en éclat,
en expression loyale et populaire, il rappelle un autre
cher souvenir, un autre nom sans reproche aussi, et
qu'il a chanté : Casimir Delavigne et le général Foy!

Louis XVIII lui-même put lire les premières *Messéniennes* et y applaudir dans sa mesure. Un de ses ministres d'alors, un de vos illustres confrères d'aujour-
d'hui (1), eut l'une des premières copies et la porta au
Château. Après le travail, la conversation fut aisément
amenée sur le chapitre des vers, que Louis XVIII
aimait, comme on sait, et dont il se piquait fort. Lecture de la première *Messénienne* fut faite, et de l'impres-

_____

(1) M. Pasquier.

sion favorable du roi, aussi bien que de l'officieuse insinuation du ministre, il s'ensuivit que Casimir Delavigne était le lendemain bibliothécaire de la Chancellerie, — où il n'y avait pas encore de bibliothèque.

La vogue des *Messéniennes* devait porter naturellement le jeune auteur vers d'autres applaudissements : Casimir Delavigne y avait de tout temps songé. On le conçoit, le théâtre, c'est l'arène de tous les cœurs amoureux de la grande gloire littéraire, de tous ceux qui briguent hautement la palme et qui croient à la rémunération publique du talent. Un beau talent lyrique, si élevé qu'il soit, et souvent à cause de cette élévation même, devient difficilement populaire. Chez les Anciens, chez les Grecs du moins, l'ode, c'était le théâtre encore, elle avait devant elle la Grèce assemblée et les Jeux Olympiques. De spirituels modernes, grands lyriques à leur manière, ont trouvé moyen de surprendre, de ressaisir le même succès par la chanson : Casimir Delavigne venait de ravir le sien par ses *Messéniennes*. Mais c'est au théâtre principalement, c'est là, comme à leur rendez-vous naturel et à leur champ de bataille décisif, que visent les plus nobles ambitions poétiques.

Aussi, malgré son prélude de la veille, on peut dire de Casimir Delavigne qu'il entra à la première représentation de ses *Vêpres Siciliennes* incertain, pauvre, à peu près inconnu, et qu'il en sortit maître de sa destinée. Vous n'attendez pas, Messieurs, que j'aille m'ériger ici en juge, discuter des genres, réveiller ou trancher de vieux débats. Je vois devant moi les hommes

qui, à des degrés divers, ont donné à la scène française son éclat et ses nuances de nouveauté depuis plus
de vingt ans; ce n'est pas devant ces juges du camp,
qui ont pratiqué l'arène, ce n'est pas devant le grand
poëte qui me fait l'honneur de me recevoir en ce moment au nom de l'Académie, glorieux champion dans
bien des genres, et lui-même l'un des maîtres du combat, que je viendrais étaler et mettre aux prises des
théories contradictoirement discutables, tour à tour
spécieuses, mais qui n'ont jamais de meilleure solution
ni de plus triomphante clôture que ce vieux mot d'un
vainqueur parlant à la foule assemblée : *Allons de ce
pas au Capitole remercier les Dieux! — Allons applaudir
le Cid pour la centième fois !* — Casimir Delavigne aurait pu, pendant des années, se borner à cette réponse
envers ceux qui auraient cherché querelle à ses premières œuvres dramatiques. Il dut à un ensemble de
qualités, d'inspirations heureuses et de ressorts ingénieux, et à l'habile ménagement qu'il en sut faire,
d'enlever son public et de le retenir longtemps. A relire
plus froidement aujourd'hui cette première moitié de
son théâtre, on pourrait remarquer que, s'il se montre
évidemment de la postérité de Racine par les soins
achevés du style, il tiendrait plutôt de l'école dramatique de Voltaire par certaines préoccupations philosophiques et certaines allusions aux circonstances. Mais
ce jugement même serait trop incomplet. Que du
milieu de la moisson si riche de ses premiers triomphes, de cette ferveur généreuse des *Vêpres Siciliennes,*
de cette exquise versification des *Comédiens,* il me soit

permis de choisir, et d'exprimer ma prédilection toute
particulière pour des portions du *Paria :* le jeune
auteur y trouvait dans l'expression de l'amour des
accents passionnés et vrais ; dans ses chœurs, surtout
quand il exhale les tristesses .et les langueurs de sa
Néala, il arrivait au charme et nous rendait mieux
qu'un écho de la mélodie d'*Esther*. L'hymne des brahmes
au soleil et leur cantique du Jugement dernier, en
faisant ressouvenir des trois premiers chœurs d'*Athalie*,
ne pâlissaient pas auprès, mais semblaient s'être éclairés à cette magnificence.

De la pièce si agréable des *Comédiens* je veux pourtant
relever ce personnage de Victor, type du jeune auteur
dramatique tel que le rêvait le poëte, et à la faveur
duquel il a exprimé, sur le but moral de l'art, sur le
rôle du talent dans la retraite, quelques conseils et
préceptes d'une justesse appropriée, dont il est demeuré
observateur fidèle :

> Aimons les nouveautés en novateurs prudents...
> Que le littérateur se tienne dans sa sphère...
>
> Crains les salons bruyants, c'est l'écueil à ton âge ;
> Nous avons trop d'auteurs qui n'ont fait qu'un ouvrage...

Et d'autres pareils. Casimir Delavigne resta toujours, à
bien des égards, et sauf une certaine fougue qu'il lui
prête, le Victor de ses *Comédiens*, adouci et non amolli
par le succès.

L'École des vieillards fut un grand moment dans les
fastes dramatiques d'alors. L'opinion de quelques bons
juges est que nulle part peut-être Casimir Delavigne

n'a si bien rencontré pour l'entrain natif de son talent
et pour le courant direct de sa veine. L'intérêt dramatique, qui animait l'œuvre au gré de la foule, vient
assez confirmer ce jugement. Sur ce thème, qui semble
usé, du mariage, le poëte avait su trouver un comique
nouveau, un pathétique sérieux et nullement bourgeois,
une morale pure et non vulgaire. Les caractères se dessinent et contrastent, ils concourent tous par un jeu
naturel à l'action. Le personnage de Mme Sinclair, de
cette mère vaine et légère qui entraîne et compromet
sa fille sans le vouloir, sans y songer, n'est pas le
moins piquant de vérité. Une diction irréprochable et
ornée, dont chaque point soutient ou égaye l'attention,
vient servir et compléter cet heureux ensemble. Talma,
après avoir entendu la pièce au Comité, y voulut aussitôt un rôle. Quand les deux grands acteurs, interprètes
incomparables de la pensée du poëte, s'unissaient
pour la faire valoir, l'émotion allait au comble. On me
pardonnera un détail de statistique, la statistique ici
est parlante : les soixante-six premières représentations
de l'*Ecole des vieillards* égalèrent ou surpassèrent
même de quelque chose en recette les soixante-six premières du *Mariage de Figaro*. Le chiffre le plus approchant, dans les modernes succès, est celui de *Sylla*.

Casimir Delavigne avait trente ans : il était arrivé à
la maturité de la jeunesse, à la possession de la célébrité la plus flatteuse et la plus pure ; les générations
de son âge et celles qui s'étaient élevées depuis, ou qui
grandissaient, l'avaient pour première idole. Toutes les
opinions s'inclinaient devant son talent ; il échangeait

vers ce temps avec le plus célèbre poëte de l'autre parti
(il y avait encore des partis en ce temps-là), avec
M. de Lamartine, des félicitations poétiques, pleines
de bon goût, de bonne grâce, et dignes de tous deux.
Un prince (1) qui savait demander à la cause publique
les sujets de ses propres choix, le dédommageait par
son intérêt, j'allais oser dire par son amitié, d'une
destitution odieuse. Vous-mêmes enfin, Messieurs,
Académie française, vous alliez l'accueillir en votre
sein. Le poëte eut là de pleines et belles années. Si
quelque chose pouvait ajouter à leur éclat, c'était la
manière dont il le portait : aimable, naïf, rougissant,
on aurait cru voir une jeune fille plutôt qu'un des
héros de la popularité. Le monde, qui eût été empressé
de l'attirer, ne le tentait pas : on peut dire de lui, selon
une expression heureuse, que le monde ne l'a pas vu
et ne l'a pas connu, il ne l'a qu'entendu. Casimir Delavigne semblait comprendre de loin que ce monde si
aimable, si flatteur et tout à fait engageant, s'il aguerrit
l'homme, intimide parfois le talent. Lui, il avait choisi
de vivre en famille. Pur homme de lettres, sérieusement occupé de la conception de ses ouvrages, les
méditant longuement à l'avance, les composant et les
retenant même (circonstance singulière!) presque tout
entiers de mémoire avant de les écrire, il avait
besoin de temps, de recueillement. Son organisation
délicate, et même frêle, n'avait pas trop de tout son
souffle pour des compositions d'aussi longue haleine.

(1) M. le duc d'Orléans.

La famille comprenait tout cela, on lui ménageait des loisirs, on faisait silence autour de lui ; il pouvait être rêveur et distrait à ses moments. Un frère, un aîné, homme d'esprit et de talent, s'oubliait avec bonheur en ce frère préféré, qui devenait le chef des siens. D'excellents amis, juges avisés, suivaient en détail, assistaient de leurs conseils les œuvres naissantes qui faisaient leur orgueil. En tout, c'était là je ne dirai pas un spectacle touchant (il n'y avait pas spectacle), mais une touchante manière de jouir de sa gloire et de la mériter d'autant mieux, en s'y dérobant.

En ces heureuses années, Casimir Delavigne fit le voyage d'Italie ; il s'y reposa des longs travaux par des inspirations qui tiennent davantage à la fantaisie ou à l'impression personnelle ; la plupart des ballades qui datent d'alors ne paraissent qu'aujourd'hui pour la première fois. On y peut remarquer une sorte de transition à sa seconde manière ; il cherche à s'y rapprocher de plus près de la nature, à prendre son point de départ dans la réalité : ainsi, dans *le Miracle*, il s'inspira de la vue d'un enfant mort, qu'il avait vu entouré de cierges et paré de ses beaux habits, au moment où un jeune frère, dans sa naïve ignorance, s'approchait du mort en lui offrant un jouet. Il avait été très-touché de cette vue, aimant extrêmement les enfants, comme cela est ordinaire aux poëtes et aux âmes pures. Mais, même en ces ballades, remarquons-le bien, il transforme la réalité et l'enveloppe successivement en une suite de petits drames ; il y a chez lui de la composition, de l'arrangement toujours ; il idéalise, il construit, il revêt sa pensée première avec lenteur, grâce, circonlocution et harmonie. Même en ses moindres cadres, il a besoin d'espace et il s'en procure. S'il n'est ni si impétueux, ni si entraîné qu'on voudrait d'abord, laissez-le faire, laissez-le rêver à loisir, seul, ne l'interrompez ni ne l'excitez : il arrive aussi à ses effets, à ses nobles et douces fins. On se rappelle *l'Ame du Purgatoire ; les Limbes,* le second chant de ce petit poëme du *Miracle,* sont admirables de ton.

Nous ne craignons pas ici de soulever avec respect un voile pieux qui est désormais celui du deuil : le voyage d'Italie réalisa tout son rêve, il y vit tout ce qu'il attendait du passé, il trouva plus ; son cœur rencontra celle qui lui était destinée, et son avenir s'enchaîna. Lui-même a consacré les prémices de son bonheur domestique dans les seuls vers peut-être où il se soit permis ce genre d'épanchement:

Il n'est point de beaux lieux que n'embellisse encore
Le sentiment profond qu'on éprouva près d'eux...

De tels vers et ceux qui suivent, et que je regrette de ne pouvoir citer avec étendue, ont tout leur prix chez le poëte qui n'a laissé échapper de son âme discrète que de pudiques parfums.

Lorsque Casimir Delavigne revit la France à son retour d'Italie, et dans le temps où il méditait son *Marino Faliero,* les choses littéraires, il ne put se le dissimuler, avaient légèrement changé de face. L'accueil incertain fait à sa *Princesse Aurélie,* à cette comédie demi-capricieuse, demi-satirique que des gens d'esprit

ne croient pas encore jugée, parut, quoi qu'il en soit,
un premier symptôme. Jusque-là il avait eu, moyennant
ses consciencieux efforts, un succès plein, facile, succès
du jour et du lendemain, un applaudissement sans
réserve ; il avait gagné à chaque pas, il s'était étendu
et avait donné de lui-même de variés et croissants
témoignages. A partir de 1828, un temps d'arrêt se
présente : il se trouve en face de générations plus
inquiètes, plus enhardies, qui se mettent à contester
et qui réclament dans les conceptions dramatiques, et
même dans le style, certaines conditions nouvelles,
plus historiques, plus naturelles, que sais-je ? (car je
ne nierai pas qu'il n'y eût quelque confusion en plus
d'une demande), enfin des conditions un peu différentes de celles qui, la veille encore, suffisaient. Casimir Delavigne vit le danger pour lui et y para. Si, dans
cette seconde phase de son talent, il lui fallut défendre
pied à pied sa position acquise, transiger même par
instants, on doit convenir qu'il le fit avec bien de
l'habileté et de l'à-propos. Je ne sais si sa domination
à la longue ne s'en affaiblit pas quelque peu au centre, il ne perdit rien du moins sur ses frontières ; *Marino Faliero, Louis XI*, surtout *les Enfants d'Édouard*,
un des plus grands succès dramatiques de ces onze
dernières années, ne sauraient être considérés que
comme des victoires ; les généraux habiles savent en
remporter, même dans les retraites.

Nous autres critiques qui, à défaut d'ouvrages, nous
faisons souvent des questions (car c'est notre devoir
comme aussi notre plaisir), nous nous demandons, ou, -

pour parler plus simplement, Messieurs, je me suis
demandé quelquefois : Que serait-il arrivé si un poëte
dramatique éminent de cette école que vous m'accor-
derez la permission de ne pas définir, mais que j'appellerai franchement l'*école classique,* si, au moment
du plus grand assaut contraire et jusqu'au plus fort
d'un entraînement qu'on jugera comme on le voudra,
mais qui certainement a eu lieu, si, dis-je, ce poëte
dramatique, en possession jusque-là de la faveur
publique, avait résisté plutôt que cédé, s'il n'en avait
tiré occasion et motif que pour remonter davantage à
ses sources à lui, et redoubler de netteté dans la couleur,
de simplicité dans les moyens, d'unité dans l'action,
attentif à creuser de plus en plus, pour nous les rendre
grandioses, ennoblies et dans l'austère attitude tragique, les passions vraies de la nature humaine ; si ce
poëte n'avait usé du changement d'alentour que pour
se modifier, lui, en ce sens-là, en ce sens unique, de
plus en plus classique (dans la franche acception du
mot), je me le suis demandé souvent, que serait-il
arrivé? Certes il aurait pu y avoir quelques mauvais
jours à passer, quelques luttes pénibles à soutenir
contre le flot. Mais il me semble, et ne vous semble-t-il
pas également, Messieurs, qu'après quelques années
peut-être, après des orages bien moindres sans doute
que n'en eurent à supporter les vaillants adversaires,
et durant lesquels se serait achevée cette lente épura-
tion idéale, telle que je la conçois, le poëte tragique
perfectionné et persistant aurait retrouvé un public
reconnaissant et fidèle, un public grossi, et bien mieux

qu'un niveau paisible, je veux dire un flot remontant qui l'aurait repris et porté plus haut. Car ç'a été le caractère manifeste du public en ses derniers retours, après tant d'épreuves éclatantes et contradictoires, de se montrer ouvert, accueillant, de puiser l'émotion où il la trouve, de reconnaître la beauté si elle se rencontre, et de subordonner en tout les questions des genres à celle du talent.

Casimir Delavigne n'avait pas la tournure de caractère propre à lutter ainsi contre un public qui l'avait tout d'abord favorisé. Sa persévérance si remarquable et cette force réelle dont j'ai parlé consistaient plutôt à suivre sa ligne en tenant compte habilement des obstacles, et même à s'en faire au besoin des points d'appui, des occasions de diversité. Aussi ne croyait-il pas tant céder que concilier. Byron, Walter Scott, Shakspeare, il ne s'inspirait d'eux tous que dans sa mesure. Jusque dans ce système moyen si bien mis en œuvre par lui, et qu'il faisait chaque fois applaudir, il avait conscience de sa résistance aux endroits qu'il estimait essentiels. Pourquoi ne pas tout dire, ne pas rappeler ce que chacun sait ? bienveillant par nature, exempt de toute envie, il ne put jamais admettre ce qu'il considérait comme des infractions extrêmes à ce point de vue primitif auquel lui-même n'était plus que médiocrement fidèle ; il croyait surtout que l'ancienne langue, celle de Racine, par exemple, suffit ; il reconnaissait pourtant qu'on lui avait rendu service en faisant accepter au théâtre certaines libertés de style, qu'il se fût moins permises auparavant, et dont la trace se retrouve évidente chez lui à dater de son *Louis XI*.

Et ici, Messieurs, sans embarras, sans discussion, et sachant devant qui j'ai l'honneur de m'exprimer, je rendrai toute ma pensée, ce qui est un hommage encore à l'illustre mort, au sincère et pur écrivain que nous célébrons. Il y a plus d'une manière de bien écrire, même de bien écrire en vers. Une de ces bonnes, de ces excellentes, de ces enviables ou regrettables manières consiste (et la nature de notre versification semble y convier les rares élus) à revêtir sa pensée d'harmonie continuelle et d'élégance, à oser par moments, et par moments à se dérober, à préparer l'énergie, à voiler l'audace, à semer de grâces insensibles, de tours ingénieux, de figures heureuses et appropriées un tissu net, flexible et brillant. Il y a une autre façon qui se conçoit, surtout dans le drame, mais je ne crains pas d'ajouter en toute poésie : serrer davantage à chaque instant la pensée et le sentiment, l'exprimer plus à nu, sans violer sans doute l'harmonie ni encore moins la langue, mais en y trouvant des ressources mâles, franches, brusques parfois, grandioses et sublimes si l'on peut, ou même simplement naïves et pénétrantes. Je ne veux pas tracer de cette seconde manière un trop long dessin, qui pourrait paraître à quelques-uns comme un portrait de fantaisie, et où s'inscrirait pourtant plus d'un nom : elle est d'autant plus vraie d'ailleurs qu'elle n'est pas précisément une manière, un procédé général, et qu'elle se décrit moins. Quoi qu'il en soit de ces deux habitudes d'écrire, Casimir Delavigne excellait dans la première, et il en offre les plus purs et les plus constants exemples, les derniers que notre littérature puisse avec orgueil citer à la suite des modèles.

La Révolution de 1830 portait au pouvoir tous les amis de Casimir Delavigne, et elle semblait du même coup devoir porter avec elle son poëte bien-aimé, son chantre favori, celui dont elle avait redit les refrains au premier jour du triomphe. Il n'en fut rien. Casimir Delavigne resta et voulut rester homme de lettres : c'est une singularité piquante en ce temps-ci, un trait de caractère bien digne d'être étudié. Je conçois, Messieurs (et d'assez beaux noms autour de moi me le disent), que le divorce entre les différentes applications de la pensée ait cessé de nos jours, qu'un noble esprit habitué à tenter les hautes sphères, à parcourir la région des idées en tous les sens, ne se croie pas tenu à circonscrire son activité sur tel ou tel théâtre, qu'il ne renonce pas à sa part de citoyen, à faire peser ou briller sa parole dans les délibérations publiques, à compter dans l'État; — je conçois, Messieurs, et même j'admire un tel rôle; mais ce n'en est pas moins un aimable contraste que cette modération de désirs et, si l'on veut, d'idées, chez un homme aussi distingué, aussi désigné, et qui pouvait espérer beaucoup. En même temps on se l'explique très-bien. Casimir Delavigne aimait avant tout son art et le renom populaire qu'il s'y était fait. Il avait gravé au fond du cœur l'antique programme d'Horace : « *Quem tu, Melpomené,* « *semel...* Celui, ô Melpomène, que tu as regardé d'un « œil d'amour au berceau, celui-là, il ne sera ni lutteur

« aux jeux de Corinthe, ni vainqueur aux courses d'É-
« lide, ni général triomphateur au Capitole ; mais il
« aimera les belles eaux de Tibur, et il trouvera la
« gloire par des vers nés à l'ombre des bois. » Et
dans le cas présent d'ailleurs, il y avait mieux, il y
avait de quoi tenter et retenir toute l'ambition d'une
âme de poëte. Casimir Delavigne comprit qu'une révolution dramatique était imminente vers 1830 ; il voulut être, lui aussi, là où il y avait péril, là où peut-être
il jugeait à son point de vue qu'il y avait émeute : il
y fut de sa personne, constamment, et durant huit ou
dix années ses œuvres ne furent jamais plus nombreuses, plus réitérées, plus faites pour attester sa présence.
Après *Marino*, on a *Louis XI, les Enfants d'Édouard,
Don Juan d'Autriche, Une Famille au temps de Luther,
la Popularité, la Fille du Cid*, six longues œuvres. L'a-
nalyse intérieure de son procédé, de sa tactique savante
en cette seconde phase, serait curieuse à suivre de
près : nous nous tenons aux simples aspects. Cette
conciliation qu'il tentait sur un terrain glissant, et qui
réussissait chaque fois, était chaque fois à recommen-
cer : il se montrait infatigable. Aussi point de distrac-
tion, point de partage : les fonctions publiques, les
devoirs ou les honneurs politiques, tous les genres de
soins et souvent les amertumes qu'ils entraînent l'eussent jeté trop loin de ses travaux chéris ; et, afin d'être
mieux en mesure contre toute tentation, il s'arrangea,
je crois, en vérité pour ne pas être même éligible.

Sa santé, de tout temps délicate, s'altérait déjà et se
minait profondément ; il vivait plus exactement que

jamais dans la famille : les jours d'action au foyer du
théâtre, et le tous les jours au foyer domestique. On ne
le voyait plus du tout dans le monde, où il n'était jamais allé qu'à son corps défendant. Comme s'il avait
compté ses moindres instants, il venait même assez peu
à vos séances, Messieurs, et ne se permettait qu'à peine
de se distraire à vos libres travaux : c'est par ce seul
point peut-être de l'assiduité académique que celui qui
a l'honneur de lui succéder peut espérer de le remplacer sans trop de désavantage.

La popularité qui lui avait souri de si bonne heure,
qu'il avait goûtée avec délices, qu'il avait certes le
droit d'aimer (car elle ne s'était jamais présentée à lui
que sous la forme de l'estime publique), il la traduisit
au théâtre dans une de ses dernières œuvres, qui n'a
peut-être pas été assez appréciée. La comédie qu'il
donna sous ce titre (la *Popularité*), et dans laquelle il
revint un peu à sa manière des *Comédiens*, est pleine
de vers ingénieux, élégants, bien frappés, qui, comme
ceux du *Méchant*, de la *Métromanie*, se sentent assez du
genre de l'épître, mais n'en sont pas moins chers, dans
cette modération de goût, aux habitudes de la scène
française. Une leçon d'une véritable élévation morale
ressort de l'ouvrage. Lui aussi, il avait compris que
la popularité n'est bonne qu'à être dépensée, risquée à
un certain jour, jetée, s'il le faut, par le balcon. Il est
vrai que, de tous les trésors, c'est celui dont il coûte le
plus de se dessaisir, même pour les âmes généreuses.
Que si on ne l'emploie pas au jour marqué, la conserve-
t-on pour cela plus sûrement? souvent elle fuit d'elle-

11.

même entre les mains, et elle échappe. La comédie de Casimir Delavigne exprime à merveille quelques-unes de ces épreuves, de ces alternatives, qu'il dut méditer souvent : sachons-lui gré d'avoir conçu, d'avoir fait applaudir, en cette œuvre presque dernière, le sacrifice de ce qui pouvait sembler son idole. Il fit précéder sa pièce, à l'impression, d'une charmante dédicace à son jeune fils, et qui rappelle pour le ton ces autres vers délicieux que chacun sait, adressés à sa campagne de *la Madeleine*.

Les vers d'adieu à cette campagne, qu'il eut le regret de vendre, étaient d'un plus lointain et plus intime pressentiment : c'était la vie même avec tout ce qu'elle a de cher et d'embelli qu'il saluait une dernière fois. « Il faudra quitter cette terre, cette maison,... ces ombrages que tu cultives », a dit Horace. Casimir Delavigne eut aussi son *Linquenda tellus*, et il le rendit en des accents bien émus :

> Cette fenêtre était la tienne,
> Hirondelle, qui vins loger
> Bien des printemps dans ma persienne
> Où je n'osais te déranger ;
> Dès que la feuille était fanée,
> Tu partais la première, et moi
> Avant toi je pars cette année ;
> Mais reviendrai-je comme toi ?

Cette voix sensible et pénétrée, au moment où elle s'exhalait en de si gracieuses plaintes, était déjà consumée d'un mal mortel ; le doux chantre était atteint dans l'organe mélodieux.

Dès que le bruit du danger et, sitôt après de la mort
de Casimir Delavigne se répandit, cette renommée établie, paisible, dont il jouissait sans contestation, se ré-
veilla dans un grand cri : on se demanda s'il était possible que celui dont on se croyait si en possession,
qu'on venait d'applaudir la veille et qui florissait dans
la maturité des années, fût déjà ravi. Il semblait qu'il
était devenu pour tous avec le temps un de ces biens
égaux et continus, une de ces douceurs acquises et
accoutumées, qu'on ne se remet à ressentir tout d'un
coup qu'en les perdant. Nous avons été témoins, nous
avons fait partie, Messieurs, du deuil public. Décrirai-
je cette journée du 19 décembre, ces funérailles immenses du simple homme de lettres, ce cortége mené
par le jeune fils orphelin, et où se pressaient les représentants de l'État, de la société, toute la littérature?
La population parisienne elle-même y prit sa part : elle
connaissait par son nom le poëte, par ce nom amical
et familier de *Casimir* qui disait tout pour elle, et qui
circulait autour du convoi dans un murmure respec-
tueux. Hommage solennel et attendrissant, quand il
est pur des intérêts de parti ou des prestiges de la
puissance, quand il s'adresse au simple particulier, et
qui atteste sincèrement alors que l'homme de talent
qu'on pleure eut en effet avec la foule, avec la majorité des autres hommes, des qualités communes affec-
tueuses, de bons et généreux sentiments, des sympathies patriotiques et humaines! Tous ces souvenirs
émus, reconnaissants, se rassemblaient ici une dernière fois, et montaient avec quelque chose de plus

doux que la voix même de la gloire. Mais en prolongeant, Messieurs, je m'aperçois que je cours risque de répéter involontairement ceux qui lui ont payé ce jour-là sur sa tombe le tribut de douleur de la France, et que je rencontre surtout cette parole gravement éloquente(1) qui fut alors votre organe, qui l'est encore aujourd'hui, et devant laquelle il est temps que je me taise.

(1) Celle de M. Victor Hugo.

(Il m'était arrivé rarement, trop rarement, avant ce Discours, d'écrire sur Casimir Delavigne; je l'avais pourtant fait en deux circonstances, l'une déjà bien ancienne, dans le *Globe,* à l'occasion des *Sept Messéniennes* de 1827, et une autre fois assez récemment dans la *Revue des Deux Mondes,* à l'occasion de *la Popularité* (1838); je ne crains pas de donner ci-après, en appendice, ces deux morceaux dans lesquels, avec la différence du ton, on retrouvera exprimées plusieurs idées qui chez moi ne sont pas si nouvelles; de tout temps, par exemple, j'ai pensé que la vocation de Casimir Delavigne était d'être *classique.* Certaines personnes ont cru voir dans cette opinion hautement proclamée une concession, une rétractation presque; ces personnes-là ne se sont pas donné la peine de bien comprendre ma vraie pensée, et ce qui suit y suppléera. — Voir l'*Appendice,* à la fin du volume.)

PENSÉES

FRAGMENTS ET LETTRES

DE BLAISE PASCAL

Publiés pour la première fois conformément aux manuscrits,
par M. Prosper Faugère.

(1844).

Enfin, voici une édition de Pascal, de ces *Pensées*
tant discutées, tant contestées en ces deux dernières
années ; voici une édition des plus exactes, la seule
exacte même, tout à fait telle qu'on la veut aujourd'hui,
reproduisant le texte original avec toutes ses ellipses,
ses audaces, ses sous-entendus, ses lacunes ; voici les
brouillons immortels dans leur premier jet, dans tout
le complet de leur incomplet, pour ainsi dire. Il n'a
pas fallu à M. Faugère moins de quinze mois de travail et de soins scrupuleux pour mener à fin cette
entreprise délicate, pour restituer avec certitude, sur
tous les points, ce texte primitif réputé indéchiffrable,
pour environner la publication de toutes sortes d'éclaircissements, d'additions et d'ornements (y compris un

portrait de Pascal par Domat) qui achèvent de remettre en lumière une sainte et sublime figure.

Il était grand temps que cette édition arrivât, et l'on
pouvait craindre que, si elle ne se faisait pas sans plus
tarder et avec l'exactitude requise, une incertitude
croissante ne finît par envahir cette portion si considérable de notre héritage religieux et littéraire. Un homme qui a plus que du talent, un grand esprit et une
plume éloquente, c'est nommer M. Cousin, s'était porté
en avril 1842 sur Pascal, au moment où d'autres écrivains s'en occupaient également; mais il s'y était porté
avec les caractères propres à sa nature entraînante et
impétueuse. C'est la destinée et l'honneur de certains
esprits, c'est la magie de certains talents illustres, de
ne pouvoir toucher à une question qu'elle ne s'anime
à l'instant d'un intérêt nouveau, qu'elle ne s'enflamme
et n'éclate aux yeux de tous. Ainsi pour Pascal. Faire
remarquer que le texte des éditions des *Pensées* n'était
point parfaitement conforme au texte original, que les
premiers éditeurs avaient souvent *éclairci* et *affaibli*,
que les éditeurs suivants n'avaient rien fait pour réparer ces inexactitudes premières, dont quelques-unes
n'étaient pourtant pas des infidélités, appeler l'attention des hommes du métier sur ces divers points, les
mettre à nu par des échantillons bien choisis, et indiquer les moyens d'y pourvoir, il n'y avait rien là, ce
semble, qui pût passionner le public et le *saisir* d'une
question avant tout philologique. Mais M. Cousin, d'une
plume incisive et comme d'une épée de feu, avait, du
premier coup, élargi le débat; les points choisis par

lui tendaient à montrer Pascal bien autrement sceptique qu'on ne s'était habitué à le considérer ; il semblait résulter que les rectifications et les restitutions du
texte primitif étaient toutes dans ce sens de scepticisme absolu ou de christianisme outré, et contraire
aux idées saines d'un apologiste vraiment respectable.
En un mot, ce n'était plus le texte seul de Pascal qu'on
mettait en cause, c'était l'homme même et le chrétien.
De là l'intérêt et le conflit universel. Il serait piquant,
mais extrêmement difficile, de retracer la confusion de
cette mêlée ; chacun prenait la plume, ou du moins la
parole, pour ou contre Pascal. Il était décidément à
l'ordre du jour, et ceux qui avaient le malheur de passer pour être un peu mieux au fait de la question ne
savaient plus à qui répondre dans le monde, ni même
le plus souvent qu'en penser. Du choc des opinions en
telle matière, je ne crois pas que la lumière puisse
jaillir, quoi qu'on dise ; on n'en retirait certainement
ici que doute et obscurcissement, peu de satisfaction
et beaucoup de satiété.

J'ai souvent pensé, durant ces débats si prolongés,
combien Pascal aurait souri de pitié et d'ironie s'il
avait pu y assister, s'il avait pu voir comment le livre
tout d'édification et de guérison intérieure qu'il méditait était venu, deux siècles après, en se dispersant en
feuilles légères, à partager seulement les curiosités
oisives pour un intérêt littéraire et philosophique si loin
du but réel : « Je blâme également, a-t-il dit en commençant, et ceux qui prennent parti de louer l'homme,
et ceux qui le prennent de le blâmer, et ceux qui le

prennent de se divertir; et je ne puis approuver que ceux qui *cherchent en gémissant.* » Ici on ne cherchait plus ce que pensait Pascal que par amusement et pour se distraire. On ne faisait invasion et presse autour de lui que parce qu'un éloquent moderne avait mis le feu à la cime du temple. Le côté même sérieux de ces discussions ne sortait pas du pur domaine de l'esprit. Qu'y faire? C'est là le sort final des illustres, même des saints : *Ut pueris placeas...*, traduisez aussi poliment que vous voudrez. Ils n'y échappent pas; ils sont pâture à gloire humaine : c'est leur dernier martyre.

La publication de l'éblouissant morceau sur l'*amour* vint renouveler à temps la question, qui commençait à s'épuiser. Pour le coup, l'inattendu était à son comble : on allait de surprise en surprise, de Pascal sceptique à Pascal amoureux! On n'y comprenait plus rien, on n'en discutait que plus fort; toute l'ancienne idée si grave qu'on avait eue de l'apologiste chrétien achevait de se confondre et de disparaître.

Ainsi, en ces deux années, à force de parler *pour, contre* et *sur*, on avait tant fait de tous les côtés qu'on avait rendu Pascal problématique; restait à savoir si on pourrait le remettre sur pied. Il n'y avait plus en effet de texte imprimé qui offrît une base fixe à l'examen; les anciennes éditions étaient toutes suspectes à bon droit, et, à vrai dire, avilies, par le fait des inexactitudes qu'on y avait dénoncées; la nouvelle édition, dont le *Mémoire* de M. Cousin démontrait et créait à la fois la nécessité et l'urgence, offrait des difficultés extrêmes, tellement que dans l'intervalle le Pascal des

Pensées était provisoirement suspendu. On ne saurait assez remercier M. Faugère de faire cesser cet état de choses.

Avant de rendre compte des moyens et des résultats de son travail, il importe toutefois (c'est justice) de caractériser une phase nouvelle qui semble s'ouvrir en France pour la critique littéraire, et dont M. Cousin, l'un des premiers, inaugure avec éclat l'avénement. Je distinguerai différentes manières, différents temps très-marqués dans la critique littéraire s'appliquant aux chefs-d'œuvre de notre XVIIe siècle. Durant la seconde moitié du XVIIIe, Voltaire, Marmontel, La Harpe, Fontanes, ne cherchaient encore dans les œuvres de Racine et de ses illustres contemporains que des exemples de goût et des éclaircissements en vue des théories classiques consacrées. Lorsqu'on commença, dans ce siècle-ci, à contester les théories jusque-là régnantes, la critique s'appliqua, en sens inverse, à ces chefs-d'œuvre, et l'on s'efforça d'y démontrer certaines lacunes et défectuosités qui tenaient aux circonstances de l'époque, au cadre de la société. Durant cette phase, qui est la seconde de la critique française, et qui se produit par madame de Staël, Benjamin Constant et leur école, le caractère de la critique, tout en gardant son but de théorie et son idée, devient déjà historique, elle s'enquiert et tient compte des circonstances dans lesquelles sont nées les œuvres. Le plus célèbre critique littéraire de notre temps, M. Villemain, sut à merveille concilier (et c'est là son honneur) les principales traditions de l'ancienne critique

avec plusieurs des résultats de la nouvelle, et fondre
tout cela sur un tissu historique plein de brillant et de
charme. Mais, quoi qu'il en soit des noms, et en laissant de côté les divisions secondaires, on avait jusqu'ici deux grands moments de la critique littéraire
en tant qu'elle s'appliquait aux chefs-d'œuvre du xvii[e]
siècle : le premier moment tout classique, tout d'admiration (sauf de légères réserves), de goût tradition-
nel et de bonne rhétorique; puis le second moment
qui était de réaction, d'examen un peu contradictoire,
et de considération historique. Je ne parle pas des excès,
excès superstitieux d'une part, excès révolutionnaires
de l'autre; on était, dans ces derniers temps, un peu
à bout des théories en divers sens; c'est alors que se
lève quelqu'un qui nous dit : « Ces grands auteurs,
Messieurs, que vous, les uns, vous croyez imiter et
continuer, que vous, les autres, vous vous attachez
à combattre, à éloigner de vous comme s'ils étaient
d'hier, il y a quelque chose de mieux peut-être à en
faire pour le présent; car, pendant que vous discutez,
le temps passe, les siècles font leur tour, pour nous
ces auteurs sont déjà des anciens; et ils le sont tellement, prenez-y garde, que leur texte nous échappe,
que l'altération s'y mêle, que nous ne les possédons
plus tout entiers. Trêve un moment, s'il vous plaît, aux
grandes théories! Revoyons de près nos maîtres, resti-
tuons leur vraie parole, faisons, ne rougissons pas de
faire pendant quelque temps des éditions, voire même
des vocabulaires : excellent régime que je propose,
même aux auteurs originaux, pour se retremper du-

rant une saison. Les Alexandrins d'ailleurs, ces immortels grammairiens dont plus d'un était poëte, n'ont
pas dédaigné de faire ainsi au surlendemain des grands
siècles ; ils nous ont tracé notre voie. » M. Cousin s'est
donc levé, disions-nous, et il a exprimé quelque chose
d'approchant et en des termes bien meilleurs, bien
plus persuasifs, on le supposera sans peine ; mais nous
ne croyons pas trahir sa pensée en la produisant sous
cette forme ; et voilà la période *philologique* qui commence.

Que ce soit le même homme de qui, il y a vingt-cinq
ans, partit l'impulsion philosophique, qui vienne aujourd'hui secouer si vivement, exciter si à l'improviste
une branche réputée assez ingrate de la critique française, il n'y a rien là qui puisse étonner ceux qui con-
naissent cet infatigable esprit de verve en tous sens et
d'initiative. Et puis il faut voir que le mouvement se
préparait depuis quelques années : le petit nombre de
libraires qui appartiennent à ce qu'on a droit encore
d'appeler la librairie savante ont remarqué à quel point
les amateurs se sont mis à rechercher les éditions originales de nos auteurs, ces éditions premières incomplètes à quelques égards, mais qui livrent le texte à sa
source et rendent l'écrivain dans sa juste physionomie.
Nodier, l'habile magicien, avait su répandre sur ces
recherches, en apparence fort arides, je ne sais quel
attrait mystérieux qui de proche en proche s'est com-
muniqué. Des adeptes, le goût a passé au public, à un
certain public ; nous sommes entrés dans une veine
d'*éditions* : on compare, on revise, on retrouve la

bonne leçon : qu'un peu d'*inédit* s'y mêle, on n'y tient
plus, et on est tenté de s'écrier : *Sublimi feriam sidera
vertice.* Des réimpressions de La Rochefoucauld, de La
Bruyère, avec quelques variantes, avec deux ou trois
additions, feraient envie à plus d'un bel esprit, lesquels
ressemblent en cela aux bons esprits. M. Walckenaer
entreprend, dit-on, un travail à fond sur La Bruyère.
Nous savons un autre travail considérable sur les *Lettres* de madame de Maintenon commencé depuis plusieurs années par un de ses nobles héritiers, M. le duc
de Noailles. M. de Monmerqué a dès longtemps offert
l'exemple pour madame de Sévigné. Et parmi ceux qui
ne donnent pas le mouvement, mais qui se montrent
attentifs à le suivre, ce genre d'influence est très-sensible : le *Journal des Savants* contient des articles de
M. Flourens sur les diverses éditions de Buffon.
M. Aimé-Martin se remet en frais sur Racine. C'est
assez en dire, mais il nous a semblé qu'ayant à parler
de Pascal, il n'était que juste de faire à M. Cousin sa
grande et brillante part d'initiative dans ce mouvement
de philologie française qu'il a provoqué en partie et
proclamé, dans cette *levée de boucliers* d'éditions classiques qui passent ainsi de la librairie proprement dite
à la littérature; nous le devions d'autant plus que,
dans ce cas particulier de Pascal, nos conclusions pourront différer quelquefois des siennes, de même que sur
certains détails le présent éditeur n'est point toujours
d'accord avec lui.

La difficulté, encore une fois, d'une édition des
Pensées était extrême, en même temps que l'exécution

en devenait plus urgente : « Nous croyons, a droit de
dire M. Faugère en son Introduction, nous croyons avoir
surmonté ces difficultés autant qu'il était possible de le
faire; du moins nous y avons travaillé, non-seulement
avec patience, c'eût été trop peu pour une pareille
tâche, mais avec l'infatigable passion qu'inspire aisément la mémoire d'un écrivain en qui se rencontrent
dans une merveilleuse alliance la beauté de l'âme et
la grandeur du génie. » Connu déjà par l'*Éloge* de Gerson et par celui de Pascal que l'Académie française
avait tous deux couronnés, M. Faugère était mieux prédisposé que personne à mener à bien cette œuvre de
restauration et de piété dans laquelle son esprit exact et
délicat allait s'aiguiser d'une sensibilité tendre et scrupuleuse pour porter sur chaque point une investigation
pénétrante. Il a complétement réussi; il a eu la satisfaction d'arriver à lire (à l'exception d'un petit nombre
de mots) la totalité de ce texte manuscrit dans lequel,
si aidé qu'on fût par des copies plus ou moins confor-
mes, on n'avait encore fait que les premiers pas :
« L'écriture de Pascal, dit-il, est excessivement rapide,
il semble qu'elle rivalise avec la rapidité de l'esprit;
on dirait une sorte de sténographie obligée de recueillir
en courant l'improvisation d'une intelligence pressée
de se produire au dehors, parce qu'elle pressent la dis-
solution prochaine de l'organisation maladive à laquelle
elle est enchaînée. Cette écriture, presque illisible pour
ceux qui ne l'ont pas étudiée, a quelque chose du trait
impatient et fougueux de Napoléon; mais, quoiqu'à
demi formés, les caractères ont la fermeté et la net-

teté du burin. » C'est moins, on le conçoit, avec les
yeux mêmes qu'avec la sagacité comparative et par la
pénétration du tour, du jet habituel à Pascal, qu'on
arrive à déchiffrer une écriture aussi elliptique ; aussi,
à quelqu'un qui lui disait que ce travail devait bien lui
fatiguer les yeux, M. Faugère put répondre : « Non,
ce n'est pas aux yeux qu'est la fatigue, c'est au cerveau. »

Je n'ai point dessein de raconter ici par le menu le
plan d'une édition dont chacun va demain se pourvoir :
dans le premier volume, M. Faugère a rassemblé les
lettres, les petits traités, les pensées et fragments de
Pascal qui ne se rapportent pas à son grand ouvrage
sur la religion ; le second volume contient tout ce qui
est relatif à ce dernier ouvrage. On pourrait signaler
bien des pensées ou même des pages inédites (1). Une
des difficultés du nouveau travail était le classement
de cette foule de notes et de petits papiers qui s'ajou-
taient ; un excellent esprit de méthode a introduit l'ordre dans ce chaos. Une des sources les plus abondantes
où M. Faugère a puisé pour les pièces explicatives lui
vient de Clermont, et d'un digne janséniste, M. Bellaigue de Rabanesse, autrefois juge au présidial de cette
ville, et d'une famille anciennement alliée à celle de
Pascal. Ayant appris un peu vaguement que ce vieillard
passait pour posséder des papiers curieux sur l'illustre

(1) Par exemple, dans le tome I, les notes de Pascal relatives aux
Provinciales, et dans le tome II, vers la fin, des pages sur Jésus-
Christ. Il y a des chapitres où l'astérisque, signe placé par l'éditeur
en tête des pensées inédites, reparaît à chaque instant.

ancêtre, M. Faugère fit le voyage de Clermont, et de là
se rendit à la campagne où vivait M. Bellaigue, plus
qu'octogénaire. Le bon vieillard semblait à tous assez
morose, assez méfiant; il n'avait jamais voulu com-
muniquer ses trésors manuscrits à personne, même
parmi les siens. Je ne sais si le nom de Gerson ou celui
de Pascal opérèrent magiquement et furent le mot de
passe, mais M. Faugère apprivoisa tout d'abord le vénérable octogénaire qui put s'étonner sans doute que,
dans ce monde si lointain et si renouvelé, on sût si
bien les choses d'autrefois, et qui crut reconnaître le
doigt de Dieu : « Il me semblait, disait-il, que j'attendais quelque chose. » Il vint exprès à la ville (grand
voyage qu'il n'avait fait de longtemps !), il entr'ouvrit
ses volets fermés, il ouvrit ses poudreux tiroirs, et deux
volumes, l'un de 950 pages environ, l'autre de 500,
écrits tout entiers de la main du Père Guerrier, dérou-
lèrent en lignes serrées à l'avide lecteur une foule de
lettres d'Arnauld, de Saci, de Nicole, de Domat, etc.,
etc., surtout de Pascal et de sa famille. Le digne M. Bellaigue, heureux de voir ses richesses si bien comprises,
et sentant se ranimer son étincelle, n'a pas vécu assez
pour assister à l'accomplissement de l'œuvre tant désirée. Il est mort, il s'est éteint en février dernier,
demandant jusqu'à la fin des nouvelles de l'édition de
Pascal, et ne pouvant dire tout à fait comme le vieillard Siméon qu'il mourait content; c'eût été trop de
joie pour lui. M. Faugère nous a peint son vieil ami en
une page touchante :

« Dans cet homme affaibli par l'âge, dit-il, quel zèle et

quelle passion quand il parlait de *monsieur* Pascal ou de la sœur Jacqueline de Sainte-Euphémie, de M. de Saint-Cyran ou de la mère Angélique! Il nous semblait voir et entendre un solitaire de Port-Royal-des-Champs, survivant à un autre âge (1). Resté célibataire par dévotion, vivant dans la solitude, éloigné de la société par l'effet de cette susceptibilité, quelquefois injuste, mais respectable, qui naît de l'attachement à un certain idéal de perfection et de simplicité du cœur qui rend l'esprit délicat et difficile; disant chaque jour son bréviaire avec la régularité d'un prêtre; marquant par des prières chacun des anniversaires inscrits au nécrologe de Port-Royal; aimant Dieu comme on ne sait plus l'aimer; ayant réduit sa vie ici-bas à ne plus être qu'une aspiration vers l'éternité : tel était ce vieillard en qui s'est éteint, il y a peu de mois, un des derniers jansénistes. »

Dans ce même voyage d'Auvergne, M. Faugère trouvait un portrait précieux, celui de Pascal, jeune et beau, dessiné au crayon rouge par la main fraternelle de Domat. La feuille de papier du portrait avait été collée sur l'intérieur de la couverture d'un gros livre, d'un *Corpus juris* dont Domat se servait habituellement ; de sorte que, chaque fois qu'il feuilletait le livre, l'image de son ami lui repassait sous les yeux. Ce volume appartient à la bibliothèque d'un conseiller à la cour de Riom qui autorisa M. Faugère à faire prendre un *fac-simile* du dessin ; on l'a dans l'édition.

Je pourrais insister sur bien des détails de cette édition nouvelle, en tirer peut-être quelques remarques

(1) M. Bellaigue avait reçu une partie de son éducation du Père Guerrier l'oratorien, et celui-ci était intimement lié avec Marguerite Perier : ainsi, entre M. Bellaigue et Pascal, il n'y avait que deux personnes.

piquantes sur les leçons successives dont on a essayé et dont plus d'une vient ici s'évanouir ; mais on me permettra de m'en tenir à quelques réflexions plus générales, que je ne crois pas moins essentielles, car il y a longtemps que, moi aussi, j'ai le cœur gros sur Pascal et que j'étouffe bien des pensées.

D'abord, en reconnaissant combien les éditions précédentes étaient défectueuses, je ne saurais blâmer les premiers éditeurs, ceux de Port-Royal, comme on l'a fait trop unanimement. M. Faugère, avec un tact parfait, se garde d'insister sur ce blâme ; mais, en racontant et en développant les inexactitudes *littérales* qui ont été commises d'après divers motifs, il semble apporter de nouvelles preuves contre ces excellents hommes. Il y aurait beaucoup à dire en leur faveur, à leur décharge et à titre de circonstances très-atténuantes. On le sait, la *Paix de l'Église* venait d'être conclue ; les Arnauld, les Nicole, les Saci, sortaient à peine de la retraite ou de la prison. On leur propose de s'occuper des papiers de Pascal mort depuis quelques années, et d'en tirer quelque chose d'utile, d'édifiant, de digne d'être offert à l'Église d'alors et aux fidèles, un volume enfin qui puisse être montré aux amis et aux ennemis. On forme un comité d'amis ; le duc de Roannez est le plus zélé pour la mémoire de son cher Pascal, mais il ne prend rien sur lui, quoi qu'on ait pu dire, et c'est M. Arnauld, c'est M. Nicole et autres experts qui tiennent le dé. La famille Perier était bien d'avis de retrancher, de modifier le moins possible : l'intérêt de famille se trouvait d'accord en ce cas avec l'intérêt littéraire (ce qui est si

rare) ; mais il y avait d'autre part des considérations
puissantes, invincibles, les approbateurs à satisfaire,
l'Archevêque à ménager, la *Paix de l'Église* à respecter loyalement. C'est merveille, en vérité, qu'entre tous
ces écueils, en présence de cette masse de papiers très-
peu lisibles, de ces pensées souvent incohérentes, souvent scabreuses, on ait, du premier coup, tiré un petit
volume si net, si lumineux, si complet d'apparence, et
qui, même avec une ou deux bévues (pour ne rien cé-
ler), triompha si incontestablement auprès de tous. On
a beau dire après coup sur l'exactitude littéraire, il y
avait ici une question de fidélité bien autrement grave
et qui dominait tout, et cette fidélité fut respectée des
premiers éditeurs. Oui, l'esprit qui présida à cette première édition fut, je ne crains pas de le proclamer (et
tout ce qui s'est passé à l'occasion de la dernière vient
assez hautement à l'appui), fut, dis-je, un esprit de
discrétion, de respect, de ménagement et d'édification
pour les lecteurs. L'esprit qui a provoqué cette dernière édition, et que je ne saurais blâmer, puisqu'il est
celui que tous, plus ou moins, nous respirons, est-il
aussi parfait, aussi irréprochable, chrétiennement ou
moralement? Il est, à coup sûr, plus littéraire, plus artiste, plus sensible aux beautés de la forme, et j'ajouterai, plus insoucieux du résultat. Je ne le blâme pas, encore une fois, mais je le caractérise. Cet esprit se dit,
et avec raison : « Mettons tout Pascal *quand même!* »
Faisons donc ainsi, puisque c'est le siècle; mais ne blâ-
mons pas trop les honnêtes devanciers.

Remarquez que je ne parle plus des éditeurs de

Pascal durant le xviiie siècle ou au commencement de celui-ci; eux, plus libres, ils auraient pu, ils auraient dû améliorer, réformer peu à peu, à petit bruit, et chacun pour sa part, les éditions successives : ils auraient ainsi évité l'éclat final, ils auraient permis que cette *révolution* sur Pascal ne se fît pas.

Je reviens et j'insiste, parce que je suis pénétré de la vérité du point de vue. Aujourd'hui, il nous paraît bien facile de juger et de trancher des *Pensées* de Pascal ; en 1668, c'était un peu autrement. Il était mort depuis peu d'années, laissant un nom immense dû aux *Provinciales* et à ses problèmes. Ses amis savaient de lui mille choses dont nous ne nous doutons qu'à peine aujourd'hui ; ils avaient une impression réelle et vraie de sa personne et de son esprit, au lieu de tous ces types, un peu fantastiques, que chacun de nous s'est formés de lui d'après sa propre imagination? Mais, comme écrivain, il était bien moins dessiné alors qu'il ne l'est aujourd'hui pour nous. De ce monceau de petites notes inachevées, il s'agissait donc de tirer, de sauver, comme d'un naufrage, quelque chose qui donnât au public une idée de ses dernières méditations. Entre les exigences, les recommandations, disons le mot aussi, les superstitions de la famille et les dangers de la situation du côté de l'Archevêque et des puissances, on biaisa, on fit comme on put; on raccorda, on tailla, on choisit. Des lettres à des personnes vivantes (la duchesse de La Feuillade, par exemple) fournirent quelques pensées dont on n'indiqua point la source : le pouvait-on? Le devoir d'une critique saine, agissant à

l'aise et à loisir, serait certes de moins se permettre;
le devoir d'une critique convenable et prudente était
alors de transiger (1). Ce qu'on fit, en somme, ne fut
pas si mal fait, puisque c'est ce qu'on admira universellement, ce que les esprits les plus éminents approu-
vèrent, et ce sur quoi on a vécu deux siècles. Une
meilleure édition n'est même possible aujourd'hui et
l'on n'y a songé que parce que cette première a rempli
tout son objet.

J'ai peine à me figurer, je l'avoue, l'édition d'aujour-
d'hui, si excellente philologiquement, si bien telle que
nous la réclamons, avec ses phrases saccadées, inter-
rompues, et ce jet de la pensée à tout moment brisé,
j'ai peine à me la figurer naissant en janvier 1670, en
cette époque régulière, respectueuse, et qui n'avait pas
pour habitude de saisir et d'admirer ainsi ses grands
hommes dans leur déshabillé, ses grands écrivains
jusque dans leurs ratures. Ce n'eût été, à simple vue,
qu'un cri universel de réprobation, un long sifflet, si
on l'avait osé : « Mais, quoi ! aurait-on dit de toutes
parts à MM. Arnauld et Nicole, quoi ! se peut-il que
vous ayez permis une telle profanation du nom et de la
mémoire de votre ami ? Ne pouviez-vous couvrir un peu

(1) N'oubliez pas, en jugeant l'édition première, cet autre inconvénient pour elle d'avoir été faite par un *Comité;* les Comités peuvent être bons pour les lois, mais non pour les éditions où le goût
a surtout part. « Il n'y a point d'ouvrage si accompli, a dit **La
Bruyère**, qui ne fondît tout entier au milieu de la critique, si son
auteur voulait en croire tous les censeurs, qui ôtent chacun l'endroit qui leur plait le moins. » Les *Pensées* de Pascal n'ont pas
fondu, dira-t-on, tant elles étaient solides ! Mais il faut savoir aussi
quelque gré à ceux qui réussirent un moment à tout concilier.

ses nudités, lui prêter un peu des plis de votre manteau ? Ne pouviez-vous respecter un peu moins les
reliques de l'homme, et un peu plus la vérité du sujet?
Ne deviez-vous pas surtout fermer quelques-unes de
ces trappes qui s'ouvrent par endroits chez lui sous les
pas des simples?... » J'abrége ce discours que chacun
peut varier aisément.

Pascal à part, on ne trouverait, en effet, dans ce
grand siècle de Louis XIV, que trois hommes d'un goût
tout à fait libre et indépendant, comme nous l'entendons, Bossuet, Molière et La Fontaine. Tout le reste est
relativement timoré ; le goût des meilleurs voulait la
régularité et ne concevait point qu'on s'en passât. Il
faudrait en conclure du moins que cette première édition des *Pensées* était telle que le grand siècle pouvait
l'admettre, et qu'il n'en aurait pu porter davantage :
conclusion dont le retour ne laisse pas d'être infiniment flatteur pour nous.

On pourrait, sans trop de plaisanterie, soutenir que,
pour que cette édition si conforme fût devenue possible et nécessaire, il fallait simplement une chose, c'est
que Napoléon fût venu et qu'on eût dit de lui qu'il
était le plus grand écrivain du siècle.

Quelques réflexions peut-être seraient propres à
tempérer ce zèle qui nous a pris pour les *fac-simile*
complets des écrivains. Trop de littéralité judaïque pour
l'impression des œuvres posthumes est, qu'on y songe,
un autre genre d'infidélité envers les morts : car eux-
mêmes, vivants, auraient, en plus d'un cas, avisé et
modifié.

Selon l'observation excellente que j'entendais faire à
M. Ballanche, beaucoup de ces mots étonnants et outrés
qu'on surprend sur les brouillons de Pascal (comme
cela vous abétira (1), pouvaient bien n'être, dans sa
sténographie rapide, qu'une sorte de *mnémonique* pour
accrocher plus à fond la pensée et la retrouver plus
sûrement. Ces mots-là n'auraient point paru en public,
et la pensée se serait vêtue avec plus de convenance à
la fois et de vérité, en parfaite harmonie avec le sujet.

On se flatte d'atteindre plus au cœur de l'homme
en fouillant ses moindres papiers. Hélas! quoi qu'on
fasse, il y a quelque chose qui ne se transmet pas. Ce
qui reste de la pensée et de la vie intérieure des
hommes, par rapport au courant continuel de leur esprit, n'est jamais que le fragment des fragments; il
nous manque les intermédiaires, ce qu'en ses ébauches
surtout supprimait pour soi cette pensée rapide, parce
qu'elle le supposait connu, ce que les amis habituels
avaient chance de savoir tout simplement mieux que
nous ne le devinons.

Ces demi-questions posées, ces réserves faites, hâtons-
nous pourtant de reconnaître ce que nous possédons,
ce que nous devons à l'application et à la sagacité
pieuse de M. Faugère d'avoir reconquis pleinement. On
aura cette impression très-sensible à la lecture des
premiers chapitres du second volume, de ces fameux

---

(1) M. Faugère (tome II, page 169) explique très-bien et justifie
au besoin, quant au sens, ce mot *abétira,* qui ne reste pas moins
malencontreux.

chapitres sur l'homme, son divertissement, ses dispro-
portions, sa grandeur, son néant. On a dit magnifiquement que bien des pensées de Pascal n'étaient que des
strophes d'un Byron chrétien : c'est d'aujourd'hui surtout que ce mot se vérifie. Jamais la pensée brusque et
haute ne s'était dressée jusqu'ici dans cette entière
beauté d'attitude ; le ciseau bien souvent n'a fait
qu'attaquer le marbre, mais le torse est là debout qui
jaillit déjà pour ainsi dire, majestueux et plutôt brisé
qu'inachevé. Oh ! pour le coup, nos bons premiers
éditeurs n'avaient en rien l'idée de ce genre de beauté
tronquée qui tient de celle de la Vénus de Milo, et,
toutes les fois qu'ils avaient rencontré un audacieux
fragment ainsi debout, ils l'avaient incliné doucement
t couché par terre.

Il est temps d'arriver à la question du fond, à la
question capitale, à celle qu'une curiosité légitime n'a
cessé de se faire durant tout ce débat, et qu'il est
fâcheux sans doute d'avoir laissé s'enfler au gré de la
curiosité frivole. Définitivement, que croyait Pascal,
et comment croyait-il? Quoique j'aie ailleurs (1) à
revenir avec étendue sur ce point délicat, je m'en
échapperai par avance ici. Au fait, on peut parler
hardiment, aujourd'hui qu'un texte solide nous est
rendu sur lequel nous avons pied ; on le pouvait même
auparavant sans risquer de se compromettre. Déjà,
dans d'admirables et discrets articles, un homme qu'il
y a toujours profit à citer, M. Vinet, avait proféré à ce

_____

(1) Dans mon ouvrage sur _Port-Royal._

sujet des paroles qui, si on les avait mieux lues ici, auraient fait loi (1).

Il y a une manière très-usitée de prendre Pascal et de le présenter à grands traits dans son ensemble ; nous tous plus ou moins, écrivains de ce siècle, lorsque nous avons parlé de lui à la rencontre, nous sommes tombés dans cette manière-là. On voit en lui du premier coup d'œil un esprit supérieur, au-dessus de tous les préjugés de la société et des opinions humaines, autant que Molière pouvait l'être, mais à la fois un esprit inquiet, ardent, mélancolique, sans cesse aux prises avec lui-même, passionnément en quête de la vérité et du bonheur ; et alors l'idéalisant un peu, ou plutôt en faisant un type, comme on dit, un miroir anticipé de notre âge, on le présente comme le héros et la victime dans la lutte du scepticisme et de la foi, celle-ci triomphant provisoirement en lui, de même que le scepticisme, un siècle plus tard, l'eût emporté. Cette manière d'envisager Pascal n'est pas fausse, elle est au point de la perspective, approximative à distance, légèrement figurative. En le voyant ainsi, nous y mettons involontairement du nôtre, nous lui prêtons.

Il m'est arrivé, dans un chapitre de *Port-Royal*, d'avancer que chacun, plus ou moins, porte en soi son Montaigne, c'est-à-dire sa nature un peu païenne, son *moi* naturel où le christianisme n'a point passé. On pourrait presque affirmer de même que de nos jours,

_____

(1) Voir *le Semeur* des 22 février, 1er mars et 8 mars 1843, surtout les deux derniers articles.

non point absolument chacun, mais tout esprit sérieux et réfléchi, tout cœur troublé, qui conçoit le doute et qui en triomphe ou qui le combat, porte son Pascal en lui, et, selon les manières diverses de souffrir et de lutter, on conçoit ce Pascal diversement : chacun de nous fait le sien. Ce point de vue vaudrait la peine d'être développé peut-être ; mais nous rentrons ici plus que jamais dans les types, et l'homme réel doit s'interroger de plus près.

Eh bien, si l'on vient à le considérer directement, que voit-on ? Un respectable écrivain, l'abbé Flottes, qui s'est attaché à venger Pascal des accusations de superstition et de fanatisme, a voulu également le justifier de tout soupçon, de toute atteinte de scepticisme, ce qui peut sembler un peu excessif et véritablement inutile (1). Un jour que je parlais de cette

---

(1) *Revue du Midi*, 25 novembre 1843. — M. l'abbé Flottes cite un passage de Mme Perier qui dit de son frère que, dans son enfance et sa première jeunesse, cet esprit si précoce, si actif sur d'autres points, restait soumis comme un enfant en ce qui concernait la foi, et que *cette simplicité a régné en lui toute sa vie.* Mais, quelque respect qu'on ait pour le témoignage de Mme Perier, on ne peut, dans ce cas, l'accepter totalement sans contrôle. Pour mon compte, j'en accepte volontiers la première partie, ce qui est relatif à la première jeunesse de Pascal, parce qu'il n'y a rien là que de vraisemblable et que Mme Perier était témoin oculaire de cette première période. Quant à ce qu'elle ajoute ici sur le reste de la vie, cela est plus vague et ne tient pas compte des divers temps ; il y a jour à la conjecture. Mme Perier, en effet, a glissé sur l'époque de dissipation de Pascal ; elle n'a pas dévoilé, par exemple, ses démêlés avec sa sœur Jacqueline, que nous savons d'ailleurs. En un mot, le témoignage ici n'est plus valable en bonne critique ; il faut recourir à d'autres preuves. Je ne dis point

prétention à l'un des hommes de ce temps qui sont le plus faits pour avoir un avis sur Pascal (je ne me permets pas de le désigner autrement), il me fut répondu par quelques-unes de ces paroles énergiques, impatientes, puissamment familières, et qui se gravent : « Eh ! pourquoi ne pas prendre Pascal comme il nous est donné, avec son scepticisme ? Il s'est fait chrétien en enrageant, il est mort à la peine. Je l'aime ainsi : je l'aime tombant à genoux, se cachant les yeux à deux mains et criant : *Je crois,* presque au même moment où il lâche d'autres paroles qui feraient craindre le contraire. Lutte du cœur et de l'intelligence ! Son cœur parlait plus haut et faisait taire l'autre. La fin du xvie siècle lui avait légué ce scepticisme qui circulait alors partout, lui avait mis ce ver au cœur; il en a triomphé, tout en en mourant. C'est là sa physionomie, c'est ainsi qu'il a sa vraie grandeur. Quelle manie de la lui ôter ! » Mais dans ces paroles mêmes si vives, si poignantes, il y a encore trop de l'homme de ce temps-ci, du Pascal tel que chacun le porte et l'agite en soi, du Pascal d'après Werther et René (1).

Que si on s'en tient aux récits contemporains et à ses œuvres mêmes, on arrive à quelque chose de plus suivi et de plus cohérent, à quelqu'un de plus réel.

---

cela pour réfuter M. l'abbé Flottes, mais pour lui montrer qu'il n'y a pas contradiction ni inconséquence dans une opinion qu'il met en cause.

(1) M. l'abbé Flottes, continuant ses *Études sur Pascal* (Montpellier, 1845), se méprend et abonde dans son sens quand il attribue ces paroles à M. Cousin; elles sont de M. de Chateaubriand.

Oui, Pascal parfois doute ou a tout l'air de douter, il
conçoit et exprime le doute d'une façon terrible, mais
c'est aussi qu'il a, qu'il croit avoir le remède. Sa foi,
je le pense, fut antérieure à son doute ; lorsque ce
doute survint, il ne trouva place que dans l'intervalle
de ce qu'on a appelé ses deux conversions, et il fut vite
recouvert. Si l'on peut dire qu'il revint à la charge et
se logea toujours plus ou moins au sein de sa foi,
c'était là une manière, après tout, d'être assez mal
logé et mal à l'aise ; et Pascal ne lui laissa, jour et
nuit, ni paix ni trêve. M. Vinet a dit à merveille d'un
jeune homme de ce temps-ci : « ... Le scepticisme, par
mille endroits, cherchait à pénétrer dans son esprit ;
mais sa foi se fortifiait, grandissait imperturbablement
parmi les orages de sa pensée. On peut le dire, le doute
et la foi vivante, l'un passager, l'autre immuable,
naquirent pour lui le même jour; comme si Dieu, en
laissant l'ennemi pratiquer des brèches dans les ouvrages extérieurs, avait voulu munir le cœur de la
place d'un inexpugnable rempart. » Cette belle parole,
qui exprime si bien un des mystères de la vie chré-
tienne intérieure, peut s'appliquer avec beaucoup de
vraisemblance au vrai Pascal.

Remarquez encore que chacun porte dans sa philosophie et sa théologie son *humeur*, ce qu'on oublie
trop. Pascal avait l'humeur inquiète et mélancolique :
de là son coup d'œil un peu visionnaire. Bossuet avait
l'humeur calme : de là en partie sa sérénité de coup
d'œil. Et cela indépendamment de la grandeur de
leurs esprits et de la nature des idées.

Se prévaloir contre la foi de Pascal de certain mode
d'argumentation qu'il emploie hardiment et qui impli-
querait le scepticisme absolu au défaut de la foi, c'est
supposer ce qu'il s'agit précisément de démontrer,
c'est oublier combien cette foi faisait peu *défaut* en lui,
combien elle était pour lui chose réelle, pratique, sensible et vivante. Et qu'on ne dise pas que ce christianisme de Pascal était particulier, bizarre, excessif, en
dehors des voies générales ; je ne nie pas qu'il n'ait eu
quelques singularités de pratique ou d'expression ;
mais dans le fond son christianisme ne diffère en rien
du véritable et, j'oserai dire, de l'unique. Il est vrai
qu'on est très-tenté de méconnaître celui-ci, tant on le
voit souvent métamorphosé et sécularisé.

L'éditeur actuel de Pascal, M. Faugère, qui vient de
pratiquer de si près son auteur, incline, d'après plusieurs passages, à le ranger parmi les *mystiques*. Je ne
contesterai pas cette qualification, si par *mystique* il
est entendu qu'il s'agit surtout ici d'un chrétien, qui
sans négliger les raisons et preuves qui parlent à l'intelligence, met la raison de sentiment au-dessus des
autres. La foi parfaite, c'est *Dieu sensible au cœur !*

« Et c'est pourquoi, lit-on dans une pensée inédite,
ceux à qui Dieu a donné la religion par sentiment du
cœur sont bien heureux et bien légitimement persuadés ; mais à ceux qui ne l'ont pas, nous ne pouvons
la donner que par raisonnement, en attendant que Dieu
la leur donne par sentiment de cœur, sans quoi la foi
n'est qu'humaine et inutile pour le salut. »

Ainsi, Pascal ne blâme pas la recherche ni la preuve

rationnelle ; loin de là, il l'admet et en use à titre de préparation humaine ; on fait ce qu'on peut, et Dieu vient après. On prépare la *machine* (il affectionne cette expression), et l'âme ensuite y descend ; Dieu y met le ressort.

« Les hommes ont mépris pour la religion, dit-il encore ; ils en ont haine, et peur qu'elle soit vraie. Pour guérir cela, il faut commencer par montrer que la religion n'est point contraire à la raison ; qu'elle est vénérable, en donner le respect ; la rendre ensuite aimable, faire souhaiter aux bons qu'elle fût vraie, et puis montrer qu'elle est vraie : — *vénérable parce qu'elle a bien connu l'homme, aimable parce qu'elle promet le vrai bien.* » On n'aurait que le choix entre les passages pour faire voir que Pascal n'avait nullement dessein de pousser les choses à l'absurde, comme on le pourrait augurer d'après certaines pensées publiées isolément. Rendre la religion vénérable et aimable, il y a loin de là à vouloir *abêtir,* au sens où on l'a pris. Pascal, par l'ordre principal de son livre, était dans la ligne des grands apologistes chrétiens, quoique, plus qu'aucun d'eux sans doute, il serrât de près la gorge à l'homme.

Pascal luttait contre Montaigne, d'une part, pour montrer à cet indolent et à ses pareils les épines de l'*oreiller* et l'incertitude du néant ; il luttait contre Descartes, d'autre part, pour montrer à ce superbe et à sa bande le creux et la stérilité morale de leur démonstration métaphysique. Pascal ne croyait nullement à la possibilité ni à l'utilité d'établir au préalable le

vestibule philosophique *en dehors* de la religion. Cela
peut sembler bien dur. Qu'arrive-t-il pourtant depuis
qu'on s'est mis à faire le vestibule si spacieux et si
beau? Beaucoup y restent et on n'entre pas.

« Il faut savoir douter où il faut, assurer où il faut,
et se soumettre où il faut, » a-t-il dit en une parole
déjà connue. Il avait écrit d'abord avec plus de hardiesse: « Il faut avoir ces trois qualités : *Pyrrhonien,*
Géomètre, Chrétien soumis; et elles s'accordent et se
tempèrent, en doutant où il faut, en assurant où il faut,
en se soumettant où il faut. » Ce mot-là le résume tout
entier en ses divers aspects : pyrrhonisme et géomé-
trie, ce sont pour lui des méthodes.

Il y aurait illusion aussi à prendre pour des convulsions de sa foi ce qui peut souvent n'avoir été que des
brusqueries du talent. Pour preuve qu'elle était, malgré tout, assise et stable en lui, je ne voudrais que sa
charité ; car la charité découle de la foi, comme la
source du rocher. Et quelle charité chez Pascal, et dans
ses actions dont quelques-unes ont échappé au mys-
tère, et dans ses paroles où reviennent si souvent des
accents d'humanité et de tendresse plus touchants en
cette doctrine rigide ! Je renvoie à sa *profession de foi* (1)
qui commence par ces mots: « J'aime la pauvreté,
parce que Jésus-Christ l'a aimée. J'aime les biens, parce
qu'ils donnent les moyens d'en assister les misérables..... » Que ce christianisme vrai et de source
vient en démenti aux idées des plus sages païens!

(1) Tome I, page 243.

Écoutez Pindare sur la richesse : à la manière dont il
la célèbre, dont il la proclame *l'astre glorieux et la*
vraie lumière des humains (1), on ne sait en vérité s'il
n'en fait pas non-seulement l'accompagnement naturel
et le cadre brillant des vertus, mais encore la condition et le moyen direct de la sagesse et de la félicité
après la vie. Le christianisme est venu précisément
bouleverser tout cela : le Calvaire fait le contraire des
Jeux Olympiques. Selon Pascal, qui est du Calvaire, il
n'y a de profond et de sérieux dans l'homme que la
sainte pauvreté et le dépouillement, la tristesse féconde
qui se change en joie; tout le reste est légèreté. Il
vous dira encore que la maladie est l'état naturel du
chrétien. Si ces doctrines vous paraissent exagérées,
transitoires, avoir besoin d'amendement, d'interpréta-
tion nouvelle, c'est une autre question; mais, en fait,
elles demeurent radicalement et primitivement chré-
tiennes, ou rien ne l'est. Dans le christianisme tel que
nous l'entendons volontiers aujourd'hui, civilement et
philosophiquement, on oublie trop une seule chose ;
— mais pour ne pas avoir l'air de prêcher, quand je
n'ai pour but que de rétablir le vrai sur Pascal, je
prendrai un détour dont on ne se plaindra pas, avant
de dire mon mot sur cette chose ou cette personne,
qu'on oublie trop généralement aujourd'hui en parlant
du christianisme.

Dans l'*Hippolyte* d'Euripide, lorsque le jeune et innocent chasseur est tombé victime de l'embûche que lui

(1) *Olympiques*, 2.

a dressée Vénus, Diane, sa divinité chéric, sa protectrice de tout temps et qui n'a pu toutefois le sauver,
arrive du moins pour mettre ordre aux derniers instants, pour éclairer le malheureux Thésée et pour
consoler, autant qu'il est en elle, le mourant. On
apporte Hippolyte brisé sur un brancard, on le dépose
devant le palais, et, Diane ayant dit un mot de pitié,
le malheureux jeune homme s'aperçoit, à un certain
soulagement qu'il éprouve, de la présence de la déesse.

HIPPOLYTE (1).

O souffle divin! quoique dans les douleurs, je t'ai senti et
je suis soulagé. — Sachez que la déesse Diane est dans cette
enceinte.

DIANE.

Oui, malheureux, la divinité la plus amie est près de toi.

HIPPOLYTE.

Vois-tu, ma souveraine, l'état déplorable où je suis?

DIANE.

Je le vois; mais les larmes sont interdites à mes yeux.

HIPPOLYTE.

Tu n'as plus ton chasseur, ton fidèle serviteur...

Et le dialogue continue sur ce ton; Thésée s'y mêle,
et la déesse réconcilie le père désolé avec son fils: « Je
ne connais point, dit M. de Schlegel, de scène plus
touchante dans aucune tragédie ancienne ou moderne. »
Au moment où elle profère les nobles et clémentes
paroles, Diane, qui s'aperçoit qu'Hippolyte va trépas-
ser, termine ainsi: « ... Et toi, Hippolyte, je t'exhorte

(1) Je me sers de la traduction qu'a donnée de cette scène M. de
Schlegel, dans sa brochure sur les deux *Phèdres*.

à ne point détester ton père; c'est ta destinée qui t'a fait périr. Mais reçois mon dernier salut, car il ne m'est pas permis de voir les morts ni de souiller mon regard par des exhalaisons mortelles, et déjà je te vois approcher du moment fatal. » Et elle disparaît.

M. de Schlegel caractérise dignement les beautés pathétiques et pieuses de cette scène : « Nous voyons, dit-il, la majesté immortelle auprès de la jeunesse expirante, les déchirements du repentir auprès des émotions d'une âme pure. Diane montre pour les maux des humains toute la pitié qui est compatible avec son essence divine ; mais il y a néanmoins dans ses paroles je ne sais quelle empreinte d'une sérénité céleste... Il faudra bien convenir ici que les Anciens ont quelquefois deviné les sentiments chrétiens, c'est-à-dire ce qu'il y a de plus aimant, de plus pur et de plus sublime dans l'âme. » En adhérant aux observations exquises de l'excellent critique, j'avouerai pourtant qu'une chose m'a frappé, au contraire, en lisant ce morceau, en assistant à cette intervention compatissante de la plus chaste des divinités : c'est combien on est loin encore du christianisme, je veux dire du Dieu fait homme et mort pour tous. Quoi! une déesse à qui *les larmes sont interdites,* une protectrice qui s'enfuit à *l'odeur du mourant!* n'a-t-on pas encore affaire ici à des dieux nés pour l'ambroisie, qui sont esclaves de leur jeunesse et de leur beauté, qui n'osent compromettre leur bonheur? Et voilà précisément à quoi j'en voulais venir; les Pascal, les Rancé, ces purs et francs chrétiens, croyaient avant tout à Jésus-Christ dans le christianisme, à un Dieu-

homme ayant exactement souffert comme eux et plus
qu'eux, ayant sué la sueur d'agonie dans tous ses membres, et l'essuyant de leur front : de là leur force. Quand
Pascal arrive à parler de Jésus-Christ dans son livre,
il ne tarit plus : il tient du coup le centre et la clef,
l'explication de la misère humaine aussi bien que le
fondement de toute grâce ; les paroles magnifiques et
précises qu'il emploie ne sauraient même se citer hors
de place sans se profaner (1). C'est pour n'avoir pas
senti, pour avoir insensiblement oublié à quel point
et à quel degré de réalité Pascal croyait à Jésus-Christ,
au Dieu-homme et sauveur, qu'on a voulu faire de lui
un sceptique. Certes il eût été sceptique sans sa croyance
en Jésus-Christ, et cela vous semble peu de chose,
parce que, si nous n'y prenons garde, nous devenons
sujets, tous tant que nous sommes, en parlant beaucoup
de christianisme, à ne plus bien savoir ce que c'est que
Jésus-Christ au sens réel et vivant où il le prenait.

Qu'on veuille encore une fois se représenter l'état
vrai de la question : des deux puissances qui sont aux
prises chez Pascal et dont l'une triomphe, il en est une
que nous comprenons tout entière, que nous sentons
toujours et de mieux en mieux, le scepticisme, et quant

(1) Voir surtout au tome II, page 341, le passage inédit où l'auteur, ravi dans une tendre contemplation, voit Jésus-Christ présent, converse avec lui, entend sa parole et lui répond : « On
croirait lire, dit M. Faugère, un chapitre de l'*Imitation* : Je pensois
à toi dans mon agonie ; j'ai versé telles gouttes de sang pour toi.
— Veux-tu qu'il me coûte toujours du sang de mon humanité, sans
que tu donnes des larmes?... » De telles heures d'effusion et de
ravissement rachetaient et noyaient bien des angoisses.

à l'autre, quant au remède pour lui souverainement efficace et victorieux, nous sommes de plus en plus en train de l'oublier, ou du moins de le transformer vaguement, de n'y pas attacher tout le sens effectif; de là nous nous trouvons induits, en jugeant Pascal, à transporter en lui le manque d'équilibre qui est en nous, à le voir plus en doute et plus en détresse qu'il n'était réellement sous ses orages.

Nous aurions pu, en nous appuyant au travail de M. Faugère, nous étendre sur d'autres points qu'il discute lui-même dans son Introduction, mais nous avons mieux aimé aller au principal. En résultat, grâce à cette édition qui fixe le texte et coupe court aux conjectures, on a droit de dire, si je ne me trompe, que nous avons reconquis le premier Pascal, mais nous le possédons aujourd'hui par des raisons plus entières et plus profondes.

1ᵉʳ juillet 1844.

M. Sainte-Beuve aimait à opposer, par contraste avec la morgue pédante de certains hommes d'État du jour, ministres ou présidents du Sénat, la lettre suivante qu'il avait reçue de M. le chancelier Pasquier. Elle se rapporte même à l'article qu'on vient de lire et qui paraissait alors tout récemment dans la *Revue des Deux Mondes* du 1ᵉʳ juillet 1844 :

« Paris, 10 juillet. Mercredi.

« Monsieur et cher confrère,

« Mᵐᵉ de Boigne se lamente de ne pas vous faire (1), et je me

(1) Il y a ici un oubli de la main de M. Pasquier.

suis chargé de vous offrir une occasion de la venir chercher à Châtenay. Demain jeudi, j'y vais dîner. Je partirai après la séance de la Chambre des Pairs, que je préside. Si donc il vous convenait de vous trouver au Luxembourg sur les cinq heures, je vous offre place dans ma calèche. Nous pourrons causer de votre excellent article sur Pascal. Je l'ai lu avec un plaisir complet. Les coups d'encensoir obligés à M. Cousin ne vous ont pas empêché de lui donner (1) sur les points qui sont précisément les essentiels.

« Tout à vous,

« Le C. Pasquier. »

(1) Il manque encore ici quelque chose dans la rapidité d'un billet écrit surtout avec l'intention d'être agréable.

M. MIGNET.

1846.

Ce n'est certes pas de nos jours que Voltaire aurait
droit de dire : « La France fourmille d'historiens et
manque d'écrivains (1). » Car, si la France n'a jamais
été plus fertile en historiens dignes de ce nom par la
science et par la pensée, plusieurs se trouvent être à
la fois des écrivains éminents. Mais aucun, peut-être,
ne marque davantage en lui cette qualité, qui met le
cachet à toutes les autres, que l'homme de mérite et
de haut talent duquel notre série (2) ne saurait plus
longtemps se passer. A des études vastes, continues,
profondes, à la possession directe des sources supérieures, M. Mignet n'a cessé de joindre le soin accompli (*cultus*) de composer et d'écrire; chaque œuvre de
lui se recommande par l'ensemble, par la gravité et
l'ordre, comme aussi par l'éclat de l'expression ou par
l'empreinte. C'est bien en le lisant qu'on peut sentir
ce que dit quelque part Pline le Jeune dans une belle

(1) Lettre à l'abbé d'Olivet, 6 janvier 1736.
(2) La série des *Historiens modernes de la France* dans la *Revue
des Deux Mondes.*

13.

parole : « Quanta potestas, quanta dignitas, quanta
majestas, quantum denique *numen* sit historiæ (1)... »
Le caractère élevé, auguste et, pour ainsi dire, sacré de
l'histoire est gravé dans tout ce qu'il écrit. Malgré les
difficultés, que nous connaissons trop bien, de juger
du fond en des matières si complexes et d'oser apprécier la forme en des hommes si honorés de nous, cette
fois nous nous sentons presque à l'aise vraiment ; nous
avons affaire à une destinée droite et simple qui, en
se développant de plus en plus et en élargissant ses
voies, n'a cessé d'offrir la fidélité et la constance dans
la vocation, la fixité dans le but ; il est peu d'exemples
d'une pareille unité en notre temps et d'une rectitude
si féconde.

M. Mignet est né à Aix en Provence, le 8 mai 1796.
Élevé d'abord au collége de sa ville natale, il y termi-
nait sa quatrième, lorsque passèrent des inspecteurs ;
le résultat de leur examen fut de faire nommer le jeune
élève demi-boursier au lycée d'Avignon, où il alla achever
ses études. Revenu à Aix en 1815 pour y suivre les cours
de droit, il rencontra, dès le premier jour, sur les bancs
de l'école, M. Thiers, arrivant de Marseille, et ils se
lièrent dès lors de cette amitié étroite, inaltérable, que
rien depuis n'a traversée. Reçus tous deux au barreau
en la même année (1818), ils débutent ensemble, ils
font pendant un an et demi environ leur métier d'avocat, vers la fin un peu mollement, car déjà des études
plus chères les détournaient. M. Thiers, indépendam-

(1) Lettre XXVII du livre IX.

ment de son *Éloge de Vauvenargues,* dont nous avons
raconté les vicissitudes piquantes et le succès (1),
remportait à Aix un autre prix sur l'*Éloquence judiciaire,* et M. Mignet était couronné à Nîmes pour l'*Éloge
de Charles VII;* mais son vrai début allait le porter sur
un théâtre plus apparent. L'Académie des Inscriptions
avait proposé d'examiner quel était, à l'avénement de
saint Louis, l'état du gouvernement et de la législation
en France, et de montrer, à la fin du même règne, ce
qu'il y avait d'effets obtenus et de changements opérés
par les institutions de ce prince. Le jeune avocat d'Aix
apprit tard le sujet de ce concours; il ne put s'y mettre
que peu avant le terme expiré, et ce fut de janvier à
mars 1821, en trois mois à peine, qu'il écrivit l'excellent travail par où il marqua son entrée dans la carrière.
Cet ouvrage, qui, avec celui de M. Arthur Beugnot, partagea le prix de l'Académie, et qui parut l'année suivante
(1822) dans une forme plus développée et sous ce titre :
*De la Féodalité, des Institutions de saint Louis et de l'In-
fluence de la Législation de ce prince,* indiquait déjà tout
l'avenir qu'on pouvait attendre de M. Mignet comme
historien philosophe et comme écrivain.

M. Daunou, qui en rendit compte dans le *Journal des
Savants* (mai 1822), reconnaissait que les vues par
lesquelles l'auteur avait étendu son sujet et en avait
éclairci les préliminaires « supposaient une étude profonde de l'histoire de France; » il trouvait que l'ouvrage
« se recommandait moins par l'exactitude rigoureuse

(1) Voir au tome IV des *Portraits contemporains,* page 64.

des détails que par l'importance et la justesse des considérations générales; » mais il insistait sur cette importance des résultats généraux, et notait « la profondeur et quelquefois la hardiesse des pensées, la précision et souvent l'énergie du style. » Nous aimons à reproduire les propres paroles du plus scrupuleux des critiques, de celui qui, en rédigeant ses jugements, en pesait le plus chaque mot. Dom Brial aussi, le dernier des bénédictins, s'était montré, au sein de l'Institut, l'un des plus favorables à un travail où la nouveauté du talent rehaussait, sans la compromettre, la solidité.

M. Mignet, par ce premier et remarquable essai, déclarait hautement sa vocation naturelle et en même temps le procédé le plus habituel de son esprit. L'étude particulière sur saint Louis et ses Institutions n'était pour lui qu'une occasion de traverser et de repasser dans toute son étendue l'histoire de France, de la ranger et de la coordonner par rapport à ce grand règne. D'autres auraient pu croire qu'il suffisait, en commençant, d'exposer la situation du royaume, l'état de l'administration, le système des lois politiques, civiles et pénales, au moment où saint Louis arriva au trône; l'Académie n'en demandait pas davantage; mais l'esprit du jeune écrivain était plus exigeant : de bonne heure attentif à remonter aux causes, à suivre les conséquences, à ne jamais perdre de vue l'enchaînement, il se dit que l'influence et la gloire de saint Louis consistaient surtout dans l'abaissement et la subordination du régime féodal, et il rechercha dès lors quel était ce gouvernement féodal dans ses origines et ses principes, comment il s'était établi, accru, et par quels degrés, ayant atteint son plus grand développement, il approchait du terme marqué pour sa décadence. Au point de vue élevé où il se plaçait, et dans le regard sommaire sous lequel il embrassait et resserrait une longue suite d'événements, il arrivait à y saisir les points fixes, les nœuds essentiels, les lois, et déjà il laissait échapper de ces mots, de ces maximes, chez lui familières et fondamentales, qui exprimaient ce qu'on a pu appeler son système. A propos des similitudes frappantes et presque des symétries d'accidents qui sautent aux yeux entre l'avénement de la seconde race et celui de la troisième, il disait : « Cette analogie de causes et d'effets est remarquable, et prouve combien les choses agissent avec suite, s'accomplissent de nécessité, et se servent des hommes comme moyens, et des événements comme occasions. » Après avoir montré dans saint Louis le principal fondateur du système monarchique, il suivait les progrès de l'œuvre sous les plus habiles successeurs, et faisait voir avec le temps la royauté de plus en plus puissante et sans contrôle, *roulant* à la fin *sur un terrain uni où elle n'éprouva pas d'obstacle, mais où elle manqua de soutien ;* si bien qu'un jour « elle se trouva seule en face de la Révolution, c'est-à-dire d'un grand peuple qui n'était pas à sa place et qui voulait s'y mettre, et elle ne résista pas.

« Ainsi, ajoutait-il en se résumant, depuis l'origine de la monarchie, ce sont moins les hommes qui ont mené les choses que les choses qui ont mené les hom-

mes. Trois tendances générales se sont tour à tour
déclarées et accomplies : sous les deux premières races,
tendance générale vers l'indépendance, qui finit par
l'anarchie féodale ; sous la troisième, tendance générale vers l'ordre, qui finit par le pouvoir absolu ; et
après le retour de l'ordre, tendance générale vers la
liberté, qui finit par la révolution. »

C'est de cette idée que M. Mignet partira bientôt pour
entamer son *Histoire de la Révolution;* l'Introduction
qu'il mit en tête de celle-ci ne fait que développer la
visée première ; même lorsqu'il aborda le sujet tout
moderne, il ne le prenait pas de revers ni à court,
comme on voit, il s'y poussait de tout le prolongement
et comme de tout le poids de ses études antérieures.

Si M. Mignet se produisait déjà si nettement dans
son premier ouvrage par l'expression formelle de la
pensée philosophique qu'il apportait dans l'histoire, il
ne s'y donnait pas moins à connaître par le sentiment
moral qui respire d'une manière bien vive et tout à
fait éloquente dans les éloges donnés à saint Louis, à
ce *plus parfait* des rois, du si petit nombre des politiques habiles qui surent unir le respect et l'amour des
hommes à l'art de les conduire. J'insiste sur ce point
parce que beaucoup de gens qui s'élèvent contre le
système de la fatalité historique ont cru y voir la ruine
de tout sentiment moral. Le pas en effet est glissant, la
la confusion se peut faire sans trop d'effort, si l'on n'y
prend garde : M. Mignet du moins ne l'a jamais entendu
ainsi, et quel qu'ait été, selon lui, le rôle assigné aux
individus par le destin ou la Providence, dans l'ordre

successif des choses, il a toujours mis à part l'intention morale.

L'auteur n'a jamais fait réimprimer son premier écrit, auquel il ne rend peut-être pas toute la justice qui lui est due ; il en a repris depuis et rectifié plusieurs des idées principales dans le mémoire sur la *Formation territoriale et politique de la France,* lu à l'Académie des Sciences morales en 1838. Dans ce dernier travail mis en regard du premier, saint Louis reste grand sans paraître aussi isolé ni aussi inventeur ; il ne rejoint Charlemagne que moyennant des intermédiaires et en donnant la main à Philippe-Auguste. Les successeurs de saint Louis sont appréciés selon leur importance monarchique avec une mesure mieux graduée : Charles V conduit à Charles VII, qui reste très-important, mais Louis XI y est relevé du jugement rigoureux qui, en s'appliquant à l'homme, méconnaissait le roi. De même Richelieu, amoindri d'abord, demandait à être replacé à son vrai rang, et bien moins en tête des ambitieux ministres que dans la série même des rois. J'ai noté les inexpériences inévitables au début, même de la part d'une pensée si ferme et si nourrie : ce qui n'empêche pas ce petit écrit d'être supérieur et de rester à beaucoup d'égards excellent.

Son succès académique amena naturellement M. Mignet à Paris en juillet 1821, et M. Thiers l'y suivit deux mois après. Les deux amis visaient à la capitale, et ils s'étaient dit que le premier qui y mettrait le pied tirerait à lui l'autre. Je ne reviendrai pas sur ces commencements déjà exposés. Pendant que M. Thiers entrait au

Constitutionnel par M. Étienne, M. Mignet arrivait par
Châtelain au *Courrier*, et y prenait rang d'abord dans des
articles sur la politique extérieure qui eurent l'honneur
d'être remarqués de M. de Talleyrand. Celui-ci y trouva
même sujet d'écrire à celui qui pouvait devenir un
juge l'un de ces rares petits billets qui semblèrent de
tout temps la suprême faveur. Ce fut l'origine d'une
liaison bien flatteuse et qui, en ayant ses charges, rendait beaucoup. Dès 1821, on offrait au jeune écrivain
de faire une *Histoire de la Révolution française;* on lui
proposait aussi de donner un cours à l'Athénée de Paris,
et il y professa une année sur la *Réformation* et le xvie siècle, une autre année sur la *Révolution et la Restauration d'Angleterre.*

Parallélisme de la révolution anglaise avec la nôtre
dans ses différentes phases et dans son mode de conclusion, c'est là précisément la thèse que M. Mignet
soutiendra plus tard dans la polémique du *National;*
il y préluda dès le premier jour, aussi bien qu'à cette
histoire de la Réformation qu'il devait développer et
mûrir à travers tant d'autres études diverses, et qui
promet d'être son œuvre définitive. On voit que de
bonne heure tous les cadres dans lesquels avait à s'exercer une pensée si pleine d'avenir étaient trouvés.

Cette fixité dans les points de départ et dans les buts
assignés, cette détermination prompte et précise dès les
premiers pas dans la carrière, caractérisent, ce semble,
une nature d'esprit et contrastent fortement avec la
mobilité de la jeunesse. M. Mignet en eut surtout la
vigueur, qu'il appliqua aussitôt dans toute son inté-

grité; il ne laisse apercevoir aucun tâtonnement, aucune dispersion : c'est là un des traits qui lui appartiennent le plus en propre. Lui et M. Thiers, d'ailleurs, ils arrivaient à Paris avec une pensée arrêtée en politique, avec une opinion déjà faite, qui aidait beaucoup à la résolution de leur marche et qui simplifiait leur conduite. Ils étaient très-convaincus à l'avance de l'impossibilité radicale qu'il y aurait pour les Bourbons à accepter les conditions du gouvernement représentatif, du moment que ces conditions s'offriraient à eux dans toute leur rigueur, c'est-à-dire le jour où une majorité parlementaire véritable voudrait former un cabinet et porter une pensée dirigeante aux affaires. Ces deux jeunes esprits entraient dans la lutte bien persuadés que la dynastie (par suite de toutes sortes de raisons et de circonstances générales ou individuelles dont ils n'étaient pas embarrassés de rendre compte) ne se résignerait jamais à subir le gouvernement représentatif ainsi entendu, et dès lors ils tenaient pour certaine l'analogie essentielle qui se reproduirait jusqu'à la fin entre la révolution française et la révolution d'Angleterre, et qui amènerait pour nous au dernier acte un changement de dynastie. Cette opinion chez eux, non pas de pur instinct et de passion comme chez plusieurs, mais très-raisonnée, très-suivie (1) et beaucoup plus arrêtée que chez leurs jeunes amis libéraux du monde, donna du premier jour à leur attaque toute sa portée et imprima à l'ensemble de leur direction intellectuelle une singulière précision.

(1) C'était celle également de Manuel et de Béranger.

J'ai encore présentes à l'esprit ces premières leçons
de l'Athénée dans lesquelles M. Mignet aborda le
xvi⁵ siècle et la Réforme. Il n'avait pas publié à cette
époque son tableau de la Révolution française ; il n'était
connu que par son prix récent à l'Institut et par les
témoignages enthousiastes de quelques amis. Je le vois
s'asseoir dans cette chaire, qui n'était pas sans quelque
illustration alors, que décoraient les souvenirs de La
Harpe, de Garat, de Chénier, et qu'entouraient à
certains soirs plus d'un représentant debout du
xviiie siècle, Tracy, Lacretelle aîné, Daunou. Le jeune
historien de vingt-six ans y parlait de la journée de la
Saint-Barthélemy et des causes qui l'avaient préparée.
Dès les premiers mots de la lecture, l'auditoire tout
entier était conquis ; chacun se sentait saisi d'un intérêt sérieux et sous l'impression de cette parole qui
grave, de cet accent qui creuse. La prononciation quelque peu puritaine et ce débit empreint d'autorité redou-
blaient encore leur effet en sortant du sein d'une jeunesse
si pleine d'éclat et presque souriante de grâce. Ce jeune
homme à la physionomie aimable et à l'élégante
chevelure offrait à la fois quelque chose d'austère et de
cultivé, un mélange de réflexion et de candeur. Chaque
trait de talent et de pensée était vivement saisi au passage, et je me souviens qu'on applaudit fort celui-ci,
par exemple (je ne le cite que comme m'étant resté
dans la mémoire), lorsque, arrivant à parler de l'ordre
des jésuites, l'historien décrivait cette société habile,
active, infatigable, qui, pour arriver à ses fins, *osait
otut, même le bien.* Cette leçon sur la Saint-Barthélemy

fut si goûtée des assistants, que les absents supplièrent
M. Mignet de la répéter en leur faveur, et il la recom-
mença la semaine suivante devant une assemblée deux
fois plus nombreuse. Je n'ai pas craint de fixer ce souvenir qui, toutes les fois que les succès de M. Mignet se
renouvellent, m'apparaît de loin tout au début de sa carrière. Il est juste et doux de reconnaître que, depuis ce
moment-là, il n'a fait autre chose que marcher en avant,
poursuivre, étendre les mêmes études en les approfondissant, se perfectionner sans jamais dévier, cueillir le
fruit (même amer) des années, sans laisser altérer en
rien la pureté de ses sentiments ni sa sincérité première. Cette destinée grave et sereine, toute studieuse,
sans écart, me fait l'effet d'une belle et droite avenue
dont les arbres sont peut-être plus hauts et mieux
fournis en avançant : tout à l'extrémité, j'aime à y
revoir ces premières stations plus riantes, sous le soleil.

Au printemps de 1824 parut l'*Histoire de la Révolution française :* ce fut un immense succès et un événement. On n'avait pas eu jusque-là dans un livre la révolution tout entière résumée à l'usage de la génération
qui ne l'avait ni vue ni faite, mais qui en était fille,
qui l'aimait, qui en profitait et qui l'aurait elle-même
recommencée, si elle eût été à refaire. On avait des
histoires écrites par de véritables contemporains,
acteurs ou témoins, juges et parties, des mémoires.
M. Mignet fut le premier qui fit une histoire complète
abrégée, un tableau d'ensemble vivant et rapide, un
résumé frappant, théorique, commode. Autrefois on
faisait des éditions *ad usum Delphini :* cette édition-ci

fut à l'usage des fils des hommes du tiers-état, c'est-
à-dire de tout le monde. Ce prodigieux succès que
l'histoire plus développée de M. Thiers obtint après être
terminée, et qui ne fut dans son plein que six ans plus
tard, vers 1830, le résumé de M. Mignet l'enleva dès
sa naissance. Le livre fut à l'instant traduit dans toutes
les langues, en espagnol, portugais, italien, danois ; il
y eut jusqu'à six traductions différentes en allemand.
On se l'explique à merveille : l'auteur portait, pour la
première fois, l'ordre et la loi dans des récits qui jusque-là, sous d'autres plumes, n'avaient offert qu'anarchie et confusion comme leurs objets mêmes. M. Mignet,
au contraire, se plaçant derrière la Révolution, tandis
qu'elle tonnaît comme le plus terrible des Gracques,
faisait en quelque sorte l'office du joueur de flûte de
l'antiquité : il la remettait au ton, il remettait au pas ce
qui s'était fait tumultueusement, il en marquait la mesure au nom de la force supérieure et de l'idée philosophique. Par lui les mouvements du monstre reprenaient
majesté et presque harmonie ; les dissonances criantes
s'éteignaient, les irrégularités de détail disparaissaient
dans l'effet de la note fondamentale. Ce grand orage
humain semblait marcher et rouler comme les hautes
sphères.

Ainsi déjà l'avait conçu De Maistre, lorsqu'au début
de ses *Considérations* il disait : « Ce qu'il y a de plus
frappant dans la Révolution française, c'est cette force
entraînante qui courbe tous les obstacles. Son tourbillon emporte comme une paille légère tout ce que la
force humaine a su lui opposer ; personne n'a contrarié

sa marche impunément. La pureté des motifs a pu
illustrer l'obstacle, mais c'est tout; et cette force jalouse,
marchant invariablement à son but, rejette également
Charette, Dumouriez et Drouet. » Nous aimerions
mieux citer d'autres noms; mais peu importe, l'idée
est la même. Je ne la discuterai pas ici, je l'ai fait
ailleurs (1); et puis l'on a bien *assez de ces débats où
il est entré depuis lors tant de déclamations et de lieux-
communs.* Bossuet, jugeant *les révolutions des empires,*
pensait *comme* De Maistre; lui aussi, il n'envisage des
factions, des nations entières, que comme un seul
homme sous le souffle d'en haut; il les fait marcher et
chanceler devant lui comme une *femme ivre.* Montesquieu, sans aller jusqu'au sens mystique, croyait également à des lois dans l'histoire; tous les esprits supérieurs les aiment au point de les créer plutôt que de
s'en passer. Bolingbroke, parlant d'un écrit de Pope
(son *Essai sur l'Homme,* je crois) et du bien qui pouvait en résulter pour le genre humain, écrivait à Swift
(6 mai 1730) : « J'ai pensé quelquefois que si les
prédicateurs, les bourreaux et les auteurs qui écrivent
sur la morale, *arrêtent ou même retardent un peu les
progrès du vice,* ils *font tout ce dont la nature humaine
est capable; une réformation réelle ne saurait être produite par des moyens ordinaires : elle en exige qui
puissent servir à la fois de châtiments et de leçons; c'est
par des calamités nationales qu'une corruption nationale
doit se guérir.* » Voilà encore une de ces paroles qui

_____

(1) Dans *le Globe* du 28 mars 1826.

serviraient bien d'épigraphe et de devise à une histoire
de la Révolution française.

Ce qu'il y avait d'extrêmement neuf et de singulièrement hardi dans l'œuvre de M. Mignet, c'était l'application qu'il faisait de ces lois, telles qu'elles lui appa-
raissaient, à un sujet si récent et à la représentation
d'une époque dont tant d'acteurs, de témoins ou de
victimes, existaient encore. Cette application à bout
portant était absolue de sa part, elle était inflexible.
Selon lui, les intentions quelconques, même des principaux personnages, les passions et intérêts individuels,
ont leurs limites d'influence et ne sauraient contrarier
ni affecter puissamment le système général de l'histoire.
Nous dirons tout à l'heure comment il conçoit ce système dans son universalité ; mais, à cette époque et
en cette crise de notre révolution, cela lui devenait plus
évident encore. Il y régla donc son récit et ses jugements ; il fit saillir la force principale et en dégagea
fermement les résultats. S'attachant à un ordre unique
de causes, il négligea toutes celles qui n'avaient agi
que pour une part indéterminée et confusément appré-
ciable, comme s'il en avait trop coûté à son esprit rigoureux d'admettre de la réalité autre part que là où il
découvrait de l'ordre et des lois. C'est ainsi qu'il atteignit son but et put livrer aux enfants du lendemain de
la révolution une histoire claire, significative, avouable
dans ses points décisifs et honorable, grandiose jusqu'en
ses excès, peut-être inévitable, hélas! en ses quelques
pages les plus sanglantes, et dont les divers temps se
gravèrent ineffaçablement du premier jour dans toutes

les mémoires encore vierges. S'il y eut des traces trop
manifestes de système et comme des plis forcés à certains endroits, je répondrai : Que voulez-vous? c'est
ainsi qu'il convient plus ou moins que l'histoire s'arrange
pour être portative et pouvoir entrer commodément
dans le sac de voyage de l'humanité.

L'homme, il faut bien se le dire, n'atteint en rien
la réalité, le fond même des choses, pas plus en histoire que dans le reste; il n'arrive à concevoir et à reproduire que moyennant des méthodes et des points de
vue qu'il se donne. L'histoire est donc un *art;* il y
met du sien, de son esprit, il y imprime son cachet,
et c'est même à ce prix seul qu'elle est possible. Repor-
tez en idée la méthode de M. Mignet à un événement
déjà ancien et reculé dans les siècles, rien ne paraîtra
plus simple, plus légitimement lumineux; il n'y aura
lieu à aucune réclamation. La hardiesse ici et l'extrême
nouveauté étaient, encore une fois, dans l'application
qu'il faisait à une catastrophe d'hier : c'était d'oser introduire un système de lois fixes au sein de souvenirs épars
et tout palpitants. Ces chaînes de l'histoire, en tombant
sur des plaies vives, les firent crier. On eût accordé
au seul prêtre parlant du haut de la chaire au nom
de la Providence ce droit qu'un historien, procédant
dans la froideur et la rectitude philosophique, parut
usurper.

Mais cette usurpation ne parut telle qu'aux intéressés
et aux blessés encore saignants du combat. Quant à
ces neveux si vite consolés dont parle De Maistre, et
que l'inexorable écrivain n'a pas craint de montrer

dansant sur les tombes; quant à ceux dont Béranger avec
plus de sensibilité disait:

> Chers enfants, dansez, dansez,
>   Votre âge
>   Échappe à l'orage!...

tous ceux-là acceptèrent de confiance l'histoire de la
révolution, telle que la leur rendait la plume ou le burin
de M. Mignet. Les résultats essentiels qui se tirent de
ce mâle et simple récit sont passés dans le fond de leurs
opinions et presque de leurs dogmes : cela fait partie
de cet héritage commun sur lequel on vit et qu'on ne
discute plus, et je doute fort qu'à mesure qu'on ira plus
avant dans les voies modernes, et que par conséquent
on trouvera plus simple et plus nécessaire ce qui s'est
accompli, on en vienne jamais à remettre en cause les
articles, même rigides, de ce jugement historique et à
les casser. Je vois d'ici venir plus d'un historien futur :
on commencera avec le projet de contredire ; puis,
chemin faisant, on se trouvera converti, entraîné par
le cours des choses, et l'on conclura peu différemment.
A ne voir le livre qu'en lui-même et indépendamment
de toute discussion extérieure, en le lisant tout d'un
trait (et je viens de le relire), on est pris et attaché
par cette forme sévère de talent, par ce développement
continu, pressé, d'un récit grave et généreux, où ressortent par endroits de hautes figures. On marche, on
suit, on est porté. A chaque nœud du récit, quelques
principes fortement posés reviennent frapper les temps
et comme sonner les heures. Au passage des grandes

infortunes, de justes accents d'humanité (ce que j'appelle *lacrymæ volvuntur inanes*) y ont leur écho, sans rien troubler. C'est *en soi*, si l'on peut ainsi parler, un beau livre d'histoire.

Au sortir de l'*Histoire de la Révolution*, ou dans le temps même où il s'en occupait, M. Mignet pensait déjà à celle de la *Réforme*. Il avait poussé assez avant ce grand travail, lorsque les événements polit'ques de 1829-1830 le vinrent distraire et appliquer tout entier avec ses amis à l'entreprise du *National*. Je n'ai rien à redire ici de ce qui a été déjà exposé dans l'article sur M. Thiers; M. Mignet prit avec lui la part la plus active à cette expédition vigoureuse. Le lendemain du triomphe, au lieu d'entrer, par un mouvement qui eût semblé naturel, dans la pratique et le maniement politique, il distingua sa propre originalité et se maintint dans une ligne plus d'accord avec ses goûts véritables. M. d'Hauterive, archiviste des Affaires étrangères, était mort pendant les journées mêmes de Juillet; M. Molé, en arrivant au ministère, nomma aussitôt M. Mignet au poste vacant. Cette position centrale de haute administration et d'études est celle que l'historien a gardée depuis, et qu'il a même su défendre au besoin contre les tentations politiques dont plus d'une l'est venue chercher. Il aurait pu être ministre à son jour : il préféra demeurer le plus établi des historiens. Une seule fois, en 1833, il fut chargé d'une mission de confiance pour l'Espagne, à la mort de Ferdinand VII, et il alla porter à notre ambassadeur, M. de Rayneval, le mot du changement de politique dans les circonstances

nouvelles que créait le rétablissement de la succession
féminine. Cette excursion exceptée, les principaux
événements de sa vie sont tout littéraires : nommé de
l'Académie des Sciences morales lors de la fondation
en 1832, élu de l'Académie française comme successeur
de M. Raynouard en 1836, il fut de plus choisi pour
secrétaire perpétuel de la première de ces académies, à
la mort de M. Comte, en 1837. Cette existence considérable, qui s'étendait et s'affermissait dans tous les
sens, procurait bien des occasions à son talent et lui
imposait des obligations aussi dont il n'a laissé tomber
aucune. De là une diversité d'écrits qui pourtant sont
encore moins des épisodes que des branches collatérales
et des accompagnements d'une même voie. M. Mignet
excelle à introduire de la relation et de la suite là où
d'autres n'auraient pas su éviter la dispersion. Comme
archiviste, il a été conduit à publier les pièces relatives
à la *Succession d'Espagne* sous Louis XIV, et aussi le
volume récent sur *Antonio Perez ;* comme membre et
secrétaire perpétuel de l'Académie des Sciences morales
et politiques, il a prononcé des éloges d'hommes d'État
ou de philosophes, et lu des mémoires approfondis sur
certaines questions de l'histoire civile ou religieuse. Ces
nombreux travaux ne l'ont pas empêché de poursuivre
comme son œuvre essentielle l'*Histoire de la Réforma-*
tion, qui s'est encore plus enrichie que ralentie, nous
assure-t-on, de tant de stations préliminaires ; et qui,
tout permet de l'espérer, couronnera dignement une
carrière déjà si remplie.

Nous avons à dire quelques mots des principaux écrits

que nous venons d'énumérer ; mais, avant tout, nous parlerons de la manière dont M. Mignet conçoit en général l'histoire elle-même. Il en eut de tout temps la vocation reconnaissable aux signes les plus manifestes : les faits lui disaient naturellement quelque chose, ils prenaient pour lui un sens, un enchaînement étroit et une *teneur*. Ce qui lui paraît en général le plus facile, c'est le récit. Il l'a hautement prouvé et par ce livre de la *Révolution*, et par l'admirable tableau qu'il a donné des événements de Hollande et de la mort des frères de Witt dans le Recueil sur Louis XIV. Esprit scientifique et régulateur, il s'attache d'abord à séparer la partie mobile de l'histoire d'avec ce qu'il appelle sa partie fixe ; il embrasse du premier coup d'œil celle-ci, les grands résultats, les faits généraux qui ne sont que les lois d'une époque et d'une civilisation : c'est là, selon lui, la charpente, l'*ostéologie*, le côté *infaillible* de l'histoire. La part individuelle des intentions trouve à se loger et à se limiter dans les intervalles. Ce détail infini des intentions et des motifs divers ne donne, selon lui, que le *temps* avec sa couleur particulière, avec ses mœurs, ses passions et quelquefois ses intérêts ; mais les circonstances déterminantes des grands événements sont ailleurs, et elles ne dépendent pas de si peu ; la marche de la civilisation et de l'humanité n'a pas été laissée à la merci des caprices de quelques-uns, même quand ces quelques-uns semblent les plus dirigeants.

J'expose et je m'efforce simplement de ne rien altérer dans une conception pleine de dignité et de vigueur. Quant à la partie si délicate et si ondoyante des inten-

tions, M. Mignet pense que, pour les trois derniers siècles, on peut arriver à la presque certitude, même de
ce côté; car on a pour cet effet des instruments directs :
ce sont les correspondances et les papiers d'État, pièces
difficiles sans doute à posséder, à étudier et à extraire;
mais, lorsqu'on y parvient, on surprend là les intentions des acteurs principaux, dans les préparatifs ou
dans le cours de l'action et lorsqu'ils sont le moins en
veine de tromper, puisqu'ils s'adressent à leurs agents
mêmes, ou ceux-ci à eux, et au sujet des faits ou des
desseins qu'il leur importe le plus, à tous, de bien connaître. Quant aux époques antérieures, où la plupart
de ces pièces manquent, on en est réduit à des conjectures. Appliquant à ses propres travaux les conditions qu'il exige, et s'aidant de toutes les ressources
dont il dispose, M. Mignet est ainsi parvenu à réunir
pour base de son *Histoire de la Réformation* jusqu'à
400 volumes de correspondances manuscrites de toutes
sortes : il y a là de quoi fixer avec précision bien des
ressorts secrets, et couper court à bien des controver-
ses. Et, en général, on voit M. Mignet s'appliquer constamment à tirer l'histoire de la région des doutes et
des accidents, de la sphère du hasard, et viser à l'élever jusqu'à la certitude d'une science.

L'exemple remarquable qu'il a donné en mettant au
jour les *Négociations relatives à la Succession d'Espagne
sous Louis XIV* (1) est une innovation des plus démons-

(1) Dans la collection des *Documents historiques;* il y a jusqu'ici
quatre volumes in-4° publiés (1835-1842) : l'ouvrage entier en aura
probablement huit.

tratives et des plus heureuses. Sous air de publier un
simple recueil de dépêches, il a trouvé moyen de dresser toute une histoire politique du grand règne. M. Mignet a plus fait pour Louis XIV que tous les panégy-
ristes : il nous a ouvert l'intérieur de son cabinet et
l'a montré au travail comme roi, judicieux, prudent
dès la jeunesse, invariablement appliqué à ses desseins
et ne s'en laissant pas distraire un seul instant, au
cœur même des années les plus brillantes et du sein
des pompes et des plaisirs. On a beaucoup disputé pour
ou contre la valeur personnelle de Louis XIV; dans ce
curieux procès qui s'est débattu depuis l'abbé de Saint-
Pierre jusqu'à Lemontey et au delà, chacun prenait
parti selon ses préventions et tranchait à sa guise. Depuis la publication de M. Mignet, il n'y a plus lieu, ce
me semble, qu'à un jugement unique. Il est surtout
une époque bien mémorable de son règne, celle qui
précède la paix de Nimègue (1672-1678), dans laquelle
Louis XIV ne partage avec personne le mérite d'avoir
conduit sa politique extérieure : il avait perdu son habile conseiller M. de Lionne, en 1671 ; M. de Pomponne, qui lui succédait, homme aimable, plume excellente, le charme des sociétés de mesdames de Sévigné
et de Coulanges, n'était pas en tout, à beaucoup près,
un remplaçant de M. de Lionne, ni du même ordre politique; il manquait de fertilité et d'invention. Il y avait
bien encore Louvois, l'organisateur de la guerre, l'ad-
ministrateur essentiel et vigilant, mais avec tous les
inconvénients de son caractère. Servi par eux, Louis XIV
sut se guider lui-même, choisir et trouver ses voies,

14.

suffire à tout, réparer les fautes, diviser ses adversaires, ne rien relâcher qu'à la dernière heure, et à
force de suite, d'artifice et de volonté, enlever à point
nommé la paix la plus glorieuse.

Que pourtant cette habileté de Louis XIV, comme
politique, fût de première portée et de la plus grande
volée, je ne le croirai pas, même après ces solides témoignages : elle se bornait trop à l'objet de son ambition présente et n'envisageait pas assez le lendemain.
Là est la distance qui sépare Louis XIV de Richelieu et
des vrais génies. Ce rare bon sens de détail, cette habileté persévérante d'application, qui ressortent si visiblement des pièces produites par M. Mignet, diminuent
bien de prix, lorsque, embrassant l'ensemble du règne,
on les voit mener en définitive à de si déplorables résultats et à de si cuisants retours. Ainsi, dans cette
première lutte avec la Hollande et pendant les années
qui la préparent (1668-1672), on peut admirer l'art
profond avec lequel le roi isole à l'avance ce petit
peuple et le sépare successivement de tous ses alliés,
pour l'écraser ensuite ; mais patience ! la Hollande aux
abois et son héros le prince d'Orange tourneront à la
longue toute l'Europe contre la France. Un homme de
passion et de génie sortit de ces flots par lesquels il
avait sauvé son pays, et c'est Guillaume III qui a sus-
cité Marlborough et tous les succès de la reine Anne.
La hauteur personnelle de Louis XIV et ses ténacités
d'orgueil compliquèrent toujours et traversèrent plus
ou moins la vue de ses vrais intérêts comme roi ; son
rare bon sens, en se mettant au service de cette passion

personnelle, ne la dominait pas assez. On en a vu, depuis, de plus grands que lui ne pas éviter pareil écueil
et finalement s'y briser.

On jouit, grâce à M. Mignet, de lire dans ces intérieurs de conseils, de percer le secret des choses et
d'en pouvoir raisonner. Cette publication met, en quelque sorte, la diplomatie (1) à la portée de ceux qui ne
bougent pas de leur fauteuil, et l'offre en spectacle et en sujet de méditation à l'homme d'étude et
au moraliste ; elle leur permet de saisir le fin du jeu
et d'en extraire la philosophie à leur usage. Tous ceux
qui, sans mettre le doigt aux affaires du monde, aiment
à tout en comprendre, doivent savoir un gré infini à
M. Mignet. Si quelquefois, en d'autres écrits, il a paru
faire trop étroite la part des intentions et des influences
personnelles dans l'histoire, s'il les a souvent encadrées
et un peu écrasées dans une formule absolue et inflexible, ici elles reprennent tout leur espace et tout leur
champ ; on a la revanche au complet. Et qu'il est parfois amusant, ce tapis de jeu, qu'il est rempli de dessous de cartes et de revers! M. de Lionne, dont la trace
si considérable était restée à demi ensevelie dans les
cartons officiels, reparaît ici avec toute sa vie et sa variété féconde. Politique avisé autant qu'homme aimable, plein d'expédients et de ressources, fertile, infati-

(1) Ici et dans tout ce qui suivra, il est bien entendu que je ne
parle que de l'ancienne diplomatie : quant à la nouvelle, là où il
existe encore telle chose qu'on doive appeler de ce nom, je suis
disposé à faire en sa faveur toutes les exceptions qu'on pourra
désirer.

gable, possédant à fond les affaires et les portant avec
légèreté et grâce, les égayant presque toujours dans le
ton, il était le chef de cette école de diplomates dont
Chaulieu avait connu de brillants élèves, et dont il a
fait un groupe à part dans son Élysée :

> Dans un bois d'orangers qu'arrose un clair ruisseau
> Je revois Seignelai, je retrouve Béthune,
> Esprits supérieurs en qui la volupté
> Ne déroba jamais rien à l'habileté,
> Dignes de plus de vie et de plus de fortune !

M. de Lionne est le maître de cette école solide et
charmante dont M. de Pomponne, à la fois plus vertueux et moins appliqué, n'est déjà plus. Mais celui qui
en est à fond et que M. Mignet a ressuscité tout entier,
c'est le chevalier de Gremonville, cet ambassadeur à
Vienne, le démon du genre, le plus hardi, le plus
adroit, le plus *effronté* des négociateurs du monarque :
Louis XIV lui a décerné en propres termes ce piquant
éloge. C'est une comédie que toute sa conduite à
Vienne, et une comédie qui aboutit à ses fins sérieuses.
J'avoue (et j'en demande pardon à la philosophie de
l'histoire) que tout cela fait bien rêver ; on arrive, après
cette lecture, à croire sans trop de peine, et presque
comme si l'on avait été ministre dans le bon temps,
que tous les grands politiques ont été plus ou moins
de grands dissimulateurs, pour ne pas dire un autre
mot. Qu'ils le soient seulement dans l'intérêt général
et en vue du bien de l'*État*, comme disait Richelieu,
les voilà plus qu'absous, et ils font de grands hommes.

On arrive, en continuant de rêver, à se dire que la société est une *invention,* que la civilisation est un *art,*
que tout cela a été *trouvé,* mais aurait pu ne l'être pas
ou du moins ne l'être qu'infiniment peu, et qu'enfin il
y a nécessairement de l'*artifice* dans ces génies dirigeants. Cette morale politique peut paraître fort rapprochée, je le sais, de celle de Hobbes, de Hume, de
Machiavel; mais, s'il y a un machiavélisme qui est petit, le véritable ne l'est pas. Dans le discours qu'il
adressait à Léon X sur la réforme du gouvernement de
Florence, ce grand homme (Machiavel) disait : « Les
hommes qui, par les lois et les institutions, ont formé
les républiques et les royaumes, sont placés le plus
haut, sont le plus loués après les dieux. »

En étudiant d'original cette variété de personnages
qui viennent comme témoigner sur eux-mêmes dans le
Recueil de M. Mignet, on en rencontre un pourtant,
une seule figure à joindre à celles des grands politiques intègres et dignes d'entrer, à la suite des meilleurs et des plus illustres de l'antiquité, dans cette liste
moderne si peu nombreuse des Charlemagne, des saint
Louis, des Washington : c'est Jean de Witt, lequel à son
tour a fini par être mis en pièces et dilacéré au profit
de cet autre grand politique moins scrupuleux, Guillaume d'Orange; car ce sont ces derniers habituellement qui ont le triomphe définitif dans l'histoire. Osons
bien nous l'avouer, oui, c'est au prix de cette connaissance et aussi de cet emploi du mal que le monde est
gouverné, qu'il l'a été jusqu'ici. Honneur et respect du
moins, quand l'esprit supérieur et le grand caractère

qui ne recule devant rien fait entrer dans ses inspirations un sentiment élevé, un dévouement profond à la puissance publique dont il est investi, quand il se propose un but d'accord avec l'utilité ou la grandeur de l'ensemble. Quoi qu'il ait fait alors, et fût-il Cromwell, il est absous comme en Égypte par le tribunal suprême, et il entre à son rang dans les pyramides des rois.

La lecture de cette histoire d'un nouveau genre, au moment où on l'achève, laisse une singulière impression. On ne peut se dissimuler que, malgré tous les soins et l'art ingénieux de l'historien-rédacteur, elle ne soit souvent pénible et lente à cause de la nature des pièces et *instruments* qu'elle porte avec elle et qu'elle charrie ; et pourtant, quand on en sort, non pas après l'avoir parcourue (je récuse ces gens qui parcourent), mais après l'avoir lue dans son entier, on se sent dégoûté des autres histoires comme étant superficielles, et il semble qu'on ne saurait dorénavant s'en contenter. Mais on ne saurait non plus, par le besoin de tout bien savoir, se réduire désormais à ce régime d'histoire purement diplomatique, dont l'objet est surtout d'enregistrer les textes et de faire passer avec continuité sous les yeux la teneur même des dépêches, actes et traités. Au reste, il n'est guère à craindre qu'un tel genre, excellent dans l'application présente, devienne bien contagieux. La matière trop souvent en manquera ; et, là même où elle se rencontrerait, le rédacteur ingénieux et méthodique, l'ordonnateur habile et supérieur, tel que M. Mignet, manquera encore plus souvent. On continuera donc probablement, comme par le passé, de publier des recueils de pièces, traités et correspondances, avec plus ou moins de liaisons et d'éclaircissements : à M. Mignet restera l'honneur d'avoir presque élevé un simple recueil de ce genre jusqu'à la forme et au mouvement de l'histoire (1).

C'est un intérêt du même genre, mais plus concentré, que présente l'ouvrage intitulé *Antonio Perez et Philippe II*, composé d'après une méthode analogue, et dont le fond repose également sur des documents officiels inédits. M. Mignet en avait fait d'abord, dans le *Journal des Savants*, des articles qu'il a réunis ensuite en volume (1845). De nouveaux documents arrivés d'Espagne, et relatifs au rôle de Philippe II dans le meurtre d'Escovedo, permettent à l'auteur de préparer une prochaine édition plus complète, et dans laquelle ses premières conjectures se trouveront confirmées. Antonio Perez, secrétaire d'État, favori brillant, com-

(1) Il est une dernière remarque que j'oserai glisser ici, bien que contraire à la prévention qui règne aujourd'hui en faveur du langage du siècle de Louis XIV ; tous ces hommes d'esprit dont j'ai parlé causaient à merveille, mais comment écrivaient-ils pour la plupart ? voici du reste ma remarque de lecteur dans toute sa simplicité et sa sincérité : « Je suis pour le moment en plein Louis XIV, je lis les *Négociations d'Espagne* publiées par M. Mignet ; je vois de près l'ordinaire et le tous-les-jours de ce grand style que nous sommes accoutumés sans cesse à glorifier d'après quelques échantillons. Eh bien, oui, louons-le de loin ! mais en réalité nous ne nous arrangerions pas mieux, si nous y étions condamnés, de *l'ordinaire* du style écrit de ce temps-là que de l'ordinaire du régime politique de ce grand règne. — Cela est très-vrai. » (Longueur rebutante de phrases et enchevêtrement continuel, amphibologie de sens, manque de précision, de netteté, etc., etc.)

plice de son maître dans l'exécution des plus secrets et
des plus redoutables desseins, devint à un certain moment son rival en amour, et se perdit par ses dérègle-
ments et ses imprudences. Sa perte fut préparée avec
une lenteur calculée par Philippe II, « qui traînait en
longueur ses disgrâces comme toutes les autres choses.»
Le caractère de ce sombre monarque, son indécision
tortueuse, compliquée des rancunes mortelles de son
humeur et comme des intermittences de sa bile, ne se
révèle nulle part plus profondément que dans cette lu-
gubre affaire et dans les suites opiniâtres qu'il y donna.
Antonio Perez, jeté en prison, retenu captif durant
onze années, traité avec des alternatives de ménagement et de rigueur, selon ce qu'on craignit ou qu'on
espéra de ses aveux; puis, quand on le crut dessaisi de
tous papiers et de tous gages, livré à la justice secrète
de Castille, poursuivi pour un acte dans lequel il n'avait
été que l'exécuteur d'un ordre royal, mis à la torture,
Perez parvint, à force d'adresse, et par le dévouement
de sa femme (1), à s'échapper en Aragon; et là, devant
un libre tribunal, le duel s'engagea à la face du soleil,
entre le sujet sacrifié et le monarque. Les Aragonais,
qui prirent parti pour l'opprimé et qui le soutinrent,
ainsi que leur droit de justice souveraine, par une révolte à main armée, y perdirent leurs institutions et les
dernières garanties de leur indépendance. Ces chapitres, dans lesquels le drame romanesque de Perez re-

(1) Elle fit comme Mme de Lavalette; elle entra dans sa prison,
et il en sortit déguisé sous les vêtements de sa femme.

joint et traverse les grands intérêts de l'histoire, et où
les deux ressorts se confondent, sont d'un suprême
intérêt; et en tout, dans le cours de cette publication
épisodique, M. Mignet a su combiner le genre de piquant qui tient à une destinée individuelle et aventu-
rière, avec la gravité habituelle qu'il aime dans les
conclusions.

Les deux volumes de *Notices et Mémoires historiques*
(1843) qui contiennent le tribut payé par M. Mignet à
titre de membre et d'organe de deux académies, et
particulièrement de celle des Sciences morales et politiques, demanderaient plus d'espace pour l'examen que
nous ne pouvons leur en donner ici. Le mémoire lu en
1839, sur la *Conversion de la Germanie au Christianisme et à la Civilisation* pendant les viiie et ixe siècles, offre une des plus légitimes, des plus belles applications de la méthode scientifique, telle que l'esprit de
l'auteur se plaît à la déployer et à la gouverner au sein
des masses de l'histoire. Saint Boniface, jugé au point
de vue civil, y représente avec héroïsme, avec sublimité,
l'énergie sociale conquérante, le bienfait de l'idée nouvelle. Et en général, c'est quand un personnage s'iden-
tifie avec une idée, avec un système et une des faces
de la pensée publique, que M. Mignet s'y arrête le plus
heureusement et excelle à le peindre. Cette remarque
se vérifie dans les éloges et notices académiques qu'il
a eu l'occasion de prononcer. Nul plus que lui ne semble propre à ce genre d'éloquence académique, à la
prendre dans sa meilleure et sa plus solide acception.
Les corps littéraires sont heureux de rencontrer de

telles natures de talent, auxquels se puisse conférer
l'office de les représenter, aux jours de publicité, par
leurs plus larges aspects, et de les faire valoir dans la
personne de leurs plus illustres membres. Si la mort,
qui frappe à coups pressés dans les rangs des mêmes
générations, ne met pas toujours de la variété dans ses
choix et apporte inévitablement quelque monotonie
dans l'ordre des sujets qui se succèdent, elle fait passer aussi un à un devant l'historien-orateur les principaux représentants de toutes les grandes idées qui ont
eu leur jour. C'est ainsi que M. Mignet a eu tour à tour
à apprécier des philosophes, des hommes d'État, des
jurisconsultes, des médecins, des économistes : il n'a
failli à aucun de ces emplois, et on l'a vu porter dans
tous la même conscience d'études, une vue équitable
et supérieure, et une grande science d'expression ; mais
il nous semble n'avoir jamais mieux rencontré que
dans les portraits qui se détachent par la hauteur et
l'unité de la physionomie, ou dans ceux qui se lient
naturellement à de grands exposés de systèmes, par
exemple dans ceux de Sieyès et de Broussais. Le portrait
surtout du premier est un chef-d'œuvre. La figure intellectuelle de Sieyès paraît avoir eu de tout temps un
attrait singulier pour la pensée de M. Mignet, et nul
certainement plus que lui n'aura contribué à faire apprécier des générations héritières et de l'avenir les
quelques idées immortelles de ce génie solitaire et ta-
citurne.

Tant de hautes qualités, que nous avons eu à reconnaître dans la manière de l'historien et de l'écrivain,

sont achetées au prix de quelques défauts, et notre profonde estime même nous autorisera à les indiquer. M. Mignet, on l'a vu, distingue dans l'histoire deux portions, l'une plus fixe et comme infaillible, qui tient aux lois des choses, et l'autre plus mobile, plus ondoyante, qui tient aux hommes : or on peut observer que souvent il exprime bien fortement la première et lui subordonne trop strictement la seconde ; et cette inégalité n'a pas lieu seulement (comme il serait naturel de l'admettre) dans la conception et l'ordonnance générale du tableau, mais elle se poursuit dans le détail, elle se traduit et se prononce dans la marche du style et jusque dans la forme de la phrase. Celle-ci, au milieu des rapports complexes qu'elle embrasse, affecte par moments une régularité savante et une ingénieuse symétrie de mécanisme que les choses en elles-mêmes, dans leur cours naturel, ne sauraient présenter à ce degré. C'est ainsi que des rapprochements qui sont judicieux au fond, mais que le relief de la forme accuse trop, cessent de paraître vraisemblables; cela a l'air trop arrangé pour être vrai ; l'esprit du lecteur admet difficilement dans la suite, même providentielle, des événements humains une manœuvre si exacte et si concertée. On peut dire que l'écrivain, par endroits, marque trop les articulations de l'histoire. Toutes les critiques à faire pour le détail rentreraient dans celle-là et en découleraient. C'est surtout quand cette rigueur de manière s'applique à des faits et à des personnages récents qu'on est frappé du contraste. Si habilement et si artistement tissu que

soit le filet, les hommes et leurs intentions, et les mille
hasards de leur destinée passent de toutes parts au
travers, et la présence même du réseau d'airain
ne sert qu'à faire mieux apercevoir ce qu'il ne parvient pas à enserrer. La qualité littéraire du style en
souffre à son tour ; on y regrette par places la fluidité,
et l'on y est trop loin du libre procédé si courant de
Voltaire ou de M. Thiers. Voilà les défauts qui disparaissent le plus habituellement dans la fermeté, l'é-
nergie, l'éclat ou la propriété de l'expression, et qui ne
se remarquent plus du tout dans les beaux récits de
M. Mignet, tels que celui des événements de Hollande
sous les frères de Witt ; nous osons lui proposer à lui-
même ce parfait exemple pour son histoire future de
la Réformation.

Et puisque nous sommes en train d'oser, il ne serait pas juste, en quittant l'un des écrivains les plus
respectés et les plus considérables de notre temps, de
ne pas toucher à l'homme, et de ne pas au moins nommer en lui quelques-uns de ces traits si rares et qui
accompagnent si bien le talent, sa simplicité, un caractère aimable, resté fidèle à ses goûts et à ses affections, quelque chose de gracieux qui, ainsi que nous
l'avons noté chez son ami M. Thiers, se rattache à la
patrie du Midi et aux dons premiers de cette nature
heureuse.

15 mars 1846.

LA REVUE

EN 1845 (1).

La *Revue des Deux Mondes* et les écrivains qui tiennent à honneur de lui appartenir ont été récemment
l'objet de telles attaques violentes et outrageuses, outrageuses et pour ceux qu'on y désignait malignement,
et pour ceux qu'on y passait sous silence, en ayant
l'air de les ménager, et pour ceux surtout qu'on cherchait à y flatter en se les donnant pour auxiliaires, que
c'est un devoir à eux, non pas de se défendre (ils n'en

(1) On reproduit ici cet article de polémique qui, ainsi que les
suivants, peut offrir quelque intérêt. Celui-ci fut écrit pour servir
comme de programme à la *Revue des Deux Mondes*, à la veille de
l'année 1845. Les attaques dont il était question, et qui sont déjà
si oubliées, se retrouveraient dans divers journaux, et notamment
dans le moins littéraire de tous, dans *la Démocratie pacifique*, qui
avait rendu à M. Alexandre Dumas le mauvais service de se prêter
aveuglément à ses colères. — Dans cet article d'ailleurs, aussi bien
que dans la suite de ceux qui ont pour titre : *De la Littérature
industrielle, Dix Ans après*, etc., *Quelques Vérités*, etc., etc. (voir
les volumes de *Portraits contemporains*), on peut bien juger en
quel sens et dans quelle mesure l'auteur a cru devoir se déclarer,
à certains moments, pour le parti de la conservation en littérature
et de la résistance.

ont pas besoin), mais de témoigner de leurs sentiments, de leurs principes, et de marquer de nouveau leur attitude. Ce n'est pas seulement pour eux un devoir, c'est un plaisir ; car la position de la *Revue* et des écrivains qui y prennent la plus grande part n'a jamais été plus nette, mieux assise et plus franchement dessinée.

Quand je dis que c'est un plaisir, je vais bien pourtant un peu loin : c'en serait un certainement dans toute autre circonstance, mais dans celle-ci, nous pouvons en faire l'aveu, la satisfaction de démontrer clairement son bon droit se trouve très-mélangée par l'affliction que tout esprit vraiment littéraire éprouve à voir de telles scènes dégradantes et les noms connus du public qui y figurent. Pourquoi donc faut-il un seul instant s'y arrêter? Si, pour les écrivains qui se respectent, il est, à certains égards, bien pénible de venir même toucher par allusion à ces tristes conflits, quelque chose ici l'emporte, le besoin pour eux de rendre hommage à la vérité et de ne pas laisser s'autoriser par leur silence l'ombre d'un doute sur ce qu'ils pensent, sur ce qu'ils souffrent de tout ce bruit.

Et d'abord nous serions sérieusement tenté de féliciter plutôt le fondateur de cette *Revue*, M. Buloz, de l'incroyable déluge d'invectives qu'on n'a pas craint, ces jours derniers, d'amonceler de toutes parts et de déverser contre lui. En nous tenant strictement ici à ce qui concerne le fondateur de la *Revue des Deux Mondes* (et cette fondation est le vrai titre d'honneur de M. Buloz), nous pourrions bien lui affirmer que ce n'est point tant à cause des inconvénients, des imper-

fections et des défauts que toute œuvre collective et
tout homme de publicité apportent presque inévitablement jusqu'au sein de leurs qualités et de leurs
mérites, qu'il est attaqué et injurié avec cette violence
en ce moment, mais c'est précisément à cause de ses
qualités mêmes (qu'il le sache bien et qu'il en redou-
ble de courage, s'il en avait besoin), c'est pour sa fermeté à repousser de mauvaises doctrines, de mauvaises pratiques littéraires, et pour l'espèce de digue
qu'il est parvenu à élever contre elles et dont s'irritent
les vanités déchaînées par les intérêts.

Un sage orateur ancien disait : « La foule m'applaudit,
est-ce donc qu'il me serait échappé quelque sottise ? »
L'inverse de cela est un peu vrai, j'en demande bien
pardon à la majorité, ou à ce qui a l'air de l'être.
Quand vous voyez un homme attaqué avec acharne-
ment, avec furie, par toutes sortes de gens (et même
d'honorables mais intéressés) et par toutes sortes de
moyens, soyez bien sûr que cet homme a une valeur
et qu'il y a là-dessous quelque bonne et forte qualité
en jeu et qu'on ne dit pas.

C'est encore un ancien, l'aimable et sage Ménandre,
qui disait que dans ce monde, en fait de bonheur et
de succès, le premier rang est au flatteur, le second
au *sycophante* ou calomniateur, et que les gens de
mœurs corrompues viennent en troisième lieu. Il est
vrai que c'est dans une comédie qu'il dit cela, et qu'on
ne peut pas prendre tout à fait au sérieux ces sortes
de saillies; mais il faut pourtant reconnaître que, si
les honnêtes gens en ce monde sont moins mal parta-

gés d'ordinaire et dans les temps réguliers que Ménandre ne le dit, il est aussi des instants de crise où ils
se conduisent de manière à avoir tout l'air en effet de
ne venir qu'après les flatteurs, les calomniateurs et
ceux qui vivent à petit bruit de la corruption.

Un tel moment de crise est-il donc arrivé pour la
littérature, et ce qui devrait être la source et le refuge
des idées élevées, des nobles rêves ou des travaux
studieux, n'est-il donc plus dorénavant que le plus
envahi, le plus éhonté des carrefours ? Nous ne le croi-
rons jamais, quand les apparences continueraient
d'être ce qu'elles sont depuis quelque temps, depuis
quelques jours. Nous ne cesserons, nonobstant toute
avanie, de croire obstinément à la vie cachée, aux
muses secrètes et à cette élite des honnêtes gens et
des gens de goût qui se rend trop invisible à de certaines heures, mais qui se retrouve pourtant quand on
lui fait appel un peu vivement et qu'on lui donne signal.

La prétention de la *Revue des Deux Mondes* (et cette
prétention avouée vient de conscience bien plutôt que
d'orgueil) serait de relever, autant qu'il se peut, ce
phare trop souvent éclipsé, et de maintenir publiquement certaines traditions d'art, de goût et d'études :
tâche plus rude parfois et plus ingrate qu'il ne semblerait. Les conditions de la littérature périodique, en
effet, ont graduellement changé et notablement empiré
depuis 1830. Ce n'est point à cette révolution même
que je l'impute, mais au manque absolu de direction
morale qui a suivi, et auquel les hommes d'État les
mieux intentionnés n'ont pas eu l'idée, ou le temps et

le pouvoir, de porter remède. Quelles qu'en puissent
être les causes très-complexes, le fait subsiste ; il s'est
élevé depuis lors toute une race sans principes, sans
scrupules, qui n'est d'aucun parti ni d'aucune opinion,
habile et rompue à la phrase, âpre au gain, au front
sans rougeur dès la jeunesse, une race résolue à tout
pour percer et pour vivre, pour vivre non pas modestement, mais splendidement; *une race d'airain qui
veut de l'or.* La reconnaissez-vous, et est-ce assez
vous marquer par l'effigie cette monnaie de nos petits
Catilinas? Que le public qui voit les injures sache du
moins à quel prix on les a méritées. Ce qu'à toute
heure du jour un recueil, même purement littéraire,
qui veut se maintenir dans de droites lignes, se voit
contraint à repousser de pamphlétaires, de libellistes,
de *condottieri* enfin, qui veulent s'imposer, et qui,
refusés deux et trois fois, deviennent implacables, ce
nombre-là ne saurait s'imaginer. De là bien des haines ;
de là aussi la difficulté de trier les bons, et un souci
qui peut sembler exclusif parfois, un air négatif et pré-
ventif, et qui n'est la plupart du temps que pré-
voyant. — « Il y a dix ans que je ferme la porte aux
Barbares, » disait un jour le fondateur de cette *Revue.*
Nous lui répondions qu'il exagérait sans doute un peu,
et qu'il n'y avait peut-être pas lieu d'être si fort en
garde. Mais voilà qu'aujourd'hui on se charge de
prouver contre lui, contre nous, qu'il n'y a que trop
de *Barbares* en effet, même quand ce sont les habiles
qui y tiennent la main.

On le comprend assez, cette grande colère du dehors

15.

ne s'est pas formée en un jour, et le mal vient de plus
loin. Dans ces diverses et confuses attaques dont la
Revue a l'honneur d'être l'objet, et qui la feraient ressembler (Dieu me pardonne), si cela durait, à une
place de sûreté assiégée par une *jacquerie,* les adversaires s'attachent à confondre les dates et à brouiller
pêle-mêle les choses et les temps. Un simple exposé
rétablira tout. Lorsque, il n'y a pas moins de treize à
quatorze ans, au lendemain de la révolution de Juillet,
cette *Revue* commença, et qu'elle conçut la pensée de
naître, elle dut naturellement s'adresser aux hommes
jeunes et déjà en renom, aux écrivains et aux poëtes
que lui désignait leur plus ou moins de célébrité.
M. Hugo, M. de Vigny, bientôt M. Alfred de Musset,
George Sand dès que ce talent eut éclaté, et au milieu
de tout cela M. de Balzac, M. Dumas, d'autres personnes encore qui ne se piquent pas d'être citées en
si haut rang à côté d'eux, tous successivement ou à la
fois, furent associés, appelés, sollicités même (plusieurs s'en vantent aujourd'hui) à contribuer de leur
plume à l'œuvre commune. On s'essayait, on cherchait
à marcher ensemble. Dans ces premières années de
tâtonnements, le corps de doctrines critiques n'était
pas encore formé ni dégagé ; la *Revue* avait plutôt
le caractère d'un *magazine*. Cette lacune se faisait quelquefois sentir, et l'on cherchait à y pourvoir ; mais de
telles doctrines, pour être tant soit peu solides et
réelles, de telles affinités ne se créent pas de toutes
pièces, et l'on attendait.

A la veille des prochaines divisions, et dans le temps

même de cet intervalle, il y eut, nous l'avouons,
comme un dernier instant fugitif, que tous ceux qui
sont restés fidèles à la *Revue* ne peuvent s'empêcher
de regretter, un peu comme les jeunes filles regrettent
leurs quinze ans et leur première illusion évanouie :
ce fut l'instant où le groupe des artistes et des poëtes
paraissait au complet (M. de Balzac n'en était déjà
plus, mais M. Dumas en était encore), et où les critiques vivaient en très-bon ménage avec eux. M. Gus-
tave Planche alors, je vous assure, ne se voyait point,
lui présent, traité par les poëtes avec ce dédain magnifique qu'il était du reste si en fonds pour leur
rendre. Dans une de ces réunions dont nous avons
gardé souvenir, le noble et regrettable Jouffroy prenait l'idée d'écrire le portrait de George Sand, idée
piquante et heureuse, projet aimable, longtemps ca-
ressé par lui, et que tant d'autres soins, avant la
mort, l'ont empêché d'exécuter. Ce court moment
dont nous parlons, et où la philosophie elle-même
souriait au roman, c'était, en un mot, la *lune de miel*
de la critique et de la poésie à la *Revue des Deux
Mondes*, et là, comme ailleurs, les lunes de miel ne
luisent qu'une fois.

Cependant l'atmosphère politique s'éclaircissait peu
à peu à l'entour; en même temps que la fièvre publique
s'apaisait, les tendances littéraires reprirent le dessus
et se prononcèrent : l'expérience se fit.

C'est alors que la critique et la poésie commencèrent à tirer chacune de leur côté, et, quelles qu'aient
pu être les incertitudes et les déviations à certains

moments, l'honneur véritable du directeur de la *Revue*
est de n'avoir jamais laissé rompre l'équilibre aux
dépens de la critique, et d'avoir maintenu, fait prévaloir en définitive l'indépendance des jugements. Il y
eut, pour en venir là, bien des assauts, bien des
ruptures.

On sait bien ce qu'est un poëte dans ses livres ou
dans le monde, et même dans l'intimité ; on ne sait
pas, on ne peut savoir ni soupçonner, à moins de
l'avoir vu de près, ce que c'est qu'un poëte dans un
journal, dans une *Revue*. Je suis trop poëte moi-même
(quoique je le sois bien peu) pour prétendre dire
aucun mal de ce qui n'est qu'une conséquence, après
tout, d'une sensibilité plus prompte et plus vive, d'une
ambition plus vaste et plus noble que celle que nour-
rissent d'ordinaire les autres hommes ; mais, encore
une fois, on ne se figure pas, même quand on a pu
considérer les ambitions et les vanités politiques, ce
que sont de près les littéraires. Sans entrer dans
d'incroyables détails qu'il est mieux d'ensevelir, s'il se
peut, comme des infirmités de famille, et en ne touchant qu'à celles que la querelle du moment dénonce,
il suffira de faire remarquer que, dans une *Revue* où le
poëte existe, il tend naturellement à dominer, et les
conditions au prix desquelles il met sa collaboration
ou sa seule présence (qu'il le médite ou non) sont ou
deviennent aisément celles d'un dictateur. La dignité
même de l'art l'y excite, la gloire du dehors l'y pousse,
l'inégalité de renom fait prestige autour de lui. Chez
le poëte le moins enclin à une intervention fréquente,

la délicatesse même engendre des susceptibilités particulières, impossibles à prévoir, des facilités de pi-
qûre et de douleur pour un mot, pour un oubli,
pour un silence. Les moins actifs, les plus accom-
modants ou les plus volages, réclament souvent une
seule clause : c'est la faculté, toutes les fois qu'ils pu-
blient une œuvre, de choisir eux-mêmes leur critique.
Choisir son critique de sa propre main, entendez-vous
bien ? nous mettons là le doigt sur le point périlleux.
Je comprends très-bien, et j'ai souvent accepté moi-
même avec joie, avec orgueil, ce rôle, cet office de la
critique en tant qu'elle sert la poésie :

> Nous tiendrons, pour lutter dans l'arène lyrique,
>   Toi ta lance, moi les coursiers!

Il y a lieu, en de certains moments décisifs, à cette
critique auxiliaire, explicative, apologétique : c'est
quand il s'agit, comme cela s'est vu dans les années de
lutte de l'école poétique moderne, d'inculquer au public des formes inusitées, et de lui faire agréer, à travers quelques ornements étranges, les beautés nouvelles qu'il ne saluerait pas tout d'abord. Mais ce rôle
d'urgence pour la critique n'a qu'un temps ; il trouve
naturellement son terme dans le triomphe même des
œuvres et des talents auxquels cette critique s'était
vouée. Elle redevient alors ce qu'elle est par essence et
ce qu'implique son nom, c'est-à-dire un témoin indépendant, au franc parler, et un juge.

Or c'est aussi ce que pardonne le moins la poésie,
surtout quand elle se croit des droits de voisinage et

de haut ressort. Ce qui résulte souvent de colère et de rancune pour une simple première discussion modérée et judicieuse est inimaginable, et la critique elle-même alors, quand elle récidive, a fort à faire pour ne pas se laisser gagner aux mêmes irritations. Plus d'un prosateur devient parfois poëte en ce point. Il y a, voyez-vous, dans ces haines de poëtes à critiques, une finesse, une qualité d'acrimonie, dont les querelles et les animosités politiques, j'y insiste, ne sauraient donner aucune idée. C'est emporté, c'est aveugle, c'est grossier, c'est subtil, c'est irréconciliable. « La férocité naturelle fait moins de cruels que l'amour-propre, » a dit La Rochefoucauld. La *Revue des Deux Mondes* trouve occasion de vérifier ce mot aujourd'hui ; elle en prend acte à son honneur. Tous les poëtes et rimeurs critiqués, confessant naïvement leurs griefs, ont été les premiers, dans la bagarre présente, à se soulever, à prêter leurs noms, à venir se faire inscrire à la file comme témoins à charge, même les malades, dit-on, même les infirmes (ceci est affligeant à toucher, mais on nous y force), et l'on nous assure que, pour jeter sa pierre, le plus clément, le plus chevaleresque, le plus contrit de tous lui-même a marché (1). Qu'y a-t-il là pourtant qui doive étonner? un poëte dont on a critiqué un sonnet ou un poëme épique, comment pardonnerait-il jamais cela?

Ce fut donc (nous revenons à notre petit récit) une

(1) Il s'agissait de l'excellent poëte M. Soumet, qui, tout malade qu'il était de la maladie dont il mourut, s'était laissé entraîner à cette polémique.

époque vraiment *critique* pour la *Revue des Deux Mondes*
que celle où l'élément judiciaire ou judicieux commença
en effet à se dégager, à se poser avec indépendance à
côté des essais d'art et de poésie qu'on insérait paral-
lèlement. Que la balance ait toujours été tenue dans
l'exacte mesure, qu'il n'y ait eu aucun soubresaut, aucune
irrégularité, nous ne nous en vanterons certes pas, et,
si nous l'osions faire, ceux-là seuls nous croiraient qui
ne sauraient pas les difficultés inhérentes à tout recueil
de cette nature, à toute publication collective parais-
sant à jour fixe, et dans laquelle un directeur véritable
est toujours placé entre le reproche qu'on lui fait de
trop imposer, et l'inconvénient, non moins grave, de
trop permettre. L'essentiel, le seul point que nous te-
nions à constater, et que le public peut-être voudra
bien reconnaître avec nous, est celui-ci : Somme toute,
et à travers les nombreux incidents d'une course déjà
longue, la *Revue* a fait de constants et d'heureux efforts
pour se fortifier, pour s'améliorer, et, depuis bien des
années déjà, pour réparer par l'importance des travaux
en haute politique, en critique philosophique et littéraire, en relations de voyages, en études et informations
sérieuses de toutes sortes, ce qu'elle perdait peu à peu
en caprice et en fantaisie, ce qu'elle ne perdait pas
seule et ce que les premiers talents eux-mêmes, le plus
souvent fatigués en même temps que renchéris, ne produisaient plus qu'assez imparfaitement. Voilà le vrai ;
et de plus, il est résulté de ces années d'expérience et
de pratique commune que cette doctrine critique, qu'on
cherchait à introduire dès l'abord, s'est formée de la

manière dont ces sortes de choses se forment le mieux, c'est-à-dire lentement, insensiblement, comme il sied à des hommes d'âge déjà mûr, qui ont passé par les diverses épreuves de leur temps, et qui sont guéris des excès. Sans aller entre soi jusqu'à la solidarité entière, on est arrivé à un concert très-suffisant. Qu'il y ait lieu, par instants, en littérature, à une critique d'allure tranchée, plus dogmatique et systématique, plus dirigée d'après une unité profonde de principes, nous ne le nions pas, et simplement, sans exclure de son à-propos cette haute critique d'initiative, ce n'est point celle à laquelle la *Revue* d'ordinaire prétend. Si son but, à elle, peut sembler plus modeste, son procédé n'en doit être que plus varié, plus étendu, plus proportionné, nous le croyons, à ce que réclament les nécessités d'alentour. Elle voudrait, contre les excès de tout genre, établir et pratiquer une critique de répression et de justesse, de bonne police et de convenance, une critique pourtant capable d'exemples, et qui, sachant se dérober par intervalles au spectacle d'alentour, à ces combats de Centaures et de Lapithes comme ceux que nous voyons aujourd'hui, irait s'oublier encore et se complaire à de studieuses, à d'agréables reproductions du passé.

Pour animer, pour ennoblir aux yeux du public cet ensemble de critique, en apparence si peu fastueuse, et que nous ne cherchons nullement à rehausser ni non plus à rapetisser ici, une seule considération peut-être suffira. L'âme, l'inspiration de toute saine critique, réside dans le sentiment et l'amour de la vérité : en-

tendre dire une chose fausse, entendre louer ou seulement lire un livre sophistique, une œuvre quelconque
d'un art factice, cela fait mal et blesse l'esprit sain,
comme une fausse note pour une oreille délicate ; cela
va même jusqu'à irriter certaines natures chez qui la
sensibilité pénètre à point dans la raison et vient comme
aiguiser celle-ci en s'y tempérant. *La haine d'un sot
livre* fut, on le sait, la première et la plus chaude verve
de Boileau. Tous les critiques distingués en leur temps,
je parle des critiques praticiens qui, comme des médecins vraiment hippocratiques, ont combattu les maladies du jour et les contagions régnantes, La Harpe, le
docteur Johnson, ont été doués de ce sens juste et vif
que la nature sans doute accorde, mais qu'on développe aussi, et que plus d'un esprit bien fait peut, jusqu'à un certain point, perfectionner en soi. Or ce sens
de vérité est précisément ce qui, dans tous les genres,
dans l'art, dans la littérature d'imagination et, ce qui
nous paraît plus grave, dans les jugements publics
qu'on en porte, s'est le plus dépravé aujourd'hui. Il
semble que les esprits les plus brillants et les mieux
doués se soient appliqués à le fausser, à l'oblitérer en
eux. On en est venu dans un certain monde (et ce monde,
par malheur, est de jour en jour plus étendu) à croire
que l'esprit suffit à tout, qu'avec de l'esprit seulement
on fait de la politique, de l'art, même de la critique,
même de la considération. Avec de l'esprit seulement,
on ne fait à fond rien de tout cela. Les politiques,
restés plus avisés, le savent bien pour leur compte, et,
dans leur politesse, qui ressemble un peu à celle de

Platon éconduisant les poëtes, ils renvoient d'ordinaire
ces gens d'esprit, qui ne sont que cela, à la littérature.
Mais la littérature elle-même, en s'ouvrant devant eux
pour les accueillir, car elle est large et en effet hospi-
talière, a droit de leur rappeler pourtant que le vrai ne
lui est pas si indifférent qu'ils ont l'air de le croire, et
que chez elle aussi on ne fonde rien de solide qu'en
tenant du fond du cœur à quelque chose. Eh bien,
dans ce rôle de critique positive que nous pratiquons,
la *Revue des Deux Mondes* se pique de tenir ferme à
quelques points, de compter de près avec les œuvres
mêmes, et d'observer un certain esprit attentif de vérité et de justice. Il ne suffit pas d'être de ses collabo-
rateurs ou d'avoir un moment passé dans leurs rangs
pour être à l'instant et à tout jamais loué, épousé,
préconisé, comme cela se voit ailleurs : on a pu même
trouver à cet égard que la *Revue* a souvent exercé jusque sur elle-même une justice bien scrupuleuse. Mais,
d'autre part, il serait souverainement injuste de prétendre qu'il suffit de ne pas être, ou de ne plus être des
siens, pour se voir apprécié sévèrement. Ceux même
qui parlent ainsi, et qui se plaignent si haut, ont oublié
de quelle manière leurs œuvres dernières, celles qui
restaient dignes de leur talent et de la scène, ont été
examinées dans cette *Revue*, non point avec l'enthousiasme qu'ils eussent désiré peut-être, du moins avec
une bienveillance et une sincérité d'intention incontestable (1). Ce rôle, la *Revue des Deux Mondes*, nous l'es-

(1) C'est dans cet esprit que moi-même j'avais rendu compte

pérons bien, ne s'en départira pas désormais, et l'effet
même de ces violences extérieures devra être de l'y
faire viser de plus en plus : dire assez la vérité même
à ses amis, ne pas dire trop crûment la vérité même à
ses ennemis (avec de tels agresseurs cela mènerait trop
loin), en un mot, ne pas trop oublier l'agrément, même
dans la justice. La touche littéraire est là, et, s'il semble difficile de ne pas la forcer parfois dans l'indignation qu'on ressent, on n'a que plus d'honneur à maintenir cette modération, quand la fermeté s'y mêle.

La Harpe, qui avait grand cœur dans un petit corps,
et qui soutenait si rude guerre contre Dorat et les petits
poëtes de son temps (cela nous fait maintenant l'effet
de l'histoire des pygmées, tant nous sommes devenus
des géants), La Harpe, dis-je, n'avait point cette modération de laquelle la vivacité même du critique ne devrait jamais se séparer. Il ne se possédait pas, et il en
résultait toutes sortes d'inconvénients et de mésaven-
tures; car ce Dorat, qui ne faisait que des vers muse-
qués, était, à ce qu'il paraît, tant soit peu capitan et
mousquetaire. — « Nous aimons beaucoup M. de La
Harpe, disait l'abbé de Boismont à l'Académie, mais
c'est désagréable de le voir nous revenir toujours avec
l'oreille déchirée. » Dans ces luttes personnelles, même
lorsqu'on a d'abord la raison pour soi, l'autorité du
critique s'abaisse et périt bientôt avec la dignité de
l'homme. Si La Harpe, forcé par la cohue de quitter

de la comédie de *Mademoiselle de Belle-Isle,* dans la livraison du
15 avril 1839.

l'arène, ne s'était réfugié dans sa chaire du Lycée et dans son *Cours de Littérature,* il ne s'en relevait pas.

Un nom qui réveille l'idée de toutes les convenances dans la critique, et qui est devenu presque synonyme de celui d'urbanité, le nom de Fontanes, paraîtra certes un peu loin de ce temps-ci; nous ne résistons pas à l'ironie de le prononcer. Sût-on d'ailleurs faire revivre, par impossible, et ressaisir quelques-unes des finesses discrètes et des grâces qu'il représente, on peut grandement douter que l'emploi en fût applicable dans des jours aussi rudes que les nôtres, et quand le siècle de fer de la presse est véritablement déchaîné. On dirait que les injures à l'O'Connell ont passé le détroit, et qu'elles sont à l'ordre du jour en France : c'est là, je crois, dans son vrai sens cette fameuse *brigade irlandaise* qu'il se vantait de nous prêter. On a beau faire et se dire de prendre garde, le ton de chacun grossit un peu et se monte toujours plus ou moins sur celui des interlocuteurs; les voix les plus pures sont vite sujettes à s'enrouer si elles essayent de parler dans le vacarme. Tout critique a sur ce point plus que jamais à se surveiller. Il y a quelques années déjà, cette *Revue* fut l'objet d'attaques violentes et tout à fait sauvages, parties d'une feuille obscure que rédigeaient de jeunes débutants. J'en avais pris sujet d'un article intitulé *les Gladiateurs en littérature,* que le peu d'importance des attaquants et l'inconvénient de paraître les accoster m'engagèrent ensuite à garder dans le tiroir : « Il est « désastreux, leur disais-je, de débuter ainsi en litté-

« rature. Lorsque encore on aurait raison sur quelques
« points, on se perd soi-même par un premier excès,
« si l'excès sort de certaines bornes. Il est des forfaits
« littéraires aussi ; il y a du 93 ; on ne revient pas du
« fiel qu'on a tout d'abord versé ; on gâte son avenir ;
« on altère, on viole à jamais en soi l'esprit même
« de cette culture, hélas ! de moins en moins sentie,
« et qui a fait le charme des plus délicats parmi
« les hommes. Vauvenargues a dit qu'il faut avoir de
« l'âme pour avoir du goût. Mais, pour cela, une cer-
« taine générosité de cœur ne suffit pas, c'est une gé-
« nérosité civilisée qui y prépare... » Et encore, pour
exprimer le regret et le dégoût d'avoir à s'occuper de
ce qui est si loin et de ce qu'on rencontre si près des
muses, j'ajoutais en terminant : « Bien mieux vaudrait
« ignorer. Parler trop longtemps de ces choses, ou seu-
« lement en connaître, c'est déjà par malheur y tremper ;
« c'est violer soi-même le goût, prêter à son tour l'o-
« reille au Cyclope ; c'est peut-être faire la police des
« lettres, mais à coup sûr en corrompre en soi la jouis-
« sance. »

Telle était ma pensée d'alors, telle aujourd'hui et
plus confirmée elle est encore, à l'aspect de ce que
nous voyons. Mais ici on n'a plus affaire à de jeunes
Cyclopes, ce sont des Ajax tout grandis qui ne craignent
pas de faire acte de gladiateurs, et devant lesquels il
ne fallait pas craindre à son tour de s'exprimer. Leurs
déportements se jugent d'ailleurs par le fait même ; au
bout de quelques jours, le public, d'abord excité, s'en
dégoûte, sans avoir besoin d'être averti, et il ne reste

d'irréparable, après de tels éclats, que les atteintes profondes que les violents se sont portées, qu'ils ont portées aussi à la cause littéraire qu'ils semblaient dignes de mieux servir.

. Hâtons-nous de sortir de ces débats, d'en détourner les yeux et de nous préparer, en cette année commençante, à des sujets capables de la remplir. Ce lien qui, disait-on, avait quelquefois manqué aux divers travaux critiques de la *Revue*, ce lien dont nous avons trop senti nous-même, à de certains jours, le relâchement, et que nous nous sommes efforcé bien souvent de rattacher, il existe désormais, il est formé manifestement; les attaques mêmes du dehors et l'union des agresseurs nous le démontrent. Puisse du moins le sentiment croissant de la cause à défendre, la conscience de la vérité et de la dignité en littérature, contribuer entre nous à le resserrer !

15 décembre 1845.

UN DERNIER MOT

BENJAMIN CONSTANT.

Le travail publié dans cette *Revue* (1) sur la jeunesse
de Benjamin Constant et ses relations avec madame de
Charrière a produit son effet, l'effet que permettaient
d'en attendre la quantité et la qualité des documents
intimes versés pour la première fois dans le public. Il
en est résulté un jour de fond qui a éclairé le devant,
c'est-à-dire qui a fait mieux voir dans toute la vie ulté-
rieure et dans les mobiles habituels de cet homme plus
distingué qu'heureux et plus intéressant que sage. Les
personnes qui l'ont particulièrement connu ont retrouvé
dans ces premiers essais de sa nature et dans ces pre-

(1) Livraison du 15 avril 1844, — et depuis dans le volume de
Caliste ou Lettres de Lausanne, édition de 1845, Paris, chez Jules
Labitte. La publication de ce petit volume m'a dispensé de recueillir dans ces *Portraits* mon travail sur Benjamin Constant : je l'ai
encadré à la suite de *Caliste,* à côté de tout ce qui peut s'y rapporter et l'éclairer. J'y renvoie donc, certain d'ailleurs qu'on ne se
repentira pas d'avoir fait connaissance de près avec Mme de Charrière. Les pages que je donne ici ne sont que le supplément de
cette petite publication.

miers jeux de sa destinée les indices déjà prononcés
de ce qu'elles avaient tant de fois observé en lui; la
ressemblance du personnage avec lui-même a paru fidèle, bien qu'à certains égards peu flatteuse. Pour nous,
qui n'avions été, dans cette affaire, que le rédacteur
ou plutôt l'arrangeur des notices, renseignements et
pièces de toutes sortes, si obligeamment confiés à nos
soins par M. E.-H. Gaullieur, nous pouvions, ce semble,
en parler ainsi sans nous y croire intéressé, et nous
avions même tout fait pour nous effacer entièrement.
On a bien voulu pourtant nous mettre en cause : dans
une biographie de Benjamin Constant, qui fait partie
de la *Galerie des Contemporains illustres par un Homme
de rien*, le spirituel auteur (M. de Loménie) a cru devoir, en se déclarant le champion de Benjamin Constant, faire de nous un adversaire de l'illustre publiciste, et nous prendre à partie sur les notes et réflexions
qui accompagnaient les lettres produites, comme si
elles étaient en désaccord criant avec les textes mêmes.
S'il s'était contenté de nous trouver un peu sévère, un
peu rigoureux ce jour-là, nous nous abstiendrions de
réclamer, ne pouvant trouver étonnant qu'on nous rendît à nous-même ce dont nous usions envers un autre;
mais la manière dont M. de Loménie présente l'ensemble de notre opinion, et dont il la combat dans les
moindres détails, nous obligeait à dire tôt ou tard
quelques mots, sous peine de paraître battu, ce qui
est toujours désagréable quand on sent qu'on ne l'est
pas. Hier encore, un estimable journal, du très-petit
nombre de ceux dont les jugements comptent, *le Se-*

meur (1), tout ému de charmantes lettres d'amour écrites
en 1814 par Benjamin Constant, et dont M. de Loménie a publié des extraits, semblait en conclure que
nous avions perdu notre cause, comme si nous nous
étions mêlé de cette délicate matière, et comme si
nous avions rien dit qui pût faire injure à ces tendres
billets. Et puis l'opinion de M. de Loménie est une
autorité en matière de biographie; ses notices, si modestement commencées il y a quelques années, ont fait
leur chemin; elles sont lues partout, et elles le méritent. Dans cette voie si périlleuse de la biographie
contemporaine, il a su éviter les écueils de plus d'un
genre, et atteindre le but qu'il s'était proposé : de la
loyauté, de l'indépendance, aucune passion dénigrante,
de bonnes informations, la vie publique racontée avec
intelligence et avec bon sens, la vie privée touchée
avec tact, ce sont là des mérites dont il a eu l'occasion
de faire preuve bien des fois en les appliquant à une
si grande variété de noms célèbres tant en France qu'à
l'étranger; cela compense ce que sa manière laisse à
désirer peut-être au point de vue purement littéraire,
et ce qui doit manquer aussi à ses jugements en qualité originale, car l'étendue même de son cadre lui
impose un éclectisme mitigé. Pourtant tout biographe
contemporain a, quoi qu'il fasse, ses complaisances;
nous le savons mieux que personne, et nous savons
bien aussi que les complaisances de M. de Loménie
seraient volontiers les nôtres. Pourquoi nous oblige-

(1) 8 octobre 1845.

t-il cette fois à risquer de les contrarier, quand nous ne faisons que nous défendre?

Benjamin Constant a été un grand esprit, et il a eu un assez grand rôle; politiquement et à travers quelques inconséquences singulières, il a rendu des services à une cause qui était, en somme, celle de la France. Par sa parole, par ses écrits, il a contribué à répandre des vérités ou théories constitutionnelles qui avaient alors tout leur prix et qui peuvent avoir encore leur utilité. Je ne suis pas de ceux qui oublient ces services, et qui sont tellement absorbés dans le point de vue *psychologique,* que tout souvenir patriotique s'y anéantit. Je ne me suis jamais proposé pour sujet d'embrasser par une étude la carrière publique de Benjamin Constant, d'autres (et M. Loève-Veimars, par exemple) l'ayant fait avant moi et de manière à m'en dispenser. Que si vous me replacez le spirituel tribun dans les chambres passionnées de la Restauration, en face de cette meute d'ennemis acharnés et inintelligents qu'il déconcerte et qu'il irrite par ses ironies, je sais bien lequel j'applaudissais. Mais il vient un moment où l'on a droit de juger à son tour ceux qui vous ont précédé et guidé, surtout si tout le monde les juge, et si eux-mêmes, hommes de publicité et de parole, ils ont provoqué ce regard scrutateur par toutes sortes d'éclats, d'indiscrétions moqueuses et de confidences à haute voix. Il est très-permis alors de pénétrer dans les coulisses de cette scène où l'acteur tout le premier vous a introduit, et de lire, s'il se peut, avec l'impartialité du moraliste, sous le masque, de tout temps très-mal atta-

ché, de celui que la popularité proclama un grand citoyen, et qui fut seulement un esprit supérieur et fin,
uni à un caractère faible et à une sensibilité maladive.
J'ignore s'il est quelqu'un de nos amis qui ait su garder, à travers les épreuves diverses, cette fleur de libéralisme primitif, de libéralisme pour ainsi dire platonique et en dehors de toute action, et cette tendresse
extrême de conscience qui ne souffre examen ni doute à
l'endroit des anciennes idoles ; s'il en est de tels, je les
admire et je les envie. Quant à moi, qui suis loin d'un
tel bonheur, je veux profiter du moins des bénéfices
de l'expérience en même temps que des amertumes,
et je ne me croirai jamais réduit à un point de vue
exclusif, comme on m'en accuse, parce que je m'appli-
querai de mon mieux à voir réellement les choses et
les hommes tels qu'ils sont.

Qu'avons-nous donc fait avec Benjamin Constant ?
Une masse de pièces authentiques, de révélations di-
rectes, nous était confiée : nous ne pouvions tout produire, et nous nous en remettions de ce soin à qui de
droit. En attendant, nous en avons tiré, à l'usage de
notre public, un simple choix, tâchant de le rendre le
plus agréable qu'il était possible à la lecture, et aussi
de le rapporter à une idée d'étude et d'analyse. Il nous
a semblé que, sans faire violence à la lettre et à l'esprit de ces documents, il n'était pas difficile d'y surprendre, d'y noter déjà dans leurs origines et leurs
principes la plupart des misères, des contradictions et
des défaillances qui n'avaient que trop éclaté plus tard,
au su et vu de tous, dans cette fine nature. Nous avons,

dans ce but, comme *souligné* ou articulé plus fortement
au passage les endroits qui nous semblaient tenir à
quelque veine secrète, faisant exactement ce qu'on pratique en anatomie, lorsqu'on *injecte* quelque petit vaisseau pour le rendre plus saillant et le soumettre
à l'étude. Nous sommes-nous complétement trompé,
comme le veut M. de Loménie? A côté des choses aimables et que nous donnions pour telles, avons-nous pris
pour de la sécheresse ce qui n'était que de la passion,
pour du persiflage ce qui n'était que de la jeune gaieté,
pour des habitudes plus que périlleuses ce qui n'était
que d'heureux instincts? Avons-nous, en réussissant
trop bien à rendre le choix des lettres agréable, fait
ressortir encore mieux cet agrément par nos commentaires maussades et *jansénistes,* c'est tout dire? Enfin
avons-nous fait (ce qui est l'histoire de tant d'éditeurs)
comme cet âne de la fable, qui porte des roses au marché et qui n'en mange pas?

Pour ne pas nous perdre ici en des apologies de
détail dont le lecteur n'a que faire, nous poserons
tout d'abord un principe, et ce principe est celui-ci :

Il faut avoir l'esprit de son âge, dit-on : cela est vrai
en avançant; mais surtout et d'abord il faut en avoir
la vertu : des mœurs et de la pudeur dans l'enfance,
de la chevalerie, de la chaleur de conviction et de la
générosité de pensée dans la jeunesse. La vie, en allant,
se gâte assez. L'âge mûr, trop souvent, hélas! n'a plus
cette chevalerie et cette première fleur d'honneur, de
même que la jeunesse avait foulé elle-même cette première fleur de pudeur. Si l'on commençait par une

enfance ou une adolescence souillée, par une jeunesse
égoïste ou trop sceptique et ironique, et faisant bon
marché de tout, où n'irait-on pas? et lorsqu'on voudrait
ensuite réparer et se reprendre aux nobles idées, aux
sentiments vrais, le pourrait-on? — *C'est en ce sens
que* Buffon disait : « Je n'estimerais pas un jeune
homme qui n'aurait point commencé par l'amour. »

Quelqu'un de très-spirituel l'a dit encore : On doit
faire dans la vie comme pour un voyage; il faut toujours se mettre en route avec trop de provisions, au
moral aussi; on ne saurait être trop en fonds au départ,
on a bien assez d'occasions de perdre et de dépenser.
Si l'on n'emporte que juste le nécessaire, on se trouve
bientôt aux expédients.

Or, dans ces extraits de correspondance de Benjamin
Constant qui ont été publiés, on a pu apprécier et peser le bagage du jeune homme au début, évaluer la
quantité de fonds, au moral, qu'il emportait en se
mettant en route dans la vie. Cette pacotille nous a
semblé des plus légères. L'enfance, chez lui, ce qui est
toujours un malheur, fut comme supprimée. On le
voit, dès l'âge de douze ans, dans une lettre pleine de
grâce (et à laquelle je n'ai attaché d'ailleurs qu'une
importance secondaire, car l'authenticité ne m'en est
pas complétement démontrée), on le voit allant dans
le monde avec son gouverneur, comme un petit monsieur, l'épée au côté, et déjà très-attentif aux louis d'or
qui roulent sur les tables de jeu. Mais son adolescence
surtout est très-compromise; on aperçoit par de trop
clairs aveux comment il l'employa dans ce premier sé-

16.

jour à Paris, avant l'âge de vingt ans; et les lettres
qu'il écrit durant son escapade en Angleterre, que
montrent-elles? que sont-elles? Elles sont assez gracieuses, vives et spirituelles sans doute, mais d'une
exaltation nerveuse et comme fébrile, sans *velouté*,
sans fraîcheur à travers ces vertes campagnes. Jean-
Jacques, au même âge et avec tous ses défauts, avait le
sentiment passionné de la nature; il faisait, on s'en
souvient, cette charmante promenade, qu'il nous a si
bien décrite, avec mesdemoiselles Galley et de Graffen-
ried. Je sais bien qu'à vingt ans on sent ces choses
mieux qu'on ne les décrit, et la peinture que retraçait
Jean-Jacques, il ne l'aurait pas faite ainsi le soir même
de la délicieuse journée. Quoi qu'on puisse dire, il ne
se découvre pas même trace de ce genre de sentiment,
si conforme à la jeunesse, dans les lettres qu'écrit
d'Angleterre Benjamin Constant : en revanche, il cite
le Pauvre Diable de Voltaire, et il s'en revient au gîte en
se souvenant beaucoup de Pangloss.

Je suis presque honteux d'avoir à revenir ainsi pas à
pas sur des choses que je croyais comprises, et de me
trouver obligé de remettre le doigt sur chaque trait.
Ai-je d'ailleurs fait un crime au jeune Benjamin de ce
malheur de sa vie première? N'ai-je pas remarqué tout
le premier qu'il lui avait manqué, aussi bien qu'à
Jean-Jacques, les soins et la tendresse d'une mère?
N'ai-je pas cité le passage d'*Adolphe* où il nous peint
le caractère de son père, si contraire à toute confiance
et ne permettant aucune ouverture à l'affection? Puis,
durant ces quelques semaines qu'il passe auprès de

madame de Charrière, n'ai-je pas fait valoir aussitôt
l'influence heureuse de cette première tendresse que
rencontre le jeune homme, influence balancée, il est
vrai, par l'excès d'analyse et par la nature aride de
certaines doctrines? N'ai-je pas fait apprécier plus tard
ce je ne sais quel ennoblissement soudain, au moins
de ton et d'intention, qu'il dut sensiblement, dès le
premier jour, à l'ascendant de madame de Staël? —
Mais entre tous mes torts de détail, pour couper court,
je choisirai l'un de ceux que M. de Loménie me reproche le plus, et sur lequel il s'égaye vraiment un peu
trop. Parlant des romans de Rétif, Benjamin Constant
écrivait : « Il (le romancier) met trop d'importance aux
petites choses. On croirait, quand il vous parle du bonheur conjugal et de la dignité d'un mari, que ce sont
des choses on ne peut pas plus sérieuses, et qui doivent nous occuper éternellement. Pauvres petits insec-
tes! qu'est-ce que le bonheur ou la dignité? » Et sur ce
dernier mot je me suis permis d'ajouter que c'était là
une fatale parole quand on la prononçait à vingt ans,
et qu'on courait risque de ne s'en guérir jamais. Selon
M. de Loménie, il n'est pas un Grandisson de vingt
ans qui n'ait dit de telles choses. Mais il semble vraiment n'avoir pas bien lu. Qu'un jeune homme dise :
Qu'est-ce que le bonheur? il n'y a rien là-dedans de bien
rare ni de bien alarmant. Ce qui l'est davantage, c'est
qu'il ajoute : le bonheur ou la DIGNITÉ! Ceci devient plus
sérieux. La jeunesse ne saurait être trop à cheval sur
ce chapitre de la dignité ; il est trop aisé, plus tard, d'en
rabattre. Un excès de délicatesse est de rigueur, surtout

à cet âge. Benjamin Constant n'éprouva que trop les incovénients de n'avoir pas de bonne heure pensé ainsi.

Et tout d'abord, par exemple, sans sortir de cette relation même avec madame de Charrière, il y avait un mari, très-peu gênant et très-peu visible, comme la plupart des maris, pourtant il y en avait un, bon homme, obligeant; on voit, par une lettre de Benjamin, que celui-ci lui avait emprunté quelque argent à son départ pour Brunswick et qu'il devait lui envoyer un billet; rien de plus simple; mais, si on lit des lettres de madame de Charrière à Benjamin Constant publiées depuis, on y trouve ce passage (1) : « ..... Vous fâcherez-vous, sire, si je vous demande encore le billet que M. de Ch... m'avait chargée, il y a quelques mois, de vous demander? un billet en peu de mots, pur et simple? Vous ne sauriez croire ce que je souffre quand il me semble que vous n'êtes pas en règle avec les gens que je vois. Ils ont beau ne rien dire, je les entends. » Avec un scrupule un peu plus marqué à l'endroit de la dignité, le jeune homme ne se serait pas fait dire deux fois ces choses dont souffrait pour lui une femme délicate; il se serait mis au plus vite en règle avec le mari. Mais, en général, un certain genre de position fausse n'était pas assez insupportable à Benjamin Constant; on en retrouverait trace, avec plus ou moins de variantes, en d'autres circonstances de sa vie, et le contre-coup de cette mauvaise habitude se fit bien péniblement sentir à l'extrémité

---

(1) Dans le volume déjà indiqué : *Caliste ou Lettres de Lausanne;* Paris, 1845, page 321.

de sa carrière, lorsque, dans ses derniers jours, il subit l'inconvénient, lui, homme d'opposition, de ne pas se trouver *en règle* avec un personnage auguste encore plus obligeant que M. de Charrière, et qui ne lui demandait pas de billet. — Puisque M. de Loménie a contesté si fort notre premier commentaire sur le *Qu'est-ce que la dignité?* nous avons dû y ajouter ce supplément.

Nous regrettons qu'une contradiction aussi directe, et partie d'un écrivain qui s'appuie à des autorités imposantes, nous oblige à pousser plus avant encore et à développer quelques-uns de nos motifs; car, quoi que le critique ait pu dire, nous n'avions aucun parti pris à l'avance contre un esprit aussi charmant que celui de Benjamin Constant. *Adolphe* est un des livres que nous aimons le plus dans leur tristesse; en mainte occasion nous avons parlé de l'auteur avec intérêt, avec sympathie, et comme étant nous-même de ceux qui entrent le plus dans quelques-unes de ses faiblesses. Il nous a été impossible seulement, à la lecture de ces lettres premières, de ne pas remarquer, ne fût-ce que pour la décharge de l'homme, que, par le malheur de l'éducation et des circonstances, son adolescence dissipée et déjà gâtée avait fait place aussitôt à une jeunesse toute fanée et sans ardeur.

Un certain nombre des lettres écrites par lui de Brunswick à Mme de Charrière contiennent des détails singuliers, des expressions dont l'initiale seule est très-étonnante et plus que difficile à reproduire. Ce ne sont pas seulement de ces petits jurons comme il en voltigeait sur le bec du libertin *Vert-Vert*. On

m'assure que le xviii° siècle était coutumier de ces
sortes de propos dans les correspondances familières,
même entre hommes et femmes ; ainsi je trouve un de
ces mots un peu gros dans une lettre que l'aimable et
tendre chevalier d'Aydie (l'amant de Mlle Aïssé) écrivait à Mme Du Deffand. A la bonne heure ; mais je
puis dire qu'une de ces expressions de Benjamin Constant à Mme de Charrière passe tout et ne se pourrait
représenter qu'en latin, comme lorsque Horace, par
exemple, parle d'Hélène : *Nam fuit ante Helenam...* Le
principal tort, sans doute, en ces incidents, est à la
femme qui souffre de tels oublis de plume ; pourtant
cette affectation de cynisme sert à juger aussi les qualités de jeunesse et le degré de conservation de celui
qui se donne licence.

. Durant les années de séjour à Brunswick, et vers le
mois de janvier 1793, Benjamin Constant avait fait la
connaissance d'une femme dès lors mariée, et qu'il
devait retrouver plus tard dans la vie. Cette personne
était en train de poursuivre son propre divorce, tandis
que Benjamin, de son côté, accomplissait le sien. On
était alors par toute l'Europe dans une effervescence
sociale et morale qui n'a d'analogue qu'en certaines
époques romaines : « Les femmes de haut lieu et de
grand nom, disait Sénèque, comptent leurs années
non par les consulats, mais par les mariages ; elles
divorcent pour se marier, elles se marient pour
divorcer (1). » Benjamin, dans ses lettres à madame

(1) *De beneficiis*, III, **16.**

de Charrière, dans celles de la fin, sur lesquelles nous n'avons fait que courir, parle fréquemment de cette femme et de plusieurs autres encore ; suivant son incurable usage, il ne pouvait s'empêcher de persifler, de plaisanter de l'une ou des unes avec l'autre. Par moments il lui venait bien quelques petits scrupules de tout ce manége compliqué, dans lequel il pouvait sembler jouer un rôle si peu digne et de son esprit et même de son cœur ; un jour donc, il écrivit à madame de Charrière une lettre dont je n'ai gardé que l'extrait suivant, l'original est aux mains de M. Gaullieur :

« Ce 26 fructidor (probablement 1795).

« ... Votre dernière lettre m'a donné de grands scrupules relativement à Charlotte. Je trouve que je suis avec cette femme sur un pied qui jette sur ma conduite, à mes propres yeux, un air de fausseté, de perfidie et d'ingratitude qui me pèse. Pendant que je me moque d'elle avec vous, je lui écris, de temps en temps, par honnêteté, de tendres ou pompeux galimatias, et, si quelqu'un comparait mes lettres à elle avec mes lettres sur elle, on me regarderait avec raison comme un fou méchant et faux. Il faut, ou ne plus avoir de relation avec elle, ou ne plus me moquer d'elle ni avec vous, ni avec personne. Or, comme il ne me plaît pas de rompre, il ne me reste que le dernier parti à prendre. Je vous prie donc, et je crois que j'ai presque un droit de le demander, de brûler ce que je vous ai écrit sur elle. Je suis, grâce à mon bavardage sur moi-même, tellement décrié que je n'ai pas besoin de l'être plus ; et si mes lettres, qui nagent dans vos appartements, échouaient en quelques mains étrangères, cela donnerait le coup de grâce à ma mourante réputation... »

Je n'avais pas jugé utile dans le premier travail de

faire entrer ce fragment, qui en dit plus que nous ne
voulons, qui en dit trop, car certainement Benjamin
Constant valait infiniment mieux que la réputation qu'il
s'était faite alors; mais enfin il se l'était faite, comme
lui-même il en convient : étais-je donc si en erreur et
si loin du compte quand j'insistais sur certains traits
avec précaution, avec discrétion?

Ce singulier fragment nous apprend bien des choses,
et d'abord qu'il ne faudrait pas absolument se fier aux
lettres d'amour qu'il écrivait, pour y trouver l'expression
toute vraie de sa pensée; car enfin ce qu'il appelle ici
du *tendre galimatias* pourrait bien, si on le retrouvait
sans commentaire, paraître tout simplement de la tendresse exaltée. En général, il ne faut jamais croire aux
correspondances que dans une certaine mesure, car on
se modèle toujours, à quelques égards, sur la personne
à laquelle on écrit. Tout homme d'esprit, d'esprit rompu
et mobile, quand il prend la plume pour correspondre,
est un peu comme Alcibiade, et revêt plus ou moins
les nuances de la personne à laquelle il s'adresse.
Qu'est-ce donc si le désir est en jeu et si l'on veut
plaire? Avec madame de Charrière, sur laquelle il
n'avait nul dessein pareil, et qui l'avait recueilli malade, qui l'avait soigné et guéri chez elle, Benjamin se
montre sans gêne et dans un complet déshabillé (1);
avec d'autres, ou princesses ou bergères, il sera tout
le contraire du déshabillé, il se jettera (et plus sincè-

(1) Cette femme aimable lui disait un jour avec un sourire triste,
en le voyant devenir *muscadin* : « Benjamin, vous faites votre toilette, vous ne m'aimez plus! »

rement qu'il ne le dit) dans les nuages, dans l'encens,
dans la quintessence allemande sentimentale. Avec la
noble personne dont la beauté ne se sépara point des
grâces décentes, il saura trouver les délicatesses exquises, tout en s'efforçant d'attendrir chez elle et d'api-
toyer la clémence. Avec madame de Krüdner, il fut en
vapeurs mystiques, en confession et presque en oraison permanente. Si jamais on publie ses lettres à cette
Julie Talma dont il a tracé un si charmant portrait, je
suis certain qu'elles seront charmantes elles-mêmes,
et ici elles pourraient avoir, sans mentir en rien, les
couleurs de l'attachement continu et du dévouement.
Avec ses amis hommes, il sera, dès qu'il le pourra, un
honnête homme malheureux et presque attachant :
tel il se dessinerait, je suis sûr, dans sa correspondance
avec M. de Barante jeune alors, et dont le sérieux aimable l'invitait ; tel nous l'avons entrevu dans sa relation
avec Fauriel, et nous n'avons pas omis, à son honneur,
de le remarquer. Voilà bien des germes de qualités,
dira-t-on ; nous ne nions pas les germes, nous ne nions
pas les velléités en lui et la multitude des demi-méta-
morphoses. Mais qu'est-ce que tout cela prouve, avant
tout et après tout? De l'esprit, encore de l'esprit et
toujours de l'esprit.

L'histoire d'un cœur est celle de beaucoup ; une âme
d'élite hors de ses voies, si elle est bien étudiée et
connue, donne la clef de bien des âmes. C'est même
là l'unique raison qui puisse faire excuser de la creuser
si à fond et d'en rechercher jusqu'au bout les misères.
Ces misères ne sont autres que celles de la nature

humaine jusque dans ses échantillons les plus distingués.
Quand je dis que ce qui dominait chez Benjamin Constant à travers tant de diversités et de formes spécieuses, c'était l'esprit, je n'oublie pas l'espèce de sensibilité
dont il fournit un si singulier exemple, et qu'il a per-
sonnifiée dans *Adolphe*. Mais qu'en avait-il fait, et qu'en
fait-on toutes les fois qu'on ne la ménage pas mieux
que lui? De très-bonne heure, à Brunswick et depuis,
on peut remarquer que l'émotion et le malin plaisir de
sa sensibilité consistaient à se partager, à se jeter dans
des complications trop réelles, dont les embarras, les
tiraillements et les déchirements même ravivaient pour
lui l'ennui de l'existence ; il affectionna en un mot, de
tout temps, cette situation *entre les trois déesses,* comme
la définissait très-heureusement madame de Charrière.
C'est un poëte grec qui a dit : « Il y a trois Grâces, il
y a trois Heures (1), vierges aimables; et moi, trois
désirs de femmes me frappent de fureur. Est-ce donc
qu'Amour a tiré trois flèches, comme pour blesser, non
pas un seul cœur en moi, mais trois cœurs? » Prolonger de telles situations, les créer par amusement, tout
en se flattant d'avoir trois cœurs, c'est le sûr moyen de
n'en avoir bientôt plus un ; à un tel régime la sensibilité
véritable s'épuise, la volonté se ruine et s'use, l'être
moral intérieur arrive vite à un complet délabrement.
Quand, pour plus de liberté et de politesse, nous parlons de Benjamin Constant sous le nom d'*Adolphe,* nous
n'entendons pas borner cet *Adolphe* à la situation qu'il

---

(1) Heures ou saisons. — L'épigramme est de Méléagre.

a dans le roman, nous le transportons en idée ailleurs
avec la nature que nous lui connaissons; nous ne lui
prêtons pas, nous lui attribuons sous ce type ce que
lui et ses semblables ont pratiqué bien réellement à
travers la vie. Une conséquence de ce capricieux et
subtil détournement de la sensibilité dans la jeunesse,
c'est de produire, jusque dans un âge assez avancé, des
retours simulés, des chaleurs factices, des excitations
énervées : on dirait par moments que l'orage de la
passion se retrouve et s'amasse tel qu'il n'a jamais été
aux années les plus belles, et que le vrai tonnerre, la
foudre divine enfin, va éclater. Mais, prenez garde, ce
n'est qu'un réseau superficiel qui fait illusion, une
forte crise nerveuse sous le nuage, ce ne sont que des
soubresauts galvaniques, à la suite desquels il ne restera que plus de fatigue et de néant. On accuse la fatalité, on voit à chaque coup le destin marqué dans les
phases successives d'une vie qui revient opiniâtrément
se briser aux mêmes écueils. Cette fatalité en effet
existe, elle est écrite désormais dans nos entrailles, dans
la trame même et la substance entière de notre être,
dans tout ce qui en ressort d'habitudes violentes, sans
cesse irritées, qui sont devenues leur propre aiguillon,
et qui n'ont plus qu'à se réveiller d'elles-mêmes. La
raison, éclairée par l'expérience, avertie par les revers,
a beau dire, elle a beau faire l'éloquente et la souveraine à de certains moments solennels, elle n'a plus à
ses ordres la volonté. Au moment où elle se croyait
remise en possession, la voilà jouée sous main par les
lus daveugles mouvements; et il ne lui reste alors d'au-

tre ressource, pour se venger des tours qu'on lui joue
chez elle et des affronts journaliers qu'elle subit, que
de s'en railler et de se railler de tout, avec légèreté
et bonne grâce, s'il se peut, avec un sourire d'ironie
universelle : triste rôle, qui fut celui que l'histoire
attribue à ce Gaston d'Orléans, à la fois spectateur,
complice et fin railleur de toutes les intrigues qui se
brisaient et se renouaient sans cesse autour de lui.
La raison en est réduite à ce rôle de Gaston en bien
des âmes.

Ce ne fut là que l'un des côtés de la raison supérieure de Benjamin Constant, mais ce côté est hors de
doute ; sa conversation s'y tournait le plus volontiers.
Dès qu'il avait à expliquer quelque circonstance embarrassante et un peu humiliante de son passé, les Cent-
Jours, cette folie la plus irréparable des siennes et qui
faussa toute sa fin de carrière, les motifs qui, la veille
encore, le poussaient, la burlesque tergiversation qui
avait suivi, ou même lorsqu'il touchait quelques souvenirs plus anciens de sa vie romanesque et des scènes
orageuses qui avaient fait bruit, sa raison toute honteuse prenait les devants, et il s'en tirait à force
d'esprit, de verve à ses dépens, de moquerie fine : le
genre humain à son tour n'y perdait rien. Que de
folles anecdotes alors! quelle grêle de gaietés mali-
cieuses, acérées! que d'amusement! Nous ne savons
en vérité pourquoi M. de Loménie a l'air de douter
de l'authenticité de certains mots que nous avons cités. Ces propos piquants et familiers de Benjamin
Constant sont aussi inséparables de l'esprit et du

caractère de l'homme que le peuvent être, par exemple, les mots de M. Royer-Collard dans un sens si différent. Quand un personnage public passe sa vie dans le monde et dans les salons, ce qu'il y dit soir et matin est tout aussi authentique que le discours écrit qu'il apporte une fois par mois à la tribune. Et surtout, si la différence entre ce qu'il dit comme causeur et ce qu'il professe comme orateur est frappante, on ne saurait s'empêcher de le remarquer.

La différence entre ces deux rôles chez Benjamin Constant passait même le contraste et allait d'ordinaire jusqu'à la contradiction. L'orateur était solennel de geste, de chevelure; il avait l'accent généreux, et revendiquait les droits du genre humain. Lui qui, comme homme, s'en prenait si volontiers à une fatalité désastreuse, il était l'avocat le plus intrépide et le moins hésitant de toute liberté publique; une fois à la *Minerve* ou à la tribune, il croyait et il disait qu'en laissant beaucoup faire aux hommes, aux individus dans la société, il en résulterait le plus grand bien, la plus grande justice et la meilleure conduite de l'ensemble. Au moment où il parlait de la sorte, il était sincère, ou il se le persuadait; son esprit constamment nourri, à travers tout, d'études sérieuses, avait puisé ses premiers instincts politiques dans l'exemple des États-Unis d'Amérique et dans les institutions de l'Angleterre. Il avait compris de bonne heure que la société moderne ne serait pas satisfaite en son mouvement de révolution avant d'avoir appliqué en toute matière le principe de liberté; il se rattacha à cette idée, et, à part les inconséquences

personnelles, il en demeura le fidèle organe. C'est là
son honneur. Quand son esprit rentrait dans cette
large sphère de discussion et qu'il échappait à ses
misères intestines, il retrouvait vigueur, netteté, et
une sérénité incontestable; son talent facile se dé-
ployait. Mais l'homme public en lui ne put jamais,
à l'image de certains politiques célèbres de la Grande-
Bretagne, se dégager, s'affermir et prendre assez le
dessus pour recouvrir les faiblesses et les disparates
de l'autre. A un certain degré, cette mêlée, cette
lutte de diverses natures en une seule, aurait pu
paraître intéressante, et elle a certainement paru
telle à quelques personnes qui l'ont connu; je sais
une femme distinguée qui a écrit: « On sent dans Benjamin Constant un besoin d'être aimé, dirigé, soigné,
qui charme à côté de si grandes facultés... » Pourtant,
à moins d'être femme peut-être, et avec la meilleure
volonté du monde, il n'y a pas moyen de n'être point
ici frappé de ce choc d'éléments inconciliables et d'un
désaccord qui crie. J'ai pensé qu'on en saisirait la cause
profonde dans le tableau de cette singulière jeunesse
et de ces premières années qui se dévoilaient soudainement à nous: de là mon analyse (1).

Quand on traite le portrait d'un pur homme de lettres,

(1) Ce genre d'explication rentre tout à fait dans l'opinion de
Fauriel telle que je l'ai trouvée exprimée dans ses papiers; celui-ci
comparait Benjamin Constant à La Rochefoucauld en un sens : il
attribuait le manque de principes qu'on lui voyait, et ce mépris
des hommes qui s'affichait jusqu'à travers son républicanisme
d'alors, au premier monde dans lequel il avait vécu.

d'un romancier comme Charles Nodier, par exemple,
qui n'était pas sans de certaines ressemblances de sensibilité avec Benjamin Constant, je conçois de l'indulgence. Que si l'on a affaire à un homme politique, à
l'un de ceux qui ont professé hautement la science
sociale, et qui, de leur vivant, ont joui tant bien que
mal des honneurs et du renom de grand citoyen, oh !
alors on se sent porté à plus de rigueur d'examen. Aux
hommes vraiment politiques, à ceux qui auraient gardé
quelque chose du grand art de conduire et de gouverner
les autres, il serait par trop simple et peut-être injuste
de demander l'exacte moralité du particulier : ils ont la
leur aussi, réglée sur la grandeur et l'utilité de l'ensemble ; mais à tous ceux qui prétendent encore à ce titre
d'hommes politiques, ne fussent-ils toute leur vie que
des hommes d'opposition, on a droit de demander du
sérieux, et c'est là le côté faible, qui saute aux yeux
d'abord, dans la considération du rôle de Benjamin
Constant : une trop grande moitié y parodiait l'autre.

Au reste, il ne s'agit point, dans tout ceci, de blâmer ou de louer ; je suis moins disposé et moins autorisé
que personne à ce genre de morale qui condamne, je
crois très-suffisant pour mon compte de me tenir à celle
qui observe et qui montre. Pline le Jeune a écrit une
très-belle lettre (1) sur l'indulgence qui n'est qu'une
partie de la justice, et il cite un mot habituel de Thra-
séas, ce personnage à la fois le plus austère, dit-il, et
le plus humain : *Qui vitia odit, homines odit,* voulant

(1) Liv. VIII, 22.

faire entendre que pas un de nous n'est hors de cause,
et que la sévérité qu'on témoigne contre les défauts
passe trop aisément à la haine même des hommes.
Loin de moi de haïr Benjamin Constant! je craindrais
bien plutôt, en relisant ses défauts dans *Adolphe,* de
les aimer. Et, pour prouver que je n'ai aucun parti
pris après non plus qu'avant, je veux citer de lui une·
lettre encore, mais toute différente de celles qu'on connaît, une lettre fort simple en apparence, et qui a cela
de remarquable à mon sens, qu'entre toutes les autres
que j'ai vues, elle est la seule où il témoigne avoir un
peu de calme et de contentement dans la tête et dans
le cœur. Après les orages terribles qui avaient rempli les
premières années de son mariage, et dont il a noté les
accidents les plus singuliers dans son *projet de mémoires,*
il quitte Lausanne et part pour l'Allemagne. Ce moment
est indiqué dans le curieux carnet autrefois cité par
M. Loève-Veimars, et dont il existe plus d'une copie;
voici les termes: « Départ pour l'Allemagne, 15 mai 1811.
— *Un* tout autre atmosphère. — Plus de luttes. — Charlotte contente. Plus d'opinion contre nous. Je me remets
à mon ouvrage. Je joue et je perds mon argent à la roulette. — Établissement à Gottingue, 8 novembre. Dispositions politiques des étudiants. — Études sérieuses.
— Vie sociale assez douce. » Or c'est dans ce court intervalle de retraite, de douceur inespérée et de sagesse
(sauf un reste de roulette), qu'il écrivait à Fauriel la
lettre suivante, où se confirment les mêmes impressions :

Au Hardenberg, près Gottingue, ce 10 septembre 1811.

« Il faut pourtant que je vous écrive, cher Fauriel, après un silence de six mois. Je me le suis souvent reproché, mais j'ai tant couru le monde, surtout depuis le printemps, que je ne savais où je pourrais recevoir votre réponse, et c'est bien dans l'espoir d'obtenir de vos nouvelles, et par le besoin de cœur que j'en ai, que je vous écris. J'ai donc attendu d'être fixé pour quelque temps. Je le suis maintenant, je crois, pour tout l'hiver, dans la famille de ma femme, et dans un antique château dominé par les ruines de deux châteaux plus antiques encore, au milieu d'un assez beau pays, chez des gens qui ont beaucoup plus d'affection de famille qu'il n'est de mode chez nous d'en avoir, avec une femme à laquelle je suis chaque jour plus attaché, parce qu'elle est chaque jour meilleure pour moi, et près de la plus belle bibliothèque de l'Europe. Tout cela compose une situation beaucoup plus douce qu'il ne semble qu'on ait le droit de l'avoir dans le temps où nous vivons. J'en profite pour me reposer de tant d'agitations passées et pour travailler autant que je le puis. J'espère finir cet hiver l'ouvrage qui m'a occupé tant d'années. J'ai ici tout ce qu'il faut pour cela. Il n'y a pas un livre un peu utile qui ne soit à ma disposition, et les bibliothécaires sont les gens les plus prévenants du monde.

« Cette université, je veux dire Gottingue, a, sous le rapport matériel, plutôt gagné que perdu à toutes les révolutions qui ont agité ce coin de l'Europe. Le gouvernement actuel a consacré des sommes très-considérables à compléter la bibliothèque dans toutes ses parties. On travaille à séparer le plus qu'on peut les sciences et les lettres de tout ce qui tient à la politique et à toute espèce d'idée d'organisation sociale : je ne dis rien sur ce système; mais on agit ensuite comme si ce but était déjà atteint, et on protége les lettres, comme si elles étaient déjà dans ce bienheureux état d'indépendance de toutes les agitations humaines. Ainsi les éta-

17.

blissements sont superbes comme dépôts d'instruction. C'est là pour mes vieilles recherches sur mes vieilles religions tout ce qui m'intéresse, et je jouis de l'effet sans m'inquiéter de la cause.

« J'ai trouvé Villiers dans son nouvel état de professeur. Il arrive de Paris, où les inquiétudes qu'il a eues l'ont fait aller, et d'où il est revenu assez satisfait. Quand je passerai quelque temps de suite à Gottingue, ce que je compte faire à la fin de l'automne, j'espère le voir beaucoup. Il est doublement aimable au fond de l'Allemagne, où il est rare de rencontrer ce que nous sommes accoutumés à trouver à Paris en fait de gaieté et d'esprit, et Villiers, qui est distingué sous ce rapport à Paris même, l'est encore bien plus parmi les érudits de Gottingue.

« Je ne vous parlerai pas d'affaires publiques, parce que je ne lis et ne vois aucun journal. Il n'y a pas ici ni même à Gottingue le plus petit bout d'une feuille française, à l'exclusion du *Moniteur* qu'on fait venir en ballots tous les six mois, ce qui ne rend pas les nouvelles qu'il contient très-fraîches. J'en vis d'autant plus avec mes Égyptiens et mes Scandinaves, qui quelquefois me paraissent des contemporains, quand je trouve chez eux des opinions absurdes ou du moins grossières. Sous ce rapport, il y a toujours moyen de se retrouver dans son pays.

« Si le démon de la procrastination ne vous saisit pas, vous devriez bien me donner de vos nouvelles le plus vite que vous pourrez. Vous devriez aussi m'en donner de Mme de Condorcet, au souvenir de laquelle je vous prie de me rappeler. Ma femme vous salue et vous recommande son *Shakspeare* anglais. Moi, je vous recommande tous mes livres allemands. Je ne sais quand j'en ferai usage, car je me crois ici pour tout cet hiver ; et qui sait aujourd'hui ce qu'il sera et où il sera dans six mois, sans compter la comète, qui, dit-on, va réduire notre petit globe en cendres ? En attendant qu'elle nous réunisse, cher Fauriel, songez que nous sommes séparés, que je vous aime,

et que vous me ferez un vif plaisir de m'écrire. Voici mon
adresse :

A M. B. Constant de Rebecque, chez M. le comte de
Hardenberg, grand-veneur de la Couronne, etc.

Au Hardenberg,
Près Gottingue,
WESTPHALIE.

« Adieu. »

Nous aurions bien, si nous le voulions, à ajouter
quelques petites choses encore ; il serait facile, à l'aide
du carnet dont on a parlé, de contrôler, sans trop de
désavantage, quelques-unes des pièces les plus triom-
phantes dont s'est armé M. de Loménie, ou du moins
les inductions morales dont elles lui ont fourni le thème ;
mais qui oserait le poursuivre de ce côté gracieux ? qui
oserait discuter de près ou de loin ce qui touche aux
roses immortelles ? c'est assez de nous être mis avec lui
sur la défensive ; l'estime même qu'on fait de son opinion nous y obligeait. En finissant d'ailleurs, il n'est
pas tellement éloigné, ce semble, des conclusions qui
ressortent de nos propres récits. Était-ce donc la peine,
en débutant, de venir intenter un procès en forme contre
un travail par lequel, M. Gaullieur certainement, et moi
peut-être après lui (puisqu'on veut m'y mêler), nous
pouvions croire avoir bien mérité de l'histoire littéraire
contemporaine et des futurs biographes de Benjamin
Constant en particulier ?

1er novembre 1845.

UN FACTUM

CONTRE

ANDRÉ CHÉNIER.

... Offendet solido.
(HORACE.)

C'est la première attaque qui vienne depuis longtemps s'essayer contre cette pure et charmante gloire.
Faut-il la laisser passer sans y prendre garde? Il n'y
aurait guère d'inconvénient au premier abord, car l'article de M. Arnould Fremy, intitulé *André Chénier et
les Poëtes grecs,* qui a paru dans la *Revue indépendante*
du 10 mai, ne semble pas destiné, quel qu'en puisse
être le mérite, à exercer une vive séduction ni à obtenir
un grand retentissement. La forme en est enveloppée
et comme empêchée, la pensée en reste souvent obscure; le critique a bonne envie d'attaquer, et il ne veut
pas avoir l'air d'être hostile; il proteste de son respect,
et il multiplie les restrictions à mesure qu'il aggrave
les offenses; on dirait que dans ce duel littéraire qu'il
entreprend, il n'ose enfoncer sa pointe ni casser tout
à fait le bouton de son fleuret. Nous le ferons pour lui;

nous chercherons à dégager nettement toute sa conclusion et à découvrir ce qu'elle vaut. Le critique se figu-
rerait peut-être qu'on lui donne gain de cause, si on
ne le réfutait pas : et puis l'appareil scientifique qu'il
affecte pourrait faire illusion à quelques-uns.

M. Arnould Fremy, qui se porte aujourd'hui pour juge
absolu du véritable esprit de la poésie grecque et de
la simplicité antique, a commencé, il y a une quinzaine
d'années, sous des auspices bien différents. Il serait
peu généreux en toute autre circonstance de s'en souvenir et de venir rappeler des ouvrages de lui appar-
tenant par leur nuance à la littérature *la plus moderne,*
et qu'il semble avoir si parfaitement oubliés ; mais tout
se tient, et il est des contre-coups bizarres à de longues
distances. M. Fremy, qui, jeune, ne trouva pas à ouvrir
sa voie dans les tentatives d'alors, et qui dissipa ses
premiers efforts dans les conceptions les plus hasar-
dées, fit preuve, à un certain moment, d'une volonté
forte et d'un bien rare courage : il rompit brusquement
avec cette imagination qui ne lui répondait pas, avec
ce passé qu'il avait fini par réprouver ; il aborda les
études sévères, les hautes sources du savoir et du goût,
et il en sortit après plusieurs années comme régénéré.
Une thèse de lui sur les Variations de la langue française au XVIIe siècle vint attester à la fois la précision des connaissances et l'orthodoxie des principes.
Cette orthodoxie, il est vrai, pouvait bien sembler
un peu étroite et se ressentir de ces excès de rigueur
qui sont ordinaires aux grands convertis ; mais il y
avait lieu aussi de penser qu'une fois hors du cercle

des thèses universitaires et en possession des gloires
du doctorat, rentré dès lors dans le champ libre de la
littérature, l'auteur trouverait un juste tempérament, et
que l'ami, et un peu le disciple de Stendhal, saurait
échapper aux formules du dogme. Nous croyons encore
M. Fremy très-digne de ce rôle mixte, à la fois sérieux
et point pédant; il a eu pourtant au début une inspiration malheureuse, selon nous : il y avait peut-être à
faire un meilleur usage de ses acquisitions classiques
que de commencer par les tourner contre André Chénier, et de venir déclarer en suspicion une muse en qui
le parfum antique est universellement reconnu.

Je m'étais toujours figuré, je l'avoue, un rôle tout
autre pour un homme de l'école moderne, de cette
jeune école un peu vieillie, qui se serait mis sur le
retour à étudier de près les Anciens et à déguster dans
les textes originaux les poëtes : c'eût été bien plutôt
de noter les emprunts, de retrouver la trace de tous ces
gracieux larcins, et de nous initier à l'art charmant de
celui qui se plaisait souvent à signer : *André, le Français-
Byzantin*. Sans doute, en considérant avec détail les
maîtres, on aurait pu trouver plus d'une fois que l'imi-
tateur n'avait pas tout rendu, qu'il était resté au-dessous ou pour la concision ou pour une certaine simplicité qui ne se refait pas; c'est l'inconvénient de tous
ceux qui imitent, et Horace, mis en regard des Grecs,
aurait à répondre sur ces points non moins que Chénier; mais tout à côté on aurait retrouvé chez celui-ci
les avantages, là où il ne traduit plus à proprement
parler, et où seulement il s'inspire; on aurait rendu

surtout justice en pleine connaissance de cause à cet
esprit vivant qui respirait en lui, à ce souffle qu'on a
pu dire maternel, à cette fleur de gâteau sacré et de
miel dont son style est comme pétri, et dont on sui-
vrait presque à la trace, dont on nommerait par leur
nom les diverses saveurs originelles; car, à de certains
endroits aussi, ne l'oublions pas, l'aimable butin nous
a été livré avant la fusion complète et l'entier achèvement. En un mot, il y aurait eu, il y aurait pour un
esprit qui, dans sa jeunesse, aurait aimé de passion
Chénier, et qui arriverait ensuite aux Anciens, à démontrer de plus en plus ce rejeton imprévu, le dernier et
non pas le moins désirable des Alexandrins, ou encore,
si l'on veut, un délicieux poëte qui a su marier le
xviiie siècle de la Grèce au xviiie siècle de notre France,
et qui a trouvé en cette greffe savante de singuliers et
d'heureux effets de rajeunissement.

M. Arnould Fremy n'a pas voulu entrer dans l'examen de l'auteur par ce côté qui, selon nous, était le
plus indiqué, et qui laissait d'ailleurs tout son jeu à la
critique et à l'érudition; il semble, en vérité, qu'il se
soit dit, avant tout, qu'il y avait quelque chose à faire
contre André Chénier, sauf à fixer ensuite les points;
l'historique assez inexact qu'il trace des vicissitudes et
du succès des œuvres est empreint à chaque ligne d'un
accent de dépréciation qui a peine à se déguiser. Il
essaye de décomposer et d'expliquer la fortune d'André
Chénier par toutes les raisons les plus étrangères au
talent même et au charme de ses vers; il côtoie com-
plaisamment les suppositions les plus gratuites en finis-

sant par les rejeter sans doute, mais avec un regret
mal dissimulé de ne les pouvoir adopter : « On se
« demanda, écrit-il (lorsque ces Poésies parurent), si
« on n'admirait pas sous la garantie d'une muse pos-
« thume l'effort d'un esprit moderne ; si, sous la main
« d'un éditeur célèbre et poëte lui-même, telle épître
« ou telle élégie n'avait pas pu s'envoler d'un champ
« dans un autre, et sans qu'il lui fût bientôt permis
« de revenir à la voix de son premier maître. Puis de
« nouveaux fragments furent publiés, le recueil se gros-
« sit par degrés, et l'*on put craindre de voir s'étendre*
« *indéfiniment* l'héritage d'une destinée poétique dont
« le fil avait été sitôt tranché. Mais bientôt ces doutes,
« que d'ailleurs la modestie et la bonne foi du premier
« éditeur ne pouvaient laisser subsister longtemps,
« *s'évanouirent d'eux-mêmes*. On crut à André Chénier
« comme à un poëte authentique et réel... »

Tout cela veut dire, en style embarrassé, que, lorsque
M. de Latouche publia en 1819 les Poésies d'André Chénier, quelques personnes n'auraient pas été fâchées
de croire ou de donner à entendre que ces poésies
étaient, au moins en partie, du fait du *célèbre éditeur* ;
il est dommage que M. Fremy n'ait pas été à cette époque en âge de se former un avis ; on peut conjecturer,
au ton dont il en parle, que cette supposition ne lui
aurait pas déplu ; ce qui est bien certain, c'est que
M. Fremy a depuis éprouvé moins de joie que de regret
chaque fois qu'un zèle curieux est venu ajouter au premier recueil du poëte quelques pièces nouvelles : *on a*
pu craindre, dit-il, d'en voir le nombre s'accroître indé-

finiment; il trouvait qu'il y en avait bien assez sans
cela. Le fond du cœur commence à percer : ce n'est
pas un ami, ce n'est pas même un indifférent qui écrit
ici sur André Chénier. D'où vient cette dent première?
Je l'ignore. Anacréon dit qu'il y a un *petit signe* auquel
on reconnaît les amants; il y a aussi un *petit signe,* un
je ne sais quoi auquel se reconnaissent d'abord ceux
qui ont un parti pris de ne pas aimer.

M. Fremy entre en matière par se poser sur André
Chénier la question solennelle et formidable que voici :
« Doit-il être, dès à présent, considéré comme *le sou-*
verain représentant de la littérature poétique de notre
siècle? » Et il part de là pour réfuter : c'est se faire
beau jeu en commençant. J'avoue que, malgré ma prédilection pour l'excellent poëte, je n'avais jamais songé
jusqu'ici, ni personne non plus, je pense, à lui déférer
cette représentation universelle et souveraine. André
Chénier, en effet, à le prendre comme un de nos contemporains, selon la fiction qu'on aime, serait du groupe
de Béranger, Victor Hugo et Lamartine; c'est un des
quatre, si l'on veut, et à ce titre il ne représenterait
qu'un des côtés de la poésie de notre époque, ce qui
est tout différent.

Je ne suivrai pas M. Fremy dans ces préambules
assez tortueux; il ne manque pas de décocher au passage bon nombre d'épigrammes sourdes contre les
inventeurs de rhythmes nouveaux, qui, en ce temps-
là, se prévalurent de l'autorité d'André Chénier;
ce sont déjà de bien vieilles querelles, dans lesquelles
les épigrammes elles-mêmes ont le tort d'être devenues

fort surannées. Qu'il sache de plus que même dans leur
nouveauté elles ont été impuissantes, et que les points
essentiels, les seuls auxquels on tenait, demeurent
désormais gagnés. M. Fremy a l'air de penser en un
endroit que le rapprochement qu'on faisait d'André
Chénier et des poëtes du xvie siècle était forcé, et il va
tout à l'heure adresser à Chénier des reproches qui
tendraient précisément à le confondre en mauvaise
part avec ces mêmes poëtes. En général, tout ce début
n'est pas net ; l'auteur voudrait dire et ne dit pas ; mais
j'arrive à l'opinion fondamentale, et je la résume ainsi :

André Chénier, en regard de l'antiquité, n'est qu'un
copiste, un disciple qui s'attache à la superficie et aux
couleurs plutôt qu'à l'esprit ; il abonde en emprunts
forcés, il pille au hasard et fait de ses larcins grecs et
latins un pêle-mêle avec les fausses couleurs de son
siècle. Il ne mérite en rien, selon M. Fremy, une place
dans le groupe sublime des Anciens, si large et si varié
qu'on veuille faire ce groupe. Homère est le roi et presque le dieu des Anciens ; mais il y a bien des rangs au-
dessous : Euripide, après Sophocle, y figure ; Théocrite,
un des derniers, n'y messied pas ; et chez les Latins,
Horace, Tibulle, Properce, même Ovide. Eh bien, André
Chénier n'en est, lui, à aucun degré ; car, en étudiant
beaucoup et en ayant une connaissance *plus que suffisante* de l'antiquité, il n'a pas su dans ses imitations
observer la mesure ni maintenir sa propre originalité.
Tous les critiques français jusqu'ici, ceux même qui ne
sont pas des critiques *de parti* (c'est sous ce dernier
titre que M. Fremy veut bien nous désigner sans nous

nommer), ont, il est vrai, reconnu dans André Chénier
le parfum exquis de l'Hymette : eh bien, tous se sont
trompés et ont jugé à la légère : M. de Chateaubriand,
qui a publié le premier *la Jeune Captive;* M. Villemain,
qui a consacré une leçon à ce poëte *d'étude et de passion,*
à cet *ingénieux passionné,* comme il le qualifiait;
M. Patin, qui tous les jours, dans son Cours de poésie
latine, éclaire le rôle de Catulle ou d'Horace chez les
Latins par celui de Chénier parmi nous, *tous ces esprits*
supérieurs ou délicats ont fait fausse route à cet endroit. M. Fremy arrive tout exprés, il descend du Cy-
théron pour leur révéler le vrai sens de l'antique, pour
définir le point précis et mesurer les doses.

Et remarquez que, tout en contestant à Chénier cette
part essentielle qui fait la clef de son talent, M. Fremy
proteste qu'il ne veut en rien *rabaisser sa gloire;* il a
l'air de vouloir le louer de ses odes, de ses ïambes et
de ses élégies, comme si dans toutes ces parties de son
œuvre le poëte faisait autre chose qu'appliquer le
même procédé en le dégageant de plus en plus.

André Chénier a imité dans les idylles attribuées à
Théocrite celle qui a pour titre et pour sujet l'*Oa-*
ristys, c'est-à-dire la *conversation familière* d'un pasteur et d'une bergère au fond des bois ; c'est une
des pièces dont on trouverait le plus d'imitations chez
nos vieux poëtes, qui d'ordinaire l'ont plutôt para-
phrasée et légèrement parodiée en y substituant quelque chasseur moderne qui rencontre une villageoise.
Mais pourquoi Chénier a-t-il été choisir dans le recueil
de Théocrite cette idylle-là plutôt qu'une autre? se

demande d'abord M. Fremy ; et il voit déjà dans ce
choix l'indice d'un goût peu sûr : « car, ajoute-t-il en
style étrange, l'*Oaristys* s'éloigne *sous plus d'un point* de
ces sujets naturels et simples où l'on sent à peine l'effort de l'art. » J'avoue que, lorsque je vois un critique
aborder sur ce ton des œuvres toutes de grâce et
d'élégance, j'entre aussitôt en une méfiance extrême,
et je me demande si l'écrivain de cette prose est bien
un maître-juré en telle expertise de poésie (*arbiter
elegantiarum*). M. Fremy, qui préconise uniquement
chez les Anciens une certaine ingénuité et simplicité
qu'on ne conteste pas, mais qu'il exagère, oublie tout à
fait une autre qualité qu'ils n'ont pas moins, le *tenuem
spiritum*, comme l'appelle Horace ; ce qui faisait dire
encore à Properce dans une élégie que tout à l'heure
nous rappellerons :

> Exactus *tenui* pumice versus eat.

En un mot, M. Fremy paraît ne tenir aucun compte
chez les Anciens de la grâce, de la légèreté et de la
finesse.

L'*Oaristys,* qui n'est qu'une imitation directe, une
traduction un peu libre, ne suffit pas à M. Fremy pour
déployer toute sa théorie contradictoire, et il s'attaque
courageusement à cette belle idylle intitulée *l'Aveugle.*
Il voudrait avant tout que le poëte eût débuté autrement ; car les Anciens commencent d'ordinaire par définir leur sujet, par dire : *Je chante tel homme ou telle
chose.* Hors de là, il n'y a pas de bon début à l'antique.
Et c'est là le critique qui accusera tout à l'heure Chénier

d'*un peu de pédanterie!* Notez bien, s'il vous plaît, qu'il l'aurait immanquablement accusé de *pastiche* s'il y avait surpris le début commandé. Mais je redirai moi-même ici comment j'entends la composition de *l'Aveugle.*

Chénier est plein de la lecture d'Homère ; il voudrait en reproduire en français l'accent et quelques-unes des grandes images, en offrir un échantillon proportionné ; il a l'idée de ramener l'épopée au cadre de l'idylle, et l'histoire qu'il imagine pour cela n'a rien que de très-autorisé par la tradition. Chénier en effet avait lu (ce que M. Fremy ne paraît pas avoir fait) la *Vie d'Homère,* faussement attribuée à Hérodote, mais qui, si fabuleuse qu'elle soit, exprime très-bien le fond des légendes populaires qui circulaient sur le poëte. Chénier se ressouvient donc de l'arrivée de l'aveugle à Chio chez Glaucus ; il se ressouvient de l'injure des habitants de Cymé, et de là l'imprécation éloquente :

Cymé, puisque tes fils dédaignent Mnémosyne, etc.

Dès le début, les aboiements des molosses nous ont reporté à l'arrivée d'Ulysse chez Eumée ; tous ces souvenirs s'entrelacent heureusement et se combinent. « Ne devait-on pas s'attendre au moins, s'écrie M. Fremy, à retrouver, dans un sujet où le poëte a entrepris de faire chanter Homère, quelques-unes des beautés empruntées aux poëmes de son héros ? » Aussi les images empruntées et les libres réminiscences se succèdent enchâssées avec art ; le *palmier de Latone,* auquel le vieillard compare les gracieux enfants, ne nous ramène-t-il pas vers Ulysse naufragé s'adressant en paroles de miel

à Nausicaa? Mais est-il vrai, demande M. Fremy, que
« jamais, chez les Anciens, les devoirs de l'hospitalité
aient pu dépendre d'un effet de poétique? » Et il ne
veut voir dans cette manière de présenter l'*aveugle harmonieux* qu'une perspective romanesque au service du
commentateur moderne. Heureusement, dans le bel
Hymne à Apollon attribué à Homère, on lit ce passage
dans lequel le divin aveugle n'est pas présenté autrement que ne l'a fait Chénier, si abreuvé de ces sources
habituelles : « ... Elles (les jeunes filles de Délos), elles
savent imiter les chants et les sons de voix de tous les
hommes ; et chacun, à les écouter, se croirait entendre
lui-même, tant leurs voix s'adaptent mélodieusement!
Mais allons, qu'Apollon avec Diane nous soit propice, et
adieu, vous toutes! Et souvenez-vous de moi dorénavant
lorsqu'ici viendra, après bien des traverses, quelqu'un
des hôtes mortels, et qu'il vous demandera : « O jeunes
filles, quel est pour vous le plus doux des chantres qui
fréquentent ce lieu, et auquel de tous prenez-vous le
plus de plaisir? » Et vous toutes ensemble, répondez
avec un doux respect : « C'est un homme aveugle, et il
habite dans Chio la pierreuse ; c'est lui dont les chants
l'emportent à présent et à jamais ! » — Toute la fin de
l'idylle correspond à cet endroit de l'hymne, et au besoin s'y appuie.

Après avoir méconnu les sources où Chénier a puisé,
M. Fremy ne se lasse pas d'admirer et de préférer l'*A-
ristonoüs* de Fénelon. Fénelon est un de ces beaux noms
dont on use volontiers : bien des gens qui n'ont guère
de christianisme sont toujours prêts à dire qu'ils sont

de la religion de Fénelon ; dans ce cas-ci, nous laisserons donc M. Fremy nous assurer qu'il est classique comme l'auteur du *Télémaque.*

Dans le chant que met André Chénier sur les lèvres d'Homère, il assemble toute une série de grands sujets, et tandis que se déploie devant nous ce riche canevas, *ce tissu des saintes mélodies,* on y reconnaît et on se rappelle successivement, tantôt le chant de Silène dans l'églogue vi^e de Virgile, tantôt le bouclier d'Achille et les diverses scènes qui y sont représentées, puis encore des allusions à diverses circonstances de *l'Odyssée ;* mais, vers la fin du chant, le combat des Centaures et des La- pithes prend le dessus, et tout d'un coup on y assiste. Ovide, au chant xii des *Métamorphoses,* avait déjà mis un récit de cette mêlée dans la bouche de Nestor ; Ché- nier n'a pas à redouter ici la confrontation, et dans ce tableau qu'il résume, pour la vivacité, pour la vi- gueur concise, il garde bien ses avantages. M. Fremy élève à ce propos une singulière chicane qui a tout l'air d'une méprise ; il reproche au poëte d'avoir *dans la pein- ture du Riphée,* employé ce vers :

L'héréditaire éclat des nuages dorés.

« Une expression d'un goût aussi moderne que celle de *l'héréditaire éclat* suffit sans doute, ajoute-t-il, pour dé- truire toute l'harmonie de la couleur antique. » Et il continue de raisonner en ce sens. Il n'y a qu'un petit malheur, c'est que Chénier ne parle pas *du Riphée* mon- tagne, mais de Riphée, l'un des Centaures, ce qui est un peu différent. M. Fremy aura pris, de réminiscence,

ce Centaure pour la montagne. Les Centaures, notez-le
bien, étaient *fils de la nue*, et le poëte dit de Riphée,
l'un des plus superbes, qu'il rappelait les couleurs de
sa mère, en d'autres termes, qu'il

> .... portait sur ses crins, de taches colorés,
> L'héréditaire éclat des nuages dorés.

Ce vers est exprès tourné au faste, à l'ampleur, et il
exprime à merveille l'orgueil du monstre, fier à la fois
de sa naissance et de sa crinière.

Les élégies de Chénier, malgré quelques réserves qui
sont là pour la forme, n'échappent pas au puritanisme
classique de M. Fremy : « Souvent, dit-il, André Chénier étale une sorte d'érudition de commande qui achève de donner à ses poésies un air d'emprunt et de pla-
cage ; il commence ainsi une de ses élégies :

> Mânes de Callimaque, ombre de Philétas,
> Dans vos saintes forêts *daignez* guider mes pas... »

C'est M. Fremy qui souligne le mot *daignez*, et il poursuit durant une demi-page en notant, dans le premier
de ces deux vers, *un peu de pédanterie*, car Philétas,
dit-il, n'est plus qu'un nom, et on ne possède aucun de
ses ouvrages. J'abrége le raisonnement, plus fastidieux
encore qu'il ne veut être piquant : peu s'en faut que
M. Fremy ne trouve Chénier *ridicule*. Mais lui, qui se
donne comme si expert dans le siècle de Périclès, devrait, ce me semble, se rappeler un peu mieux son siècle d'Auguste. Pour nous qui ne faisons que balbutier
en ces matières, nous avons pourtant gravé au fond du

cœur, et nous nous surprenons quelquefois à réciter avec émotion ce début de l'admirable élégie de Properce, dont M. Fremy ne paraît pas se douter :

> Callimachi manes et Coi sacra Philetæ,
>   In vestrum, quæso, me sinite ire nemus (¹)!

Qu'on relise la pièce originale, qu'on relise ensuite l'élégie xxxii de Chénier, et l'on verra, dans un excellent exemple, comment l'aimable moderne prend naturellement racine chez les Anciens, et par quel art libre il s'en détache.

Cet art libre, ce procédé vivant, André Chénier l'a lui-même trop poétiquement exprimé en sa seconde Épître pour que nous ne posions pas ici cette réponse directe et triomphante à l'attaque qui n'en tient nul compte. Si ce que nous allons transcrire était de Boileau, il y a longtemps peut-être que l'accusateur l'aurait admiré :

> Ami, Phœbus ainsi me verse ses largesses.
> Souvent des vieux auteurs j'envahis les richesses ;
> Plus souvent leurs écrits, aiguillons généreux,
> M'embrasent de leur flamme, et je crée avec eux.
>
> . . . .
>
> Je m'abreuve surtout des flots que le Permesse,
> Plus féconds et plus purs, fit couler dans la Grèce ;

(1) Ce nom de Philétas revient plus d'une fois dans Properce comme symbole du genre :

> Talia Calliope ; lymphisque a fonte petitis
>   Ora Philetea nostra rigavit aqua.

Philétas, pour l'élégiaque classique, c'est un de ces noms comme Sapho, Linus et Orphée.

Là, Prométhée ardent, je dérobe les feux
Dont j'anime l'argile et dont je fais des dieux.
Tantôt chez un auteur j'adopte une pensée,
Mais qui revêt chez moi, souvent entrelacée,
Mes images, mes tours, jeune et frais ornement;
Tantôt je ne retiens que les mots seulement;
J'en détourne le sens, et l'art sait les contraindre
Vers des objets nouveaux qu'ils s'étonnent de peindre.
La prose plus souvent vient subir d'autres lois,
Et se transforme, et suit mes poétiques doigts :
De rimes couronnée, et légère et dansante,
En nombres mesurés elle s'agite et chante.
Des antiques vergers ces rameaux empruntés
Croissent sur mon terrain, mollement transplantés;
Aux troncs de mon verger ma main avec adresse
Les attache, et bientôt même écorce les presse.
De ce mélange heureux l'insensible douceur
Donne à mes fruits nouveaux une antique saveur.
Dévot adorateur de ces maîtres antiques,
Je veux m'envelopper de leurs saintes reliques;
Dans leur triomphe admis, je veux le partager,
Ou bien de ma défense eux-mêmes les charger.
Le critique imprudent, qui se croit bien habile,
Donnera sur ma joue un soufflet à Virgile :
Et ceci (tu peux voir si j'observe ma loi),
Montaigne, il t'en souvient, l'avait dit avant moi.

Cette fois, c'est un *soufflet à Properce* que le critique imprudent a donné, et ce n'est pas notre faute si Chénier d'avance l'a rendu.

M. Fremy est si en peine de trouver et de poursuivre partout le madrigal, qu'il n'a pas craint d'en dénoncer un dans les vers qui terminent cette adorable pièce de *la Jeune Captive :*

Ces chants, de ma prison témoins harmonieux,
  Feront à quelque amant des loisirs studieux
    Chercher quelle fut cette belle :
  La grâce décorait son front et ses discours,
  Et comme elles craindront de voir finir leurs jours
    Ceux qui les passeront près d'elle !

M. Fremy veut voir dans cette fin un trait de *badinage galant* qui semble démentir le caractère de tendre tristesse répandu dans la pièce ; d'autres y auraient vu simplement un trait gracieux et de sensibilité encore. Cette sensibilité se retrouve dans l'harmonie même des mots *comme elle* et *près d'elle* répétés à dessein. Celui qui demain va mourir sent un regret à quitter la vie que consolait sous les barreaux une vue si charmante, mais il exprime ce regret à peine, et son émotion prend encore la forme d'une pensée légère, de peur de jeter une ombre sur le jeune front souriant (1).

Le châtiment d'un jugement si faux et surtout si maussade ne s'est pas fait attendre, car, après avoir transcrit pour les blâmer les deux vers touchants, voici la phrase un peu étrange d'allure que M. Fremy trouve sous sa plume, et qu'à notre tour nous nous permettons de souligner : « *C'est en notant de pareils traits*, dit-il,

(1) Ce qu'on pourrait faire, ce serait de comparer le sentiment de cette *Jeune Captive* qui *ne veut pas mourir* à l'Antigone de Sophocle qui le dit plus énergiquement et avec des cris désespérés, qui se plaint de s'en aller périr d'une mort misérable, *non pleurée, non aimée, non épousée*, ἄκλαυτος, ἄφιλος, ἀνυμέναιος...; et elle revient plus d'une fois sur cette dernière idée. Dans une situation moins extrême, la jeune fille de Chénier se plaint avec grâce surtout, comme une cadette aimable, comme pourrait le faire Ismène.

*et beaucoup d'autres du même genre, qu'une lecture
nouvelle et attentive des Poésies d'André Chénier indiquera d'elle-même que nous avons été porté à combattre
ce sentiment, qui a fait placer par certaines personnes les
productions de ce poëte parmi les grands monuments de
l'antiquité littéraire.* » Quel style, et au moment où l'on
se fait juge de la grâce elle-même! Le critique veut
absolument imiter ici ce personnage d'une pierre antique qui pèse une lyre dans une balance; je ne doute
pas que sa balance ne puisse être, ne puisse devenir un
jour très-délicate et très-sensible, mais il faut convenir
que, pour le quart d'heure, les branches et les pla-
teaux en sont encore bien lourds et bien massifs, pas
assez dégrossis.

Nous connaissons de M. Fremy de meilleures pages,
de plus dignes des études si méritoires auxquelles il
s'est livré; l'autre jour, par exemple (1), il défendait
avec esprit et goût la mémoire de Charles Nodier,
insultée par un pamphlétaire; sa plume devenait excellente. Dans une moins bonne cause, il a rencontré
ici un moins bon style : cela porte malheur de médire
de la grâce.

Le critique, en voulant rapprocher, sans justice, André Chénier de Roucher, de Delille et des descriptifs du
temps, recherche et accumule les métaphores d'*ivoire,*
d'*albâtre* et de *rose* qu'il extrait de ses vers, pour les
confondre dans un blâme commun. Il y a sur ce point
quelques remarques à lui opposer. Parmi les exemples

(1) Dans *la Revue de Paris.*

qu'il cite, on en verrait d'abord qui ne sont pas si ré-
préhensibles qu'il paraît croire : ainsi

De la jeunesse en fleur la première étamine

me semble très-bien rendre le *prima lanugine malas*
des Latins. Mais, quelle que soit la valeur de tel ou tel
vers, il faut bien se dire que ce n'est pas d'employer
l'*or*, l'*ivoire,* la *neige* ou l'*albâtre,* qui est chose interdite en poésie (car tous les poëtes, plus ou moins, vivent
de ces images), mais de les employer pêle-mêle et de
les prodiguer sans discernement. De plus, lorsqu'un
poëte, un peintre, a un style à lui et une manière reconnue, on lui passe d'ordinaire quelque mélange : ainsi
La Fontaine se laisse souvent aller dans ses plus franches peintures à je sais quelles teintes du goût Mazarin.
Ce ne sont pas des beautés assurément ; le reste aidant
et sous le reflet des années, ce sont peut-être des char-
mes.

Si M. Fremy s'était borné à faire remarquer qu'André
Chénier, malgré tout, était de son temps ; à indiquer
en quoi il composait avec le goût d'alentour, comment
dans tel sujet transposé, dans tel cadre de couleur grecque, il se glisse un coin, un arrière-fond peut-être de
mœurs et d'intérêt moderne, on n'aurait eu qu'à le suivre dans ses analyses. Nous avons nous-même remarqué autrefois que certaine ébauche d'élégie, *la Belle de
Scio,* a l'air exactement d'avoir été composée au sortir
de *Nina,* l'opéra-comique de Dalayrac et de Marsollier.
Mais, au lieu d'une appréciation modérée et qui pénètre

18.

dans son auteur, M. Fremy a prétendu biffer d'un trait de plume toute une moitié de l'œuvre, toute une première moitié d'où la seconde est sortie. Il a même trouvé moyen, en passant, de comprendre *les Martyrs* de M. de Chateaubriand dans la proscription rigoureuse. *Idylles* et *Martyrs,* c'est tout un pour lui; fi de cette antiquité artificielle et restaurée! il en parle à son aise et comme enivré des sources. Il n'a pas voulu reconnaître que du Fénelon tout pur, venant à la fin du xviiie siècle ou au commencement de celui-ci, n'aurait produit qu'un effet un peu lent; qu'il y avait lieu, quand la peinture gagnait de toutes parts et allait s'appliquer à tous les âges, de ne pas laisser l'antiquité seule pâlir. Je me le suis dit depuis bien longtemps, André Chénier, non pas quant à l'action, mais quant à la couleur, a été pour nous une espèce de Walter Scott antique et poétique : il a donné le ton.

Depuis La Fontaine, et en laissant de côté les chefs-d'œuvre dramatiques, la poésie lyrique digne de ce nom, la poésie d'odes, d'idylles, d'élégies, où en était-elle, je vous prie, en France? Le xviiie siècle comptait sans doute, ou plutôt ne se donnait plus la peine de compter une foule de pièces galantes, satiriques, badines, étincelantes d'esprit; Voltaire y excelle; les Saint-Lambert, les Rulhière, les Boufflers l'y suivaient à l'envi; mais dans l'art sérieux, dans cet idéal qui s'applique aussi à ces formes légères, dans ce tour sévère et accompli qui achève la couronne de la grâce elle-même, qu'avait-on, depuis longtemps, à citer? Au moment où André Chénier commença, j'aperçois dans

l'air une multitude de papillons plus ou moins brillants :
on eut une abeille.

Lorsqu'il parut en lumière pour la première fois, non
pas moins de vingt-cinq ans après sa mort (redoutable
épreuve !), il était jeune encore, il était plus jeune que
jamais ; la source longtemps recélée jaillit de terre dans
toute sa fraîcheur. M. Fremy veut bien nous demander
si nous croyons que ces poésies, publiées *aujourd'hui*
pour la première fois, occuperaient dans l'attention
publique le rang qu'elles obtinrent il y a vingt-cinq ans.
Mais voilà vraiment des exigences bien singulières !
Quoi ! il ne vous suffit pas qu'un poëte ait déjà subi ce
premier retard, cette *quarantaine* obscure de vingt-
cinq années de laquelle il est sorti jeune et encore très-
contemporain ; vous voulez en plus lui en supposer, lui
en imposer une seconde. Que diriez-vous si on vous
adressait les mêmes questions pour l'*Aristonoüs* et le
Télémaque, que nous admirons d'ailleurs autant que
vous ? Croyez-vous donc que l'*Aristonoüs,* publié vers
1788 ou vers 1819, eût produit de grands miracles de
goût ? Laissons ces questions oiseuses. Chénier a eu
d'abord et il n'a pas du tout perdu une qualité que les
Grecs prisaient fort et qu'ils ne cessent d'exprimer, de
varier, d'appliquer à toutes choses, je veux dire la
jeunesse, la fraîcheur et la fleur, le θαλερόν, si l'on me
permet de l'appeler par son nom, le *novitas florida* de
Lucrèce.

Nous avons joui sans doute de Chénier, plutôt que
nous ne l'avons jugé. A quel rang littéraire convient-il
de le classer enfin ? de quel ordre précisément est-il,

et à quel degré sur la colline ? D'autres mieux que **nous,**
mieux que M. Fremy peut-être, le diront. S'il a trop
peu fait dans l'idylle proprement dite pour lutter **avec**
Théocrite, il ne semble pas dans l'élégie devoir **le**
céder si aisément à Properce. Par la variété et l'assor-
timent de son recueil, il me représente bien quelque
chose comme l'*Anthologie,* non pas celle qui nous est
parvenue et qui n'est pas à beaucoup près la première
ni la vraie, mais l'*Anthologie* de Philippe, ou plutôt encore
celle de Méléagre, tant regrettée de Brunck. Méléagre
était un Attique né en Syrie, à peu près contemporain
de Cicéron ; il a laissé, entre autres petites pièces, une
jolie idylle sur le Printemps, dont Chénier s'est souvenu dans son élégie première. Mais il s'était appliqué
surtout à recueillir les trésors poétiques de ceux des
Grecs qui allaient déjà être des Anciens, à en faire un
bouquet et, comme on disait, une guirlande. On a le
charmant morceau qui servait de préface, et dans lequel
il énumère à plaisir les divers poëtes de son choix en
les désignant chacun par une fleur appropriée. Que de
regrets ! que de noms, alors brillants, qui ne représentent plus rien désormais, et aussi vagues à définir
pour nous que les nuances de ces fleurs dont ils em-
pruntaient l'emblème !

 « Muse chérie (je traduis en abrégeant), à qui appor-
tes-tu ce chant cueilli de toutes parts, et aussi quelle
main a tressé cette couronne de poésie? C'est Méléagre
qui la donne, et c'est pour l'illustre Dioclès qui s'est
appliqué à ce souvenir de grâce. Il y a entrelacé beaucoup de lis d'Anyté et beaucoup de Myro ; peu de Sapho,

mais ce sont des roses. Le narcisse fécond des hymnes de Mélanippide s'y marie à la fleur de vigne du sarment naissant de Simonide. Tout au milieu, il y a mêlé l'Iris odorant de Nossis, sur les tablettes de laquelle Amour lui-même enduisit la cire; il y a mis la marjolaine de Rhianus qui exhale l'agrément, et le jaune safran d'Érinne aux couleurs virginales..., et Damagète, cette violette noire, et le doux myrte de Callimaque, toujours plein d'un miel épais... Il a cueilli, pour y ajouter, la grappe enivrante d'Hégésippe..., et la pomme mûre des rameaux de Diotime, et la grenade à peine en fleur de Ménécrate... La ronce d'Archiloque aux dards sanglants et quelques gouttes de son amertume y relèvent la chanson de nectar et les mille brins d'élégie d'Anacréon... Le bluet foncé de Polyclète... et le jeune troëne d'Antipater n'y manquent pas..., ni surtout la branche d'or du toujours divin Platon, où tous les fruits de talent resplendissent. Il n'a pas oublié non plus les bourgeons du sublime palmier d'Aratus qui embrasse les cieux..., et le frais serpolet de Théodoridas dont on couronne les amphores..., et beaucoup d'autres rejetons nés d'hier, parmi lesquels il a semé aussi çà et là les premières violettes matinales de sa propre muse. C'est un présent que j'offre surtout à mes amis, mais tous les initiés ont part commune à cette gracieuse couronne des Muses. »

Chénier avait lu d'abord cette pièce attrayante qui ouvre le recueil de Brunck, et qui est comme l'enseigne du jardin des Hespérides; il semble s'être dit : Et moi aussi, pourquoi donc ne ressaisirais-je pas quelque chose de tout cela? Pourquoi le parfum du moins de ce butin perdu ne revivrait-il pour la France en mes vers? »

Les critiques difficultueux peuvent se demander si, en procédant ainsi, en se livrant à ces *délices* de poésie qui d'ordinaire suivent les grands siècles, il se montrait rigoureusement fidèle à l'esprit de ces grands siècles eux-mêmes. M. Fremy n'hésite pas; pour dernier mot, il conclut que « la place d'André Chénier ne sera jamais celle des écrivains classiques *dignes d'être proposés comme modèles, sans restriction, aux étrangers et aux jeunes esprits dont le goût n'est pas entièrement formé.* » Chénier aurait pris certainement son parti de cette sentence; jamais poëte digne de ce nom ne s'est proposé un tel but ni de pareils honneurs scholaires. Que voulez-vous? les étrangers et les écoliers peut-être s'en passeront, si on le leur défend; et pour ces derniers, en effet, je me garderais de le leur conseiller. Lui, comme tous les chantres de la jeunesse, de la beauté et de l'amour, il forme un vœu plus doux, il rêve une gloire plus charmante, quelque Françoise de Rimini au fond :

Ut tuus in scamno jactetur sæpe libellus,
    Quem legat expectans sola puella virum (1).

C'est-à-dire :

Qu'à bien aimer tous deux mes chansons les excitent,
Qu'ils s'adressent mes vers, qu'ensemble ils les récitent!

(1) Properce, liv. III, élég. 2.

Et encore :

> Nec poterunt juvenes nostro reticere sepulcro :
>   *Ardoris nostri magne poeta, vale* (1) !

Qu'un jeune homme, agité d'une flamme inconnue,
S'écrie aux doux tableaux de ma muse ingénue :
« Ce poëte amoureux qui me connaît si bien,
Quand il a peint son cœur, avait lu dans le mien. »

Voilà le vœu d'André Chénier exprimé en toute occasion : joignez-y celui d'être agréable et cher aux *initiés*
des Muses : il ne demandait pas plus, et le sort, après
bien des injures cruelles, l'a enfin tardivement exaucé.
La jeunesse l'aime, elle lui sourit; cette vogue, qui
passe si vite pour les auteurs, se renouvelle pour lui
depuis déjà bien des printemps ; l'heure de réaction que
vous appelez, et contre laquelle nul autre en nos jours
n'est garanti, n'a pas encore sonné, ne vous en déplaise.
Il a même, dans ces dernières années, obtenu un redoublement de succès, imprévu, croissant, et que ses premiers admirateurs n'auraient osé lui présager. — « Mais
il a fait faire bien de mauvais vers, » dites-vous. —
Tous les poëtes qui réussissent en sont là; et puis ces
mauvais vers se seraient faits autrement sans lui,
croyez-le bien; sous un pavillon ou sous un autre, les
mauvais vers trouvent toujours moyen de sortir. J'ai
plutôt plaisir à remarquer qu'il est pour quelque chose
dans les meilleurs essais de ces dernières saisons, et
que son influence s'y marque sans nuire aux parties
originales. Un talent lyrique très-élevé, M. de Laprade,

(1) Properce, liv. I, élég. 7.

et M. Ponsard, l'auteur de *Lucrèce,* lui sont certainement redevables à des degrés différents. L'autre jour, à cette jolie comédie de M. Émile Augier, *la Ciguë,* en entendant sur les lèvres de sa décente Hippolyte le tendre soupir :

Si Clinias aimait, il ne mourrait donc pas!

il me semblait reconnaître un écho du maître aimable. Que si à tout cela vous me répondez que vous préférerez toujours *Athalie* et Sophocle, je n'ai certes pas un mot à opposer à tant de sagesse, et j'en ai trop dit.

1er juin 1844,

HOMÈRE.

(L'*Iliade*, traduite par M. Eugène BARESTE, et illustrée
par M. DE LEMUD.)

PREMIER ARTICLE.

L'antiquité, on l'a dit, est chose nouvelle ; depuis le
jour où elle a été retrouvée et comme découverte à
l'époque de la renaissance, elle n'a cessé d'être étudiée,
et de l'être mieux, au moins de quelques-uns. Les points
de vue et les perspectives qu'on a sur elle n'ont cessé
de varier aussi et de se diversifier selon les degrés
successifs que cette étude a parcourus, et selon les
points du temps où le spectateur s'est trouvé placé :
chaque siècle depuis le xvıᵉ a eu de ce côté son bel-
véder différent. A mesure que les faits s'amassaient et
se discernaient sous l'œil de la critique, les couleurs
dont ils se teignaient et à travers lesquelles on les envisageait n'ont pas laissé de subir des influences presque
contraires. Après s'être fait d'abord tout grec et tout
latin, on s'est jeté ensuite dans un excès opposé, et
chez nous, par exemple, on était venu à tout *franciser*,
sentiments et costume : les érudits eux-mêmes, comme

l'abbé Barthélemy, trouvaient moyen de placer leur Chanteloup dans le pèlerinage d'Athènes.

Vers la fin du xviiie siècle, en France, et à ne considérer que l'ensemble de la littérature régna nte, l'étude de l'antiquité avait singulièrement baissé. D'honorables érudits protestaient sans doute çà et là par leur persévérance; mais les plus brillants d'entre les littérateurs du jour se passaient aisément d'un fonds que deux siècles déjà d'une gloire toute moderne semblaient recouvrir et suppléer. Ils commentaient Corneille, ils analysaient Racine; mais, dès qu'il s'agissait des Anciens, le temps manquait évidemment; on courait, on tranchait d'un mot. Il semblait qu'on se fût dit : A quoi donc serviraient l'esprit et le goût, sinon à dispenser du terre-à-terre de l'étude et à deviner?

Et ici sa merveilleuse rapidité de goût trompa plus d'une fois Voltaire lui-même; les Latins et Horace, il les sentait vivement, les entendait à demi-voix, leur répondait en égal; d'Auguste à Louis XV on se donnait la main. Mais l'horizon naturel, même pour cette vue si perçante, finissait là. On ne passait guère la Sicile, on ne doublait pas le Péloponèse. Les beautés des tragiques et des lyriques, les grandeurs d'Homère se dérobaient par mille côtés, et par leurs côtés peut-être les plus sacrés : on en parlait à la légère, presque sur ouïdire, un peu sur la foi de l'écho, et, même en les célébrant, on courait risque d'en méconnaître et d'en altérer le caractère. Marmontel, La Harpe pourtant eurent des éclairs heureux; ce dernier particulièrement, au début de son *Cours de Littérature*, institua avec noblesse, avec éloquence, la majestueuse figure d'Homère ; il disserta de *l'Iliade* surtout et de son ordonnance, de son effet d'ensemble, en des termes judicieux et sentis qu'il est bon de rappeler aujourd'hui qu'on est si aisément ingrat pour ce critique plus qu'à demi détrôné. Dans ces pages où il nous décrit l'impression causée en lui par une lecture entière de *l'Iliade*, La Harpe, sans y songer, répond d'avance, et par les arguments qui demeurent encore les plus victorieux, aux suppositions hardies de Wolf, à ses doutes ingénieux contre l'existence du poëte et contre une certaine unité de l'œuvre. Un poëme qui, lu sans prévention, produit sur des juges délicats, sur des amateurs éclairés et sensibles, un tel effet d'intérêt gradué, d'action successive et de magnifique accomplissement, attestera toujours, quoi qu'on puisse dire, et sauf les parties plus ou moins accessoires, la main et le génie principal d'un seul. Le gouvernement de plusieurs n'est pas bon, a dit Homère lui-même ; qu'il n'y ait qu'un maître et qu'un roi ! Or cela est surtout vrai pour tout poëme. L'on n'a guère vu jusqu'à présent, a dit La Bruyère, un chef-d'œuvre d'esprit qui soit l'ouvrage de plusieurs ; et il cite comme irrécusable exemple *l'Iliade*. Ces simples et vives décisions du goût ont pu être un moment obscurcies ; elles reprennent rang aujourd'hui, ce me semble, et elles subsistent en se combinant avec les travaux positifs et les progrès de la philologie qui, à elle seule, n'est pas tout. Plus d'un érudit spirituel, en lisant les *Prolégomènes* de Wolf, se redira avec M. Boissonade cette fine

parole du Comique ancien : « Non, tu ne me persuade-
ras pas, non, quand même tu me persuaderais. »

L'interruption des études causée en France par la
Révolution y ramena une sorte de renaissance ; l'antiquité un moment refoulée et comme anéantie reparut
avec un éclat et une autorité qu'elle n'avait pas eus à
la veille de la catastrophe. Son intervention surtout au
sein de la littérature du jour redevint manifeste et hautement avouée ; des hommes instruits, des écrivains
élégants, et un bon nombre des plus distingués dans
ce journal même (1), reprirent en main la cause des
maîtres au point où La Harpe l'avait laissée, et, la poussant plus avant, remirent en circulation auprès du public et du monde les noms et les exemples des Anciens
dont ils s'étaient longtemps nourris. Mais nul ne fit
plus alors pour ce renouvellement et, en quelque sorte,
cette création moderne du sentiment antique que l'illustre auteur du *Génie du Christianisme ;* aucun de nos
écrivains, depuis Fénelon, n'avait eu à ce degré l'intelligence vive du génie grec, et si Fénelon en avait goûté
et rendu surtout les grâces simples et l'attique négligence, il était réservé à notre glorieux contemporain
d'en exprimer plutôt les lignes grandioses et la sublimité primitive. Les nombreux passages traduits d'Homère
qui ornent le *Génie du Christianisme,* et plus tard la
docte reproduction poétique qu'on admira dans *les
Martyrs,* relevèrent publiquement les images du Beau

(1) Ces articles sur Homère ont été mis dans *le Journal des
Débats.*

et indiquèrent à tous ceux qui en étaient dignes les chemins des hautes sources. Depuis ce jour les critiques ingénieux et fins, ou même éloquents, n'ont pas manqué qui, par leurs écrits ou du haut des chaires, ont maintenu en honneur et divulgué de plus en plus l'esprit véritable de l'antiquité. A un certain moment de la Restauration, le goût des littératures étrangères et de ce qu'on nomma la couleur locale vint aider collatéralement pour ainsi dire et prêter son reflet à l'entière explication des beautés classiques, en ce que celles-ci avaient gardé de singulier quelquefois et d'étrange. On peut affirmer en ce sens qu'*Ivanhoë*, par exemple, acheva d'éclairer et d'illustrer *l'Iliade*. Les belles considérations de M. de Schlegel sur les tragiques grecs eurent aussi leur effet chez nous, malgré les comparaisons peu aimables dont il les accompagnait et qui semblaient en compromettre la justesse. Rappelons toutefois que si, pour certains aspects de Sophocle et d'Eschyle, nous avons été redevables au critique allemand, nous avions pris de nous-mêmes les devants pour ce qui regarde Homère : la méthode simple de le comprendre et de le traduire était déjà trouvée ; elle l'était, je le répète, par Fénelon et par M. de Chateaubriand.

Cependant, au milieu de ces développements pleins d'éclat et de cette restitution opérée dans les dehors de la littérature, il restait beaucoup à faire au dedans pour les études positives, et chez un grand nombre d'esprits, comme il arrive si souvent en France, le sentiment allait plus vite que la connaissance et le labeur. On parlait à merveille du génie des écrivains et du caractère des œuvres, dont on eût pratiqué difficilement les textes. Ce désaccord, qui tenait à la rapidité des temps et à l'empressement honorable des premières générations., a graduellement cessé; depuis une douzaine d'années surtout, l'Université ne se lasse pas de former dans ses écoles, d'exercer dans ses concours, une jeune et forte milice qui soutiendrait le choc dans les luttes philolo- giques contre nos rivaux d'outre-Rhin, et qui n'a pas à rougir non plus devant les souvenirs domestiques, devant les traditions exhumées de la vieille Université d'avant Rollin. Mais en même temps que cette force intérieure s'est redoublée et que, dans les directions diverses, on poursuit des travaux curieux et profonds, le sentiment littéraire des beautés, faut-il le dire? sem- ble avoir faibli, ou du moins il se tait volontiers pour céder le pas aux recherches de l'érudition, aux particu- larités de l'histoire : de sorte que l'instruction classique de nos hautes écoles et la littérature universitaire deve- nant de plus en plus solides n'ont pas tout leur brillant, et perdent en grande partie leur effet sur la littérature courante, laquelle devient de plus en plus légère. Une telle séparation n'a rien que de naturel dans l'ordre actuel des choses; il ne faudrait pourtant pas que cela fût poussé jusqu'au divorce, et il importe, autant qu'on le peut, de s'y opposer.

L'antiquité est bonne à tous, et elle l'est à tous les degrés. Depuis l'amateur qui l'a saluée d'un coup d'œil et qui s'en souvient avec grâce, jusqu'à celui qui s'ini- tie lentement à ses mystères; depuis l'heureuse nature qui en a été allaitée et pétrie dès l'enfance, jusqu'à l'esprit fait qui tard y revient et tâche, comme Alfieri, comme Marie-Joseph Chénier, de se l'inoculer par réflexion, qui en épelle et qui en reconquiert chaque beauté, tous y gagnent et trouvent de ce côté seulement la patrie première, le point fixe et lumineux pour s'orienter dans les écarts comme dans les retours. Entre tant de richesses étrangères et modernes dont on est tour à tour tenté et séduit, elle seule donne au critique la vraie loi du goût, à l'écrivain les vrais secrets du style, les procédés sûrs et sévères qui servent de garantie à l'innovation même et à l'audace. Les Shakspeare et les Dante, ces demi-dieux plus récents, n'y suppléeraient pas ; ils ont leur rouille ; ils ne sont maîtres à cet égard qu'incomplétement. Corneille et Racine, pour nous autres Français, sont beaucoup trop voisins ; entre eux et nous il y a une lignée ininterrompue d'imitateurs qui nous empêche de les mesurer. Dans la même langue d'ailleurs on ne peut se choisir ses maîtres sans en approcher trop et s'y absorber ; c'est comme dans ces mariages de famille d'où il ne sort rien de vigoureux. Il faut aller prendre plus loin ses religions et ses alliances. L'antiquité est là qui remplit cette destination à part, et qui nous offre son fonds immuable et inépuisé. Seule elle donne, en quelque sorte, la distance convenable et l'ouverture de compas pour mesurer les justes hauteurs, pour se régler aux vraies étoiles.

On a beaucoup parlé d'art dans ces derniers temps, et il faut convenir, en effet, que jamais peut-être l'art n'a été mieux compris, mieux étudié dans ses variétés

brillantes, dans ses branches parallèles et ses trans-
formations successives à travers l'histoire ; et pourtant
l'époque elle-même, malgré l'éclat de ses débuts, ne
paraît pas destinée à prendre rang dans ces grands moments et *siècles,* comme on les appelle, qui comptent
entre tous, qu'on vénère de loin, et qui se résument
d'un nom. Elle se disperse, elle court toutes les voies,
et, moins ornée souvent qu'encombrée des talents nombreux qu'elle possède, elle en est à chercher encore son
ordonnance et son unité. Il y a plus : ces talents eux-
mêmes qui l'honorent, arrivés à une certaine élévation,
subissent chacun cette espèce de vent de dispersion qui
circule ; ils versent d'un côté ou d'autre ; ils manquent
à la loi de leur propre développement et à leur unité
particulière.

On trouverait à ce fait incontestable bien des causes ;
mais une des principales est assurément dans la manière
dont on s'est accoutumé, durant la marche rapide, à
se passer presque absolument des horizons de l'antiquité et de ces temples harmonieux qui en couronnent à
jamais le fond. Tout occupé des études présentes et de
saisir au passage ce qu'une curiosité insatiable apportait de tous bords, on a perdu de vue, dans ce tumulte
de l'avant-scène, les lignes essentielles et pures du cadre,
les proportions discrètes et décentes où l'œil et l'âme
ont besoin de se reposer. Le vrai Beau pourtant a en soi
quelque chose de fixe et de calme qui ne saurait s'accommoder en définitive de toutes ces inquiétudes. Au
point de vue de l'art il convient de choisir, il importe
peu de tout embrasser. Quel est encore pour l'artiste,

pour l'amateur pénétré, l'idéal le plus enviable? Lorsque dans deux ou trois littératures, dans deux ou trois
poésies qui sont sous la main, on a su découvrir les
fruits d'or et se ménager ses sentiers, c'est assez : l'horizon est trouvé; tout s'y compose; chaque pensée nouvelle a son libre jeu, en vue des collines sereines. Aux
heures oisives, on peut se promener pas à pas désormais, jouir de l'ombre ou du soleil, s'asseoir près de sa
fontaine, entre son urne et son palmier.

Mais on ne comprend plus cela depuis déjà longtemps; on est dans un changement à vue perpétuel ; on
s'use dans des voyages sans fin ; l'esprit poétique a été
comme le Juif-Errant. Ce que nous voudrions ici, c'est
de rappeler parfois les regards et de reporter les nôtres
particulièrement vers ce fond de majesté et de grâce
que le Parthénon couronne, et plus loin aux rivages
d'Ionie, là où de siècle en siècle s'est montré le tombeau d'Achille.

Nul n'est plus propre qu'Homère à remplir cet objet
grandiose que j'invoque et que j'aimerais à voir de loin
planer sur toute étude, même diverse, comme on voit
au fond de l'atelier du sculpteur régner le front du
Jupiter olympien. Homère est naturellement la limite
littéraire extrême à laquelle notre vue remonte dès
l'enfance, et il occupe les sommets de toute cette pente
graduée d'où le Beau nous est venu. Facile jusqu'à un
certain point, plus facile assurément que presque tout
ce qui est dans l'intervalle, complet en lui-même, ayant
sa langue à lui, son vocabulaire et ses formes d'expression, comme il a son Olympe et son monde, il pro-

met d'entières et sûres jouissances à quiconque aura la volonté de l'aborder et de le posséder. Il n'est pas jusqu'à son rhythme épique qui ne devienne une facilité de plus, pour peu qu'on ait manié soi-même l'hexamètre latin. La structure des vers lyriques, la cadence des vers dramatiques, échappent volontiers, et je n'oserais répondre qu'à force d'application l'oreille des érudits l'ait en effet reconquise; le vers d'Homère, large et régulier, est d'une mesure aussitôt intelligible et sensible à tous; l'harmonie, cette portion si essentielle du poëte, ne reste pas un seul moment absente avec lui : en le lisant, nous l'entendons chanter.

Mais, dans l'état actuel de nos connaissances, est-il bien permis encore de nommer de la sorte Homère comme un seul poëte, comme une personne, et n'est-on pas tenu d'ajouter immédiatement qu'on ne le nomme ainsi que par forme provisoire et comme qui dirait, sous bénéfice d'inventaire? J'en ai déjà touché quelque chose en commençant, et j'oserai à cet égard poursuivre ma pensée un peu plus en détail. L'érudit et très-élégant Dugas-Montbel, dans son *Histoire des Poëmes homériques,* nous a exposé avec une lucidité parfaite l'état de la question et tout ce qu'a de plausible, selon lui, le système de Wolf auquel il déclare se ranger. Il finit par demander presque pardon au lecteur de dire encore *Homère :* « Je me sers, dit-il, d'une expression convenue pour éviter une périphrase. » Nous ne saurions, après l'avoir lu, nous sentir aussi édifié que lui. Sans doute il y a de grandes difficultés à se figurer l'œuvre d'Homère, *l'Iliade* pour ne prendre qu'elle, fidèlement récitée et transmise dans son ensemble durant des générations et sans le secours de l'écriture. La mémoire humaine, quand elle y est contrainte et exercée, a beau avoir ses merveilles, il est indubitable qu'un poëme si considérable datant d'une époque antérieure à l'écriture a dû être notablement altéré, augmenté ou morcelé, dans sa transmission à travers la bouche des rhapsodes. C'est ce qu'attestent aussi les témoignages des Anciens, et c'est à quoi Pisistrate mit ordre par la révision et la rédaction qu'il ordonna. Mais est-ce de cette époque de Pisistrate que date en effet la création du poëme en tant que formant ensemble? Cette création tant admirée n'est-elle sortie que secondairement et par voie de compilation? La Commission nommée par Pisistrate a-t-elle réellement inventé le plan de l'*Iliade* et de l'*Odyssée,* ou l'a-t-elle seulement retrouvé et restauré autant qu'elle l'a pu? Les Anciens, qui, si dénués de critique qu'on veuille les faire, comptaient pourtant parmi les éditeurs d'Homère les Aristote et les Aristarque, n'ont jamais attribué à la Commission de Pisistrate d'autre honneur que celui d'avoir rassemblé les membres du grand poëte dispersé. Elle-même n'a pas prétendu faire autre chose, et il faut convenir qu'elle aurait été dupe d'une bien étrange illusion en créant ainsi de toutes pièces ce qu'elle croyait seulement retrouver. En fait, les Anciens paraissent n'avoir jamais douté de la réalité d'un Homère. Les Modernes à leur tour en étaient là et se guidaient sur les autorités, ce semble, les plus compétentes, lorsque la publication que fit en 1788 Villoison de la scholie de Venise sur *l'Iliade* est venue tout changer. Ce scholiaste de Venise, en donnant beaucoup de détails sur les procédés, les libertés et les dissidences des grammairiens-éditeurs à l'égard d'Homère, introduisit, en quelque sorte, la critique moderne dans les secrets de ménage des Anciens : rien n'est plus périlleux que les secrets incomplétement saisis; on les commente sans fin, on les pousse à perte de vue, on en abuse. Personne n'est plus là pour arrêter à temps et redresser.

L'excellent et savant Villoison fut le premier bien étonné des résultats extrêmes qu'on tirait de sa découverte; il n'avait jamais prétendu à tant de bouleversement. Comme ces dignes Parlementaires qui, à cette même date de 1788, avaient donné le branle à la politique, il était un peu déconcerté et furieux d'avoir fourni les armes à une telle révolution sur Homère.

On alla d'emblée plus loin que n'avaient cru pouvoir se le permettre les plus hardis des Anciens ; on ne se borna pas à attribuer *l'Iliade* et *l'Odyssée* à deux auteurs différents, comme quelques Alexandrins l'avaient pensé et comme plusieurs considérations tendraient à le faire concevoir : on ne laissa subsister à l'intérieur de chaque poëme aucune unité primitive, aucune inspiration personnelle et dirigeante. De ce que Zénodote retranchait un vers et Aristarque un autre, on en conclut que rien n'était authentiquement du poëte désormais fabuleux. Au milieu de ces divers scholiastes Homère se trouva exactement dans la position de l'homme entre ses deux maîtresses; l'une arrache les

cheveux noirs, l'autre les gris, et le voilà chauve.
Quand on additionne ainsi toutes les dissidences de
détail, on est effrayé sur l'ensemble ; mais c'est une
mauvaise méthode et trompeuse, en pareil cas, que
d'additionner. « Il n'y a point, a dit La Bruyère, d'ouvrage si accompli qui ne fondît tout entier au milieu
de la critique, si son auteur voulait en croire tous les
censeurs qui ôtent chacun l'endroit qui leur plaît le
le moins. » Ainsi l'*Iliade* tout entière, y compris l'auteur, *fondit* un moment sous le nombre des coups de
crayon retrouvés ; et pourtant elle subsiste. Elle sub-
sistait avant Pisistrate qui l'avait fait rassembler,
elle subsiste après Wolf qui l'a voulu de nouveau démo-
lir. Dugas-Montbel me paraît sous l'empire de sa pré-
occupation quand il veut interpréter en sa faveur le mot
de M. Boissonade que nous avons précédemment cité.
Ce mot, au contraire, exprime à merveille la résistance
invincible que la conscience littéraire oppose à un système ingénieux, mais subversif. C'est ce qu'un autre
savant écrivait à Wolf après l'avoir lu : « Tant que je
vous lis, je suis d'accord avec vous ; dès que je pose
le livre, tout cet assentiment s'évanouit. » Les philologues, les érudits positifs ont beau faire assez peu de cas
des considérations générales et des raisons puisées
dans le sens intime ; ici eux-mêmes sont forcés de raisonner pour étayer leur système, et ils n'arrivent à
leurs résultats que par voie d'induction ; car, s'ils
s'en tenaient purement au fait transmis, à l'opinion
constamment exprimée par les Anciens, ils croiraient
à Homère nonobstant les difficultés qu'après tout les

Anciens aussi n'ont pas été sans se poser. Dugas-Montbel (je le cite comme plus à portée de tout lecteur)
commence par produire les deux scholies qui servent
de base au système ; l'une des deux renferme une erreur
grossière, et c'est pourtant sur ce scholiaste inepte qu'on
s'appuie, en même temps qu'on trouve moyen d'in-
firmer le témoignage gênant de Plutarque, qui ten-
drait à faire remonter jusqu'à Lycurgue l'existence
prouvée des poëmes homériques. Pour moi donc, ce
serait au nom du scepticisme même, de ce scepticisme
légitime qu'il convient d'opposer aux conjectures systé-
matiques des Modernes en des profondeurs si reculées,
que je me retrancherais, s'il le fallait, dans la vieille foi
sur le poëte. Mais laissons ces extrémités. Sans entrer
dans un détail ici impossible, il semble qu'on revient
aujourd'hui des deux côtés à une opinion moins absolue, à une sorte d'opinion moyenne dont M. Guigniaut,
dans un article sur Homère, s'est fait parmi nous l'organe (1).

Entre *l'Iliade* et *l'Odyssée,* si l'on y découvre à toute
force deux époques bien différentes et que n'ait pu
embrasser une seule et même vie de poëte, on pourrait
toujours admettre le partage ; *l'Iliade* serait d'Homère,
l'Odyssée serait du premier et du plus grand des homérides.

En ce qui est particulièrement de *l'Iliade,* sur
laquelle a porté le fort du débat, il est bien à supposer

(1) On trouve cet article comme introduction en tète du *Dictionnaire complet d'Homère et des Homérides,* par MM. Theil et
Hallez d'Arros.

qu'après la guerre de Troie il dut se répandre par la Grèce et par l'Ionie un grand nombre de chanteurs qui allaient, comme Phémius, comme Démodocus, célébrant devant les fils les exploits des pères. Très-probablement, avant le poëte appelé Homère, il y avait eu nombre de ces chanteurs dont il vint hériter, qu'il surpassa de tout point et qu'il absorba. Et d'autre part, depuis lui, il y a eu certainement une postérité d'autres chanteurs ou rhapsodes, qui l'ont récité, copié, amplifié; c'est à quoi Pisistrate prétendit mettre ordre. Mais qu'entre ces seconds chanteurs et les premiers il y ait eu de toute nécessité un génie supérieur, un auteur principal, une seule tête, une seule âme ordonnatrice faisant le nœud des uns aux autres, c'est ce que l'œuvre résultante semblerait déclarer suffisamment; et la tradition n'a pas cessé un instant de le confirmer.

On a beaucoup et très-éloquemment parlé à ce propos de poésie *populaire,* de génie *instinctif,* d'épopée toute *spontanée,* et l'on a cru par là, retrouvant la grandeur, suppléer à l'unité. Chaque époque a ses entraînements et ses préjugés; il en est de plus d'une sorte. Il me semble qu'à un certain moment, et par réaction contre les quatre siècles classiques de Périclès, d'Auguste, de Léon X et de Louis XIV, dont on se sentait rebattu, on est devenu soudainement crédule aux poésies dites populaires; on y a été crédule comme certains athées le sont aux molécules organiques et aux générations spontanées. Avec ce procédé pourtant de poésie populaire et d'imagination nationale, passe-t-on jamais de beaucoup en étendue et en portée la romance ou la chansonnette? De nos jours qu'auraient été tous ces couplets sur l'Empire sans Béranger? Au moyen âge, dans les *chansons de gestes*, n'en déplaise aux Wace et aux Rutebeuf, on n'a pas eu d'Homère, et l'on s'en aperçoit bien. Les époques antiques différaient certainement des nôtres par des côtés essentiels. Y a-t-il eu toutefois une telle époque où le génie homérique, indépendamment d'un Homère même, était dans l'air et circulait çà et là, à l'état de divine tempête, de façon que tout rhapsode pût en prendre sa part indifféremment, à peu près comme au xviiie siècle, en poésie, il y avait du Dorat un peu partout? On cite Vico et sa phrase spécieuse qui fait de la Grèce tout entière le poëte qu'il ne faut plus réclamer ailleurs. Mais je ne saurais croire que ce soit là le cas d'appliquer le mot tant cité : « Il y a quelqu'un qui a plus d'esprit que Voltaire, c'est tout le monde. » Je conçois que dans le genre d'esprit de Voltaire, c'est-à-dire pour un certain bon sens critique et railleur, tout le monde, c'est-à-dire encore l'élite de Paris, puisse fournir l'équivalent. Mais en création poétique, en imagination élevée, en talent de conception et d'expression, qu'est-ce à dire? Faut-il s'en remettre absolument et tout imputer au public, même au public d'alors, à la majorité des rhapsodes, ou du moins à ce que j'ai appelé la Commission de Pisistrate? Un homme d'esprit a traduit le système d'un mot piquant : Au lieu du plus grand des poëtes, on aura dorénavant Homère *par une Société de Gens de Lettres.*

Mais nous n'avons pas fini de tout dire à propos de

cette *Iliade* sur laquelle on a cependant tout dit, et nous y reviendrons encore.

27 janvier 1843.

<hr />

SECOND ARTICLE.

Nous avons donc, nous croyons toujours avoir un Homère, non pas un fantôme né de l'illusion et du mirage des temps, mais une personne véritable, un grand poëte qui a vécu quelques générations après la guerre de Troie, et qui en a rassemblé tous les échos. Il a laissé des chants immenses et magnifiques, marqués d'un incomparable cachet de génie et de sublimité, lesquels recueillis, transmis, altérés aussi de bouche en bouche, ont été restitués, rassemblés et fixés à un certain moment. La tradition n'a jamais dit autre chose; les détails et le *comment* échappent à cette distance. Ce qu'on sait mieux, c'est qu'à partir de cette rédaction sous Pisistrate, de nombreux travaux sont venus ordonner de plus en plus, resserrer, éclaircir et aussi polir dans le détail l'œuvre du poëte, en simplifier peut-être les contours, en faire mieux saillir le dessin, en rendre surtout plus nettes les épreuves et le texte même, jusqu'à ce qu'enfin l'œuvre soit sortie telle que nous la possédons, aussi parfaite et divine qu'on la pouvait désirer, des mains du plus grand des criti-

ques, de celui dont le nom est devenu comme celui
d'Homère un immortel symbole de perfection et de
louange, — des mains d'Aristarque.

Notons bien la marche et l'enchaînement des destinées dans cet exemple majestueux. Les héros de la
guerre de Troie, Agamemnon, Hector, Achille, auraient
eu beau combattre, s'illustrer et mourir, s'ils n'avaient
pas eu d'Homère : et, comme l'a dit Horace, beaucoup
d'autres non moins dignes de renom sont à jamais ensevelis dans l'ombre ; ils ne feront jamais verser de
nobles larmes, parce qu'ils n'ont pas eu leur chantre
sacré : *Carent quia vate sacro.* Mais le poëte, à son tour,
pour vivre, pour arriver jusqu'à nous et continuer de
régner dans toute sa splendeur, a besoin du critique,
c'est-à-dire du serviteur fidèle et zélé qui le recueille
même après des siècles, qui rassemble son héritage
épars, qui recouse avec une piété diligente et discrète
les plis de sa robe dispersée. Homère n'est aujourd'hui
tout Homère que parce qu'il n'a pas manqué de son Aristarque. Solidarité instructive et touchante ! Ce n'est que
justice que cette gloire plus humble, mais non moins du-
rable, du second. On l'a dit, après créer et enfanter des
œuvres de génie, il reste encore quelque chose de digne
et de beau, c'est de les sentir et de les faire admirer.
L'enthousiasme, la *muse* du critique doit être là.

D'ingénieux érudits semblent avoir eu regret à ce
travail d'Aristarque qui résumait si heureusement et
accomplissait tous ceux des grammairiens ses prédécesseurs. On dirait en vérité qu'en rendant le vieux poëte
plus accessible, plus correct, mieux enchaîné, en faisant

de son texte le plus sûr et le mieux établi des textes
poétiques anciens, on ait commis quelque grave infidélité envers lui et envers nous. Un savant anglais a
même essayé de retrouver par conjecture la vieille or-
thographe, les vieilles formes de l'Homère d'avant Aristarque, de l'Homère contemporain de Pisistrate (1).
C'est curieux, c'est docte ; mais on peut affirmer aussi
que c'est bien se consumer en pure perte. L'esprit humain se comporte-t-il donc comme ces enfants qui, dès
qu'ils ont un beau jouet, n'ont de cesse qu'ils ne l'aient
démonté et mis en pièces? Et sont-ce des jouets que
de telles œuvres? On sait qu'Aristarque a quelquefois
changé, qu'il a sans doute plutôt adouci ; qu'en cet
endroit, par exemple, où Phœnix s'adressant à Achille
dans l'espoir de le fléchir se reporte vers sa propre jeunesse et raconte comment lui-même il a failli un jour
devenir parricide, le critique avait cru devoir retrancher
cette parole terrible, pour ne pas faire tache à ce caractère vénérable qu'il craignait de voir profaner. Plutarque, de qui l'on tient la particularité, juge que cette
crainte était excessive et que la parole de Phœnix n'est
nullement déplacée en cette occasion. Lucien le moqueur a badiné sur ces retranchements. Pour moi, de
tels scrupules en général, quand ils naissent en de bons
esprits, et que la main qui tient le crayon est sûre et

---

(1) Ou, qui plus est, de l'Homère antérieur à Pisistrate. —
M. Knight (c'est le nom du hasardeux reconstructeur) a mis
d'ailleurs en tête de son *Homère* d'ingénieux et intéressants *Prolégomènes*, où il donne les vrais arguments pour l'unité de composition de l'*Iliade* et de l'*Odyssée*.

capable, ne m'effrayent pas plus qu'il ne convient. Il est
piquant d'en découvrir après coup quelque trace ; mais
l'œuvre, telle que nous l'avons, a gagné sans doute en
somme à ces soins vigilants et presque maternels. Elle
s'est revêtue, sans qu'au fond la sincérité en souffre,
de toute sa moralité brillante et d'une teinte de clarté
plus continue ; le service envers le genre humain, ce
bienfait perpétuel qui émane d'une noble lecture, a été
plus complet.

Lorsque Ulysse, après avoir tiré vengeance des pré-
tendants et avoir reconquis son palais, veut se faire reconnaître de Pénélope, l'intendante Eurynome le met
au bain et le parfume ; puis, au sortir de là, Minerve
le revêt de toute sa beauté première et même d'un éclat
tout nouveau ; elle le fait paraître plus grand de taille,
plus puissant encore d'attitude ; elle répand autour de
sa tête, par boucles épaisses, sa chevelure *semblable à
une fleur d'hyacinthe :* « Et comme lorsqu'un artiste habile, que Vulcain et Minerve ont instruit dans la variété
de leurs arts, verse l'or autour de l'argent et accomplit
ses œuvres gracieuses, ainsi elle verse la grâce autour
de la tête et des épaules du héros, et il sort du bain
tout pareil de corps aux Immortels... » Certes l'habile
critique Aristarque, si bien enseigné qu'il fût par Minerve, n'en a pas tant fait pour son poëte ; il n'a pas
ajouté la couche d'or, il n'a pas rehaussé l'Homère qui
lui était transmis ; mais il l'a lavé de ses taches, il lui a
enlevé la rouille injurieuse des âges et a dissimulé sans
doute quelque cicatrice ; il l'a fait, en un mot, sortir du
bain avec toute sa chevelure auguste et odorante, *am-*

brosiæque comæ : c'est tel à jamais que nous le recon-
naissons.

Lorsqu'on demandait à Praxitèle lesquels de ses ouvrages en marbre lui plaisaient le plus : « Ce sont, disait-il, ceux auxquels Nicias a mis la main. » Tant, ajoute
Pline, il mettait de prix à la préparation de cet artiste. On a fort discuté sur ce que pouvait être cette
préparation appliquée à une statue ; sans prétendre l'as-
similer exactement à l'office et aux soins d'éditeur,
j'aime à croire, sur la foi de toute l'antiquité, qu'Homère également, si on pouvait l'interroger, répondrait :
« De toutes mes *Iliades,* il en est une que je préfère,
c'est celle à laquelle Aristarque a mis la main. » A
moins de redevenir grammairien, c'est bien à elle, en
effet, que l'homme de goût peut se confier et se tenir.

Ceux qui ont pris à tâche de décomposer l'œuvre
reconstruite se sont fait trop beau jeu vraiment en
combattant l'admiration un peu superstitieuse de madame Dacier ou du Père Le Bossu sur le plan exact et
le but de *l'Iliade,* sur la perfection rigoureuse de la
marche et sur l'observation inviolable des prétendues
règles épiques qu'on en avait déduites après coup :

Chaque vers, chaque mot court à l'événement,

avait dit Boileau. Ce genre d'éloge pourra sembler un
peu exagéré sans doute; on n'en est plus tout à fait là
aujourd'hui, non plus qu'à rechercher la règle fondamentale des cinq actes et des trois unités dans Sophocle et dans Eschyle. Mais que l'on ne vienne pas non
plus demander d'un air de doute quel est donc le sujet

de *l'Iliade,* et si elle a vraiment un sujet? car il en est
du sujet d'Homère dans son ensemble comme de ces
comparaisons même, si libres et si vastes, qu'il affectionne ; il suffit qu'elles marchent et qu'elles se dessinent
par une partie essentielle ; le reste suit avec un certain
désordre qui est le cortége de la grandeur ou de la
grâce. Ce qui me paraît demeurer bien évident et sau-
ter aux yeux quand ils lisent au naturel et sans les lu-
nettes des systèmes, c'est que le sujet et le héros de
l'Iliade, c'est Achille. Il paraît peu, il se retire tout
d'abord, on ne l'a envisagé dans cette première scène
de colère que pour le perdre de vue aussitôt; mais sa
grande ombre est partout, son absence tient tout en
échec. C'est pour le venger que Jupiter châtie les Grecs
et porte son tonnerre du côté des Troyens. Si Hector se
hasarde hors des murs, c'est qu'Achille se tient sur ses
vaisseaux; s'il hésite, s'il doit hésiter en face du pré-
sage avant de franchir le fossé et la muraille du camp,
c'est qu'Achille à tout moment peut reparaître. La
grande et solennelle députation de Phœnix, d'Ajax et
d'Ulysse compose, en quelque sorte, le milieu moral
du poëme et nous transporte au centre même de l'absence d'Achille. Cela donne patience au lecteur et lui
rafraîchit, s'il en avait besoin, la mémoire, l'image toute-
puissante du héros. Ce vaisseau noir à l'extrémité de
l'aile droite du camp domine tout ; les regards à chaque
instant s'y retournent comme vers une divinité muette;
il recèle la foudre presque à l'égal de l'Ida. Si Ajax, le
grand Ajax, occupe le premier plan de la défense et résiste
comme une tour, il est toujours dit qu'il n'est que le

second des Grecs, de même que l'autre Ajax, aux instants de poursuite, s'appelle le plus léger, mais toujours après Achille. Ces deux Ajax, l'un en légèreté, l'autre en force, ce n'est donc encore que la monnaie d'Achille. Et qu'est-ce que Patrocle, dès qu'il apparaît, sinon son ami, son suppléant, un autre lui-même? il en a les armes, et lui seul tient la clef de cette indomptable colère. Achille n'a pas cessé d'être présent à la pensée jusqu'au moment où il se retrouve en personne, gémissant et terrible, remplissant d'un bond l'arène pour ne plus la quitter. Qu'il y ait eu des épisodes intercalés, des scènes d'Olympe *à tiroir,* ménagées çà et là pour faire transition et relier entre elles quelques-unes des rhapsodies, c'est possible, et la sagacité conjecturale peut s'y exercer à plaisir et s'y confondre ; mais, sans prévention, on ne peut méconnaître non plus un grand ensemble et ne pas voir planer dans toute cette durée de l'action la haute figure du premier des héros, de celui qui agitait en songe et suscitait Alexandre.

Ces combats sans cesse décrits, et qui occupent tant de chants, ont *d'un bout à l'autre* (remarquons-le) une vivacité précise, une gradation, et surtout une réalité que jamais description poétique de combats n'a offerte à ce degré. Les lieux, les accidents de terrain, les particularités de défense et de retranchement sont *d'un bout à l'autre* (je répète le mot à dessein) présentés avec une exactitude sensible et dans un détail conforme et continu qui permettrait d'en dresser le plan. Oui, on lèverait la carte stratégique de la campagne de Troie

entre les portes Scées et les lignes des vaisseaux et du
rivage, de même que dans *l'Odyssée* on pourrait et l'on
devrait faire un plan architectural du palais d'Ulysse
avec ses fenêtres et ses issues ; cela aiderait à tout comprendre, et on n'aurait pour ce double travail qu'à
relever les éléments précis que fournissent les deux
poëmes. M. de Choiseul-Gouffier, dans son Voyage en
Troade, a tenté quelque chose de tel pour *l'Iliade.*
Cette précision singulière qui règne dans Homère a
frappé Napoléon ; il ne la retrouvait pas à beaucoup
près dans Virgile, ce qui lui a fait dire : « Si Homère
eût traité la prise de Troie, il ne l'eût pas traitée comme
la prise d'un fort, mais il y eût employé le temps nécessaire ; au moins huit jours et huit nuits. Lorsqu'on lit
l'Iliade, on sent à chaque instant qu'Homère a fait la
guerre, et n'a pas, comme le disent les commentateurs,
passé sa vie dans les écoles de Chio ; quand on lit
l'Énéide, on sent que..., etc., etc. » Je supprime le
reste comme par trop irrévérencieux. Jules-César Scaliger, en son temps, ne se doutait pas, quand il sacrifiait si intrépidement Homère à Virgile, qu'il lui serait
donné un jour un si franc démenti, et de la part d'un
tel contradicteur. Au reste, sans être Napoléon ni Jomini,
on reconnaît à simple vue ce mérite saisissant de vérité
en des matières si aisément confuses ; ce que dit madame
Dacier de cette qualité suprême de son auteur n'a rien
d'exagéré. Ainsi, chose assez piquante ! des deux grands
poëtes épiques, Virgile et Homère, voilà celui dont on
a voulu faire un fantôme qui se trouve le plus précis et
doué d'une netteté de coup d'œil unique.

Les comparaisons, si l'on pouvait s'y étendre et citer, seraient un autre champ bien vaste, et où l'on ferait ressortir dans toute sa variété le caractère de génie du poëte. D'ordinaire, je l'ai dit, elles sont merveilleuses d'abondance et d'ampleur, mais parfois aussi rigoureuses et brèves. On en noterait, quoique ce soit l'exception, par lesquelles Homère a marqué son objet d'un seul trait, presque comme Dante : tantôt c'est un guerrier blessé qui tombe, précipité du haut d'une tour, la tête en avant, pareil à un *plongeur;* tantôt c'est un autre qui, frappé au bas-ventre, tombe assis et reste gisant à terre comme un *ver.* Plus ordinairement le récit va déroulant à chaque pas les similitudes étendues et fertiles qui associent dans un rapport frappant des images bien contraires, des reflets le plus souvent de la vie civile ou champêtre au milieu des horreurs du carnage. Les Grecs et les Troyens acharnés qui se disputent la muraille du retranchement, les uns sans réussir à la forcer tout entière, les autres sans pouvoir décidément la ressaisir, ce sont « deux hommes qui disputent entre eux sur les confins d'une pièce de terre, tenant chacun la toise à la main, et ne pouvant, dans un petit espace, tomber d'accord sur l'égale mesure. » Les deux Ajax qui, ramassés l'un contre l'autre, soutiennent tout le poids de la défense, ce sont « deux bœufs noirâtres qui, dans une jachère, tirent d'un courage égal l'épaisse charrue : la sueur à flots leur ruisselle du front à la base des cornes, et le même joug poli les rassemble, creusant à fond et poussant à bout leur sillon. » Ailleurs, à un moment où les Troyens

qui fuyaient s'arrêtent, se retournent soudainement à
la voix d'Hector, et où les deux armées s'entre-choquent
dans la poussière : « Comme quand les vents emportent çà et là les pailles à travers les aires sacrées où
vannent les vanneurs, tandis que la blonde Cérès sépare,
à leur souffle empressé, le grain d'avec sa dépouille
légère, on voit tout alentour les paillers blanchir : de
même en ce moment les Grecs deviennent tout blancs
de la poussière que soulèvent du sol les pieds des che-
vaux et qui monte au dôme d'airain du ciel immense. »
Voilà bien le contraste plein de fraîcheur au sein de la
ressemblance la plus fidèle. Le bouclier d'Achille ne
fait que résumer en lui et enserrer plus symétrique-
ment cette opposition d'images. Déjà *l'Odyssée* se pré-
sage ainsi et, en quelque sorte, se mire d'avance par
reflets dans *l'Iliade*. D'autres images, celles de *lions*,
de *flammes*, de *tempêtes*, reviennent fréquemment, trop
fréquemment, on peut le trouver, bien qu'avec des
diversités et comme des surcroîts d'énergie et de propriété qui les relèvent. Mais il y aurait surtout à insister sur ce premier ordre de comparaisons si spéciales
et si neuves, tout à fait imprévues, de celles qu'on ne
copie guère et qui qualifient, à proprement parler,
l'originalité d'un style et d'un talent. On y suit par
toute *l'Iliade* Homère à la trace et comme par des sillons de lumière.

Que me feront après cela quelques contradictions
signalées au passage dans le cours de ces longs récits?
Au cinquième chant, par exemple, le chef des Paphla-
goniens Pylæmenès a été tué, et l'on retrouve au chant

treizième un guerrier du même nom suivant tout en
pleurs le corps de son fils. On a tiré grand parti de ce
vers unique où il apparaît comme ressuscité. Faudra-
t-il nécessairement en conclure que l'un des deux chants
n'est pas d'Homère, comme si de telles inadvertances
n'étaient pas possibles même à un poëte de cabinet?
Nous en pourrions citer de piquants exemples chez les
Modernes, mais qui égayeraient trop. N'a-t-on pas
relevé chez Virgile lui-même, le plus réfléchi des poëtes,
une contradiction inconciliable dans l'âge qu'il assigne
au jeune Ascagne en deux moments différents? Pour
moi donc, n'en déplaise aux mânes du guerrier Pylæmenès, si, dans l'un et l'autre chant où il apparaît, je
rencontre, jaillissantes à chaque pas, de ces beautés
d'expression comme je viens d'en indiquer, et particulièrement de ces comparaisons uniques et aussi sur-
prenantes que naturelles, j'ai ma réfutation intérieure
suffisante, j'ai ma démonstration toute trouvée que
c'est toujours du même Homère.

Il faut se borner. Ce que j'ai le plus à cœur de signaler comme fruit à recueillir dans le commerce familier
avec le plus héroïque des génies, c'est l'impression
morale, à entendre ce mot largement. Les Anciens pouvaient sans doute trouver à redire en de certaines parties qui touchaient leurs croyances; plus voisins de ces
fictions, elles pouvaient avoir sur eux des effets qui
nous échappent. Plutarque indique des précautions
minutieuses pour faire lire les poëtes aux jeunes gens,
et l'on sait les réserves de Platon. L'Olympe d'Homère
et ses dieux ont pu prêter à la critique des âges deve-

nus moqueurs. A-t-il voulu lui-même railler, comme
on l'a prétendu? je ne le crois guère. Il y a dans toute
cette portion de l'œuvre beaucoup d'incohérence qui
peut tenir à bien des causes, et plus que tout aux hasards des traditions premières. Ce qui frappe aujour-
d'hui, c'est encore dans les traits généraux et domi-
nants une grandeur terrible ; Jupiter, Neptune, Apollon,
Minerve, ces dieux principaux, ne sont pas peints à
faire sourire. Pour les Modernes, au reste, la question
de théologie homérique devient chose très-secondaire.
Cette vaste mer de poésie, encore épurée et de plus en
plus assainie par le temps et la distance, ne laisse arriver à nous que son souffle fortifiant dans un murmure
divin et majestueux. Les héros, sans en rien perdre,
ont conservé toute leur fleur de jeunesse, de beauté à
demi sauvage, et leur immortelle attitude. Rien qui les
rapetisse, ni qui les souille. Athénée l'a remarqué il
y a longtemps, ces chefs qui mangent chez Agamemnon, et dont les manières sont si simples et souvent
si crues, ne font jamais rien d'indécent. Les amants
de Pénélope eux-mêmes, dans leur ivresse, ne passent
pas de certaines bornes ; mais laissons encore une fois
l'*Odyssée,* plus diverse de ton. Une haute et sérieuse
bienséance règne par toute l'*Iliade ;* il n'y a pas un grain
de Rabelais dans Homère. Les rapports naturels des
sexes, exprimés dans leur franchise, dans leur nudité
même, gardent quelque chose de grave et, si l'on ose
dire, de sacré. Les raffinements étranges et impurs
que plus tard Théocrite et tant d'autres n'ont pas rougi
de chanter, d'embellir, et qu'ils ont reportés en arrière

en les imputant aux héros des vieux âges, n'ont de
place ni de près ni de loin dans les mœurs homériques.
Aussi, en les abordant, en écoutant cette grande voix
du passé par la bouche du chantre que la Muse s'est
choisi, on n'a à gagner en toute sécurité qu'un je ne
sais quoi de grandeur morale, une impulsion élevée de
sentiments et de langage, un accès de retour vers le
culte de ces pensées trop désertées qui restaurent et
honorent l'humaine nature : c'est là, après tout, et la
part faite aux circonstances éphémères, ce qu'il convient d'extraire des œuvres durables, et l'âme vivante
qu'il y faut respirer.

L'antiquité proprement dite remplit pour nous cet
office excellent, et elle nous est comme le réservoir
inaltérable des sources les plus hautes. Chez les Modernes, la grandeur et la vertu se trouvent trop habituellement séparées ; elles ne se rejoignent pour nous dans
un seul rayon qu'à cette longue distance. Entre les
Anciens et nous il y a un torrent, et plus que cela, un
abîme ; de l'autre côté seulement commence le grand
rivage. On a dit qu'il n'existait point de héros pour son
valet de chambre. Les Anciens n'avaient pas de valet
de chambre, ou du moins celui-ci n'avait pas la parole,
et il n'est plus là d'ailleurs pour être questionné. Mais
non, ce n'est nullement un pur effet de l'illusion et de
la perspective : les Anciens avaient bien, je le crois,
grandeur réelle et supériorité absolue, au moins quelques-uns, les bons, les *meilleurs,* comme ils disaient,
ceux-là auxquels les autres obéissaient et servaient.
Elle fut achetée bien cher cette grandeur de quelques-

uns : qu'elle ne soit pas tout à fait perdue pour nous !
Ceux qui entretiennent une familiarité libre avec les
éloquents écrivains qui la représentent ont chance d'en
ressaisir quelque chose dans leur vie, dans leur pensée.
Machiavel durant ses disgrâces n'abordait jamais cette
lecture des Anciens qu'après s'être revêtu de ses plus
beaux habits et s'être rendu comme plus digne de s'asseoir à la table de ces hôtes illustres de l'intelligence.
On sait quelle forte éducation première reçurent de tout
temps les hommes d'État de la Grande-Bretagne dans
leurs colléges de Cambridge, d'Oxford ou d'Eton. En se
ressouvenant de ces pages immortelles qu'ils ont toujours
aimé à citer, ne leur ont-ils rien dû de cette énergie
presque antique qu'ils ont portée en leurs entreprises ?
Un philosophe fameux de nos jours, et qui n'oubliait
pas pourtant qu'il était né gentilhomme, se faisait
réveiller tous les matins par son valet de chambre qui
lui disait : « Monsieur le comte , vous avez de grandes
choses à faire. » Pour qui lirait tous les matins une
page de Thucydide ou d'Homère, cela serait dit mieux
encore que par le valet de chambre, et d'une manière,
j'imagine, plus persuasive. Ai-je besoin d'ajouter que
je n'entends ici parler d'aucune influence littérale et
servile ? On a assez ridiculement parodié les Grecs et
les Romains, et assez atrocement aussi. Les Timoléon et
les Minos ont fait leur temps. Je ne parle que d'une
impression intelligente et morale, de ce qui transpire
et de ce qui émane. Après avoir lu, au réveil, une page
de *l'Iliade,* on n'irait pas pour cela conquérir l'Asie ;
mais il est de certaines pensées d'abord qui ne naîtraient

pas, il en est d'autres qui viendraient et fructifieraient d'elles-mêmes. Les Anciens, dans toutes les carrières, croyaient à la gloire, à la belle gloire; ils voulaient laisser d'eux mémoire louable et noble sillon sur la terre. C'est un aspect essentiel que la critique, en parlant d'eux, doit s'attacher à éclairer; et je rappellerai, puisque je les rencontre, ces paroles magnanimes en même temps que naïves de Sarpédon à Glaucus, au moment de l'assaut du camp: « O ami, si nous devions, échappés une fois aux périls de cette guerre, vivre à toujours exempts de vieillesse et immortels, ni moi-même sans doute tu ne me verrais combattre au premier rang, ni je ne t'appellerais à prendre ta part en cette lutte pleine d'honneur; mais maintenant, puisqu'il est mille formes imminentes de trépas, qu'il n'appartient aux mortels ni de fuir ni d'éluder, allons, et risquons ou de perdre le triomphe, ou de l'obtenir! »

Il nous faut pourtant parler aussi de la traduction nouvelle que nous avons annoncée. Il en a paru plus d'une en ces dernières années. La plus accréditée à bon droit pour l'élégance du texte et pour les observations qui l'accompagnent est celle de Dugas-Montbel. M. Bignan, qui a honorablement tenté l'entreprise, sans doute impossible, d'une traduction complète en vers, a joint à sa seconde édition de l'*Iliade* un Essai instructif dans lequel il a résumé avec agrément les travaux de la critique moderne. M. Didot a publié dans sa belle Collection la version latine de M. Dübner. Aujourd'hui M. Eugène Bareste vient de donner une traduction en prose française dans laquelle il s'est

efforcé de rendre la *couleur* plus exactement que Dugas-Montbel et ses prédécesseurs ne l'avaient fait. Il
ne nous appartient pas d'entrer dans un détail qui
exigerait beaucoup trop de science et aussi trop d'appareil. Il est bien vrai qu'on a reculé jusqu'à présent
devant une traduction littéraire et toute fidèle de
l'Iliade; il faudrait y appliquer avec esprit la méthode
dont M. de Chateaubriand a offert l'exemple sur Milton.
Pour me servir d'une comparaison appropriée, je dirai :
Une bonne traduction littérale, selon cette précise et
religieuse méthode, serait à une ancienne traduction
réputée élégante à la Dacier ou même à la Dugas-
Montbel ce qu'est la statuaire antique tout émaillée et
variée de métaux, toute resplendissante d'or et d'ivoire,
telle en un mot que l'a vue et retrouvée M. Quatremère
de Quincy dans son *Jupiter olympien,* — ce qu'est un
tel art si divers par opposition à l'ancienne idée de la
statuaire, réputée classique, toute de marbre uniforme
et de froide blancheur. M. Quatremère de Quincy, en
réintroduisant la couleur dans la statuaire, a par là
même éclairé et restitué directement l'Olympe homérique, lequel en sort comme repeint d'une nouvelle
fraîcheur, avec sa variété brillante de déités aux yeux
bleuâtres, aux cheveux *dorés,* avec son luxe de dénomi-
nations et d'épithètes nées du sanctuaire. Ce que j'indique là pour un ordre de personnages et de tableaux,
il faudrait l'étendre à tous les autres. Mais indiquer
une telle méthode de traduction et la concevoir, c'est
chose plus commode que de l'exécuter. Dès qu'on met
la main à l'œuvre, il ne s'agit pas seulement de se

croire littéral, il faut être lisible et plus on s'éloigne
de la phrase ordinaire et de la locution française consacrée, plus il serait besoin d'avoir en dédommagement
les mille secrets d'un grand écrivain. M. Eugène Bareste,
en entrant dans cette voie séduisante, mais où l'on
trouve, si l'on y prend garde, un repli et une ciselure
à chaque pas, n'a pu espérer atteindre le but du premier coup. Il fait souvent remarquer dans des notes
placées au bas des pages, le soin qu'il prend de rendre
en détail ce que ses devanciers ont simplifié ou omis.
Lui-même n'est pas exempt d'omissions, et il transige
plus d'une fois avec le mot antique. Sa Junon aux
blanches *épaules* se sent un peu trop de la nudité
moderne. En un endroit, lorsqu'elle apprend brusquement à Mars la mort de son fils chéri Ascalaphus, le
dieu terrible dans l'accès de sa douleur se met à frapper violemment *ses deux florissantes cuisses de la paume
de ses mains :* le traducteur met simplement qu'il se
frappe *le corps de ses mains divines ;* il oublie que cette
forme expressive de désespoir s'est conservée fidèlement jusque chez les Grecs modernes. On multiplie-
rait aisément des observations analogues, relatives au
genre de mérite et d'attrait que le traducteur a surtout
cherché. Il y en aurait de plus graves. Lorsque Neptune dans le combat est tenté de résister à l'ordre de
Jupiter que lui transmet la messagère Iris, celle-ci
lui rappelle à propos le danger d'une révolte sacrilége,
et elle ajoute que les Furies sont toujours du côté des
aînés pour servir leur vengeance. Le traducteur au lieu
des *Furies* met les *Érinnyes ;* ce n'est guère la peine de

traduire, et, qui pis est, le reste de la phrase va contre le sens. Mais ces défauts si réels ne doivent pas faire condamner absolument un travail dans lequel l'auteur paraît d'ailleurs avoir apporté des soins, s'être entouré de beaucoup de secours, et qui, empruntant presque à chaque page l'alliance élégante du dessin et s'adressant aux gens du monde bien plutôt qu'aux savants, a chance de ne pas remplir trop incomplétement son objet. — Pour nous ç'a été du moins un prétexte que nous avons saisi, de nous arrêter une fois et de nous incliner devant cette grande figure d'Homère, et c'est tout ce que nous voulions.

Février 1843.

DE LA MÉDÉE D'APOLLONIUS.

« Les Anciens ne se sont pas contentés de peindre simplement d'après nature, ils ont joint la passion à la vérité.. »

FÉNELON, *Lettre sur l'Éloquence.*

La Didon de Virgile passe avec raison pour la création la plus touchante que nous ait léguée l'antiquité; elle en est à la fois la beauté le plus en vue. L'antiquité, en effet, se présente à nous par divers aspects et comme par divers étages de perspectives; elle a ses profondeurs et ses premiers plans. L'antiquité latine, plus rapprochée de nous que la grecque, nous est dès longtemps plus familière; c'est sur elle que tombent d'abord les regards, et qu'aussi, à mesure qu'on s'éloigne, on a plus de facilité pour se reporter. Même lorsqu'il ne nous est pas donné de pénétrer au delà, et qu'en avançant dans la vie nous n'avons plus que des instants pour nous retourner vers cette patrie première de toute belle pensée, la villa d'Horace, ce Tibur tant célébré, continue de nous apparaître à l'horizon, couronnant les dernières collines, et surtout, comme sur un dernier promontoire de cette mer d'azur aux rivages immortels, s'élève encore et se dessine, aussi distinct qu'au premier jour, le bûcher fumant de Didon.

Si l'on a le loisir pourtant d'examiner de plus près et d'entrer dans le golfe même, si l'on s'approche, pour le mieux étudier, de ce qu'on admire, si l'on compare avec les monuments les plus connus et les mieux situés ceux qu'ils nous masquaient trop aisément, les œuvres plus reculées et de moindre renom dont les dernières venues ont profité jusqu'à les faire oublier, et dont il semble qu'elles dispensent, mille réflexions naissent; les dernières œuvres qui se trouvent pour nous autres Modernes les premières en vue, et qui restent les plus apparentes, n'y perdent pas toujours dans notre esprit; mais on le comprend mieux dans leur formation et leur mérite propre. On voit ce que cette perfection si simple d'ensemble et, en quelque sorte, définitive, a dû coûter d'études, d'efforts, d'épreuves successives et plus ou moins approchantes, avant de se fondre ainsi comme d'un seul jet et de se rassembler d'une ligne harmonieuse sous le regard. Et pour ce qui est de la Didon de Virgile en particulier, à laquelle tout ceci a trait et se rapporte, on se rend mieux compte alors de ces qualités souveraines qui assurent la vie aux œuvres de l'art dans les époques d'entière culture, à savoir, la composition, l'unité d'intérêt et un achèvement heureux de l'ensemble et des parties. Les productions antérieures dont Virgile a profité dans sa Didon manquent trop de cet ensemble et de cette conduite qui ménage en tout point le charme; ce n'est pas à dire qu'elles ne méritent pas d'être plus connues, et de

vivre dans la mémoire plus près du chef-d'œuvre auquel elles ont puissamment aidé.

La Didon de Virgile est une imitation combinée, car
Virgile aime d'ordinaire à combiner ses imitations pour
mieux laisser jour dans l'entre-deux à son originalité.
Il se comporte en cela comme ces rois habiles qui ont
soin de se choisir plusieurs alliés, afin de ne se trouver
à la merci d'aucun. Il s'est donc à la fois inspiré, en
concevant sa belle reine, et de l'Ariane de Catulle et
de la Médée d'Apollonius de Rhodes. Il s'est surtout
souvenu d'Ariane dans les imprécations finales, et de
Médée dans la peinture des préambules de la passion.
L'Ariane de Catulle peut aisément s'apprécier et faire
valoir ses droits; mais il me semble qu'on n'a pas
rendu assez justice à la Médée d'Apollonius, frappée
d'une sorte de défaveur et d'oubli, et comme entourée
d'une ombre funeste. Virgile l'avait très-présente à la
pensée, et lui doit beaucoup; elle ne le cède en rien à
Didon (si même elle ne la surpasse point) pour tout le
premier acte de la passion, et ce n'est que dans le
traînant de la terminaison, et par le prolongement d'une
destinée dont on sait trop la suite odieuse, qu'elle perd
de ses avantages. On dit souvent qu'il y a dans Virgile
beaucoup de traits du génie moderne, et qu'il demeure
par là original entre les Anciens. Il est vrai qu'il n'y a
pas seulement chez lui des traits de passion, on y
trouve déjà de la *sensibilité,* qualité moins précise et plus
tôt moderne; mais pourtant on est trop empressé d'ordinaire à restreindre le génie ancien; en l'étudiant mieux
et en l'approfondissant, on découvre qu'il avait de vin

plus de choses que notre première prévention n'est portée à lui en accorder. Et quant aux nuances et aux délicatesses du sentiment, on va voir que Médée n'en est pas plus dépourvue que Didon ni qu'aucune héroïne plus moderne.

Le poëme de *l'Expédition des Argonautes,* dont Médée forme le principal épisode et comme le centre, eut chez les Anciens plus de réputation qu'il n'en a sauvé depuis. Les Romains surtout en firent grand cas : Varron d'Atace l'avait traduit de bonne heure; plus tard Valérius Flaccus l'a imité en le développant; mais c'est par les emprunts que lui a faits Virgile qu'il se recommande encore de loin à la gloire. L'auteur, Apollonius, dit de Rhodes, parce qu'il y habita longtemps, appartient à cette école des Alexandrins si ingénieuse, si raffinée, qui cultiva tous les genres, qui excella dans quelques-uns, et dont les poëtes, rangés en pléiade, se présentaient déjà aux Romains du temps de César et d'Auguste comme les derniers des Anciens. Apollonius florissait cent quatre-vingts ans environ avant Virgile. Je ne répéterai pas le peu qu'on sait de sa vie et de ses démêlés avec Callimaque, rivalité de disciple et de maître, querelle d'épopée et d'élégie. Callimaque, dans l'*Hymne à Apollon,* paraît avoir fait allusion à son ancien élève dans ce passage : « L'Envie a dit tout bas à l'oreille d'Apollon : Je n'admire pas un poëte qui n'a pas autant de chants que la mer a de flots. — Apollon a repoussé du pied l'Envie, et a répondu : Vois le fleuve d'Assyrie, son cours est immense, mais il entraîne la terre mêlée à son onde et la fange. Non, les prêtresses légères ne

portent pas à Cérès de l'eau de tout fleuve; mais celle
qui, pure et transparente, coule en petite veine de la
source sacrée, celle-là lui est chère (1). » — Le poëme
des *Argonautes* ne roule pas cependant beaucoup de
limon; Quintilien l'a loué, tout au contraire, pour un
certain courant égal, pour une certaine mesure qui ne
s'abaisse jamais : *æquali quadam mediocritate.* On peut
trouver que ce n'est pas là un éloge suffisant pour un
poëme épique. Ce qui paraît y manquer principalement,
c'est l'unité du sujet, c'est un intérêt général, actif,
continu, concentré. Le sujet des *Argonautes* ne se rapporte pas à un grand dessein national, comme celui de
l'Énéide; il n'intéresse particulièrement aucun peuple,
il s'éparpille sur une foule d'origines et de berceaux.
L'auteur se propose de raconter avec suite le départ
des héros, presque tous égaux en vaillance et en gloire,
qui vont sous la conduite de Jason à la conquête de la
toison d'or, les incidents de leur voyage, cette conquête,
puis leur retour avec tous les incidents encore. Ce
thème prêtait à l'érudition géographique et généalo-
gique, aux épisodes, et il y en a d'agréables, même
de charmants, et à tout instant éclairés de comparaisons ingénieuses ou grandes, d'images vraiment homériques; mais tout cela est successif, développé dans
l'ordre des faits et des temps, sans beaucoup de feu
ni d'action, et surtout sans ce *flumen* grandiose continu,
qui est le courant d'Homère. La marche du poëme ne

(1) Mot à mot : celle-là est *la fleur,* c'est-à-dire la fleur des
eaux, la plus excellente des eaux.

diffère en rien de celle d'un itinéraire; il n'y a pas en
ce sens-là d'invention. Pétrone, parlant d'un poëme
de *la Guerre civile*, en esquisse largement la poétique
en ces termes : « Il ne s'agit pas, dit-il, de comprendre
en vers tout le récit des faits, les historiens y réussi-
ront beaucoup mieux; mais il faut, par de merveilleux
détours, par l'emploi des divinités, et moyennant tout
un torrent de fables heureuses, que le libre génie du
poëte se fasse jour et se précipite de manière qu'on
sente partout le souffle sacré, et nullement le scrupule
d'un circonspect récit qui ne marche qu'à couvert des
témoignages (1). » On se ressouvient involontairement
de cette recommandation en lisant *les Argonautes* ; non
certes que les fables et les prodiges y fassent défaut :
ils sortent de terre à chaque pas; mais ici ces fables
et ces prodiges sont, en quelque sorte, la suite des
faits mêmes, et il ne s'y rencontre aucune machine
supérieure, aucune invention dominante et imprévue,
pour donner au poëme son tour, son impulsion, sa
composition particulière. Toutes ces choses merveilleuses se trouvent racontées selon leur ordre et en leur
temps, par une sorte de méthode historique. Le poëte-
narrateur semble préoccupé, chemin faisant, de ne rien
vouloir oublier.

Ces remarques, qui tombent sur l'ensemble du poëme,

---

(1) « Non enim res gestæ versibus comprehendendæ sunt, quod
longe melius historici faciunt; sed per ambages, deorumque minis-
teria et fabulosum sententiarum torrentem, præcipitandus est liber
spiritus, ut potius furentis animi vaticinatio appareat, quam re-
ligiosæ orationis sub testibus fides. » (*Sa ricon,* cxviii.)

cessent de s'appliquer justement au chant III, c'est-à-
dire au moment de l'arrivée des héros en Colchide, et
dès qu'intervient le personnage de Médée. L'intérêt
véritable est là; on tient le nœud; l'action se resserre,
elle est vive, pressante, à la fois naturelle et merveilleuse, unissant les combinaisons mythologiques et
les peintures du cœur humain. Et ce chant (notez-le)
n'est pas un chant de dimension ordinaire; il n'a pas
moins de 1,400 vers; si l'on y joint les 250 premiers
vers du suivant, qui exposent les derniers actes de Médée
en Colchide et sa fuite à bord du vaisseau *Argo*, on a
là une suite de plus de 1,600 vers pleins de beautés diverses, animés de feu, de passion et de grâce. Le poëme,
à partir de ce moment, est expressément placé sous l'in-
vocation d'*Érato*, la muse de l'amour. Il semble que le
poëte, arrivé à cet endroit de son œuvre, se soit dit que
cette passion amoureuse était la seule nouveauté qu'Homère lui eût laissée entière dans le domaine épique, et
il s'y est appliqué avec charme, avec bonheur. Il m'est
impossible (quelque réserve qu'on doive mettre à juger de soi-même les Anciens) de ne pas le trouver en
cet endroit un grand poëte, ou du moins un poëte supérieur; il sort tout à fait de l'*æquali mediocritate* dont
l'a qualifié Quintilien; il fait mieux que de *ne jamais
tomber,* comme l'en a loué Longin, il s'élève; et, si
ce n'est pas du grandiose ni du *sublime,* à proprement
parler, il a du moins plus d'un trait admirable dans le
gracieux; on ne l'a pas assez dit, et j'espère parve-
nir, sans beaucoup de peine, à le montrer à l'aide de
l'analyse et des traductions suivantes.

Les Argonautes donc, au commencement du chant III, après une longue navigation, après toutes sortes d'aventures déjà et de périls, viennent d'entrer dans l'embouchure du Phase et d'aborder en Colchide. Il s'agit pour eux d'obtenir, de gré ou de force, du roi Éétès qui y règne, la toison d'or que Jason doit rapporter. Les Argonautes, dans les derniers jours de leur navigation, ont par bonheur rencontré de jeunes princes petits-fils d'Éétès et fils d'une de ses filles, lesquels, de leur côté, étaient partis un peu aventureusement pour aller en Grèce, car ils sont Grecs par leur père Phrixus; avec le secours de ces auxiliaires précieux qu'ils ont sauvés du naufrage et qu'ils ramènent avec eux, les héros et Jason, leur chef, espèrent s'insinuer auprès d'Éétès et trouver jour à leur entreprise.

Au commencement du chant, Junon et Minerve apparaissent délibérant en faveur de Jason, et cherchant pour lui quelque expédient qui le mette en possession de sa conquête. Elles restent court quelque temps et en silence ; tout d'un coup Junon se fixe à l'idée d'aller trouver Vénus et de lui demander qu'elle engage son fils à blesser Médée d'une flèche au cœur pour Jason. Médée, fille d'Éétès, est une jeune fille, prêtresse d'Hécate et habile aux enchantements; mais, à cette heure, elle est pure, chaste, aussi virginale que peut l'être Nausicaa ; c'est Médée avant tous les crimes. Minerve donne les mains à l'expédient de Junon : « Je n'entends rien, dit-elle, à tous ces traits ni à tous ces foments de l'amour; mais puisque le moyen te paraît bon, j'y consens, et je suis prête à te suivre : seulement ce sera à toi de porter la parole. » Les deux déesses s'envolent aussitôt et arrivent au palais bâti à Vénus par son boiteux époux. Celui-ci est parti dès le matin pour visiter les forges de son île flottante. Vénus toute seule, assise devant sa porte, est occupée à se peigner et à partager ses beaux cheveux sur ses épaules avec un peigne d'or. Je passe de gracieux détails ; elle s'empresse de renouer ses cheveux dès qu'elle voit les déesses, et les accueille avec une aimable raillerie : « Quel dessein, quelle affaire amène ici de si grandes dames ? car vous venez pour quelque chose, et l'on ne vous voit guère d'habitude, étant comme vous êtes les premières des déesses. » Je force peut-être un peu le ton, mais je l'indique du moins. Junon expose l'affaire, et comment il s'agit de favoriser Jason, de le tirer de sa périlleuse entreprise. Vénus fait la soumise et joue l'humilité : elle s'engage à tout ce que peuvent ses faibles mains. Mais ce n'est pas de mains ni de force ouverte qu'il est besoin, lui dit-on ; qu'elle veuille bien seulement commander à son fils d'enflammer la fille d'Éétès pour Jason. Elle répond alors :

« Junon et toi, Minerve, il vous obéirait, à vous surtout, bien plutôt qu'à moi ; car devant vous, tout impudent qu'il est, le méchant garçon aura encore tant soit peu de honte ; mais de moi il n'a nul respect ni souci, et il lui est égal de me quereller sans cesse. Et peu s'en est fallu que, d'indignation, je ne lui aie cassé l'autre jour ses méchantes flèches avec son arc, car il m'a osé dire dans sa menace que, si je ne m'éloignais bien vite tandis qu'il était encore maître de lui, je n'aurais à m'en prendre des suites qu'à moi-même. »

A ce discours de Vénus, les deux déesses se regardè-
rent en souriant, et Vénus un peu piquée repartit : « Mes
maux, je le vois bien, ne servent qu'à faire rire les
autres ; aussi ai-je tort de les dire à tout le monde ; ce
m'est bien assez de les savoir moi-même. » Et elle se
met en devoir d'exécuter le vœu des déesses. Junon,
d'un nouveau sourire, l'en remercie, et lui touchant
la main délicate pour l'apaiser : « Allons, dit-elle, ô
Cythérée ! exécute bien vite ce que tu viens de nous
promettre ; et ne t'irrite pas ainsi, ne te mets pas
en colère contre ton enfant, car il changera par la
suite. »

La rivalité de Junon et de Vénus, au premier livre de
l'Énéide, a certes plus de grandeur ou de gravité, et
elle domine tout le poëme ; mais ici les scènes d'un ton
moins élevé, qui interviennent comme ressort secondaire, ont beaucoup de grâce ; elles sont d'un jeu habile,
ingénieux, et tout le sérieux de la passion va se retrouver dans les effets.

Vénus part à la recherche de son fils, et elle le trouve
dans un des vergers de l'Olympe, jouant aux osselets
avec Ganymède, deux enfants de mêmes goûts et de
même âge. Le fol Amour s'est échauffé au jeu : « tenant
contre sa poitrine la main gauche toute pleine des osselets d'or qu'il venait de gagner, il était debout, triomphant : une molle rougeur fleurissait le teint de ses
joues. Son camarade, tout auprès, assis sur ses talons,
se tenait en silence, les yeux baissés à terre ; il n'avait
plus que deux osselets qu'il jetait machinalement l'un
après l'autre : les éclats de rire du gagnant l'irritaient ;

et, ayant bientôt perdu ce dernier reste, il s'en alla tout confus, les mains vides, sans s'apercevoir de l'approche de Vénus. » Celle-ci n'eut pas de peine à décider l'enfant à ce qu'elle voulut, moyennant promesse d'un jouet plus beau, de celui même qu'on avait fabriqué en Crète pour Jupiter enfant. Amour le voulait à l'instant même et jetait déjà tous les autres ; mais Vénus lui jure qu'il l'aura sans faute après.

On se rappelle que Virgile, au livre premier de *l'Énéide*, a trouvé l'ingénieux moyen de déguiser l'Amour sous les traits d'Ascagne, que son père envoyait vers Didon. Apollonius, d'après ce qui précède, eût été fort capable, on le voit, d'imaginer quelque artifice du même genre ; mais Jason n'avait point de fils. C'est donc dans une forme plus simple que les choses se passeront. Jason s'est décidé, pour début, à aborder Éétès avec des propositions pacifiques ; il se présente au palais, lui et deux de ses compagnons, amenant en outre les quatre jeunes gens, petits-fils du roi et fils de sa fille Chalciope, que les Argonautes ont recueillis en chemin. Le palais du roi est magnifiquement décrit, et rappelle par quelques endroits celui de Ménélas ou d'Alcinoüs dans *l'Odyssée;* on se sent, à première vue, dans la demeure d'un fils du Soleil. Médée, qui, d'habitude, se rend dès le matin au temple d'Hécate, dont elle est prêtresse, a été retenue ce jour-là au palais par une suggestion intime de Junon ; elle aperçoit les étrangers au moment où elle passe de son appartement dans celui de sa sœur; elle pousse un cri de surprise; Chalciope accourt et reconnaît ses fils, qui se jettent dans ses bras.

De là grande rumeur : Éétès lui-même paraît et donne ordre de recevoir les hôtes qui lui arrivent. Ici je traduis aussi exactement qu'il m'est possible :

« Cependant l'Amour, à travers l'air blanc, arriva invisible, aussi âpre que l'est aux tendres génisses le taon que les pasteurs appellent la mouche des bœufs; et bien vite, sous la porte, dès le vestibule, ayant tendu son arc, il tira de son carquois une flèche toute neuve, source de gémissements. Toujours inaperçu, il franchit rapidement le seuil, lançant des regards aigus, et, s'étant ramassé tout petit sous Jason lui-même, il mit le cran de sa flèche sur le milieu de la corde; puis, écartant de toutes ses forces ses deux mains, il lâcha le trait tout droit sur Médée : une stupeur muette la saisit au cœur. Et lui alors, reprenant son vol, s'élança hors du palais élevé en riant aux éclats. Le trait brûlait tout au fond dans le sein de la jeune fille, pareil à une flamme; elle ne cessait de fixer sur le fils d'Éson des yeux étincelants, et son cœur à coups pressés haletait de fatigue hors de sa poitrine; il ne lui restait plus aucun autre souvenir, et son âme se distillait dans une douce amertume. Comme une femme, ouvrière laborieuse, qui vit du travail pénible de ses mains, répand tout autour d'un tison ardent des broussailles sèches afin de s'apprêter de nuit une lumière dans sa chambre, car elle s'éveille de très-bonne heure, et ce feu, s'allumant tout grand d'un si petit tison, consume à la fois toutes les broussailles : tel, ramassé sous le cœur de la jeune fille, brûlait en secret le funeste Amour : elle laissait ses

joues délicates tourner tantôt à la pâleur et tantôt à
la rougeur, au hasard de ses pensées. »

Nous voilà dans l'invasion rapide de la passion, dont
ce chant tout entier va offrir les alternatives et le développement. On aura remarqué cette comparaison naïvement touchante de la femme *qui vit du travail de ses
mains;* elle est tout à fait dans le goût d'Homère et des
véritables Anciens. Ovide, qui déjà n'était plus à tant
d'égards qu'un bel-esprit moderne, a omis ou manqué
tant de traits heureux dans la Médée de ses *Métamorphoses,* ne conservant que ce qui prêtait à de certains
contrastes et cliquetis de pensée. Croirait-on que, dans
sa rapide réminiscence, il a fait de la belle similitude
ces trois vers sans expression et d'une élégance commune :

> Ut solet a ventis alimenta adsumere, quæque
> Parva sub inducta latuit scintilla favilla,
> Crescere, et in veteres agitata resurgere vires :
> Sic jam lentus amor, etc., etc... (1) !

Cela ressemble à tous les incendies et à toutes les flammes, et n'a plus aucun caractère. Il me semble lire Apollonius traduit par Delille.

Après le repas qu'Éétès a fait servir aux nouveaux
venus avant toute chose, d'après les lois de l'hospitalité,
il y a lieu pour Jason d'expliquer au roi le sujet de son
voyage. Argus (c'est le nom de l'aîné des fils de Chalciope) commence en médiateur ; il essaye de disposer

(1) *Métamorphoses,* liv. VII.

son grand-père en faveur des étrangers; il raconte les
services que lui et ses frères en ont reçus, le but de
l'expédition, la qualité et la race divine de cette élite
de héros; que Jason ne vient que pour satisfaire aux
ordres d'un tyran jaloux, et que, s'il obtient de plein
gré la toison désirée, il est prêt, lui et ses amis, à payer
ce bienfait par tous les services. — Éétès s'emporte à
cette nouvelle, il met en doute la bonne foi des arrivants,
il menace. Jason, se contenant, persiste dans la voie de
conciliation, et il reprend les arguments du jeune homme.
C'est alors que le roi, dissimulant un peu sa colère et
imaginant un détour dont il se croit assuré, lui propose
de lui céder la toison d'or à condition de l'épreuve suivante : Dans un champ consacré à Mars, il a deux taureaux aux pieds d'airain, et dont les naseaux vomissent
la flamme ; si Jason parvient à les dompter, à les soumettre au joug, puis à labourer le champ de Mars, et, l'ayant
ensemencé des dents d'un dragon, à moissonner la terrible moisson de géants armés qui en doivent naître,
il aura la toison divine, mais pas autrement. — Jason,
effrayé au fond, hésite; il finit par s'engager pourtant,
faute de pouvoir reculer, et sans savoir comment il sor-
tira d'une telle lutte. Ici nous retrouvons Médée, qui a
été témoin de tout ce débat, et je recommence à traduire :

« Jason se leva de son siége, et avec lui Augias et
Télamon; Argus les suivait, ayant fait signe à ses frères
de rester; ils se dirigèrent hors du palais. Le fils d'Éson
resplendissait divinement entre tous les autres par la
beauté et par les grâces. La jeune fille le contemplait

tenant sur lui d'obliques regards le long du bord de son
voile brillant, de plus en plus minée en son cœur. Sa pensée, comme un songe léger, s'envolait sur ses traces, à
mesure qu'il s'éloignait. Lorsqu'ils furent sortis du palais
tout affligés, Chalciope, se gardant de la colère d'Éétès,
eut hâte de rentrer dans sa chambre avec ses fils ; et
Médée aussi, de son côté, se retira : elle agitait en elle
tout ce que les Amours soulèvent de chers intérêts dans
une âme. Au-devant, au-devant de ses yeux, tout lui
apparaissait encore : quel il était lui-même en personne,
de quel manteau il était vêtu, ce qu'il avait dit, et quelle
bonne mine quand il se tenait assis sur son siége, et
quelle noble démarche en sortant ; et sa pensée, en
s'assombrissant, lui disait qu'il n'y en avait pas un pareil entre les hommes ; et sans cesse la douce voix du
héros résonnait à ses oreilles, avec les discours de miel
qu'il avait prononcés. Et elle craignait pour lui, elle
craignait que les bœufs ou qu'Éétès lui-même ne le fis-
sent périr ; elle le pleurait comme déjà tout à fait mort ;
de tendres larmes inondaient ses joues dans la violence de sa pitié, et, se lamentant faiblement, elle poussa
cette plainte d'une voix frêle :

« Pourquoi, malheureuse, cette angoisse me tient-elle
ainsi ? Qu'il périsse, lui le premier ou le dernier des
héros, que m'importe à moi ?... Pourtant, puisse-t-il
s'en tirer sans dommage ! Oui, vénérable déesse Hécate, qu'il en soit ainsi ! qu'il s'en retourne dans sa
patrie ayant échappé à ce mauvais sort ! Mais si c'est
son destin d'être dompté dans cette lutte par les taureaux, oh ! qu'il apprenne du moins auparavant que,

moi, je suis bien loin de me réjouir de son affreux malheur! » — C'est ainsi que l'esprit de la jeune fille était la proie des soucis.

Nous entrons ici avec Médée dans le dédale des contradictions charmantes que Virgile a si bien décrites chez sa Didon; nous allons y marcher de plus en plus, et, pour qui sait par cœur son quatrième livre de l'Énéide, les réminiscences jailliront à chaque pas. Au reste, dès qu'on veut peindre cette passion identique et une en tous les âges, il n'y a pas de choix : il faut passer par les mêmes traits, revenir sur les mêmes symptômes; et c'est toujours le cas de s'écrier avec la Religieuse portugaise, dans ce conseil éperdu qu'elle donnait à son trop raisonnable amant : « Mais avant de vous engager dans une grande passion, pensez bien à l'excès de mes douleurs, à l'incertitude de mes projets, à la diversité de mes mouvements, à l'extravagance de mes lettres, à mes confiances, à mes désespoirs, à mes souhaits, à ma jalousie!... Ah! vous allez vous rendre bien malheureux! »

Tandis que Médée se trouble ainsi et se partage tout bas pour le héros, toutes les pensées alentour se dirigent vers elle et conspirent à l'implorer. A peine de retour à ses vaisseaux, Jason a tenu conseil avec ses compagnons; plus d'un se lève et s'offre, quoi qu'il arrive, à combattre et les taureaux monstrueux et les géants nés des dents du dragon. Toutefois, avant de passer outre, Argus, ce neveu de Médée, a ouvert l'avis qu'il serait bon de tâcher d'obtenir de la jeune prêtresse d'Hécate quelque charme magique pour faire face à l'é-

preuve : il propose d'en parler à sa mère Chalciope,
cette sœur aînée et très-aînée de Médée. Chalciope de son
côté, saisie de crainte pour ses enfants qui sont devenus
suspects au roi son père, fait en ceci cause commune
avec les étrangers, et a déjà songé à implorer sa sœur.
Mais comment oser s'ouvrir à elle? — Rien de plus heureux, on le voit, que tout ce concert extérieur qui tend
à faire de Médée le personnage nécessaire. Elle-même
l'ignore et lutte contre ses propres sentiments. Nous
continuons de lire en son cœur :

« Cependant un sommeil épais soulageait un peu de
ses angoisses la jeune fille couchée sur son lit; mais
bientôt des songes trompeurs, pleins d'images funestes,
comme il arrive dans les chagrins, venaient l'irriter. Il
lui sembla que l'étranger se soumettait à l'épreuve,
non pas tant qu'il désirât beaucoup de remporter la
toison du divin bélier, car ce n'était point pour cette
cause qu'il était venu dans la ville d'Éétès, mais bien
pour la ramener dans sa patrie, elle comme son épouse
virginale (1). Elle se figurait encore qu'elle-même en

---

(1) N'est-ce pas ainsi, et selon un sentiment très-approchant,
que, dans les *Lettres portugaises*, la religieuse, se rappelant le
jour où elle a, pour la première fois, aperçu du haut de son balcon
le bel étranger, dit : « Il me sembla que vous vouliez me plaire,
quoique vous ne me connussiez pas : je me persuadai que vous
m'aviez remarquée entre toutes celles qui étoient avec moi. Je
m'imaginai que, lorsque vous vous arrêtiez, vous étiez bien aise
que je vous visse mieux et que j'admirasse votre adresse lorsque
vous poussiez votre cheval. J'étois surprise de quelque frayeur
lorsque vous le faisiez passer dans un endroit difficile : enfin je
m'intéressois secrètement à toutes vos actions. Je sentois bien que

venait aux prises avec les taureaux, et triomphait de l'épreuve aisément; mais que ses parents refusaient de tenir leur promesse, parce que ce n'était pas à la jeune fille, mais à lui-même, qu'ils avaient imposé la condition de les dompter; que de là s'élevait un grand conflit entre son père et les étrangers; que les deux partis s'en remettaient à elle comme arbitre, pour qu'il en fût selon que son cœur en déciderait; et qu'elle tout d'un coup, sans plus se soucier de ses parents, faisait choix de l'étranger; qu'alors ils étaient saisis d'une immense douleur, et qu'ils s'écriaient de colère. A ce cri le sommeil la quitta en sursaut. Se débattant d'effroi, elle s'élança hors du lit et regarda de tous côtés les murailles de sa chambre : elle eut peine à recueillir ses esprits comme auparavant, et elle laissa échapper ces paroles avec sanglots :

« Malheureuse que je suis, quels songes pesants m'ont épouvantée! Je crains que ce voyage des héros n'apporte quelque grand malheur. Tout mon cœur est en suspens pour cet étranger. Qu'il aille parmi son peuple bien loin faire sa cour à quelque jeune fille grecque ; mais qu'à nous la virginité et la maison de nos parents soient toujours chères ! Pourtant, me relâchant de ma dureté (1), à condition que ce ne soit plus sans l'aveu de ma sœur, je verrai si elle me vient prier d'être de quelque secours en cette épreuve, car elle est en grande

vous ne m'étiez point indifférent, et je prenois pour moi tout ce que vous faisiez. »

(1) Mot à mot : laissant là mon cœur *de chien*. — Homère met la même expression dans la bouche d'Hélène.

inquiétude pour ses enfants ; et cela m'éteindrait dans le cœur une peine funeste. »

Remarquez ce qui suit et quelle est la logique de la passion : Médée vient de se dire pour conclusion qu'elle attendrait que sa sœur vînt la première à elle pour requérir secours ; et, en conséquence, voilà qu'elle-même se dispose à faire les premiers pas au-devant de sa sœur.

« Elle dit, et, se levant, elle ouvrit les portes de la chambre, nu-pieds, vêtue d'un simple vêtement ; et elle voulait aller vers sa sœur, et elle avait déjà franchi le seuil. Longtemps elle demeura à la même place sous le vestibule de sa chambre, retenue par la pudeur ; et elle revint de nouveau en arrière, et de nouveau elle se remit à sortir, et de nouveau elle rentra. Ses pieds la portaient au hasard çà et là. Lorsqu'elle allait en avant, la pudeur au dedans la rappelait, et bientôt le désir téméraire triomphait de la pudeur. Trois fois elle tenta d'aller, trois fois elle se retint et la quatrième elle retomba la face en avant, roulée sur couche.

« Comme lorsqu'une jeune mariée pleure dans la chambre nuptiale le florissant époux auquel l'ont unie ses frères et ses parents, et elle évite de se mêler en rien à la foule de ses suivantes, par pudeur et par prudence ; mais elle reste assise au fond de sa chambre, silencieuse ; car un destin cruel vient de le lui ravir avant qu'ils aient pu jouir l'un de l'autre dans leur mutuelle tendresse ; et elle, bien que brûlée de douleur au dedans, en contemplant ce lit veuf, elle étouffe les pleurs en silence, de peur que les femmes

ne lui brisent le cœur par quelque raillerie. C'est
pareille à elle que Médée se lamentait. »

Mais une suivante de Médée l'aperçoit en cet état et
va en prévenir sa sœur. Celle-ci accourt, l'interroge, la
presse : « Quelle est la cause de cette douleur ? est-
elle saisie d'un mal subit, tel qu'en envoient les Dieux ?
ou bien a-t-elle appris quelque nouvelle fàcheuse ?
a-t-elle entendu quelque menace d'Éétès contre Chalciope et ses enfants ? » Médée profite habilement de
cette ouverture que lui offre l'inquiétude d'une mère,
elle a l'art de se faire instamment prier de ce qu'elle-
même désire; mais cet artifice ne se passe point sans
toute sorte de confusion et sans d'adorables restes
d'ingénuité.

« Ainsi parla Chalciope : les joues de Médée se cou-
vrirent de rougeur : longtemps la pudeur virginale
l'empêcha de répondre, malgré son désir. La parole
tantôt lui montait au bout de la langue, et tantôt se
renvolait au fond de sa poitrine. Bien des fois sa bouche aimable s'ouvrit pour parler, mais la voix ne passa
point plus avant. Bien tard enfin elle se décida à dire
de la sorte avec ruse, car les hardis Amours faisaient rage :

« Chalciope, mon âme est tout en peine pour tes enfants : je crains que notre père ne les fasse périr du
coup avec ces étrangers. Ce sont ces horribles songes
qu'à peine endormie tout à l'heure je voyais dans
mon sommeil. Puisse un Dieu les rendre sans effets !
puisses-tu n'en venir jamais à cette affreuse douleur
pour tes enfants ! »

Une fois la mère ainsi alarmée dans Chalciope, celle-ci ne se contient plus; elle fait jurer à Médée le secret sur ce qu'elle va lui proposer, et la supplie de trouver un expédient de salut pour ses enfants; dans son délire, elle s'emporte même un moment jusqu'à la menace; puis elle embrasse les genoux de la jeune fille, puis elle abandonne sa tête sur ce sein désolé, et les deux sœurs sont là dans les bras l'une de l'autre, à pleurer de pitié l'une sur l'autre, et l'on entend à travers le palais leurs gémissements confondus. Tableau pathétique et charmant, et bien supérieur par tout ce qu'il renferme à la situation des deux sœurs dans Virgile; car *Anna soror* a beau faire, elle n'est qu'une très-noble confidente et n'a pas d'autre rôle que celui d'une magnifique *utilité*.

« Mais que puis-je faire? ajoute ingénument Médée : je l'ai juré et je suis prête à tenter pour tes enfants tout ce que je puis. » C'est alors que Chalciope répond : « Ne pourrais-tu pas (fais cela pour mes enfants) imaginer quelque ruse, un expédient quelconque, dans la grande épreuve, en faveur de cet étranger qui lui-même en a tant besoin ? De sa part, et avec mission de lui, Argus m'est venu presser d'obtenir, s'il se peut, ton assistance ; je l'ai laissé chez moi en accourant ici. »

A ces mots, le cœur de Médée s'envole de joie ; elle rougit, un brouillard délicieux l'enveloppe, et elle promet tout, mais dans quels termes encore et avec quel mélange de gracieux déguisement! « Chalciope, s'écrie-t-elle, tout ce qui peut vous être agréable et cher, je

le ferai. Que l'Aurore ne brille jamais à mes yeux et
que tu ne me revoies plus existante parmi les vivants,
si je préfère quelque chose à toi, ma sœur, ou à tes
enfants qui sont comme mes frères, mes défenseurs
naturels et du même âge que moi ! Et moi-même
je puis me dire à la fois ta sœur et ta fille, puisque
tu m'as suspendue aussi bien qu'eux à ta mamelle
quand j'étais toute petite, comme je l'ai tant de fois
entendu raconter à notre mère... » — Est-il besoin
de relever la grâce exquise de cet artifice, cette subite
tendresse qui se réveille pour les enfants de sa sœur et
qui cherche à se confirmer par de si attachantes
images ? Et peut-être qu'elle-même, en disant ces
choses, elle en subissait l'illusion, elle croyait les penser et les sentir. Je remarquerai encore qu'à la réflexion
cette particularité de famille n'est pas inutile pour nous
rassurer sur l'âge de Médée, que les malintentionnés
pourraient soupçonner d'être un peu vieille fille, à lui
voir des neveux si grands ; mais ces neveux, on le sait
à présent, ce sont par l'âge comme des frères.

Médée a tout promis ; elle doit se trouver le lendemain matin au temple d'Hécate et y attendre Jason,
à qui elle remettra une drogue magique qui le rendra
maître des taureaux. Mais à peine sa sœur l'a-t-elle
quittée, que la voilà qui retombe à nos yeux dans les
incertitudes et les combats : la pudeur la ressaisit, et
la crainte de se sentir méditer de telles choses contre
son père et en faveur d'un homme ! Ovide, dans le
discours qu'il prête à Médée, au livre vii de ses *Métamorphoses*, a rendu avec élégance, avec esprit, ces alter-

natives; c'est à elle qu'il fait dire ce mot, devenu pro-
verbe :

> . . . . . Video meliora proboque,
> Deteriora sequor. . . . .

Dans le vrai pourtant, Médée, tout en cédant à ces
fluctuations, ne s'en est pas ainsi rendu compte en moraliste, et Apollonius, plus voisin en cela de la nature, ne
lui prête pas cette réflexion. Pour trouver des mono-
logues dignes d'être comparés à ceux que son héroïne
nous fait entendre, il faut revenir à Didon. En toute
cette partie si dramatique, le poëte grec est presque
l'égal de Virgile, et il a été l'un de ses modèles. N'y
eût-il que le passage suivant, il n'y aurait pas moyen
d'en douter :

« La nuit, continue Apollonius, la nuit vint ensuite,
amenant les ténèbres sur la terre; les nautoniers sur
la mer avaient les yeux fixés vers la grande Ourse et
vers les étoiles d'Orion; c'était déjà l'heure où tout
voyageur et tout gardien aux portes des villes (1) commence à désirer le sommeil; un assoupissement profond
s'emparait même des mères dont les enfants sont
morts. On n'entendait plus le hurlement des chiens à
travers la ville, ni aucun bruit de loin retentissant : le
silence occupait l'obscurité tout entière. Mais pour
Médée seule il n'y avait ni repos ni douceur du sommeil. Dans son ardeur pour le fils d'Éson, mille soins

---

(1) Mot à mot : tout *portier*. Les gardiens des portes avaient
de la considération dans la haute antiquité : Homère les appelle
sacrés.

la tenaient éveillée; elle craignait l'indomptable force
des taureaux, sous lesquels il était près de périr d'une
indigne fin dans la plaine de Mars. Son cœur se pré-
cipitait à coups pressés d'au dedans de sa poitrine :
comme un rayon de soleil, rejaillissant d'une eau qu'on
vient de verser dans une chaudière ou dans un baquet,
s'agite à travers la maison et va frapper tantôt ici,
tantôt là, avec un tournoiement rapide, ainsi le cœur
de la jeune fille se débattait dans son sein. Des larmes
de pitié coulaient de ses yeux; et au dedans la douleur
minante ne cessait de la ronger à travers tout le corps,
le long des moindres fibres et jusque tout au bas de
la nuque, là où plonge le plus sensiblement le mal
lorsque les Amours logent sans relâche leurs amertumes dans un esprit. Tantôt elle se dit qu'elle fournira
le charme qui doit dompter les taureaux, et tantôt que
non, mais qu'elle périra elle-même; puis tout aussitôt
elle se dit qu'elle ne mourra pas et qu'elle ne donnera
pas non plus le charme, mais qu'elle prendra en patience
et à tout hasard son malheur. Et, s'asseyant ensuite,
elle repassait en elle chaque chose en s'écriant... »

Je m'arrête un moment après cet admirable morceau,
au sujet duquel les remarques se pressent. Et d'abord
on aura reconnu la belle description naturelle que Virgile a si bien transportée à sa dernière nuit de Didon :

Nox erat et placidum carpebant fessa soporem
Corpora per terras. . . . .
At non infelix animi Phœnissa. . . . . .

En même temps on se demande comment, parmi

les divers traits, Virgile a précisément omis celui de *cette mère dont les enfants sont morts* (1). Je ne puis croire qu'il y ait eu là une timidité de sa part, comme Racine en a parfois. J'aime mieux supposer qu'il se sera fait scrupule d'emprunter un trait trop saillant et trop reconnaissable ; mais pourtant il empruntait assez visiblement l'ensemble du passage.

Il prenait encore cette belle comparaison de l'âme en peine avec le rayon de soleil réverbéré dans l'eau :

> Sicut aquæ tremulum labris ubi lumen ahenis
> Sole repercussum. . . . .

Seulement il ne l'applique point en cette situation même à l'âme de Didon, mais, en un tout autre endroit du poëme (livre VIII), à l'esprit d'Énée lorsque celui-ci, pendant sa lutte contre Turnus, agite divers projets politiques ; et j'ose dire qu'ainsi dépaysée cette comparaison légère, bien plutôt digne du cœur d'une jeune fille ou d'une jeune femme, est beaucoup moins aimable et moins fidèle (2).

(1) Brunck, dans les notes de son édition d'Apollonius, avait déjà relevé cette omission : « Inventorem Græcum meo judicio non adsecutus est imitator romanus. Vim somni quanto melius exprimunt ista Apollonii : Καὶ τινα παίδων μητέρα τεθνεώτων..., quam Virgilii *pecudes,* frigidaque, licet verbis ornatissima, *volucrum* enumeratio! »

(2) Qu'on me permette de hasarder une toute petite observation encore : Virgile, dans sa comparaison, dit *lumen aquæ,* une *lumière d'eau* répercutée par le soleil...; c'est une figure, un hypallage, je crois. Apollonius disait plus directement : *un rayon de soleil.* Il importe, ce semble, d'être clair et direct au moment où l'on fait une comparaison physique. Le *labris ahenis* n'est-il pas

On aura remarqué les caractères physiques par lesquels le poëte accuse les progrès de la passion chez Médée, et ce siége de la nuque qu'il assigne au foyer du mal : ainsi osaient faire les Anciens. Dans la célèbre pièce de *la Magicienne,* la Simétha de Théocrite ne s'exprime pas autrement lorsqu'elle veut rendre l'effet soudain que lui fit le beau Delphis, le jour qu'en allant à la fête elle le vit sortir tout brillant et tout *luisant* du gymnase :

« Je le vis, et du coup je devins folle, et mon cœur fut attaqué tout entier, malheureuse ! Ma beauté commença à fondre ; je ne pensai plus à cette fête, et je ne sais comment je revins à la maison; mais une maladie brûlante me ravagea ; je restai gisante sur ma couche dix jours et dix nuits. Mon teint devint bien des fois de la couleur du thapse (1) ; tous les cheveux me coulaient de la tête, et il ne me restait plus que les os mêmes et la peau. A quel devin n'ai-je point recouru ?... »

La délicatesse moderne n'ose plus parler de la sorte, et c'est tout ce qu'elle peut faire que de supporter la traduction sans fard de ce langage. La naïveté populaire a pourtant gardé quelque chose de cette franchise primitive, et l'on me cite ce mot familier à nos popu-

aussi un peu obscur? M. Boissonade m'assure que non. Je ne veux certes point prétendre que Virgile ne soit pas un écrivain plus parfait qu'Apollonius; mais ici, par cela même qu'il l'imite, il raffine un peu, et, tout en traduisant merveilleusement l'image, il nous la rend un peu moins simple.

(1) Espèce de plante.

lations du Midi : *aimer à en perdre les ongles* (1). Mais en général on a recouvert l'antique mal, lorsqu'il se présente, d'expressions plus vagues et plus flatteuses, en même temps que, dans une foule de cas de simple galanterie, on a détourné par abus les expressions physiques de leur sens propre : on s'est mis à brûler et à

---

(1) Il y a dans l'*Anthologie* une épigramme de Rufin que voici au naturel : « Quand même il ne viendrait pu'au bord des lèvres, le baiser d'Europe est doux ; il est doux, quand même il ne ferait qu'effleurer la bouche ; mais il ne touche pas seulement du bout des lèvres : quand elle appuie la bouche, elle enlève l'âme jusque des ongles. » On retrouverait la même expression dans d'autres épigrammes, notamment d'Asclépiade. — Comme correctif au *baiser* si accentué de Rufin, j'ai bien envie de glisser un *baiser* moderne, plus délicat, *pétrarquesque*, et qui a pourtant aussi son aiguillon, sa saveur pénétrante! Ces contrastes ne sont pas hors de propos et ils servent à mieux graver l'idée.

> Comme au matin l'on voit un Essaim qui butine
> S'abattre sur un Lys immobile et penché :
> La tige a tressailli, le calice s'incline,
> Et s'incline avec lui tout le trésor caché.
>
> Et tandis que l'Essaim des abeilles ensemble
> Pèse d'un poids léger et blesse sans douleur,
> De la pure rosée incertaine et qui tremble
> Deux gouttes seulement s'échappent de la fleur.
>
> Ce sont tes pleurs d'hier, tes larmes adorées,
> Quand sur ce front pudique, interdit au baiser,
> Mes lèvres (ô pardonne!) avides, altérées,
> Ont osé cette fois descendre et se poser :
>
> Ton beau cou s'inclina, ta brune chevelure
> Laissa monter dans l'air un parfum plus charmant;
> Mais quand je m'arrêtai contemplant ta figure,
> Deux larmes y coulaient silencieusement.

On a eu dans Rufin le baiser naturel et païen au plus vif; on a ici le baiser adouci selon Pétrarque, mais pas trop fade encore.

mourir par métaphore. Les Modernes ont très-habituellement admis le jeu et le mensonge de l'amour, ce qu'ils aiment aussi à en appeler l'idéal, — les Anciens, jamais; ils sont restés naturels.

Qu'on le sache bien pourtant, et n'en déplaise à toutes nos périphrases sociales, la maladie de l'amour est une, constante, *sui generis,* comme on dit dans la science : bien souvent voilée chez les Modernes, et encore plus souvent absente, elle se retrouve identique dès qu'elle existe. Quiconque l'a pu voir et observer une seule fois ne la méconnaîtra jamais. Plus ordinaire chez les femmes que chez les hommes, qui ont trop de facilités pour la prévenir ou la dissiper, elle ne laisse pas d'être devenue assez rare chez les femmes elles-mêmes qui, en certains pays et dans certain train de société, ont mille moyens gracieux de l'éluder, de s'en prendre ou de s'en tenir aux semblants. Chez les Anciens, on le sait, la foudre tombe presque à coup sûr ; les Modernes ont inventé les paratonnerres. La filiation toutefois des nobles et touchantes victimes ne s'est pas interrompue, et on la poursuivrait en quelques types frappants jusqu'à nos jours : — Hélène, Ariane, Médée, Phèdre, la Simétha de Théocrite, Didon, dans l'antiquité ; chez les Modernes, je ne retrouve l'amour-maladie ni chez Béatrice ni chez Laure ; mais Héloïse, celle que M. de Rémusat proclamait récemment *la première des femmes,* en est atteinte ; et, sans sortir de notre connaissance et de notre littérature, je retrouve quelques traits irrécusables chez un certain nombre de personnages de la réalité ou du roman (j'aime à les confondre), chez Louise Labé, chez la Religieuse portugaise, la princesse de Clèves, Des Grieux, le chevalier d'Aydie, mademoiselle de Lespinasse, Virginie, Velléda, Amélie. J'ai dit que Béatrice n'est point atteinte du même mal, et j'ai bien à en demander pardon à cette patronne angélique des poëtes : chez Béatrice, en effet, l'amour transformé est devenu une charité, une religion ; ce n'est plus une chose humaine, une maladie sacrée, la plus noble de toutes, mais une maladie enfin. J'oserai même ajouter qu'à l'autre extrême, et dans un groupe tout différent, madame de Warens n'est paplus sujette à ce noble mal que Béatrice. Si l'une glorifie trop l'amour et le vaporise, l'autre le vulgarise un peu trop fréquemment, deux manières contraires, et presque également certaines, d'en sortir : dans l'un des cas, il s'élève jusqu'à être une religion ; dans l'autre, il n'est plus qu'un plaisir. Tel qu'il s'observe en luis même à l'état de maladie, et soit qu'il éclate en la Religieuse portugaise ou en Médée, il n'est ni l'une ni l'autre de ces choses. C'est un pur mal, amer, cuisant, et qui n'a guère de gracieux que les débuts. Cela est si vrai, que le rôle de l'homme consiste plus souvent alors à le supporter qu'à le partager. L'homme se laisse faire, qu'il s'appelle Jason, Énée ou M. de Chamilly ; il profite de ce qui s'offre, sans pour cela toujours en être séduit. Prenons nos exemples dans l'antiquité, qui est à la fois plus simplement naturelle et avec laquelle on est moins tenu de rester poli. Le héros aimé de Phèdre ou de Didon est tellement en présence d'une vraie maladie et d'un fléau des Dieux, que, s'il résiste, il a affaire à

une héroïne violente et très-aisément à une femme
cruelle. Et plus tard, dès qu'elle est satisfaite et guérie,
il se peut même, si la femme n'a pas en elle d'aimables
sentiments accessoires, si avec de la passion elle manque
de sensibilité proprement dite (ce qui s'est vu quelquefois),—il se peut qu'elle ne vous reconnaisse plus
et qu'elle traite comme moins qu'un homme celui
qu'elle avait mis tout à l'heure au-dessus d'un Dieu.
L'objet n'est pas devenu autre, mais tout se passait en
elle. C'est l'égoïsme de la passion dans sa crudité, qui
s'était un moment exalté jusqu'au sublime. Heureusement, chez nous autres Modernes (rendons-nous justice), tout cela a bien changé ; la terminaison se dissi-
mule d'ordinaire, se recouvre d'hommages prolongés,
et, chez les natures délicates, s'enveloppe d'un culte
d'amitié et de souvenirs. Le christianisme et la chevalerie jettent des nuances, et comme des rayons, sur
les pentes du déclin qui restent encore belles. En un
mot, la maladie, chez les Modernes, persiste, mais
extrêmement voilée.

Je reviens bien vite à notre antique victime, à Médée
et à son monologue interrompu. Seule donc, durant
la nuit, et partagée entre mille résolutions contradictoires, elle se débat avec elle-même : elle regrette de
n'être point morte de mort naturelle, de n'avoir point
été frappée des flèches de Diane avant l'arrivée de cet
étranger. Elle le voue à son destin, et veut au même
moment l'en arracher. Adieu la pudeur, adieu la gloire !
elle le sauvera ; mais, pour se punir, le jour même du
combat et du triomphe, elle mettra fin à ses jours **par**

le lacet ou par le poison. Pourtant, que diront d'elle
alors les femmes de Colchide ? Elles railleront son
indigne fin et entacheront d'infamie sa mémoire. Ah !
mieux vaut mourir cette nuit même, à l'instant, avant
le crime, avant la honte. — Je continue de traduire :

« Elle dit et s'en alla prendre la boîte dans laquelle
étaient rangées bien des drogues, les unes salutaires,
les autres destructives, et, l'ayant placée sur ses
genoux, elle se lamentait. Son sein se baignait d'in-
tarissables larmes qui coulaient en torrents à l'aventure, tandis qu'elle déplorait terriblement son destin.
Elle avait envie de tirer des poisons qui tuent, pour
se les verser. Déjà elle déliait les liens de la cassette,
tout empressée de faire son choix, la malheureuse !
mais soudainement les épouvantes de l'horrible Pluton descendirent dans son cœur ; elle demeura un
long temps privée de la parole : autour d'elle tous les
aimables soins de la vie se représentaient. Elle se
ressouvint de tout ce qu'il y a d'agréable parmi les
vivants ; elle se souvint de ses compagnes du même
âge qui faisaient sa joie, comme une jeune fille
qu'elle était ; et le soleil lui parut plus doux à regarder qu'auparavant, à mesure en effet qu'elle se
reprenait en idée à chaque chose. Et elle rejeta la
cassette de dessus ses genoux, toute retournée au
gré de Junon ; elle ne partageait plus ses desseins çà
et là, mais elle ne désirait que de voir bien vite se
lever l'Aurore, afin de lui remettre, à lui, le charme
convenu et d'aller à sa rencontre. Plus d'une fois elle
ouvrit les portes de sa chambre, guettant la lumière :

enfin l'Aurore la frappa de sa clarté chérie, et déjà chacun se mettait en mouvement à travers la ville. »

Ici se placent des descriptions pleines de fraîcheur, la toilette empressée de la jeune fille qui veut effacer la trace des larmes de la nuit et s'assurer toute sa beauté, les ordres qu'elle donne à ses compagnes d'atteler le char. Ces grâces matinales rappellent le départ de Nausicaa pour le lavoir; mais ici que l'objet est différent, et que déjà l'horizon se fait sombre! Ainsi parée, et tandis qu'on apprêtait le char, « la jeune fille, est-il dit, tournant çà et là dans le palais, foulait le sol dans l'oubli des maux qui s'ouvrent déjà sous ses pieds en abîmes, et de tous ceux qui vont s'amonceler dans l'avenir. » — Après un détail approfondi de l'herbe magique qu'elle prend pour donner à Jason, et des circonstances où elle l'a autrefois cueillie, le poëte, continuant de s'inspirer d'Homère, poursuit par des comparaisons enchanteresses que Virgile a ensuite imitées de tous deux :

« Elle mit, dit-il, l'herbe magique à la ceinture odorante qui serrait son beau sein, et, sortant à la porte, elle monta sur le char rapide. Avec elle montèrent de chaque côté deux suivantes. Elle-même prit les rênes, et, tenant le fouet élégant de la main droite, elle conduisait à travers la ville. Les autres suivantes, s'attachant derrière à la caisse du char, couraient le long de la large voie, et elles relevaient tout courant, leur fine tunique jusqu'à la blancheur du genou. Telle, après s'être baignée dans les tièdes ondes du Parthénius ou encore du fleuve Amnisus, la fille de Latone,

debout sur son char d'or attelé de biches légères, par-
court les collines, venant de loin au-devant d'une
fumante hécatombe : les Nymphes la suivent en groupes, et celles qui s'assemblent sur la source même
d'Amnisus, et celles qui habitent les bois et les hauteurs pleines d'eaux jaillissantes : autour d'elle les
bêtes sauvages, tremblant de respect à sa venue, lui
font caresse de la queue et avec leurs cris. Telles ces
jeunes filles s'élançaient à travers la ville : et les peuples alentour faisaient place, évitant de rencontrer les
regards de la vierge royale. »

A peine arrivée au temple, Médée s'adresse à ses compagnes, toujours avec le même composé de charme et
de ruse : « J'ai commis une imprudence, leur dit-elle,
de vous amener ici, tout près de ces étrangers nouvel-
lement débarqués ; aucune femme de la ville n'ose plus
y venir. Mais, puisque nous y voilà, et que personne
ne paraît, amusons-nous à cueillir des fleurs et à chanter : il sera temps ensuite de s'en retourner, et vous
ne reviendrez pas sans présents, si vous voulez m'en
croire. » Et elle leur raconta à demi la promesse à
laquelle elle s'est engagée : l'étranger doit venir pour
recevoir d'elle un charme propice, mais elle peut lui
en donner un qui soit contraire, recevoir les présents,
et ainsi tout sera concilié. Les compagnes, à l'unani-
mité, applaudissent à une idée si heureuse, et se pro-
mettent d'en profiter.

Jason, pendant ce temps-là, s'est mis en marche vers
le temple, accompagné du seul Argus et du devin Mopsus, bon conseiller. Tous les héros des poëmes anciens,

Énée, Ulysse, ont le don de devenir plus grands, plus
beaux de leur personne, à de certains moments, sous
la protection des déesses; mais nulle part cette sorte de
métamorphose ou d'embellissement surnaturel n'est
plus magnifiquement décrite que pour Jason : « Personne encore jusque-là parmi les hommes des anciens
jours, ni parmi ceux qui sont de la descendance de
Jupiter lui-même, ni d'entre tous les héros qui jail-
lirent du sang des autres immortels, personne n'avait
été pareil à ce que devint Jason ce jour-là, par la
faveur de l'épouse de Jupiter, tant pour la beauté de
la personne que pour le charme des entretiens. Ses
compagnons eux-mêmes en étaient éblouis à le considérer si éclatant de grâces, et le fils d'Ampicus
(Mopsus) se réjouissait grandement de ce voyage dont
il présageait d'avance le résultat. »

Mais, au moment où Mopsus embrassait en idée tant
de choses, il en était une, et la plus simple de toutes,
dont il ne s'avisait pas : ces sortes d'inadvertances sont
l'ordinaire, comme on sait, des devins et des astro-
logues :

« Il y a dans la plaine, le long de la route et non loin
du temple, un certain peuplier noir orné d'une chevelure de feuilles infinies, sur lequel aiment à s'as-
sembler les corneilles babillardes. L'une d'elles, pendant qu'ils passaient, se mit à battre des ailes, et, du
plus haut de l'arbre, proféra les intentions de Junon :

« O le sot devin, qui ne sait pas même comprendre
avec son esprit ce que savent les petits enfants, qu'une
jeune fille ne dira ni douceurs ni propos d'amour à

un jeune garçon, s'il y a des étrangers pour témoins!
Va-t'en bien loin, ô méchant devin, pauvre sage! Ni
Vénus ni les suaves Amours ne versent leur souffle
sur toi. »

Mopsus sourit à cet avis si joliment donné, et en tient
compte; Argus et lui s'arrêtent à cet endroit et laissent Jason s'avancer tout seul au terme du rendez-vous.
Virgile aussi a montré, en un des plus beaux passages
du IVe livre, l'impuissance des devins; c'est quand Didon
perd sa peine à consulter les oracles des Dieux et à
interroger les entrailles des victimes :

Heu vatum ignaræ mentes! quid vota furentem,
Quid delubra juvant?

Chez Apollonius, le trait a moins de portée; l'avertis-
sement sur la vanité de l'art chez les plus habiles est
indiqué à peine et avec un léger sourire. Cette voix
moqueuse de la corneille rappelle assez bien la parole
de l'oiseau merveilleux dans les jardins d'Armide. —
Mais nous ne sommes qu'au début d'une scène incomparable; tandis que Jason s'avance, revenons encore à
celle qui n'attend que lui :

« De son côté, le cœur de Médée ne se livrait pas à
d'autres pensées, bien qu'elle fût à chanter avec ses
compagnes, et chaque chanson nouvelle qu'elle essayait
n'était pas longtemps à lui plaire; elle en changeait
tour à tour dans son inquiétude, et elle ne tenait pas
un seul moment ses regards arrêtés sur le groupe de
ses suivantes, mais elle les promenait de loin vers les
chemins, en penchant de côté son visage. Certes, certes,

son cœur se brisa souvent lorsqu'elle croyait entendre
courir tout auprès un bruit de pas ou le bruit du vent (1).
Enfin, lui-même, sans trop tarder, il apparut à son
désir, bondissant à pas élevés, tel que Sirius, qui du
sein de l'Océan sort si beau et si splendide à son lever,
mais qui apporte aux troupeaux la calamité funeste :
tel, dans la beauté de son aspect, survint aux yeux de
Médée le fils d'Éson, et son apparition excita en elle
une lassitude déplaisante. Le cœur lui tomba de la poitrine, ses yeux se troublèrent d'un brouillard, une
chaude rougeur saisit ses joues; elle n'avait la force
de lever les genoux pour faire un pas en avant ni en
arrière, mais ses pieds restaient fichés sur place. Cependant les suivantes s'étaient toutes éloignées. Tous deux
ils se tenaient l'un en face de l'autre, muets et sans
voix, semblables à des chênes ou à de grands sapins
qui ont pris racine au même lieu sur les montagnes,
et qui demeurent tranquilles dans le silence des vents;
mais bientôt, sous le coup des vents qui renaissent, ils
s'ébranlent et s'entre-répondent avec un murmure immense : c'est ainsi que tous deux allaient bientôt parler et rendre bien assez de sons charmants sous le
souffle de l'Amour. Le premier, le fils d'Éson recon-
nut qu'elle était tombée dans le mal sacré, et, d'une
voix caressante, il lui tint ce langage... »

L'admirable comparaison des deux arbres est du genre
de celles qui abondent dans les littératures anciennes,

(1) Se rappeler une situation assez semblable dans une des poésies lyriques de Schiller, l'*Attente*.

qui sont assez rares dans les littératures modernes,
mais dont en particulier la poésie française dite classique
s'est scrupuleusement préservée. Je me rappelle, dans
un roman, dans *la Princesse de Clèves,* une situation
assez analogue à celle qu'on vient de voir. Un jour M. de
Nemours s'est arrangé pour rencontrer la princesse
chez elle sans témoins : « Il réussit dans son dessein,
dit le délicat auteur, et il arriva comme les dernières
visites sortaient.

« Cette princesse était sur son lit ; il faisait chaud,
et la vue de M. de Nemours acheva de lui donner une
rougeur qui ne diminuait pas sa beauté. Il s'assit
vis-à-vis d'elle avec cette crainte et cette timidité que
donnent les véritables passions. Il demeura quelque
temps sans pouvoir parler. Madame de Clèves n'était
pas moins interdite, de sorte qu'ils gardèrent assez
longtemps le silence. — Enfin M. de Nemours prit
la parole... »

Voilà ce qu'est proprement le goût français ; on indique, on court, on sous-entend ; on a la grâce, la discrétion, la finesse, tout jusqu'à la poésie *exclusivement.* Et
qu'on ne dise pas que les amants sont assis et non debout, et que c'est dans un roman et non dans un poëme
que je prends mon exemple ; on ne dirait pas mieux ni
par d'autres images s'ils étaient debout ; on dirait moins
bien dans un poëme, à moins de sortir du cadre convenu.
Comparer deux amants immobiles et muets en face l'un
de l'autre à deux arbres ! pourquoi pas à deux pieux ?
Ne voyez-vous pas le sourire ? Fénelon, dans sa *Lettre
à l'Académie française,* demandait grâce vainement pour

ces sortes de peintures naturelles où se joint la passion
à la vérité. Il esquissait avec une hardiesse voilée de goût
tout un programme poétique qu'il n'est pas interdit
après plus d'un siècle de reprendre et de féconder.

Ce n'est guère l'occasion toutefois de digression critique à cette heure ; nous avons mieux à faire, et il nous
faut écouter en Colchide les propos des deux amants :
« Pourquoi donc, ô vierge ! disait Jason à Médée, pourquoi tant de crainte quand je me trouve seul devant
toi ? Je ne suis pas de ces hommes avantageux (il dit
presque de ces *fats*) comme il y en a, et tel on ne m'a
point vu lors même que j'habitais dans ma patrie. Aussi
ne me témoigne point cette réserve extrême, ô jeune
fille, si tu as quelque chose à me demander ou à me
dire ; mais, puisque nous sommes venus ici à bonne
intention, dans un lieu sacré où tout manquement est
interdit, traite-moi en toute confiance... » Et il lui rappelle la promesse qu'elle a faite à sa sœur ; il la conjure
par Hécate et par Jupiter-Hospitalier ; il se pose à la fois
comme son hôte et son suppliant, et il touche cette
corde délicate de louange qui doit être si sensible chez
la femme ; car, après tout, Médée est un peu une princesse de Scythie, une personne de la Mer-Noire qui doit
être secrètement flattée de faire parler d'elle en Grèce (1).
« Je te payerai ensuite de ton bienfait, lui dit-il, de la

(1) Un germe de cette idée se trouverait dans la ive pythique de
Pindare (vers 388), lorsque Vénus y apprend au fils d'Éson l'art
des enchantements, « pour qu'il fasse perdre à Médée le respect
de ses parents et que *l'aimable Grèce* ravisse ce cœur brûlant dans
un tourbillon de séduction. »

seule manière qui soit permise à ceux qui habitent si
loin l'un de l'autre, en te faisant un nom et une belle
gloire. Ainsi feront à l'envi les autres héros qui te célé-
breront à leur retour en Grèce, et les épouses des héros
aussi, et les mères; en ce moment peut-être, tristement
assises sur les rivages, elles nous pleurent; mais tu les
auras délivrées de leurs angoisses. » Et il lui cite
l'exemple de Thésée, qui dut son salut à la fille de Minos
et de Pasiphaé, à cette Ariane qui en reçut tant d'honneurs des hommes et des Dieux, et qui a désormais sa
couronne étincelante parmi les constellations célestes.
Cet exemple d'Ariane est-il bien choisi? S'il rappelle le
dévouement de la fille de Crète, ne rappelle-t-il pas en
même temps l'ingratitude de l'Athénien? N'y a-t-il pas
imprudence à Jason d'évoquer de telles images? Je l'avais
cru d'abord; mais non; au point où en est Médée, cet
exemple de sa cousine, si elle songe à tout, devient
encore plus attrayant par ses périls mêmes et par les
vagues perspectives qu'il entr'ouvre. Jason décidément
est un habile homme et plus rompu à la séduction qu'il
ne veut paraître. Après donc avoir fait briller de loin la
gloire d'Ariane, « c'est ainsi, poursuit-il, que les Dieux
te sauront gré à ton tour, si tu prends sur toi de sauver
une telle élite de héros; et certes, à te voir si belle,
tout dit assez que tu es ornée des trésors du cœur.

« Ainsi parla-t-il en la glorifiant, et elle, jetant les
yeux de côté, elle souriait d'un sourire délicieux; le
cœur lui nageait au dedans, tout enlevée qu'elle était
par la louange, et elle finit par le regarder en face.
Elle ne trouvait pas à lui dire un mot avant l'autre,

mais elle aurait voulu proférer toutes choses à la fois.
En attendant, elle n'eut rien de plus pressé que de tirer
de sa ceinture odorante l'herbe magique, qu'il reçut de
sa main avec joie ; et certes, puisant son âme tout entière
dans sa poitrine, elle la lui aurait livrée au besoin avec
le même transport, tant l'amour en ce moment lançait
d'aimables éclairs de la blonde tête du fils d'Éson! Elle
en avait les yeux tout ravis (1); elle en fondait de chaleur au dedans, comme autour des roses la rosée s'é-
chauffe et fond aux feux de l'Aurore. Tantôt, dans leur
pudeur, ils tenaient tous les deux leurs yeux attachés à
la terre, tantôt ils les relevaient pour se voir, en s'en-
voyant de complaisants sourires de dessous leurs sourcils
brillants. Et c'est bien tard et à grande peine que la
jeune fille parla... »

Ce premier discours de Médée, si lentement amené,
débute et se déroule avec un naturel infini : elle va droit
au fait du premier mot : « Écoute bien à présent, lui
dit-elle, comment je viendrai à bout de te secourir... »;
et elle entre immédiatement en matière sur l'herbe magique, sur l'usage qu'il en faut faire et sur les diverses

(1) On lit ainsi encore dans les *Lettres portugaises,* mais toujours à l'image près, toujours avec cette différence de l'analyse délicate à la poésie : « Vous me dîtes hier au soir de jolies choses,
et j'aurois souhaité que vous eussiez pu vous voir vous-même dans
ce moment comme je vous voyois... Vous vous seriez trouvé tout
autre qu'à votre ordinaire. Votre air étoit encore plus grand qu'il
ne l'est naturellement; votre passion brilloit dans vos yeux, et
elle les rendoit plus tendres et plus perçants. Je voyois que votre
cœur venoit sur vos lèvres. Hélas! que je suis heureuse, s'il n'y
venoit point à faux! car enfin je ne vous éprouve que trop, et il
n'est guère en mon pouvoir de vous éprouver moins... »

circonstances de l'épreuve à laquelle le héros s'est soumis. Ce discours, tout positif et de prescription technique, a pour avantage, en allant d'abord au principal de son inquiétude, de la sauver encore elle-même des restes d'embarras qu'elle éprouve, de lui donner le temps de se remettre et de suspendre par un dernier détour l'expression directe de ses sentiments; ils éclatent pourtant dans ce peu de mots qui terminent les conseils :

« Tu pourras de cette sorte emporter la toison en Grèce, — bien loin de Colchos (1); après cela, pars, va où le cœur t'appelle, où tu es si empressé de retourner. »

Tout ce qui suit est d'une gradation charmante : « Ainsi donc parla-t-elle; et en silence, ses regards tombant devant ses pieds, elle baignait sa joue divine de tièdes larmes, s'affligeant de ce qu'il allait errer si loin d'elle à travers les mers; et de nouveau elle lui adressa en face ces paroles pleines d'amertume, en

---

(1) *Colchos,* je traduis ainsi le nom peu harmonieux pour nous d'*Æa.* « Cette ville de Colchos, écrit M. Boissonade, n'est guère connue que des poëtes français. » Chardin dans son *Voyage* dit : « Les ruines de Colchos sont perdues : je n'en aperçois rien. » Je le crois bien, il n'y a point eu de ville de Colchos, partant point de ruines. *Colchi,* à l'accusatif *Colchos,* ce sont les peuples de la Colchide. Les vers de Racine :

> Vous pourriez à Colchos vous exprimer ainsi.
> — Je le puis à Colchos, et je le puis ici. —

ces vers n'en sont pas moins bons. La faute est comme consacrée. » Je le répète, ce nom de Colchos tout trouvé traduit heureusement celui de la ville d'Æa.

lui prenant la main droite, car déjà la pudeur désertait
de ses yeux :

« Souviens-toi, si jamais tu es de retour dans ta
patrie, souviens-toi du nom de Médée, comme moi-
même je me souviendrai de toi, si éloigné que tu puisses
être. Et mets quelque complaisance à me dire où sont
tes palais et de quel côté tu vas te diriger d'ici avec
ton vaisseau à travers les mers. Est-ce tout près de l'o-
pulente Orchomène que tu dois aller? Est-ce tout près
de l'île d'Æa? Dis-moi quelque chose encore de cette
jeune fille que tu as nommée comme si célèbre, de cette
fille de Pasiphaé, la sœur de mon père. » Elle dit; et lui
aussi, à son tour, le funeste Amour commença à le surprendre par les larmes de la jeune fille, et il répondit... »

On voit que Jason a bien tardé à s'émouvoir, et que
son sang-froid a duré assez longtemps; il est tout à
fait dans le rôle d'Énée et de tant de héros qui se laissent
faire et que les Dieux, en de telles rencontres, conduisent par la main à leur fortune. Quant aux questions de
Médée, elles sont bien naturelles en même temps que
finement insinuantes : elle parle d'Orchomène et de
l'île d'Æa, parce qu'elle ne connaît guère d'autres pays
lointains : de l'un est venu son beau-frère Phrixus, et
dans l'autre habite sa tante Circé. Elle aime surtout à
revenir autour de cette histoire d'Ariane qui la tente,
et qu'elle fait un peu semblant de ne savoir que confusément; elle trouve même moyen d'éviter de nommer
par son nom celle qu'elle appelle simplement la fille de
Pasiphaé. Jason essaye de la satisfaire et commence à

lui parler de sa patrie ; puis, touché par degrés et gagné à la tendresse, il s'interrompt en s'écriant :

« Mais pourquoi te raconter toutes ces choses que le vent emportera, et ma patrie, et notre famille, et la très-illustre Ariane, fille de Minos, nom brillant qui fut celui de cette vierge aimable sur laquelle tu m'interroges? Plût aux Dieux que, comme Minos alors s'accorda pour elle avec Thésée, ton père voulût faire de même pour nous ! »

« C'est ainsi qu'il parlait, en la touchant avec des entretiens pleins de miel; mais elle, des amertumes très-douloureuses irritaient son cœur, et elle ne sut que lui répondre en gémissant :

« C'est en Grèce qu'il peut être beau de songer à de tels accords; mais Éétès n'est point un de ces hommes tels que tu viens de me montrer Minos, l'époux de Pasiphaé ; et je ne m'égale point non plus à Ariane : c'est pourquoi ne me parle en rien de ces alliances hospitalières. Mais toi seulement, lorsque tu seras de retour à Iolcos, souviens-toi de moi, et je me souviendrai de toi à mon tour, en dépit même de mes parents. Et si jamais tu m'oubliais, qu'il me vienne de loin, ou quelque renommée, ou quelque oiseau messager ! ou plutôt moi-même, puissent d'ici les rapides tempêtes m'enlever par-dessus les mers jusqu'en Iolcos, pour que je t'aille jeter à la face mon reproche et le souvenir que tu n'as échappé que par moi... Oh! puissé-je alors, sans que rien m'annonce, m'abattre à ton foyer, dans tes palais! » — Elle dit, et des larmes de pitié ruisselaient le long de ses joues... »

Il me semble qu'il n'y a rien à ajouter après de
telles beautés, après un tel élan de passion et ce premier cri qui, dans sa violence, renferme déjà toute la
tragique destinée. Nous pourrions prolonger encore;
l'entretien n'en reste pas là; Jason s'efforce de démentir les éloquents présages et de chasser ces idées de
tempêtes et d'oiseau messager : qu'elle vienne seulement
en Grèce, et elle verra comme elle y sera honorée.
Médée s'oublie à l'écouter, et c'est Jason qui, le premier (ainsi qu'il est naturel), croit devoir la rappeler
à la prudence, l'avertir qu'il se fait tard, que le soleil
bientôt va se coucher, et qu'il faut éviter d'éveiller les
soupçons des compagnes. Les deux amants se séparent
avec espoir de se retrouver.

Le troisième chant n'est pas fini ; il va se couronner,
non sans grandeur, par une très-belle description de
la lutte de Jason avec les taureaux qu'il attelle, et de
son combat contre les géants, qu'il moissonne comme
un laboureur terrible.

Il y aurait encore (mais il ne faut pas abuser même
des grâces) à tirer du début du chant suivant l'image
des terreurs soudaines de Médée, qui se croit découverte, sa fuite du palais paternel, ses adieux au lit, à
la chambre virginale, dans laquelle elle laisse suspendue pour sa mère une boucle de ses plus longs cheveux :
c'est à regret que je renonce à ces touchantes scènes,
dignes de tout ce qui a précédé (1). Réfugiée à bord

(1) Un seul et dernier trait : c'est au moment où elle se décide
à fuir au milieu de la nuit : « ... Elle baisa son lit et les deux
côtés de la porte, elle embrassa jusqu'aux murailles, et, ayant coupé

du vaisseau des Argonautes, elle en redescend pour guider de nuit Jason par la forêt, et sous l'œil du dragon qu'elle endort, à la conquête des dépouilles du bélier divin : cette scène encore est toute semée de belles images et de poésie. Puis on verrait avec l'aurore le navire *Argo,* vainement poursuivi par les Colchidiens, sortir triomphant du Phase sous les coups de rame des héros, et Médée près de Jason, à la place d'honneur, glorieusement assise à la poupe sur la merveilleuse toison.

C'est à ce moment, et comme dans ce lointain, que le poëme devrait finir, ce me semble, pour garder son intérêt et pour trouver son unité. Ce serait là, pour cette première Médée, une fin aussi belle dans son genre, bien que moins funèbre, que celle du bûcher de Didon. Par malheur, le poëte, redevenu érudit, ne

de ses mains une longue tresse, elle la laissa dans la chambre pour sa mère comme souvenir de sa virginité, et elle s'écria d'une voix gonflée de sanglots : « Cette longue mèche de mes cheveux, « je te la laisse en ma place, ô ma mère! je pars : puisses-tu être « heureuse, si loin que je sois de toi! sois heureuse, ô Chalciope, « et adieu toute la maison! Et toi, ô Étranger, que la mer ne t'a- « t-elle englouti avant que tu aies touché la terre de Colchide! » C'est sur ce mot qu'elle part et s'enfuit du toit maternel. Cette imprécation contre Jason qu'elle va trouver m'a rappelé le mot de Catulle sur Lesbie : « Lesbie dit sans cesse du mal de moi, je veux mourir si elle ne m'aime pas à la rage :

> Lesbia mi dicit semper male, nec tacet unquam
> De me : Lesbia me, dispeream, nisi amat!... »

Jason aurait pu dire la même chose des imprécations de Médée : elle n'a pas assez de paroles tendres pour sa mère et pour sa sœur, et en conséquence elle les quitte; elle maudit Jason, et en conséquence elle court à lui : c'est la pure logique de la passion.

veut rien omettre, et il nous promène ensuite à travers
toutes les vicissitudes d'un retour où certains tableaux,
ménagés de distance en distance, ne suffisent pas à
racheter la fatigue pour le lecteur. Médée, bien qu'à
bord du vaisseau, disparaît par intervalles, et surtout
elle se gâte en avançant : elle cesse d'être l'intéressante
jeune fille qu'on a vue ; elle redevient la Médée tra-
ditionnelle, la nièce de Circé ; on fait plus que deviner, on retrouve en elle la victime des Furies, la meur-
trière et l'incendiaire déjà. Du moment qu'elle a été
obligée d'aider et d'assister au meurtre de son frère
Absyrte, elle est odieuse. Jason ne paraît pas très-loin
de cet avis, et il la considère trop visiblement désormais comme un embarras. On pourrait y voir une
leçon morale, et le poëte l'a même indiqué : une première faute peut entraîner à tous les regrets, à tous
les crimes. Mais cela est plus utile à apprendre en morale qu'agréable à voir en poëme ; et d'ailleurs ici on
n'entrevoit cette seconde destinée qu'incomplétement.
Qu'on se garde de conclure pourtant qu'il ne se rencontre pas encore de beaux passages, et dignes de souvenir, notamment l'épisode des noces en Phéacie ; ce que
je veux marquer, c'est que l'action, si heureuse et si
pleine dans son milieu, est véritablement sur le retour,
c'est que l'intérêt principal se traîne et n'a plus d'objet.

En n'arrêtant pas à temps son plus aimable personnage, et en manquant (du moins d'après nos idées
modernes) cette fin de son poëme, Apollonius a-t-il
mérité de rester si peu avant dans la mémoire des
hommes, d'être si peu lu ou si rarement cité ? Tandis

que la Didon de Virgile est perpétuellement à la bouche
et dans le cœur de tout ce qui a du sentiment et du
goût, la Médée, qui lui a servi en partie de modèle,
a-t-elle si peu de droits à un même honneur ? y a-t-il
lieu à une pareille inégalité ? Il suffit de ce qu'on a pu
entrevoir à travers nos rapides traductions, pour mettre tout lecteur équitable à même de répondre. Quand
on parle aujourd'hui de la pléiade des poëtes d'Alexandrie, et qu'on se demande ce qui nous en reste de
charmant, chacun nomme à l'instant Théocrite, et l'on
a raison ; Théocrite en cela n'a rien usurpé ; il est digne
de tous les souvenirs et d'un culte à jamais reconnaissant, à jamais nouveau de fraîcheur comme sa muse.
Pourtant il a trop éclipsé Apollonius ; Virgile l'a trop
éclipsé aussi. Nous avons tâché de remettre en lumière
quelques traits du vieil Alexandrin, essentiels, originaux, passionnés avec grâce, et qui auraient dù, ce
semble, maintenir son nom avec plus d'honneur dans
le voisinage de ces deux beaux noms. Il y a longtemps
que Pline le Jeune, dans une agréable lettre où il raconte
plusieurs beaux traits de la célèbre Arria, femme de
Pætus, a remarqué qu'ils sont tout aussi grands et aussi
mémorables que le fameux mot d'elle, le seul qu'on
cite (*Pæte, non dolet*); et il en conclut que la renommée est quelque peu capricieuse, et que, des actions
ou des paroles entre lesquelles elle fait choix dans une
vie pour la célébrer, les unes ont plus d'éclat et les
autres plus de grandeur, *alia esse clariora, alia majora.*
Dans le cas présent, en détournant à mon dire cette pensée de Pline, je la traduirai plus modestement et dans

23.

un sens plus vrai, de manière à tout respecter, à tout ménager : parmi les œuvres des antiques génies, dirai-je simplement, quelques-unes sont plus célèbres, et d'autres le sont moins qui se trouvent belles encore.

1ᵉʳ septembre 1845.

MÉLEAGRE.

L'antiquité est mieux étudiée de nos jours en France, au sein des écoles, qu'elle ne l'était et vers la fin du xviiie siècle et à aucun moment depuis; le nombre fet grand des jeunes esprits qui à un talent suffisant d'écrire unissent beaucoup de savoir et d'érudition; les thèses seules soutenues à la Faculté des lettres eraient foi de ce progrès continu, et attesteraient à les deugré le niveau monte. Et pourtant il est vrai de dire que, hors de l'enceinte des Facultés, et dans ce qu'on peut appeler le grand milieu de la littérature courante, ce progrès des lettres anciennes se marque assez peu et ne se produit par aucun représentant notable, par aucune œuvre lue de tous. La philosophie fait exception, et elle a sa jeune milice déjà brillante : le feu sacré n'a cessé d'être entretenu, d'être attisé de ce côté par la main et par le souffle d'un maître qui ne s'endort pas; mais je parle de la littérature proprement dite, de la poésie des Anciens, de ces œuvres sans cesse invoquées de tous et trop peu ressaisies à leur source même. La littérature des Latins se répand, se divulgue; des entreprises utiles en rendent les accès de plus en

plus faciles et patents; la difficulté n'est pas là; elle est
encore où elle s'est presque toujours rencontrée en
France, dans l'étude, la connaissance, le goût senti de
la littérature grecque que tout le monde s'accorde si
bien à louer et que si peu savent aborder comme il
faut. Depuis vingt-cinq ans, on a exploré et importé les
littératures de tous les pays; on en a comme versé les
richesses dans le domaine commun : eh bien! la traduction de Platon à part, et en n'oubliant pas non plus
l'exquise tentative de Courier, en y ajoutant les récentes
Études sur les Tragiques de M. Patin (l'*Hippocrate* de
M. Littré ne rentre pas dans l'ordre d'idées plus expressément littéraires que nous recherchons), on peut se
demander quelle œuvre s'est produite en France qui
mette l'antiquité grecque de pair avec le mouvement
moderne et qui la fasse circuler. Je n'exagère rien : des
voix éloquentes dans les chaires ont proclamé depuis
longtemps la nécessité, l'à-propos de cette connaissance
heureuse, et cherchent à en propager l'esprit; mais en
France rien n'est fait tant que le grand public n'est
pas saisi des questions et mis à portée des résultats,
tant qu'il n'y a pas un pont jeté entre la science de
quelques-uns et l'instruction de tous (1).

A mon sens, il y aurait pourtant à gagner beaucoup,
même pour des points actuels et toujours pendants d'art
et de langage poétique, à cette appréciation exacte, à

(1) La Collection des auteurs grecs publiée par MM. Didot et
dirigée par d'habiles philologues offrira, quand elle sera complète,
les secours les plus commodes pour l'exécution du vœu que nous
formons.

cette divulgation fidèle de la poésie ancienne originale,
et il n'y a que la poésie grecque qui ait en elle cette
première originalité. Dans les manières de la sentir,
et surtout d'oser la rendre depuis le xvi⁰ siècle en
France, on compterait différents temps et comme divers
degrés d'initiation avant d'arriver à son expression
toute nue et toute simple, à laquelle on n'est pas encore
venu. Racine, certes, la sentait tout entière, mais il ne
la rendait pas également, et il l'accommodait plus ou
moins à l'usage de son temps, selon ce qu'on en pouvait porter autour de lui. Fénelon eût osé davantage,
au moins dans les portions de naïveté et de grâce
simple : La Fontaine cheminait, mais d'instinct seulement, dans le même sens. Plus tard, l'abbé Barthélemy ne
s'aperçut pas qu'il se souvenait beaucoup trop du cercle
de Chanteloup, en nous reconduisant jusque dans
Athènes. Ceux qui ont le mieux critiqué Barthélemy et
fait ressortir ses infidélités, ses enjolivements de ton,
n'auraient peut-être osé eux-mêmes tout aborder, tout
rendre de cette poésie qu'ils admiraient si bien, et ils
avaient à leur tour des adoucissements qui l'auraient
par endroits voilée. Loin de nous pourtant la pensée
(pensée grossière !) qu'en allant au fond de l'art et de
la poésie grecque, on arrive à je ne sais quel mélange
de laideur et de beauté, et qu'on rejoigne le caractère
sauvage, souvent rude et, en tous cas, plus compliqué,
de la poésie du Nord, de la poésie shakspearienne ! Si,
par quelques traits profonds, naturels, par quelques
élancements de passion, ces deux grandes poésies se
peuvent rapprocher comme dans un éclair, elles sont

séparées par toutes les différences de race, de civilisation, par un abîme : elles n'ont pu être violemment rapprochées et confondues que par des esprits inexpérimentés et sans goût, qui n'avaient pénétré le génie de l'une ni de l'autre. Il n'en reste pas moins vrai qu'à se tenir dans les limites de l'art grec et de cette incomparable poésie proclamée si unanimement un modèle de grandeur et de grâce, on peut aller très-loin, beaucoup plus loin qu'on ne le suppose d'ordinaire; des traductions senties, fidèles, fidèles à l'esprit non moins qu'à la lettre des textes, et légèrement combinées avec les nécessités comme aussi avec les ressources de notre propre langue, feraient faire à celle-ci des pas très-hardis, très-heureux et, ce me semble, très-légitimement autorisés. Traduire fidèlement, avec goût, c'est-à-dire avec une sincérité habile, les tragiques, Pindare, Homère, même Théocrite, ce serait, je le crois, innover en français, et innover de la manière la mieux fondée, la plus prudente et la plus exemplaire. Tout le monde innove aujourd'hui ; c'est un lieu-commun et une vérité banale de remarquer qu'il n'y a plus de langue circonscrite, limitée et strictement régulière, telle qu'il en existait une à la fin du xviiie siècle. C'est dans un tel état de choses, anarchique tant qu'on le voudra, mais riche d'éléments, fécond de germes, et qui a peut-être encore son avenir, si, comme nous l'espérons, la France a le sien, — c'est dans un tel moment ou jamais que de telles œuvres peuvent avoir à la fois toute leur liberté d'exécution et leur part d'efficacité. On sait combien de belles traductions ont exercé souvent d'influence aux origines et aux époques de fermentation première des littératures. La Bible de Luther et ses puissants effets en Allemagne sont connus, mais débordent notre sujet ; il suffit de se rappeler le Plutarque d'Amyot en France. Sans même tant prétendre désormais, sans tant demander à nos curiosités depuis trop longtemps sorties d'enfance, il est bien certain pour moi qu'une traduction d'Homère, par exemple, qui serait ce qu'elle n'a pu être jusqu'à ce jour, et telle qu'on peut l'oser avec goût aujourd'hui, aurait son action encore et sa nouveauté vive. La poésie française, qui fait, à travers tout, l'objet favori de mes pensées, et dont la régénération n'a cessé, à aucun instant, de m'être présente, y gagnerait peut-être plus qu'il ne semble. Tout ce qui tend à élargir, à aiguiser du même coup et à simplifier le goût public, est favorable à cette régénération poétique dans laquelle il s'agit d'introduire, de combiner le plus de naturel et de vérité avec le plus de beauté. Et quoi de plus propre à cet effet non-seulement que la reproduction fidèle des modèles grecs, mais aussi que la multitude d'efforts, de souplesses de tour et de grâces de langue qu'il faudrait retrouver ou acquérir en les rendant ! Arroser le langage et le vivifier avec fraîcheur, cela demande des sources perpétuelles et pures ; ces sources, je le sais, on doit les chercher surtout en soi, dans son propre passé aux divers âges ; mais, du moment qu'on en demande au dehors, de quel côté se tourner de préférence à celui-là ? L'Ida était dit, par excellence, *fertile en sources*.

La poésie française, qu'on veuille bien le noter, a eu

à combattre dès l'abord deux sortes d'ennemis : les
pédants de cabinet, faiseurs de rhétorique, idolâtres de
la régularité, et les mondains frivoles, incapables de
sentir une certaine simplicité naturelle. Pour prendre
des noms significatifs, elle a dû cheminer, comme entre
deux feux, entre les Scaliger et les Fontenelle.

Que fait Scaliger en sa *Poétique?* il préfère, par toutes
sortes de raisons de cabinet, Virgile à Homère ; on s'est
cru très-loin de Scaliger, et on a fait longtemps comme
lui ; on a toujours été, chez nous, très-tenté de préférer
des maîtres élaborés et polis (1), accomplis en leur
genre, des maîtres de seconde venue, et qui prêtaient
davantage aux poétiques. Il y a eu, en ce sens-là, bien
du Scaliger jusque dans la postérité de Rollin. Quant
au Fontenelle, c'est-à-dire à ce tour d'esprit volontiers
moqueur d'un certain goût simple, il était aisément
partout dans les salons, dès qu'il s'agissait de poésie,
et on en découvrirait plus d'une dose jusque dans Voltaire.

Il est arrivé ainsi, au grand regret et déplaisir déjà
de Fénelon en son temps, que la langue française poé-

(1) C'était bien là, en effet, le souci principal de Scaliger ; il
met au-dessus de tout ce qu'il appelle *virgilianam diligentiam,*
et, après avoir soupçonné les nombreux larcins lyriques d'Horace,
il conclut en disant : « Puto tamen eum fuisse Græcis omnibus
cultiorem. » — Comparant, ainsi que nous l'avons fait (Voir l'article précédent, page 382), la description de la nuit dans Apollonius à celle de Virgile, lequel en a omis pourtant certains traits
énergiques, il juge le ton d'Apollonius vulgaire et presque bas
(*vulgaria, inquam, hæc, et plebeia oratione*), tandis que Virgile
en cet endroit lui paraît plutôt *héroïque ;* déjà le noble avant tout.

tique s'est vue graduellement *appauvrir, dessécher* et *gêner* à l'excès, qu'elle n'a *jamais osé procéder que suivant la méthode la plus scrupuleuse et la plus uniforme de la grammaire* (1), que tout ce qui est droit, licence et gaieté concédée aux autres poésies, a été interdit à la nôtre, et qu'on n'a fait presque nul usage, en cette voie, des conformités naturelles premières qu'on se trouvait avoir par un singulier bonheur avec la plus belle et la plus riche des langues, conformités que, deux siècles et demi après Henri Estienne, Joseph de Maistre retrouvait, proclamait hautement à son tour (2), et qui tiennent en bien des points à la conformité même du caractère et du génie social des deux nations. Or ces analogies heureuses n'avaient guère servi de rien à notre langue en poésie, jusqu'à ce qu'André Chénier fût venu montrer qu'il n'était pas impossible d'y revenir.

Quelques critiques insistent avant tout et préférablement sur l'aspect idéal et pur de l'art grec, sur la beauté dont il donne le suprême exemple; il est permis de ne pas moins insister sur la simplicité inséparable et la vérité qui en sont le fond et l'accompagnement, sur cette naïveté dans le sentiment et dans l'expression, qui se joint si bien à la grâce et qui ajoute aussi au pathétique et à la grandeur. Pour moi, je ne serai content que lorsqu'on aura osé traduire et rendre au vif en français, autant qu'il se peut, ces naïvetés mêmes, ces négligences aimables, ce désordre apparent, né d'un

(1) Voir la *Lettre sur l'Éloquence.*
(2) *Soirées de Saint-Pétersbourg.* deuxième Entretien.

art caché, par où se révèle la passion, et qui insinue la
persuasion dans les cœurs, ces hardiesses naturelles qui
n'offensent jamais la beauté, mais qui pourtant ne s'y
voilent pas, ne s'y confondent pas toujours. Combien de
fois, dans Homère, une comparaison empruntée aux
appétits physiques et matériels est là pour mieux exprimer ce qu'il y a de plus touchant dans l'affection morale !
Au chant XIII de l'*Odyssée*, Ulysse, trop longtemps retenu
à son gré chez les Phéaciens, a obtenu un vaisseau ; il
doit partir le soir même, il assiste au dernier festin que
lui donnent ses hôtes ; mais, impatient qu'il est de
s'embarquer pour son Ithaque, il n'entend qu'avec dis-
traction, cette fois, le chantre divin Demodocus, et il
tourne souvent la tête vers le soleil comme pour le
presser de se coucher :

« Comme lorsque le besoin du repas se fait sentir à
l'homme qui, tout le jour, a conduit à travers son champ
les bœufs noirs tirant l'épaisse charrue : il voit joyeuse-
ment se coucher la lumière du soleil pressé qu'il est
d'aller prendre son souper, et les genoux lui font mal
en marchant ; c'est avec une pareille joie qu'Ulysse vit
se coucher la lumière du soleil. »

La passion de l'exilé sur le point de revoir sa patrie,
comparée à celle du pauvre journalier pour son souper
et son gîte à la dernière heure d'une journée laborieuse,
ne se trouve point rabaissée en cela ; elle n'en paraît
que plongeant plus à fond, enracinée plus avant dans
la nature humaine ; mais rien n'est compris si cette
circonstance naïve des *genoux qui font mal en marchant*
est atténuée ou dissimulée ; car c'est justement cette

peine qui est expressive, et qui aide à mesurer l'impatience même, la joie de ce simple cœur. De tous nos poëtes, il n'est certes que La Fontaine qui l'aurait osé traduire.

Au sujet de la mort d'Agamemnon, dans le récit que fait l'Ombre de ce grand roi à Ulysse qui l'interroge dans les Enfers, il est dit : « Noble fils de Laërte, ingénieux Ulysse, ce n'est ni Neptune qui m'a dompté sur mes vaisseaux en déchaînant le vaste souffle des vents funestes, ni quelque peuplade ennemie qui m'a détruit sur terre ; mais Ægisthe, tramant contre moi la mort et le mauvais destin, m'a tué d'accord avec ma perverse épouse, après m'avoir invité dans son palais ; pendant le festin même, il m'a tué, comme on tue un bœuf sur la crèche. C'est ainsi que j'ai péri par la plus lamentable mort... »

Ce dernier trait si vrai, si vrai à la fois quant à l'image physique et quant au contraste moral qui en ressort (le Roi des rois tué, assommé comme le bœuf qui mange !), s'est transformé et ennobli chez Sophocle, lorsque Électre, invoquant la venue d'Oreste, s'écrie dès l'aurore : « O chaste Lumière, et toi, Air divin, enveloppe égale de la terre, que de chants lugubres vous avez ouïs de moi, que de coups retentissants contre ma poitrine sanglante, sitôt que la sombre nuit s'en est allée ! Et tant que la nuit dure, ma couche odieuse en ces tristes palais sait déjà tout ce que j'exhale de lamentations sur mon malheureux père, lui que le meurtrier Mars n'a point laissé en chemin dans la terre barbare, car c'est ma mère à moi, c'est son compagnon de lit Ægisthe, qui, comme un bûcheron qui fend le chêne, lui ont fendu la tête d'une hache sanglante. »

Quand je dis que Sophocle a ennobli le trait d'Homère, je ne parle pas exactement ; il a moins songé à cela sans doute qu'à rendre à sa manière le même acte impie. L'idéal, en cette période de Sophocle, peut sensiblement revêtir et comme modeler les groupes tragiques, mais c'est un idéal encore qui n'altère en rien le naturel simple et vif, et qui respecte la douleur humaine prête à se faire jour par des cris au besoin et par tout ce qu'il y a de plus vrai dans le langage.

Jusqu'à l'autre extrémité des beaux âges de la littérature grecque, au lendemain même de Théocrite, on retrouverait des accents de cette simplicité touchante, ce naïf et ce fin qui pénètre comme en chaque veine de cette poésie au sortir d'Homère, et qui survécut longtemps, même après que le grand s'en fût retiré. Moschus a-t-il à déplorer la perte du célèbre bucolique Bion, et veut-il opposer à la fragilité mortelle cette immortalité de la nature si souvent mise en contraste depuis par des voix de poëtes : dans l'un des couplets de sa complainte, il s'écrie : « Hélas ! hélas ! les petites mauves, lorsqu'elles ont comme péri dans le jardin, et le vert persil, et le frais fenouil tout velu, revivent par la suite et repoussent à l'autre année ; mais nous autres hommes, les grands, les puissants ou les génies, une fois que nous sommes morts, insensibles dans le creux de la terre, nous dormons à jamais le long, l'interminable, l'inéveillable sommeil. » — Ce passage fait souvenir de l'ode d'Horace : *Diffugere nives*, dans laquelle le poëte

exprime la mobilité des saisons, le printemps qui renaît
et qui sollicite à jouir de l'heure rapide, car l'hiver
n'est jamais loin : « Mais, ajoute-t-il en s'attristant également de la supériorité de la nature sur l'homme, les
lunes légères ne tardent guère à réparer leurs pertes
dans le ciel, tandis que nous, une fois descendus là où
l'on rejoint le pieux Énée, le puissant Tullus et Ancus,
nous ne sommes que poussière et ombre. » La pensée
d'Horace est belle, elle est philosophique et d'une mélancolie réfléchie ; mais je ne sais quoi de plus vif et
de plus pénétrant respire dans la plainte de Moschus.
Les Latins, et je parle des meilleurs, n'atteignirent
jamais à de certains accents de cette muse première,
même lorsqu'elle fut sur le déclin : nous l'avons vu une
fois de Virgile par rapport à Apollonius ; nous l'entre-
voyons ici d'Horace à l'égard de Moschus bien moindre.
Le *spiritus graiæ tenuis camœnæ* fut merveilleusement
senti des excellents poëtes de Rome, mais ne put être
toujours et tout entier ressaisi par eux. Il est une fraîcheur qui tient à la source ; il est des images vives
et légères qui tiennent aux impressions du berceau, et
dont la trace se perpétue à travers les âges. La poésie
des Latins, au contraire, était née tard et d'une étude
savante ; elle n'avait pas eu d'enfance.

En soumettant ces idées à ceux qui en sont juges,
en ne les jetant ici que comme de simples aperçus,
et parce qu'il y a disette, en ce moment, de ce genre
d'études au sein de la presse périodique et, comme on
disait autrefois, de la littérature vulgaire, notre dessein
est surtout de stimuler de jeunes et doctes esprits tels

qu'il en est encore beaucoup, de les inviter à tenter une
voie qui est demeurée antique et neuve, et à ne pas
tant négliger les points par où une science ingénieuse
se saurait greffer sur la littérature nationale : à ce prix
seul est la circulation et la vie (1). Je ne prétends point
d'ailleurs aujourd'hui faire à quelque bien grand sujet
l'application de ce que je crois du moins sentir et de
ce que d'autres savent. Le poëte dont je voudrais donner idée est un petit poëte, un *poeta minor* par excellence ; mais il figure en tête de la série, tellement quel
si l'on peut dire que Théocrite demeure le dernier des
grands poëtes grecs, Méléagre, en mérite comme en
date, est le premier des petits : il mène avec lui tout
un cortége.

Méléagre est le premier des Grecs qui se soit avisé
de composer une Anthologie complète, c'est-à-dire une
Guirlande ou *Couronne* (on l'appelait de ce nom), un
bouquet de l'élite de toutes les fleurs qui couvraient
alors le champ si vaste de la poésie. Venu environ un
siècle et demi après Théocrite, après ses diminutifs
Bion et Moschus, arrivé le lendemain de la grande
moisson, il eut l'idée naturelle de glaner, de choisir
dans tout ce qui était épars, de nouer la dîme des
gerbes et de les ranger. On prononce souvent le mot
d'*Anthologie*, et l'on entend vaguement par là le Recueil
de ce que l'antiquité nous a légué de jolies petites
pièces, idylles, odes, élégies, épigrammes, épitaphes,

_____

(1) « Plus on fait provision de richesses de l'antiquité, et plus
on est dans l'obligation de les transporter dans son pays. » (Voltaire, Lettre à M. Favières, 4 mars 1731.)

etc., etc. Il y eut quatre de ces Anthologies grecques
célèbres : la première, cueillie en si heureuse saison,
fut donc celle de *Méléagre* ; la seconde fut celle de *Phi-*
lippe de Thessalonique, lequel vivait au plus tard sous
Trajan ; la troisième est due à un avocat *Agathias*, qui
la dressa dans la seconde moitié du VIe siècle, après
le règne de Justinien ; la quatrième enfin, postérieure
de quatre siècles environ à la précédente, fut compilée
par un certain *Constantin Céphalas,* duquel on ne sait
rien autre chose. Notez bien qu'à chaque rédaction
nouvelle d'Anthologie, comme on faisait entrer pour
une bonne part les poëtes modernes qui avaient paru
dans l'intervalle, on sacrifiait quelque chose des anciens ; de sorte que chaque fois il tombait plus ou
moins de la *fleur du panier.* On se figurera les pertes
qu'on a faites ainsi en chemin, lorsqu'on saura que
de ces quatre Anthologies successives il ne nous est
arrivé que la quatrième, la dernière, et encore on ne
la connaît bien au complet que depuis un demi-siècle.
On n'en eut d'abord qu'une espèce d'édition abrégée,
arrangée et *expurgée,* due au moine Planudes ; le
XVIe siècle n'en imprima pas d'autre. Le véritable texte
de la collection de Constantin Céphalas, retrouvé à
Heidelberg par Saumaise en 1606, demeura longtemps
inédit et à la portée seulement d'un petit nombre
d'initiés. En 1623, par suite des vicissitudes de la
guerre de Trente Ans, ce précieux manuscrit avait
été transporté dans la Bibliothèque du Vatican, ce qui
le rendait moins accessible encore. Les extraits et copies de Saumaise et de quelques doctes émules circu-

laient de cabinet en cabinet, et faisaient le régal à
huis-clos des Bouhier, des La Monnoye et eutres fins
connaisseurs. Brunck, le premier, par la publication
de ses *Analecta* (1776), mit en lumière avec goût, avec
cette netteté décisive qui est son cachet, tout ce délicat et gracieux trésor; mais ce n'est que depuis les
travaux et l'édition de Jacobs, qu'on peut se vanter
de posséder l'Anthologie grecque dans ses reliques les
plus scrupuleusement reproduites et les plus fidèles.
Après tout ce qu'on a perdu, il y a encore de quoi se
consoler.

Et pourtant, si l'on se reporte en idée à ce que devaient
être ces premières *Couronnes* de Philippe et surtout de
Méléagre, que de douleurs renaissent involontaires, et
je dirai presque, que de larmes! C'est là, nous dit
Brunck, qu'on aurait retrouvé en entier ces *idylles* ou
petites pièces des plus inventifs et des plus accomplis
poëtes, l'admiration et les délices de toute l'antiquité,
de ceux dont nous sommes accoutumés à vénérer les
noms, et dont il ne nous est arrivé que de rares débris
encore plus faits pour enflammer nos regrets que pour
nous donner la mesure des pertes. C'est là que ces
neuf lyriques, dont nous ne possédons amplement qu'un
ou deux tout au plus, nous auraient offert l'amas le plus
exquis de leur butin; et ces neuf lyriques, les voici
tels que les célèbre et les caractérise, dans une épigramme, un anonyme ancien, l'un de leurs successeurs,
et tels que l'antiquité tout entière les consacra :

« Pindare, bouche sacrée des Muses, et toi, babillarde
Sirène, ô Bacchylide, et vous, grâces éoliennes de Sapho;

pinceau d'Anacréon; toi qui as détourné un courant
homérique dans tes propres travaux, ô Stésichore; page
savoureuse de Simonide; Ibycus qui as moissonné la
fleur séduisante de la Persuasion près des adolescents;
glaive d'Alcée qui maintes fois fis libation du sang des
tyrans, en sauvant les institutions de la patrie; et vous,
rossignols d'Alcman à la voix de femme (1), soyez-moi
propices, vous tous qui avez ouvert et qui avez clos toute
arène lyrique! »

Qu'on énumère maintenant ce qui nous reste de ces
neuf maîtres, sans parler de tant d'autres qui les suivaient de près, et qu'on calcule, si l'on ose, la part du
naufrage. Le seul Horace chez les Latins nous les représente tous, imités, réduits, condensés pour ainsi dire,
avec un art consommé; mais est-ce la même chose que
le fruit cueilli à même de l'arbre, à tous les rameaux du
verger, — de ce verger assez semblable à celui d'Alcinoüs, dont le Poëte a dit dans une douceur et une plénitude fondante : « Là, de grands arbres s'étendent
sans cesse verdoyants, poiriers et grenadiers, et pom-
miers brillants de leurs pommes, et figuiers savoureux
et oliviers pleins de fraîcheur, desquels jamais le fruit
ne périt ni ne fait défaut, hiver ni été, durant toute
l'année; mais toujours, toujours Zéphyre, de son
souffle, fait pousser les uns et mûrit les autres : la poire
vieillit sur la poire, la pomme sur la pomme et raisin

(1) Alcman, à ce qu'il paraît, avait passionnément chanté les
amours de jeunes filles, de même qu'Ibycus avait introduit chez
les Grecs une poésie d'un autre genre. Chaque mot de cette petite
pièce a son intention caractéristique.

aussi sur raisin, et figue sur figue... » Telle fut, chez
les Grecs, l'abondance lyrique première. — La *Cou-*
ronne de Méléagre, dans son cercle un peu réduit, devait
en offrir encore le plus parfait et le plus pur assemblage, si l'on en juge par l'âge du recueil, par les noms
qui y figuraient et par le goût de finesse et d'élégance
dont l'assembleur lui-même a fait preuve dans ses propres vers. Certes, des poëtes d'une date bien postérieure
ont produit encore de jolies pièces qui ne déparent nullement l'Anthologie de Constantin Céphalas. Pourtant,
lorsque je lis ces noms nouveaux de Rufinus, de Paul
le Silentiaire, du consul Macédonius et de bien d'autres,
je me sens toujours en garde ; malgré le dédain persistant et la prévention bien établie du goût grec contre
l'influence romaine, je ne puis m'empêcher de soupçonner le mélange. Nous voyons dans les Lettres de
Pline tant de jeunes Romains faire des vers grecs en
perfection, qu'il a dû s'en glisser plus d'un morceau
dans le choix de ces poëtes *attiques* de la décadence. Et
puis on n'existe pas impunément à côté d'une grande
littérature qui a sa gloire : je crois entrevoir du Properce
à travers les flammes amoureuses de Paul le Silentiaire.
Rien de cela n'était possible dans la *Couronne* de Méléagre tressée et close avant la grande époque poétique romaine, au temps de l'enfance de Cicéron.

Un peu après Méléagre, immédiatement après lui en
date, un Grec sorti précisément de la même ville, de
Gadare, un poëte non moins délicat, et dont il serait
agréable aussi de parler un jour, Philodème, vint à
Rome, y vécut en épicurien poli ; on le trouve fort loué

de Cicéron. Il paraît qu'il fut amoureux de quelque
Romaine peu lettrée, et il disait dans une jolie épigramme
que je traduis un peu librement : « O pied, ô jambe,
ô contours accomplis pour lesquels ce m'a été raison de
périr, ô épaules, sein, col délié, ô mains, ô petits yeux
qui font mon délire, ô mouvements divins, petits cris,
baisers suprêmes ! Et que m'importe à moi qu'elle soit
une *Opique*(1), comme on dit, une barbare, et qu'elle
ne chante pas les vers de Sapho ! Persée fut bien amoureux de l'Éthiopienne Andromède. » *Opique* est un mot
par lequel les Grecs désignaient assez injurieusement
les Romains. Or ce mot-là, j'imagine, ne devait pas
encore se trouver dans le vocabulaire et dans l'Anthologie de Méléagre. Sa Syrie, toute mélangée qu'elle
était, la Phénicie d'où sortit Cadmus, ne lui suggéraient
pas une idée pareille. Filles de Tyr et de Sidon, fleurs
de Cos et d'Ionie, toutes celles qu'il aima et qu'il célèbre,
savaient ou entendaient probablement les chansons de
Sapho, aussi bien que les vers qu'il leur adressait à
elles-mêmes.

On peut se faire une idée plus précise de ce que sa
Couronne renfermait de pure richesse et de variété
d'agréments par la première pièce qu'il y avait mise en
guise de préface ; j'en ai traduit quelque chose autrefois dans cette *Revue* même (2). Cette pièce, dont je
disais qu'elle était comme l'enseigne du jardin des Hespérides, contient les noms de quarante-six poëtes, sans

(1) Ancien peuple d'Italie, le même que les Osques.
(2) Dans l'article intitulé *Un Factum contre André Chénier;*
voir précédemment page 320.

compter ceux tout modernes et d'hier qui avaient fourni
leur brin au bouquet, parmi lesquels, lui Méléagre, il
avait semé çà et là, ajoutait-il, *les premières violettes
matinales de sa propre muse.* Ce sont ces violettes, en
partie conservées, dont on voudrait représenter ici
quelques-unes sans trop en dissiper le parfum.

Qu'était-ce que ce Méléagre avant tout? On en sait
peu de chose, sinon ce que lui-même nous apprend
dans l'épigramme suivante, qu'il avait composée pour
son tombeau :

« Ma nourrice est l'île de Tyr ; pour patrie attique
j'ai eu la Syrienne Gadare ; fils d'Eucratès, moi, Méléagre, j'ai poussé avec les Muses, et ma première course
s'est faite en compagnie des Grâces Ménippées. Que je
sois Syrien, qu'y a-t-il d'étonnant? O Étranger, nous
habitons une seule patrie, le monde : un seul Chaos a
engendré tous les mortels. Agé de beaucoup d'années,
j'ai gravé ceci sur mes tablettes en vue de la tombe,
car celui qui est voisin de la vieillesse n'est pas loin
de Pluton. Mais toi, si tu m'adresses un *Salut* à moi le
babillard et le vieux, puisses-tu toi-même atteindre à
la vieillesse babillarde! »

Ainsi Méléagre était de Gadare en Célésyrie ; il fut
disciple de Ménippe le cynique, son compatriote, et fit
même à son exemple (sans doute avant Varron) des
satires ménippées, dont Athénée nous a conservé les
titres. Il vécut vieux, et, après avoir passé sa jeunesse
à Tyr, il mourut dans l'île de Cos. Il florissait sous le
dernier Séleucus (1).

(1) Quatre-vingt-quinze ans environ avant J.-C.

Bon nombre de ses épigrammes sont destinées à célébrer ses amours à Tyr, amours bien asiatiques la
plupart, de ceux qu'on rougit seulement de nommer,
qu'étalait si à nu la muse antique, pour lesquels Horace
et Virgile lui-même ont trouvé des accents et Cicéron
des madrigaux (1), dont la poésie homérique était restée
parfaitement exempte et pure, mais dont l'invasion
dans la poésie grecque lyrique remonte jusqu'au temps
d'Ibycus et de Stésichore. On dirait que le goût des
anthologies animait, poursuivait Méléagre en toutes
choses ; il combinait et tressait ses propres passions
comme les muses de ses poëtes : il faut le voir, dans
cette Tyr dissolue, le long de ces îles d'Éolie qu'il par-
court, composer et assortir en tous sens les bouquets,
les grappes d'Amours comme des grappes d'abeilles,
retourner et diversifier à plaisir ses groupes de Gani-
mèdes et de Cupidons : cela rappelle cette nichée
d'Amours, grands et petits, qu'Anacréon portait toujours
dans le cœur. Méléagre en un endroit, par une moins
gracieuse image et qui se sent plutôt de la ménippée,
compare son mélange à je ne sais quel plat en renom
alors, à je ne sais quelle macédoine pleine de ragoût.
Passons vite sur ces délires. Le sentiment vrai, qui,
par instants s'y glisse, est propre à augmenter encore

(1) Singularité des mœurs! ce vice, chez les Anciens, en était
venu à ressembler, dans certains cas, à une prétention. C'était
chez eux, que dirai-je? mode, bel air, dont les honnêtes gens se
piquaient dans leurs poésies légères, dans leurs hendécasyllabes :

  Pour quelque Iris en l'air faire le langoureux!

(Voir Lettres de Pline, vii, 4.)

les regrets. « Catulle, qu'on ne peut nommer sans avoir horreur de ses obscénités, a écrit Fénelon en cette même Lettre qu'il m'arrive d'invoquer souvent, est au comble de la perfection pour une simplicité passionnée » ; et il cite un distique sur Lesbie. Si l'on suppose que c'est quelque Lesbie qui parle, quelque Sapho passionnée, on pourra également admirer le distique de Méléagre, dont voici le sens, privé du rhythme et de la grâce concise : « Si je regarde Théron, je vois l'Univers ; mais, si l'Univers est sous mes yeux et non pas lui, tout au contraire je ne vois rien. »

> Fleuves, rochers, forêts, solitudes si chères,
> Un seul être vous manque et tout est dépeuplé !

Il arrive à Méléagre, qui rappelle si à l'improviste Lamartine, de faire songer également à Virgile ; il avait dit avant celui-ci, et plus brièvement, le *Non ignara mali, miseris succurrere disco :*

> J'ai, pour avoir souffert, appris à compatir (1).

C'est de lui non moins que d'Asclépiade, qu'André Chénier a pu emprunter le motif d'une de ses élégies à l'antique : *O Nuit, j'avais juré d'aimer cette infidèle,* etc. Voici l'épigramme, qui se peut bien mettre dans la

(1) Οἶδα παθὼν ἐλεεῖν, Épig. xli. — Dans son *Cours d'Etudes historiques* (tome VI, page 98), au moment où il vient de nommer Horace et Virgile, Daunou ajoute : « Après de tels noms, *je ne puis proférer ceux d'un Méléagre, d'un,* etc., etc. » Je suis fâché de ce dédain pour Daunou : excellent critique dans le genre moyen, il ne sentait ni la délicatesse exquise chez Méléagre, ni la grandeur chez Napoléon. Son goût chemine entre ces deux limites.

bouche d'une femme abandonnée, se plaignant d'un
amant parjure : « Nuit sacrée, et toi Lampe, aucun
autre que vous, mais vous seuls, nous vous prîmes tous
les deux à témoin dans nos serments, et nous nous jurâmes, lui de me toujours chérir, et moi de ne le jamais
quitter ; nous le jurâmes et vous reçûtes la commune
promesse. Et maintenant il dit que ces serments ont
été emportés par l'onde : et toi, Lampe, tu le vois, lui
le même, dans les bras des autres. »

Nous prenons surtout Méléagre au moment où, renonçant décidément aux Muïscus, aux Dion, aux Théron,
il célèbre d'une flamme avouable, et par moments délicate, les Zénophila, les Fanie, les Héliodora et tant
d'autres beautés qui remplissent son cœur et n'en font
que cendre. De la subtilité, de la manière sophistique,
du mauvais goût, il en a certes beaucoup trop, et nous
le dirons tout à l'heure ; mais tâchons auparavant de
bien pénétrer son genre de passion, de tendresse même
(car il en a aussi), et de saisir son tour d'imagination
hardie et vive. C'est lui qui a dit : « Il y a trois Grâces,
il y a trois Heures, vierges aimables ; et moi, trois désirs de femmes me frappent de fureur. Est-ce donc
qu'Amour a tiré de trois arcs, comme pour blesser,
non pas un seul cœur en moi, mais trois cœurs? » Ce
chiffre *trois* n'est pas son dernier mot, et bientôt il
l'outre-passe. Dans sa flamme amoureuse croissante, il
s'écrie : « Ni la boucle de cheveux de Timo, ni la sandale d'Héliodora, ni le vestibule de la petite Démo,
toujours arrosé de parfums, ni le tendre sourire d'An-
ticlée aux grands yeux, ni les couronnes fraîchement

écloses de Dorothée, non, non, ton carquois, Amour,
ne cache plus rien de ce qui te servait hier encore de
flèches ailées; car en moi sont tous les traits (1). » Il
diversifie cette pensée, et, y entremêlant d'autres noms,
il se plaît à la redire, non point en pure fantaisie, mais
d'un accent pénétré : « J'en jure par la frisure de Timo
aux belles boucles amoureuses, par le corps odorant
de Démo, dont le parfum enchante les songes, j'en jure
encore par les jeux aimables d'Ilias, j'en jure par cette
lampe vigilante qui s'enivre, chaque nuit, de mes chansons, je n'ai plus sur les lèvres qu'un tout petit souffle
que tu m'as laissé, Amour; mais si tu le veux, dis, et
ce reste encore, je l'exhalerai. » C'est là sa plainte constante, c'est son vœu, même lorsqu'il a l'air de crier
merci : « Le son de l'amour plonge sans cesse en mes
oreilles, mon œil offre en silence sa douce larme aux
désirs; ni la nuit ni le jour n'ont endormi le mal, mais
l'empreinte des filtres est déjà reconnaissable à plus
d'un endroit dans mon cœur. O volages Amours, n'au-
riez-vous des ailes que pour voler sur moi, et n'en
avez-vous pas, si peu que ce soit, pour vous envoler? » —
Je voudrais pouvoir rendre le passionné et le délicat de
la plainte; mais comment y réussir sans les vers, et
comment rester exact et littéralement fidèle si l'on vou-

(1) Le texte de l'épigramme est assez incertain; je suis l'édition
de Graefe pour les quatre premiers vers, et je lis le cinquième
comme s'il y avait πρώην; c'est-à-dire : ton carquois ne cache plus
toutes ces choses (boucle, sandale, etc., etc.) qui étaient hier tes
flèches. La hardiesse de l'expression ne dépasse nullement ce qui
est ordinaire à la poésie grecque et à celle de Méléagre en particulier.

lait rimer? Je demande donc excuse une fois pour toutes, dans la nécessité où je me mets ici de traduire ces choses si légères ; de telles épigrammes sont comme des gouttes de miel cachées par l'abeille dans les fentes des vieux chênes ; on ne sait comment les en arracher, et souvent il y faut employer les ongles, ce qui gâte la grâce.

On peut dire encore de ces courtes et vives saillies du poëte amoureux que ce ne sont que des étincelles, mais des étincelles arrachées à la foudre. Il a de ces débuts enflammés qui tiennent des deux ivresses : ainsi, dans cet élan d'orgie ou de sérénade (c'était un peu la même chose chez les Anciens, *comessatio*), il veut courir à la porte de sa maîtresse, et s'adresse tour à tour à son serviteur pour qu'il allume le flambeau, et à lui-même pour s'enhardir : « Le dé en est jeté ; allons, enfant, j'irai. — Allons, courage ! — Mais quel est ton projet, ivre que tu es ? — Je vais à la sérénade. — A la sérénade ! A quoi te livres-tu, mon Cœur ? Y a-t-il ombre de raison dans l'amour ? — Allume pourtant, allume vite. Qu'importent toutes les raisons d'auparavant ? Périsse la sagesse et tout son labeur ! je ne sais qu'une chose, c'est qu'Amour a brisé Jupiter lui-même et son vouloir. »

Dans l'épigramme suivante, il s'échappera avec la même vivacité, avec la même incohérence passionnée et de façon à moins choquer nos mœurs, qui ne veulent, en fait d'amour, qu'une seule ivresse. C'est à une suivante qu'il est en train de parler pour qu'elle porte à sa maîtresse un message : il la presse, il la rappelle,

il court après; le mouvement est celui de l'entraînement même et de la naïve impatience :

« Dis-lui cela, Dorcas, dis-lui et redis-lui, ô Dorcas,
deux et trois fois toutes choses. Cours, ne tarde plus,
vole... — Un instant, un instant encore, chère Dorcas,
attends un peu; pourquoi te hâter avant d'avoir tout
entendu ? Ajoute à ce que j'ai dit dès longtemps,
ajoute... — Mais je déraisonne de plus en plus; ne dis
rien, absolument rien... — Ou seulement... — Non,
dis tout, ne t'épargne pas à tout dire... — Et cependant pourquoi est-ce que je t'envoie, ô Dorcas? Me
voilà arrivé moi-même avec toi et avant toi. »

Ce message ardent allait à une certaine Lycænis, qui
paraît n'avoir été qu'une coquette, et à laquelle il reprochait peu après de l'avoir joué par un semblant
d'amour. Parmi les autres femmes qu'aima Méléagre,
et dont il nous a déjà énuméré un groupe assez complet, il n'est pas impossible de ressaisir les traits, au
moins de quelques-unes, et même des différences assez
sensibles de physionomie. La petite Timo dura peu de
temps, à ce qu'il semble, et ne lui tint guère au cœur ;
elle vieillit vite, et il se vengea ou de ses rigueurs, ou
plutôt de ses infidélités avec le beau Diodore, par une
manière d'*épode* sanglante, digne d'Archiloque ou d'Horace à Canidie : il la compare pièce pour pièce à un
vaisseau qui ne peut plus soutenir la mer. Méléagre a
beaucoup vécu dans les ports, dans les îles, en vue des
flots; il affectionne dans ses amours les images mari-
times. Nous nous garderons bien de traduire ici cette
comparaison trop suivie de la petite Timo avec quelque

carène délabrée de Tyr, et mieux vaut passer à la petite Fanie.

Fanie, en grec, veut dire petite lumière, ou même petite lanterne, petit flambeau. Le poëte ne manque pas de jouer sur le mot, comme ferait tout galant auteur de madrigal ou de sonnet, comme fera Pétrarque lui-même. Ce n'est point cette fois par ses flèches, ce n'est pas même par son flambeau qu'Amour lui a mis la flamme au cœur : il a suffi d'une toute petite étincelle. Il y a là de quoi broder, et l'amant bel-esprit ne s'en fait faute. Mais voici qui indique un sentiment plus vrai : Fanie était dans l'île de Cos, et Méléagre, absent, s'en était allé du côté de l'Hellespont ; il s'adresse ainsi aux voiles qu'il aperçoit du rivage ; « Navires bien frétés, légers sur les eaux, qui traversez le passage d'Hellé recevant au sein des voiles un Borée favorable, si quelque part vous apercevez sur le rivage dans l'île de Cos la petite Fanie regardant vers la mer bleue, annoncez-lui cette parole : « Belle épousée, ce n'est point sur un vaisseau qu'il reviendra ; il est homme à venir à pied, tant il t'aime (1) ! » — Et si vous dites cela, voguez au plus vite, voguez à souhait : Jupiter propice soufflera dans votre voilure. »

Démo, la petite-maîtresse aux parfums, lui inspirera aussi quelques vrais accents ; c'est pour elle qu'il s'é-

_____

(1) Ou peut-être veut-il dire simplement qu'elle ne l'attende point vers la haute mer, et qu'il arrivera par terre du côté de la Carie et d'Halicarnasse, qui n'était séparée de Cos que par un trajet. Il y a quelque obscurité dans le texte, mais non point dans le mouvement, qui a de la tendresse.

criait à l'aurore : « Point du jour, pourquoi, ennemi
des amoureux, m'es-tu survenu si vite sur ma couche
lorsqu'à peine je commençais à m'attiédir auprès de
ma chère Démo? Puisses-tu, rebroussant chemin au
plus tôt, devenir l'Étoile du soir, ô toi qui lances une
douce lumière si amère pour moi ! Car déjà auparavant,
à propos d'Alcmène, tu es allé au-devant de Jupiter, et
tu n'ignores pas comment on s'en revient. » Dans une
autre épigramme, qui est la contre-partie de la première, il accuse ce même *Point du jour,* qui allait si
vite tout à l'heure, d'être trop lent à tourner autour du
monde, maintenant qu'un autre plus heureux est accueilli en sa place et lui succède dans les mêmes douceurs : « Mais, lorsque je la tenais dans mes bras, la
belle élancée, tu m'arrivais bien vite, comme pour me
frapper d'une lumière qui rit de mes maux. » — Cette
Démo, en effet, lui fut infidèle, on l'entrevoit, pour un
Juif, et nous arrivons à Zénophila.

Celle-ci est une délicate personne, une belle diseuse
(*dulce loquentem*), une savante ou mieux une muse; ce
n'est pas d'elle qu'on pourrait dire qu'elle ne chante
pas les vers de Sapho, elle en fait elle-même. Le ton de
Méléagre semble s'épurer pour la célébrer : « Les Muses
aux doux accents avec la lyre, et la parole sensée avec
la Persuasion, et l'Amour guidant en char la beauté,
t'ont donné en partage, ô Zénophila, le sceptre des
Désirs ; les trois Grâces t'ont donné leurs dons. » Et il
explique de toutes les manières, il commente avec
complaisance ce triple don, cette voix mélodieuse qui
le pénètre, cette forme divine qui darde le désir, ce

charme surtout qui l'arrête : beauté, muse et grâce. Il
va cueillir les images les plus fraîches et les plus légères
pour lui exprimer son âme. Il est jaloux de tout auprès
d'elle, de la mouche qui vole, même du sommeil : « Tu
dors, Zénophila, tendre tige ! Puissé-je sur toi maintenant, comme un Sommeil sans ailes, pénétrer dans
tes paupières et n'en plus bouger, afin que pas même
lui, lui qui charme les yeux mêmes de Jupiter, n'habite
en toi, et que moi seul je te possède ! » Et quelle fraîcheur matinale et pure dans le couplet suivant, que
tant de poëtes latins modernes ont travaillé à imiter sans
l'atteindre : « Déjà la blanche violette fleurit, et fleurit
le narcisse ami des pluies, et les lis fleurissent sur les
montagnes ; mais la plus aimable de toutes, la fleur la
plus éclose entre les fleurs, Zénophila, est comme la rose
qui exhale le charme. Prairies, pour quoi riez-vous si
brillamment sous vos parures ? L'enfant est plus belle
que toutes vos couronnes. »

Si, dans un festin, la coupe a touché les lèvres de
Zénophila, il s'écrie : « Le calice a souri de joie, il dit
qu'il a touché la lèvre éloquente de l'aimable Zénophila :
bienheureux ! Oh ! si, appliquant aussi bien ses lèvres
à mes lèvres, elle buvait en moi d'une seule haleine
toute mon âme ! »

Il n'est pas toujours jaloux du moucheron qui vole,
il ne se courrouce pas toujours contre le cousin qui peut
piquer la belle dormeuse ; il lui confie aussi au besoin
de délicats messages : « Vole pour moi, Moucheron,
léger messager, et, effleurant l'oreille de Zénophila,
murmure-lui ces mots : « Tout éveillé il t'attend, et toi,

oublieuse de ceux qui t'aiment, tu dors ! » — Va, vole ;
ô l'ami des Muses, envole-toi ! mais parle-lui bien bas,
de peur qu'éveillant celui qui .dort à côté, tu ne dé-
chaînes sur moi ses jalouses colères. Que si tu m'amè-
nes la belle enfant, je te coifferai d'une peau de lion,
ô moucheron sans pareil, et je te donnerai à porter
dans ta main la massue d'Hercule (1). »

Nous avons épuisé le chapelet de femmes que Méléagre nous avait composé tout d'abord, et il ne nous reste
plus qu'Héliodora : c'est celle aussi, le dirai-je ? qu'il
paraît avoir le plus aimée, et il ne l'a pas appelée seulement par métaphore *l'âme de son âme*. Il n'est pas dit
qu'elle fît des vers comme Zénophila, mais elle avait
également le doux langage, la voix pareille à un chant ;
elle possédait la grâce enchanteresse et cette Persuasion ou séduction (*Pitho*), déesse ou fée que j'ai cru
déjà ne pouvoir bien exprimer que par le charme. Il

---

(1) Cette forme de badinage est familière à Méléagre ; d'autres
fois, se souvenant d'Anacréon, il s'adresse à la cigale, il apostrophe
la sauterelle ; voici une petite pièce à celle-ci, qui est fort jolie
dans l'original. Je fais remarquer seulement que le mot de sauterelle en grec (ἀκρίς) n'a rien que d'agréable, et que, de plus, tous
les mots dans cette petite pièce sont choisis dans un sentiment
imitatif, et de manière à exprimer le *cricri* fondamental combiné
avec une certaine harmonie : ces nuances échappent en français :
« Sauterelle, tromperie de mes amours, consolation du sommeil
qui me fuit ; Sauterelle, muse rurale à l'aile sonore, imitation
toute naturelle de la lyre, touche-moi quelque chose d'enchanteur
en frappant de tes pieds chéris tes ailes babillardes ; ainsi chasse
de moi les fatigues d'un souci toujours en éveil, en ourdissant,
ô Sauterelle, un son qui distraie l'amour. Et pour cadeau matinal
je te donnerai de la ciboule toujours fraîche, et dans ta bouche
bien fendue, de petites gouttes de rosée. »

nous a parlé une fois de son petit pied, de sa *sandale*
élégante, ce qui ne gâte rien. Il nous a dit en six vers
dont le rhythme seul pourrait figurer la légèreté, l'entrelacement et l'abondance : « Je tresserai la violette
blanche, je tresserai le tendre narcisse avec les myr-
tes, je tresserai les lis riants, je tresserai le safran
suave, et encore l'hyacinthe pourpré, et aussi je tresserai les roses chères à l'amour, afin que, sur les tem-
pes d'Héliodora aux grappes odorantes, la couronne
frappe de ses fleurs les belles boucles de sa chevelure. »
— J'aime à croire que ce ne fut que dans les débuts
de sa liaison qu'il doutait assez de cette chère Héliodora pour s'écrier, tandis qu'il se dirigeait le soir vers
sa demeure : « Astres, et toi, Lune qui brilles si belle
aux amants, Nuit, et toi, petit instrument compagnon
des sérénades, est-ce que je la trouverai encore l'amoureuse, sur sa couche, tout éveillée et se plaignant à sa
lampe solitaire? ou bien en a-t-elle un autre à ses
côtés? Au-dessus de sa porte, alors, je suspendrai ces
couronnes suppliantes, non sans les avoir fanées auparavant de mes larmes, et j'y inscrirai ces mots : A toi,
Cypris, Méléagre, l'initié de tes jeux, a suspendu ici
ces dépouilles de sa tendresse (1) ! » — Une autre fois,
s'adressant suivant l'usage à la lampe, il la suppliait
de s'éteindre plutôt que de favoriser de sa clarté les
plaisirs d'un autre, et il souhaitait de plus que cet
autre tombât tout d'un coup accablé de sommeil,

---

(1) Cette épigramme ne porte pas le nom d'Héliodora, mais elle
est toute pareille à d'autres où cette maîtresse est nommée, et dont
elle peut tenir lieu.

comme ce beau dormeur Endymion, lequel, on le sait,
ne sentait pas son bonheur. Mais de tels vœux et de
telles plaintes, qui supposent si aisément l'infidélité
de l'amante, sont trop ordinaires à tous les élégiaques
antiques; ce qui nous peut indiquer que l'amour de
Méléagre pour Héliodora s'est élevé à quelque chose
de plus particulier et de plus senti dans l'ordre du
cœur, ce sont des accents comme ceux-ci; il est à table
avec ses amis, les coupes circulent, la joie déborde;
lui, il regrette celle qui, la veille, était à ses côtés :
« Verse, et dis encore, encore, encore, *A Héliodora !*
dis, mêle ce doux nom au pur nectar. Et, en souvenir
d'elle, attache-moi cette couronne d'hier toute humide
de parfums. Vois, la rose amoureuse est en pleurs de
ne plus la sentir ici, de ne plus la voir sur mon sein (1). »
Un autre jour, un matin qu'il est près d'elle et qu'il
est heureux, il dit à l'abeille qui voltige : « Abeille qui
vis de fleurs (2), pourquoi me viens-tu toucher le
corps d'Héliodora, quittant pour elle les calices du
printemps? Est-ce que par là tu veux me faire entendre
qu'elle a sans cesse en elle l'aiguillon doux et insup-
portablement amer de l'amour ? Oui, je le pense, ce

---

(1) Cette épigramme se peut comparer pour l'image et aussi
pour le sentiment à cette autre d'Asclépiade :

« De grâce, ô Couronnes, restez-moi là suspendues à cette porte, sans
secouer précipitamment vos feuilles, ô Couronnes que j'ai trempées de mes
pleurs; car les yeux des amants en sont tout chargés. Mais, sitôt que vous
le verrez entr'ouvrir la porte, distillez sur sa tête ma fraîche rosée, afin que
sa blonde chevelure s'abreuve en plein de mes larmes. » — Mot à mot :
boive mieux mes larmes.

(2) Mot à mot, *qui es au régime des fleurs.*

n'est que cela que tu veux me dire. O amoureuse Abeille, tu peux t'en retourner : il y a longtemps que nous savons ton message. »

Héliodora meurt, elle meurt jeune, et Méléagre exhale ses regrets dans une pièce toute pleine de sanglots, qui ne se peut reproduire ici que bien faiblement. Il supplie, avec le cri de la tendresse, la terre d'être légère à celle qui, tant qu'elle vécut, l'a si légèrement foulée : « Je t'offre mes larmes là-bas jusqu'à travers la terre, Héliodora, je te les offre comme reliques de tendresse jusque dans les Enfers, des larmes cruelles à pleurer ! et sur ta tombe amèrement baignée je verse en libation le souvenir de nos amours, le souvenir de notre affection ; car tu m'es chère jusque parmi les morts ; et moi, Méléagre, je m'écrie pitoyablement vers toi, stérile hommage dans l'Achéron ! Hélas ! hélas ! où est ma tige si regrettable? Pluton me l'a enlevée, il me l'a enlevée, et la poussière a souillé la fleur dans son éclat. Mais je te supplie à genoux, ô Terre, notre nourrice à tous, d'embrasser dans ton sein, ô mère, d'embrasser doucement cette morte tant pleurée. »

Cette pièce, après la mort d'une amante, m'a involontairement rappelé les suprêmes sonnets de Pétrarque, de qui la pensée m'est encore revenue plus d'une fois en lisant Méléagre. Il y a entre eux deux tout l'abîme qui sépare le christianisme épuré et le paganisme sans frein. Pourtant, l'oserai-je dire? plus d'un rapprochement m'a frappé pour le style, pour le goût. Méléagre est déjà subtil (car je ne prétends pas dissimuler ses défauts), il l'est comme Ovide le sera, et bien plus qu'Ovide ; il l'est comme on le sera plus tard dans les sonnets, dans les madrigaux les plus raffinés. Ce n'est pas seulement parce qu'il joue sur les noms de ses maîtresses, parce qu'étant un jour amoureux d'une certaine *Tryphéra,* il dit qu'elle est une *Scylla,* à peu près comme si mademoiselle de Scudery disait que la *princesse de Tendre* a un cœur de *roche* (1) ; il ne s'en tient pas à ces gentillesses : il est telle épigramme sur Héliodora où il nous montre Amour et elle jouant à la paume avec son cœur, et il la supplie de ne pas le laisser tomber, mais de se prêter au jeu et de renvoyer la balle. Quel joli sonnet on aurait fait avec cette idée-là (2) ! Quand on voit chez les Grecs, à partir des

---

(1) *Tryphéra,* en effet, veut dire *tendre.*

(2) On ne se ferait pas une juste idée de ce goût que j'appellerai d'avance *pétrarquesque,* ou plutôt de cet euphuisme et de ce gongorisme de première formation, si je ne citais comme échantillon encore l'épigramme LVIII :

« Ne te criais-je pas cela, ô mon Ame : Par Cypris, tu seras prise, ô malheureuse en amour, en t'envolant souvent à la glu? Ne te le criais-je pas? Le piége t'a prise. Pourquoi en vain te débats-tu dans tes liens? Amour lui-même t'a lié les ailes et t'a mise sur le feu, tandis qu'expirante il t'arrosait de parfums et qu'il te donnait à boire des larmes chaudes dans ta soif ardente. O mon Ame si travaillée, tantôt tu es brûlée par le feu, tantôt tu te rafraîchis en recueillant ton souffle. Pourquoi pleures-tu? Lorsque tu nourrissais dans ton sein l'intraitable Amour, ne savais-tu pas que c'était contre toi qu'il se nourrissait? Ne le savais-tu pas? Reconnais maintenant le payement de cette belle nourriture, en ayant reçu à la fois du feu et de la neige froide. C'est toi-même qui l'as voulu; supportes-en la peine. Tu souffres ce que tu as mérité, brûlée que tu es d'un miel cuisant. »

Les Anciens faisaient grand usage de miel; ils le combinaient avec le vin, ils le faisaient cuire au feu ; les poëtes érotiques sont pleins d'images empruntées à ces mélanges. Mais n'admirez-vous pas la

Alexandrins, de telles subtilités ingénieuses pénétrer
et corrompre la poésie, même celle qui reste à tant d'é-
gards charmante encore, on est tenté de se demander
si cette veine sophistique, transmise par les Latins, et
qu'on retrouve tout à l'extrémité de leur littérature
dans Ausone, n'aurait point pu s'infiltrer d'une manière
ou d'une autre jusqu'à ceux des beaux-esprits proven-
çaux ou italiens du moyen âge, qui ont recommencé
comme les autres ont fini. Mais non : ces phases analogues et ces récidives du goût tiennent à des lois générales de l'esprit humain ; on réinvente, à de certains
âges et en de certains lieux éloignés, les mêmes défauts, comme quelquefois aussi on rencontre, sans
s'être connus et à l'aide de la seule nature, les mêmes
beautés. Ce qui est sûr, c'est qu'après avoir lu Méléagre, on comprend mieux Ovide, et tant de jeux d'esprit, dès longtemps en circulation chez les Grecs, où
le charmant élégiaque latin n'a pas toujours mêlé la
même flamme.

Il ne serait pas juste de finir avec Méléagre sur une
remarque qui ressemblerait trop à un blâme. On rencontre chez lui, outre les pièces consacrées à ses amours,
de belles épigrammes encore et une idylle ravissante
de fraîcheur. Il n'existe dans l'antiquité que bien peu
d'épigrammes comparables en beauté, et presque en
grandeur, à celle qu'on lui doit sur Niobé. Le poëte se
représente dans la situation d'un messager qui vient

quintessence? Et, si l'on ne donnait les preuves textuelles, en croirait-on la Grèce capable à cet âge de pureté encore et de parfaite
conservation?

annoncer à celle-ci la mort de ses fils, croyant que c'est
là tout son malheur; mais tout d'un coup, et tandis qu'il
parle, il est témoin de la mort des filles restées auprès
de leur mère. La première partie de cette petite pièce
est en récit, et la seconde en tableau. On y sent respirer à chaque mot ce quelque chose de vif, de court,
d'imprévu, qui est proprement le génie de l'épigramme.
Rien aussi de plus sévèrement douloureux; ces douze
vers, qui suffisent à tant de meurtres, et qui en regor-
gent pour ainsi dire, étaient dignes d'être inscrits sur
la statue antique, au socle du marbre.

« Fille de Tantale, Niobé, entends ma voix messagère
de désastre, reçois la parole lamentable qui proclame
tes angoisses; délie le bandeau de tes cheveux, ô la
malheureuse, qui n'a mis au monde toute une race de
fils que pour les flèches accablantes de Phœbus : tu n'as
plus d'enfants! — Mais quoi? autre chose encore! que
vois-je? Hélas! hélas! le meurtre déborde, il atteint
jusqu'aux vierges. L'une tombe penchée sur les genoux
de la mère, l'autre dans ses bras, l'autre à terre, l'autre
à sa mamelle; une autre, effarée, reçoit le trait en face;
une autre, à l'encontre de la flèche, se blottit; l'autre,
d'un œil qui survit, regarde encore la lumière. Et cette
mère, qui a trop chéri autrefois sa langue babillarde,
terrifiée maintenant, figée dans sa chair, est devenue
comme une pierre. »

La plus célèbre, la plus longue des pièces de Méléagre,
et que nous avons réservée jusqu'ici, est son idylle sur
le printemps; on y saisit comme l'anneau d'or qui le
rattache à Théocrite et à Bion. Rien de plus frais, de

plus distinct et de plus net que cette peinture; pas un
trait n'y est vague ni de convention; tout s'y anime et
y vit aux regards, et y luit de sa juste couleur, ce qui
fait que l'image est restée toute jeune, toute neuve et
comme d'hier, dans un si vieux sujet. J'ai tâché de la
calquer ici trait pour trait; mais il est un certain lustre original qui ne se rend pas :

IDYLLE SUR LE PRINTEMPS.

« Le venteux hiver s'en étant allé du ciel, la saison
rougissante du printemps a souri avec ses fleurs. La
terre bleuâtre s'est couronnée d'herbe verte, et les
plantes poussant leur tige se sont *enchevelées* de jeune
feuillage. Buvant la tendre rosée de l'Aurore qui fait
germer, les prairies s'égayent, à mesure que s'ouvre la
rose. Et s'égaye aussi le bouvier jouant de sa flûte
sur les montagnes, et le chevrier de chèvres se réjouit
de ses blancs chevreaux. Déjà naviguent sur les larges
vagues les nautoniers enflant leurs voiles sinueuses au
souffle clément de Zéphyre. Déjà les buveurs entonnent
Évohé en l'honneur du Père des raisins, la tête ceinte des
corymbes en fleur du lierre. Les belles œuvres indus-
trieuses occupent les abeilles nées des flancs des taureaux, et, assises sur la ruche, elles fabriquent les
blanches beautés des rayons humides aux mille trous.
De toutes parts, la race des oiseaux chante à voix sonore,
les alcyons autour de la vague, les hirondelles au bord
des toits, le cygne sur les rives du fleuve, et sous le

bois le rossignol (1). Mais si les chevelures des plantes s'épanouissent, si la terre fleurit, si le pasteur joue de la flûte, et si les troupeaux à belle toison sont charmés, si les nautoniers naviguent, si Bacchus est en danse, si la gent ailée exhale ses concerts, et si les abeilles sont en travail pour enfanter, comment donc ne faut-il pas que le poëte aussi chante un chant harmonieux au printemps? »

Bien que le plus grand nombre des traits qui composent ce tableau entre d'ordinaire, bon gré, mal gré, dans toute description du printemps, et que la poésie, en émigrant vers le nord, n'ait cessé de s'inspirer et de se ressouvenir de ces mêmes anciennes peintures du midi, comme si dans leurs objets elles restaient toujours présentes, on peut s'assurer qu'il n'en était pas ainsi pour Méléagre, et qu'il avait bien réellement sous les yeux le spectacle fortuné qu'il décrit. Dans un autre poëme ancien (2) on possède, en effet, une description de Tyr, de cette île rattachée au continent, *toute pareille à une jeune fille qui nage,* offrant au flot qui la baigne sa tête, sa poitrine et ses bras étendus, et appuyant ses pieds à la terre : là seulement, est-il dit, le bouvier est voisin du nocher, et le chevrier s'entretient avec le pêcheur ; l'un joue de la flûte au bord du rivage, tandis

---

(1) André Chénier avait traduit par provision ces deux vers, pour les placer ensuite quelque part :

> L'alcyon sur les mers, près des toits l'hirondelle,
> Le cygne au bord du lac, sous le bois Philomèle.

(2) *Les Dyonisiaques,* ou Gestes de Bacchus, par Nonnus, au livre XL.

que l'autre retire ses filets ; la charrue sillonne le champ
tout à côté de la rame qui sillonne les flots ; la forêt
côtoie la mer, et l'on entend au même lieu le retentissement des vagues, le mugissement des bœufs et le
gazouillis des feuilles. C'est le voisinage du Liban
qui amène ce concours, cette harmonie parfaite des
diverses scènes de la marine et du paysage. Ainsi le printemps de Méléagre n'était pas un *idéal* dans lequel,
comme dans presque tous nos *Avril* et nos *Mai*, l'imagination, éveillée par le renouveau, assemble divers
traits épars, les arrange plus ou moins, et les achève.
Ici, dans ce printemps de Phénicie comme dans ceux
d'Ionie et de Sicile, le spectacle se déroulait au complet
sous un seul et même regard, et l'heureux poëte n'a
fait que copier la nature.

Il y aurait eu moyen sans doute de tirer des cent
vingt-neuf épigrammes ou petites pièces restantes de
Méléagre d'autres gracieux détails et des considérations
littéraires plus approfondies, plus sûres ; j'en ai dit
assez du moins pour faire entrevoir l'espèce d'imagination et de sensibilité, de subtilité passionnée et de vif
agrément encore, d'un poëte qui en représente pour
nous beaucoup d'autres. Pourquoi ce genre d'essai sans
prétention, appliqué aux Anciens, ne prendrait-il pas
humblement faveur? et qu'est-ce qui empêche d'entr'ouvrir de la sorte, non dans la forme savante et philologique qu'on laisse à qui de droit, mais à la vieille
manière française, légèrement rajeunie, bien des coins
jusqu'ici réservés? En France, les personnes même
instruites (hors du cercle de l'érudition) sont trop

accoutumées à ne juger l'antiquité que sur quelques grands noms qui reviennent sans cesse, qu'on cite à tout propos et qu'on croit connaître. On ne connaît bien un pays pourtant que lorsqu'on l'a traversé non-seulement dans ses larges routes rapidement parcourues, mais aussi dans ses sentiers et au hasard de ses buissons. L'Anthologie et les poëtes qu'elle rassemble sont en quelque sorte ce *chemin de traverse* qui ferait parcourir l'ancienne Grèce dans bien des cantons intérieurs, imprévus. Comment se fait-il qu'on n'ait pas eu l'idée de percer çà et là ce pays de bocages, et d'en rendre praticable à tous au moins quelques portions? Je ne fais qu'indiquer le chemin, c'est tout ce que je puis. Et si l'on me demande à mon tour pourquoi ce souci perpétuel du nouveau, et à quoi bon Méléagre à cette heure plutôt que tant d'autres, je répondrai avec Ulysse en son récit chez Alcinoüs : « Je ne puis souffrir de venir répéter aujourd'hui ce qui a été dit (par moi ou par d'autres) assez clairement hier. »

15 décembre 1845.

EUPHORION

ou

DE L'INJURE DES TEMPS.

Les Allemands sont assurément les plus admirables travailleurs classiques que l'on puisse imaginer ; depuis qu'ils se sont mis à défricher le champ de l'antiquité, ils ont laissé bien peu à faire pour le détail et le positif des recherches ; ils ont exploré, commenté, élucidé les grandes œuvres ; ils en sont maintenant aux bribes et aux fragments, et ils portent là-dedans un esprit de précision et d'analyse qu'on serait plutôt tenté de leur refuser lorsqu'ils parlent et pensent en leur propre nom. Leur extrême patience, s'appliquant ici à des matières bien définies et à des textes, produit des merveilles. On en est venu, tous les morceaux principaux de l'ancienne littérature ayant déjà trouvé maître, à s'attacher aux moindres miettes, aux moindres noms. D'ingénieux érudits dressent chaque jour l'histoire littéraire des écrivains, là même où précisément cette histoire semble le plus faire défaut ; les poëtes grecs ou latins, dont tout le bagage a péri dans le naufrage des temps, retrouvent des investigateurs d'autant plus curieux et presque des sauveurs. On rassemble leurs moindres vestiges, on rapproche et on discute les plus légers témoignages ; la conjecture n'a plus ensuite qu'à jouer et à s'ébattre ; c'est ce qu'il est difficile qu'elle ne s'accorde point à de certains moments.

J'ai sous les yeux un de ces doctes et méritoires écrits, qui, en instruisant beaucoup, ne laissent pas de faire aussi beaucoup penser et rêver. Les *Analecta alexandrina*, par M. Auguste Meineke (1), sont un assemblage des reliques de quelques poëtes Alexandrins dont les œuvres ne nous sont point parvenues ; ce sont des commentaires sur Euphorion de Chalcis, sur Rhianus de Crète, sur Alexandre l'Étolien, sur Parthénius de Nicée. Les fragments d'Euphorion avaient déjà été recueillis par M. Meineke pour la première fois en 1823 ; il donne aujourd'hui l'ouvrage refondu et plus complet. La destinée de ce poëte Euphorion a de quoi intéresser. Il était né à Chalcis en Eubée, et compatriote de Lycophron. Il vécut à la cour d'Antiochus le Grand en Syrie, et fut commis par ce prince à la garde de la riche bibliothèque des Séleucides ; il écrivit toutes sortes de longs poëmes épiques dont on a seulement les titres, des épigrammes, des élégies qui furent célèbres par leur accent de tendresse. Gallus, l'ami de Virgile, les avait traduites ou imitées en vers latins, comme Virgile semble y faire allusion dans la belle églogue où il introduit son ami. L'élégiaque Gal-

(1) Berlin, 1843.

lus avait suivi de préférence Euphorion, comme Properce suivait Callimaque et Philétas ; de sorte qu'Euphorion a eu le malheur de périr deux fois : par lui-même et avec Gallus.

Bizarrerie de la gloire! Dans cette mêlée injurieuse des temps, combien est-il de ces anciens poëtes, Panyasis que les critiques plaçaient très-haut à la suite d'Homère, Varius qu'on ne séparait pas de Virgile, Philétas que Théocrite désespérait jamais d'égaler, Euphorion avec son Gallus, combien, et des meilleurs et des plus charmants, qui ont ainsi succombé sans retour, et n'ont laissé qu'un nom que les érudits seuls remuent encore parfois aujourd'hui!

Il est facile, à présent qu'ils ont péri, de venir dire qu'ils méritaient sans doute assez peu de survivre ; que les meilleurs, après tout, et les plus dignes, ont surnagé et nous en tiennent lieu ; que ces poëtes d'une seconde époque devaient en avoir bien des défauts qui les rendent médiocrement regrettables, le raffinement, l'obscurité, le néologisme. Ces éternelles accusations ne manquent pas. Il semble qu'une loi fatale asservisse les talents des diverses littératures aux mêmes phases. Mais de ce que Properce est érudit et quelque peu difficile à entendre par endroits jusqu'au sein de la passion, la perte de ses étincelantes élégies serait-elle moins pour l'homme de goût une calamité littéraire ? On sait les défauts de Southey, de Wordsworth, de tous ces Alexandrins modernes, épiques et lyriques ; se résignerait-on aisément à les retrancher tous ensemble, à les rayer d'un trait ? Qu'on ose un peu essayer par la pensée, dans une littérature moderne, des effets analogues à ceux de la grande catastrophe qui a sévi sur l'antiquité et qui l'a plus que décimée, on s'arrêtera avec effroi. On ne se montre si coulant à l'égard des pertes incalculables de ce premier héritage, que parce que désormais on se croit soi-même et les siens à l'abri.

L'antiquité, telle qu'on se l'est faite par nécessité et telle qu'elle est résultée graduellement de nos pertes, ne peut être qu'une antiquité approximative. Le palais le plus riche et le plus magnifiquement rempli a été pillé, dévasté par l'incendie et par les barbares. Lorsqu'on y est rentré après des siècles, on a relevé celles des statues brisées qui jonchaient encore le parvis; on a recueilli les débris reconnaissables, on a tiré parti des moindres parcelles : le palais est remeublé à l'œil; les lacunes sont, tant bien que mal, dissimulées. Là où il y avait dix statues rivales dans une même salle resplendissante, une seule debout brille encore, et, pour faire oublier les autres, elle occupe le milieu. C'est bien, c'est beau, un air de simplicité vient à propos s'ajouter à l'artifice; mais qui osera dire que c'est là exactement le premier palais?

Quelques écrits ont hérité avec bonheur de ceux que la ruine a engloutis; quelques noms glorieux, plus nettement dessinés, et répétés sans cesse, sont devenus pour nous la représentation et comme le symbole subsistant des autres à jamais perdus en eux. Pour peu qu'on regarde de près dans l'antiquité, on est frappé de tout ce qu'elle contenait de divers, de ce qu'elle cumu-

lait déjà depuis des siècles avec une sorte d'encombre-
ment. On sait que La Bruyère se plaint, en commençant
son livre, de la difficulté qu'il y a de venir tard ; Chœ-
rilus de Samos, au début de ses *Poëmes persiques,* s'en
plaignait également. Virgile, au troisième livre des
Géorgiques, accuse aussi la même difficulté de se faire
jour : *Omnia jam vulgata...,* et Tite-Live, dans la préface
de son histoire, semble comme accablé d'avance sous le
nombre de je ne sais quels illustres devanciers : « ... Et,
si in tanta scriptorum turba mea fama in obscuro sit,
nobilitate ac magnitudine eorum, meo qui nomini offi-
cient, me consoler. » Les érudits seuls savent peut-être
aujourd'hui quelques noms de cette foule de poëtes et
d'historiens célèbres, d'où se sont dégagés à grand'peine
Tite-Live et Virgile.

Dans le volume de reliques dites *alexandrines,* que
j'ai sous les yeux, Parthénius de Nicée y est pour sa
part ; ce Parthénius qui, jeune, avait été fait prisonnier
dans la guerre de Mithridate, devint à Naples le maître
de Virgile. On cite un vers des *Géorgiques* qui est tout
entier emprunté à Parthénius par son élève reconnaissant. Il avait écrit des *Métamorphoses* qui ont peut-être
inspiré Ovide. Ce qui paraît plus certain, c'est que le
petit poëme du *Moretum* de Virgile est traduit du grec
de Parthénius. Ce *Moretum,* si l'on s'en souvient, est le
nom d'une espèce de sauce ou de brouet à l'ail que faisaient les paysans ; à propos de cette sauce et de sa
préparation, la vie pauvre et misérable que menaient
les gens de campagne se trouve décrite, dès l'aube du
jour, avec un détail et une réalité qui semblerait n'ap-

partenir qu'à la poésie d'aujourd'hui, à celle de Crabbe,
par exemple, ou encore à celle de Regnier. Théocrite,
dans ses idylles même les plus agrestes, n'a rien qui
approche de la vérité nue et de la crudité inexorable
dont ce bel-esprit asiatique de Parthénius et, à son
exemple, le délicat Virgile ne se firent pas faute en ce
singulier échantillon. Voilà donc un genre qu'on était
tenté de refuser à l'antiquité, et qui se retrouve à l'improviste entre les plus belles pages. Combien de fois,
si l'on avait tant soit peu jour sur ce qui s'est perdu,
ne recevrait-on pas de ces démentis!

Je ne sais si tous ces exemples, et celui d'Euphorion
en particulier, le tendre et gracieux poëte (car j'aime à
le croire gracieux et tendre), de ce poëte tout entier
enseveli, ne m'ont point un peu trop frappé l'imagination, mais je voudrais bien être le docteur *Néophobus* (1)
pour oser lancer d'un air d'exagération certaines petites
vérités. Que si seulement j'avais l'honneur de vivre du
temps de ces élégants *humoristes*, MM. Steele et Addison (2), et de correspondre avec leur feuille excellente
dont le goût tout classique n'excluait le songe ni l'allé-
gorie, voici comment je tournerais la difficulté. Je n'aurais qu'à supposer que le soir ayant lu, avant de m'en-
dormir, quelques pages des *Analecta alexandrina,* les
auteurs eux-mêmes m'apparurent en songe, accom-
pagnés de toute la foule des ombres poétiques dont le
temps a dispersé les restes et nivelé les tombeaux. Et

(1) Charles Nodier usait volontiers de ce pseudonyme.
(2) Voir au n° ccxxiii du *Spectateur* quelques idées d'Addison
sur ces naufrages de l'antiquité.

puisque c'est un rêve qui se dessine à ma pensée
en ce moment, qu'on me laisse continuer d'y rêver.
— C'était, je vous assure, un lamentable spectacle que
celui de toutes ces ombres une fois illustres, et qui
elles-mêmes en leur temps, à des époques éclairées et
florissantes, avaient paru distribuer la gloire et l'immortalité, — de les voir aujourd'hui découronnées de
tout rayon, privées de toute parole sonore, et essayant
vainement, d'un souffle grêle, d'articuler leur propre
nom, pour qu'au moins le passant pût le retenir et
peut-être le répéter. Leur folie de gloire semblait d'autant plus incurable et plus amère, qu'elle avait été satisfaite en son temps et qu'elle n'avait pas toujours été
folie. Quelques-unes, qui semblaient plus impatientes
et plus désespérées que les autres, s'avançaient jusque
dans les flots de ce Styx d'oubli, et elles tendaient les
bras vers la barque, déjà lointaine, qui emmenait un
petit nombre de nobles figures immobiles et sereines
sous le rayon; on aurait dit que les délaissés prenaient
tous les hommes et tous les Dieux à témoin d'une injustice criante qu'elles étaient seules, hélas! à ressentir.

Et je me demandais (toujours dans mon songe), par
un retour sur nos époques paisibles et sûres d'elles-
mêmes, si de telles vicissitudes étaient à jamais loin de
nous; si, en accordant un laps suffisant d'années, les
révolutions inévitables des mœurs et du goût, sans
parler des autres chances plus funestes, n'infligeraient
pas aux littératures modernes quelque chose au fond
de plus semblable qu'on n'ose de près se l'imaginer. Il
est, je le sais, des paroles de mauvais augure qu'on

n'aime pas à prononcer devant ce qui est vivant, et
qu'on hésite presque à murmurer en présence de soi-
même, fût-ce en pur rêve. C'est chose convenue et qui
se répète à satiété, que les sociétés modernes diffèrent
absolument de celles d'autrefois, qu'elles en diffèrent
par toutes les conditions essentielles, **et** sans doute
aussi par celles de vie et de durée. On admet très-
volontiers aujourd'hui pour les sociétés le genre de
progrès dont Condorcet aurait bien voulu qu'on trouvât
la recette pour l'homme, on admet qu'elles ne sont
plus sujettes à mourir. Je crois bien que si, à de certains moments, on avait été dire en pleine Memphis, en
pleine Rome, en pleine Athènes, à la face de ces civili-
sations jusqu'alors incomparables : « Vous mourrez, et
d'autres, en d'autres lieux, succéderont à votre gloire,
à vos plaisirs, à vos lumières », je crois bien qu'on eût
été mal venu, médiocrement écouté, et sifflé, sinon
lapidé d'importance. De ce qu'une telle destinée ne se
peut concevoir dans l'orgueilleuse plénitude de la conscience et de la vie, est-ce une raison pour qu'elle soit
tout à fait impossible avec le temps et qu'elle implique
absurdité ? — Mais non; il est et il demeure bien résolu
que de nouvelles conditions de stabilité ont été intro-
duites dans le monde ; les ruines brusques et violentes
n'appartiennent qu'à l'histoire ancienne ; dupes, entraî-
nés et turbulents jusqu'à ce jour, les hommes ont, de
ce matin, cessé de l'être. Jusqu'à présent on avait vu
les empires changer, périr, se transférer ; ils ne feront
plus que s'étendre pour se confondre graduellement,
pacifiquement, en une seule et vaste unité. Les caprices,

les passions de quelques-uns avaient de temps à autre
dérangé les lois ou même avaient paru les faire : maladie d'enfance, convulsions du bas âge! nous avons la
philosophie de l'histoire, qui a mis et mettra bon ordre
à tout cela. Et pourtant de tels motifs de garantie future
que j'embrassais de grand cœur, et auxquels je ne ces-
sais de croire dans mon songe (car vous n'oubliez pas
que c'en est un), ne le rendaient pas moins mélancolique et moins sombre; mon pauvre Euphorion, avec
la foule innombrable et confusément plaintive de ces
poëtes déshérités, déchus, ensevelis, ne se laissait pas
oublier, et ils faisaient tous la ronde autour de moi,
tellement que mes idées commençaient à vaciller un
peu. Tout est bien, tout est mieux, me disais-je; mais
à force de mieux et par la vertu même de ce progrès
continu que rien désormais ne saurait enrayer, ne
serait-il pas possible que l'équivalent de cette grande
catastrophe et de ce grand naufrage d'oubli se retrouvât
un jour pour nous aussi, pour nos âges si superbes?
L'imprimerie, notre grand secours, à force de nous
venir en aide, ne finira-t-elle point par produire un
ensevelissement d'un genre nouveau? Les langues iront
se perfectionnant à coup sûr, mais à ce point qu'on
pourrait bien ne plus parler, ne plus savoir exactement
la nôtre. Bref, par une cause ou par une autre, à un
certain moment, il nous arrivera, à nous Modernes,
comme à l'antiquité, un peu moins si vous le voulez;
le temps l'a décimée, on nous triera. Dieu sait ce qu'il
adviendra alors des grands écrivains de toutes langues,
et ce qui sera décrété grand écrivain en ce renouvel-

lement! Et j'en revenais à mes Euphorion, Gallus, Phi-
éltas, Parthénius, Varius; heureux encore si l'on sauve
le Virgile! Ce sera à la garde de Dieu, et non plus des
barbares, mais des gens de goût de ce temps-là.

Mes idées s'obscurcirent de plus en plus; je me trou-
vai transporté dans les galeries supérieures de la Bibliothèque royale, qui me semblaient se prolonger à l'infini;
les livres y affluaient de toutes parts, surchargeaient
les rayons, débordaient les combles, et s'entassaient
sur le plancher à le faire plier. Moi-même j'éprouvais
une espèce de cauchemar comme si j'avais porté sur la
poitrine tout ce docte poids, et, n'y tenant plus, je m'é-
criai dans le délire: « Tout est ruine; c'est une illusion
aux écrivains de croire qu'ils sont à l'abri désormais, et
que l'imprimerie les sauve. Oui, pour deux ou trois siècles
peut-être, et puis c'est tout. Et encore quelle altération
rapide de la pensée et de l'œuvre dans ces reproductions fautives! Puis, à un certain moment, on ne vous
réimprime plus, et alors c'est l'affaire du ver qui ronge
le chiffon en plus ou moins de temps; même sans inon-
dation et sans incendie, on périt de sécheresse ou
d'humidité. L'histoire de la Bibliothèque d'Alexandrie,
avec variante, est encore la nôtre; nous serons dévorés,
et, quand la dernière postérité nous voudra connaître
par quelque échantillon, qu'importe! un seul lui tiendra lieu de tous; le premier trouvé la dispensera des
autres. »

J'étais arrivé au dernier paroxysme de mon rêve, je
m'éveillai en poussant un cri. Il était jour; l'horizon
me parut serein. Un Homère entr'ouvert sur ma table,

et que j'avais lu la veille avant l'Euphorion, me montra
qu'il y avait encore une Providence jusque dans les plus
grands hasards littéraires, et me remit un peu. Et
d'ailleurs, continuai-je en ouvrant ma fenêtre où entrait
l'air frais du matin, le bon goût, évidemment, règne
encore, et il régnera demain. Il n'y a plus de barbares
possibles. On imprime de plus en plus, il est vrai, mais
il ne se perdra rien de ce qu'on aura imprimé. Le pire
qui nous puisse arriver, c'est que nous serons tous plus
ou moins immortels, et bien loin que quelques-uns
d'un peu intéressants se perdent tout entiers, dignes et
moins dignes nous vivrons tous avec part au soleil et
presque *ex æquo*. Êtes-vous contents ?

1er septembre 1843.

PENSÉES

Voici un volume encore de ceux que j'avais à recueillir. Je pourrais bien le clore, comme j'ai fait pour d'autres, par une sorte de préface en *Post-scriptum* ; je devrais peut-être répondre à quelques critiques, à des attaques même (car j'en ai essuyé de violentes et vraiment d'injustes) ; mais j'aime mieux tirer de mon tiroir quelques-unes de ces pensées familières que je n'écris guère que pour moi. En les livrant au lecteur qui m'aura suivi jusqu'à la fin de ce *huitième* volume de Portraits, je me persuade avoir affaire à un ami.

I.

Un auteur consciencieux est tenu de soigner les éditions de ses œuvres, quelque ennuyeux que ce soit: « Tant qu'on vit, me disait à ce propos M. Ballanche, il ne faut pas abandonner ses enfants à la charité publique : c'est bien assez qu'après nous il en doive être forcément ainsi. »

II.

J'aime qu'il en soit de la langue, du style de tout

grand écrivain, comme du cheval de tout grand capitaine : que nul ne le monte après lui.

III.

Critiques curieux, imprévus, infatigables, prompts à
tous sujets, soyons à notre manière comme ce tyran
qui, dans son palais, avait trente chambres ; et on ne
savait jamais dans laquelle il couchait.

IV.

Le critique ne devrait pas être envieux. Plus il y a de
talents et plus j'en comprends, et plus j'ai raison de
dire : Mon affaire est bonne.

V.

Il est des organisations délicates et nerveuses qui
sentent vingt-quatre heures à l'avance les changements
de temps, qui les devinent en quelque sorte. Tel doit
être l'esprit du critique par rapport au jugement du
public. Il faut que sa montre avance de cinq minutes
au moins sur le cadran de l'Hôtel-de-Ville.

Tout va si vite de nos jours, tout se vulgarise si rapidement ! cinq minutes d'avance sur le public, c'est déjà
beaucoup.

VI.

L'homme de talent l'est *par nature,* a dit Pindare.
Cette vérité est bonne à rappeler dans un temps où les
vocations littéraires ont été considérées comme super-
flues, et où tout le monde au besoin se croit appelé au
métier. Pindare ajoute, il est vrai, que ceux qui *appren-*

nent et ne savent pas d'emblée sont comme des corbeaux qui répètent de vains chants et s'égosillent en face de l'oiseau de Jupiter. Mais de tels contrastes n'ont leur plein effet que dans la haute poésie. Dans le champ de la critique il n'y a guère lieu à l'aigle de Jupiter, et des perroquets bien appris finissent par répéter d'assez bonnes choses. Il faut bien de l'habileté et de l'attention pour discerner l'original.

VII.

L'époque devient grossière, elle n'estime que le gros qu'elle prend pour le grand ; elle se prend à l'étiquette, à la montre, à ce qui peut faire du bruit ou être utile positivement: l'esprit littéraire véritable est tout le contraire de cela.

VIII.

Pas de liberté de presse de nos jours, cela est surtout vrai de toute rigueur pour la littérature ; il y a coalition entre les journalistes. Ils se battent ou font semblant, comme ces condottieri du moyen âge, sans se faire de mal. Ou encore ils sont comme ces seigneurs voleurs, les burgraves du Rhin, qui barraient le fleuve : aucune vérité ne passe.

IX.

Le principal défaut des artistes d'aujourd'hui, peintres ou poëtes, c'est de prendre l'intention pour le fait, de croire qu'il leur suffit d'avoir pensé une belle chose pour que cette chose paraisse belle; au lieu de se donner la peine de réaliser l'idéal de leur conception, ils nous en jettent le fantôme.

X.

Un homme de lettres (j'ai honte à le dire) n'est plus franchement un homme. Là où il devrait être navré de douleurs, abîmé de chagrin, dans les situations les plus faites pour l'affliger (perte d'ami, de maîtresse, etc., etc.), il y a toujours en lui un certain endroit chatouilleux d'amour-propre où vous n'avez qu'à le gratter pour le faire sourire.

XI.

Toujours le style te démange,

a dit spirituellement Du Bellay, traduisant l'*Adieu aux Muses* de Buchanan : il s'agit du poëte, de l'écrivain qui se plaint de sa maladie. Rien de plus juste : ce malheureux goût de style et d'art est comme une *gale* qui s'attache à vous et gâte toute votre vie. Elle vous empêche d'être politique, homme d'État, homme du monde, homme de famille, joyeux compagnon. Au moment où vous commencez à l'être, voilà le *style* qui vous *démange* ; plus de laisser-aller, plus de joie. Il vous faut rentrer dans votre bouge, polir votre mot, trouver votre rime, vous taper le front et vous ronger les ongles.

XII.

L'esprit (je l'entends au sens le plus fin) est une des choses dont on se passe le plus aisément entre soi dans la jeunesse : on a l'imagination, la sensibilité, le mouvement. Plus tard on sent de reste quand il fait défaut, et l'on s'étonne d'avoir pu mettre son admiration là où il n'était pas.

Ou encore, comme un poëte devenu critique le disait : Jeune, on se passe très-aisément d'esprit dans la beauté qu'on aime et de bon sens dans les talents qu'on admire.

XIII.

Quand nous intervenons, nous d'une génération déjà autre, au milieu des jeunes gens avec nos souvenirs, nous faisons plus ou moins l'effet de Nestor revenant avec ses éternels combats des *Épéens* et des *Pyliens*, au moment le plus intéressant de l'action entre les Troyens et les Grecs, et coupant l'intérêt qui ne demande qu'Achille et qu'Hector. Pour les jeunes gens tout ce qu'ils font le matin même, c'est Achille et Hector.

XIV.

La vie actuelle nous fait tant de bruit, que nous nous imaginons volontiers qu'il n'y en a jamais eu de pareille.

XV.

Dans la jeunesse on a tout, et on est prêt à chaque instant à le donner, parce qu'on voit au delà plus que tout. Plus tard on n'a que peu et on y tient, parce qu'on sent que ce peu est tout.

XVI.

Quand je vois les chutes, les déviations, les démences ou les abjections qui ont lieu chez tant d'hommes distingués après l'âge de quarante ans, je me dis: C'est la jeunesse encore qui, malgré ses fougues et ses promp-

titudes, est sérieuse et sensée ; c'est la seconde partie
de la vie qui se fait égarée ou légère.

XVII.

Mûrir ! mûrir ! — on durcit à de certaines places, on
pourrit à d'autres ; on ne mûrit pas.

XVIII.

L'innocence ignore le mal, elle ne le voit pas. Pour
voir tout le mal existant, il faut déjà presque l'avoir fait.

La tache de notre propre cœur est comme le miroir
du mal en nous : plus elle s'étend, et plus le miroir
devient complet.

XIX.

La Nature se présente deux fois à nous pour le mariage ; la première fois à la première jeunesse : on peut
lui dire alors : *Repassez !* elle n'insiste pas trop. Mais la
seconde fois, à cette limite extrême, lorsqu'elle reparaît,
lorsqu'elle insiste avec un dernier sourire, prenez garde !
si vous la repoussez encore, elle se le tiendra pour dit,
elle ne reviendra plus et se vengera en vous jetant au
cœur l'ironie et les sécheresses.

XX.

A un certain âge de la vie, si votre maison ne se
peuple point d'enfants, elle se remplit de manies ou
de vices.

XXI.

La vie de famille est pleine d'épines et de soucis

mais ce sont des soucis fructueux; les autres sont des
épines sèches.

XXII.

Ceux à qui il arrive d'exprimer quelques vérités qui
peuvent sembler profondes et hardies, ne doivent pas
trop s'enorgueillir; car, il faut bien se l'avouer, arrivés
à un certain âge, la plupart des hommes, je veux dire
des hommes qui pensent, pensent au fond de même;
mais peu sont dans le cas de produire ouvertement et
de pousser à bout leur pensée.

De même dans la jeunesse. En vain les Adolphe et
les René se croient le privilége de leurs orages; tous les
jeunes cœurs sensibles passent à peu près par les
mêmes phases d'émotion, comme plus tard les judicieux arrivent aux mêmes résultats d'expérience. Mais
là aussi peu savent peindre, comme plus tard peu
osent dire.

XXIII.

Les hommes dans la jeunesse se croient dans un
espace infini; quand elle est passée, et que l'âge de
l'expérience est venu pour eux, ils se trouvent beaucoup plus rapprochés qu'ils ne croyaient l'être, et ils
ont abouti presque tous à des résultats d'idées assez
peu différents.

Ce qui me fait dire que la vie en commençant ressemble à un labyrinthe, à un dédale de verdure où
ceux qui marchent, perdus dans une foule de petits
sentiers, se croient à cent lieues les uns des autres,

tandis qu'ils ne sont séparés en effet que par une char-
mille ; au bout du labyrinthe, et quand les erreurs en
sont épuisées, les promeneurs surpris se trouvent tous
s'être comme donné rendez-vous sur un espace de terrain assez borné, aride et nu.

XXIV.

Les hommes se mettent beaucoup trop en frais, ce
me semble, pour admirer le génie de l'homme, c'est-à-
dire pour s'admirer eux-mêmes. La masse (y compris
les gens appelés spirituels et distingués) vit dans un
certain milieu d'idées résultant de l'organisation et de
l'éducation. Quelques individus tout à fait supérieurs
s'élèvent au-dessus, mais de combien peu ils s'élèvent,
si l'on considère l'ordre général et infini! Il me semble
voir, parmi la race nageante des poissons, cette espèce
particulière qu'on appelle poissons *volants,* et qui ne
sortent un moment du milieu commun que pour aussitôt y retomber.

XXV.

En général, nous autres hommes, nous nous plaignons trop ; nous accusons le sort et la nature, ou la
société, comme si toute notre vie se passait à subir le
malheur. Et pourtant que de moments faciles et gais,
insensiblement heureux, dus au printemps, au soleil de
chaque matin! que de bons quarts d'heure, et même
de journées dont on fait son profit et dont on ne parle
pas! On souffre bruyamment, on jouit en silence.

XXVI.

Mot charmant de madame Valmore, avec cet air humble et ce geste de femme :

« Il faut faire de la vie, comme on coud : point à point. »

XXVII.

Belle parole de M. Vinet! et bienheureux qui en ferait sa règle !

« Être *content*, c'est être *contenu*, le mot le dit ; c'est-à-dire contenir ses vœux dans les limites que Dieu a tracées, et parce que c'est lui qui les a tracées. Nous sommes tous, comme madame de La Vallière, dans ce monde pour être *contents,* et non pour être bien aises, au large et sans limites : et le contentement, terme relatif, est le vrai nom du bonheur. »

XXVIII.

... Il ressentait cet incurable dégoût de toutes choses qui est particulier à ceux qui ont abusé des sources de la vie...

XXIX.

« ... Vous êtes bien heureuse de sentir comme vous faites ; cette fraîcheur d'impression vous va, Madame. Les âmes délicates, et qui n'ont pas *mésusé,* ont de ces joies. Voilà le prix : un matin qui bien souvent recommence.

« Oh ! que je suis loin des matins, et que je voudrais seulement un quart d'heure d'une belle après-dînée ! «

XXX.

Il vient un moment triste dans la vie, c'est lorsqu'on sent qu'on est arrivé à tout ce qu'on pouvait espérer, qu'on a acquis tout ce qu'on pouvait raisonnablement prétendre. J'en suis là : j'ai obtenu beaucoup plus que ma destinée ne m'offrait d'abord, et je sens en même temps que ce beaucoup est très-peu. L'avenir ne me promet plus rien ; je n'attends rien ni de l'ambition ni du bonheur. Je ne me crois appelé à aucune grande vocation d'utilité, et la chimère du bien public ne me soutient pas. J'ai l'esprit assez bien fait pour comprendre que je n'ai pas le droit d'être mécontent, et je me sens le cœur trop large pour le croire rempli. Cet état de tristesse, qui a bien sa douceur, serait celui du sage, s'il ne s'y glissait encore, il faut le dire, bien des amertumes de regrets, bien des aiguillons de désirs, bien des irritations sourdes, et si la misère de notre nature ne remuait au fond.

XXXI.

Pourquoi je n'aime plus la nature, la campagne ?

Pourquoi je n'aime plus à me promener dans le petit sentier ?

Je sais bien qu'il est le même, mais *il n'y a plus rien de l'autre côté de la haie.*

Auparavant il n'y avait rien le plus souvent, mais il pouvait y avoir quelque chose.

XXXII.

Dans la jeunesse un monde habite en nous. Mais, en

avançant, il arrive que nos pensées et nos sentiments ne peuvent plus remplir notre solitude ; — ou du moins ils ne peuvent plus la charmer.

XXXIII.

— Que faites-vous, mon Ami? vous êtes mûr, vous êtes savant, vous êtes sage, et peu s'en faut que vous ne paraissiez respectable à tous. Et voilà que la beauté vous reprend et vous tente ; vous y revenez. La jeune Clady trouve grâce à vos yeux par son sourire ; vous avez pour elle de tendres complaisances, et on l'a vue, me dit-on, à votre bras un soir, et le matin dans la voiture où vous la promeniez.

— Je le sais, mon Ami : je me sens bien vieux déjà, on me dit savant plus que je ne suis, et je voudrais être sage ; mais ne le suis-je pas du moins un peu en ceci? Clady est belle, elle est jeune, elle me sourit. Je la regarde, je ne fais guère que la regarder, mais j'y prends plaisir, je l'avoue ; j'aime à la voir près de moi, à la promener un jour de soleil, et en la voyant là riante, qu'est-ce autre chose? il me semble qu'un moment encore je fais asseoir ma Jeunesse à mes côtés.

XXXIV.

— Passant, Passant, pourquoi ce bouquet de jasmin,
    Dont ton haleine se caresse?
   Pourquoi marcher toujours violettes en main?
    Tu n'es plus jeune, Ami : tout cesse.
— C'est comme un souvenir que j'agite en chemin,
    C'est le parfum de ma jeunesse.

XXXV.

Quand je suis seul et que je souffre, dans ma chambre, près d'un livre que je ne lis pas, je rêve sans trop presser mes pensées, je me résigne, je jouis d'une tristesse sévère : et à ma porte, sans avoir frappé, se présentent debout ces deux hôtesses silencieuses, la Philosophie et la Nécessité, belles encore dans leur attitude auguste, — mais combien différentes de ce que me furent autrefois ces deux jeunes déesses, la Grâce et le Désir !

XXXVI.

— Une bonne journée aujourd'hui, j'ai lu de l'Homère ce matin et j'ai vu madame d... à quatre heures.

XXXVII.

— Écrire des choses agréables, et en lire de grandes.

XXXVIII.

Esprits immortels de Rome et surtout de la Grèce, Génies heureux qui avez prélevé comme en une première moisson toute fleur humaine, toute grâce simple et toute naturelle grandeur, vous en qui la pensée fatiguée par la civilisation moderne et par notre vie compliquée retrouve jeunesse et force, santé et fraîcheur, et tous les trésors non falsifiés de maturité virile et d'héroïque adolescence, Grands Hommes pareils pour nous à des Dieux et que si peu abordent de près et contemplent, ne dédaignez pas ce cabinet où je vous reçois à mes heures de fête ; d'autres sans doute vous possèdent mieux et vous interprètent plus dignement; vous êtes ailleurs mieux connus, mais **vous** ne serez nulle part plus aimés.

XXXIX.

Dans cette ode si connue où Horace énumère tout ce qu'il nous faudra quitter bientôt à l'heure de la mort (*Linquenda tellus et domus et placens uxor...*), il oublie une des plus profondes douceurs, une des plus durables et des plus chères à la vie déclinante, celle de lire Horace et les Anciens : un jour viendra bientôt, charmant poëte, où nous ne te lirons plus!

XL.

Le soir de la vie appartient de droit à Celle à qui l'on a dû le dernier rayon.

APPENDICE.

CASIMIR DELAVIGNE, page 192.

Cherchant à me rendre compte de son talent lyrique et poétique, et des limites naturelles de cette vocation, j'écrivais dans *le Globe* (20 mars 1827), lorsque parurent les *Sept Messéniennes nouvelles,* le jugement que voici :

— Quand un beau talent a remporté, du premier coup, un succès d'enthousiasme, et qu'une prédilection presque unanime s'est plu à le parer, jeune encore, et des louanges qu'il méritait déjà et de celles qu'on rêvait pour lui dans l'avenir, il arrive difficilement qu'une gloire où l'espérance a tant de part soutienne toutes ses promesses, et que l'augure si brillant de son début ne finisse point par tourner contre elle. De l'excès de la bienveillance et de l'admiration, on passe alors à la sévérité, et l'on va jusqu'à l'injustice. Parce qu'on a vu dans les premiers ouvrages plus qu'il n'y avait réellement, on cesse de voir dans les suivants ce qu'il y a toujours. Ajoutez le plaisir malin de dire à un homme supérieur en quelque genre : *Monseigneur, vous baissez.* Ceci s'applique un peu à M. Delavigne. Quoique son talent soit toujours le même au fond, sa faveur est déjà sur le retour. Une première acclamation l'avait désigné le poëte de

la jeunesse, et, comme avec des qualités éminentes il n'a
pas toutes celles que ce type impose, sa rapide popularité
a dû par degrés faiblir. Il faut avouer que la pâleur de ses
dernières productions n'en justifie que trop le peu de succès.
Nous n'y trouvons rien pourtant qu'un œil impartial et
exercé n'ait déjà pu entrevoir même sous l'éclat des premiers triomphes. M. Delavigne, qui a supporté avec tant de
modestie sa gloire précoce, nous pardonnera aujourd'hui
quelques reproches et quelques conseils. S'ils peuvent lui
paraître rigoureux, ils ne devront pas du moins lui paraître
injustes. Nous les lui adressons sincèrement dans l'intérêt
de l'art, dans le sien propre, et par conséquent dans le nôtre
aussi, à nous tous jeunes gens qui nous sommes associés
plus d'une fois à ses succès avec orgueil et avec amour.

Doué d'une imagination riche et facile, d'une âme tendre
et pure, de bonne heure nourri d'études classiques, M. Delavigne déposa d'abord ses sentiments dans quelques pièces
légères, les seules de ses poésies peut-être où, tout à fait
libre, encore inconnu, il se soit abandonné sans effort à
ses goûts intimes et au simple penchant de sa muse. Il y
a dans ces premiers choix du talent un instinct qui rarement égare; le vrai poëte a bientôt démêlé ce qu'il aime,
comme Achille saisissait un glaive parmi les parures de
femme. *Les Troyennes, Danaé,* l'ode *à Naïs,* et d'autres
pièces de l'époque dont nous parlons, nous semblent d'aussi
précieuses révélations en ce sens qu'elles sont des compositions charmantes en elles-mêmes. Le génie grec y domine :
c'est tour à tour une scène à la façon d'Euripide, un petit
tableau à la manière de Simonide, ou bien la mélancolie
voluptueuse d'Anacréon, de Tibulle et d'Horace. L'auteur,
on le sent, est fait pour devenir le descendant par adoption
de cette antique famille littéraire que Racine, le premier, a
introduite et naturalisée parmi nous. Mais, au milieu de ces
études paisibles, de ces méditations solitaires, de ces reproductions naïves des anciens chefs-d'œuvre, survint l'invasion de 1815, qui brisa le cœur du jeune poëte comme

celui de tous les amis de la France. Arraché par le bruit
des armes étrangères au silence des bois, aux ombrages
profonds du Taygète et de l'Hémus, sous lesquels s'égarait
son imagination riante et sensible, il eut un cri sublime de
douleur auquel la France entière répondit comme un seu.
écho. Toutefois encore, on put remarquer dans le langage
éloquent de cette muse éplorée les habitudes de sa vie
première et la force de ses inclinations chéries. Ce nom seul
de *Messénienne* qu'elle portait le disait assez, et peut-être
les fréquentes invocations à l'Olympe mythologique le rap-
pelaient trop. A cela près pourtant, tout était bien et aurait
continué de l'être, si, le moment de ferveur passé, le poëte,
revenant à ses goûts secrets, avait quitté une arène où il ne
s'était jeté que par élan; si, rentrant en quelque sorte dans
la vie privée, il avait osé redevenir lyrique, comme il l'avait
été d'abord, avec ses impressions personnelles, affections
douces, mystérieuses, pudiques, écloses et nourries sous
un ciel idéal, dans le calme des bocages sacrés, ou parmi
les danses des guerriers et des vierges. Malheureusement
il n'en fut pas ainsi. Pareil à cette Jeanne d'Arc dont il
avait si bien déploré l'infortune, M. Delavigne ne sut point
se retirer à temps et s'obstina à poursuivre au delà du
terme une mission déjà achevée. Ici, bien des gens furent
complices avec lui. La génération à laquelle il appartient
avait besoin, elle a besoin encore d'un interprète qui exprime en traits de feu cette âme poétique qu'elle sent s'agiter confusément en elle, d'un prophète qui lui dévoile cet
avenir de science et de liberté auquel elle aspire. Un moment elle espéra avoir trouvé ce chantre divin dans M. Delavigne; elle le dit, et il se laissa aller à le croire. Nous
pensons, sans lui faire injure, qu'une tâche si immense ne
lui convint jamais. Au moins, puisqu'il ne la refusait pas,
il ne devait rien négliger pour la remplir. Il fallait alors,
renonçant à des habitudes recueillies et solitaires, dépouil-
lant, pour ainsi dire, les bandelettes et les voiles antiques,
se mêler aux flots de cette génération active, mouvante,

orageuse, s'y plonger hardiment, et n'en sortir aux instants
de méditation que pour bientôt s'y replonger encore. Surtout
il ne fallait pas se confiner étroitement entre des conseillers
vénérables, mais circonspects, et de médiocres admirateurs.
Aussi qu'est-il résulté pour le poëte de cette position équi-
voque et de cette audace mêlée de timidité? quelques
concessions incomplètes, par lesquelles il n'a satisfait ni
lui-même ni tout le monde. Solennisant les événements
contemporains avec les réminiscences de son ancienne manière, étouffant la pensée principale sous des hors-d'œuvre
classiques, il semble n'avoir plus considéré ses sujets que
comme des canevas donnés, des thèmes à la mode, dans lesquels il a inséré de beaux, de très-beaux vers assurément,
mais des vers sans à-propos, sans liaison, sans conception
profonde. A Naples révoltée, à *Parthénope,* il n'a su guère
parler que du *laurier de Virgile.* Aux Hellènes d'aujour-
d'hui il est allé raconter la Grèce de Tyrtée et de Démosthène, ce qui est bien sans doute, mais ce qui ne l'est qu'à
demi. Une fois pourtant, seulement une fois, il a retrouvé et
même surpassé le naturel et l'éclat de ses premières poésies.
C'est lorsqu'aux rives du Gange, dans cette patrie des roses
et du soleil, il a prêté sa voix harmonieuse aux prêtres, aux
jeunes guerriers, aux jeunes filles, et qu'entièrement soustrait au monde moderne qu'il ignore, il a réalisé une Grèce
selon son cœur; car c'est toujours une Grèce, quoique plus
resplendissante et plus orientale que l'ancienne.

Si les chœurs du *Paria* me semblent le chef-d'œuvre lyrique de M. Delavigne, les *Sept nouvelles Messéniennes* sont
à coup sûr ce qu'il a publié de plus faible en ce genre. Et
d'abord, pourquoi ce nom éternel de *Messéniennes* là où il
ne s'agit plus de déplorer une invasion étrangère? Je n'aime
point cette manière de recopier un mot heureux et de vivre
à satiété sur le passé. Mais, sans chicaner pour un titre, et
en allant au fond des choses, je demanderai au poëte laquelle
des sept pièces lui a été inspirée par une idée haute et
grande? *Le Départ,* il est vrai, me paraît dicté par un sen-

timent naturel et gracieux. Mais comme M. Delavigne, en
quittant la France, n'est pas une Marie Stuart qui laisse un
trône pour aller chercher un autre trône, une prison et un
échafaud; comme il n'est pas même un mélancolique Byron
qui fuit, en haine de la société, pour aller errer par le
monde et s'immoler finalement à une cause sainte; comme
il est tout simplement un amateur, un artiste, faisant, par
un beau temps, une courte traversée, je ne m'intéresse à ses
adieux élégants et un peu fastueux qu'autant qu'ils me rappellent des adieux de famille, et en vérité je n'y peux rien
voir de plus grave. Quant au *Voyage de Colomb,* c'est autre
chose. Comment nous montre-t-il ce navigateur héroïque,
dévoué aux pures convictions de la science, ce rival, non pas
des Pizarre et des Cortez, mais des Copernic et des Galilée,
qui, sur la foi d'une conclusion logique, aventure sa vie au
milieu de l'Océan? Comment le peint-il dans les trois derniers jours de crise et d'angoisses, entouré d'un équipage
révolté qui va lui ravir ce monde auquel il touche et dont la
brise lui apporte déjà les parfums? Le premier jour se lève,
et l'on n'aperçoit rien encore; Colomb a le cœur qui bat, et
ici le poëte décrit en vers élégants ce cœur

> Qui s'élève, et retombe, et languit dans l'attente,
> Ce cœur qui, tour à tour brûlant ou sans chaleur,
> Se gonfle de plaisir, se brise de douleur, etc.

Ce vague et indéfinissable état *d'ennui dévorant, d'extases,
de fureurs solitaires,* dure deux jours entiers; enfin

> Le second jour a fui. Que fait Colomb? Il dort.

Il dort, et voit en songe les destinées futures de l'Amérique
jusqu'à La Fayette et Bolivar; puis, vers le matin du troisième jour, il se réveille aux cris de: *Terre! terre!* et l'Amérique est trouvée. Ce long sommeil de Colomb, bien moins
vraisemblable que celui d'Alexandre ou de Condé, la veille
d'une bataille dont les dispositions sont assurées d'avance,

m'a tout l'air du voile mesquinement ingénieux qu'un peintre
grec, dans un tableau d'Iphigénie, jeta sur le visage d'Agamemnon. C'eût été une tentative moins facile et plus belle
d'aborder l'âme du grand homme, de la retracer, non point
par des expressions générales qui conviendraient aussi bien
au métromane durant la représentation de sa tragédie, mais
par une analyse rapide et forte qui ne convînt qu'au seul
Colomb entre tous; de nous le reproduire tel qu'il dut être,
doutant par moments de lui-même, de ses inductions, de ses
calculs, et se laissant aller à de mortelles défaillances, puis
recommençant avec anxiété et les calculs et les inductions,
s'enhardissant à mesure qu'il les recommence, et, certain
encore une fois de sa conclusion, se relevant avec un geste
sublime, comme plus tard Galilée quand il s'écriait : *Et
pourtant elle tourne!* Schiller n'a fait sur Colomb qu'une
douzaine de vers, et il y a mis une grande idée : « Courage,
« hardi navigateur!... plein de confiance dans le Dieu qui
« te guide, sillonne cette mer silencieuse... N'eût-il pas été
« créé, ce nouveau monde que tu cherches, il va sortir des
« flots. Il est une secrète alliance entre la nature et le génie. »
M. Delavigne n'a jamais de ces traits-là. La troisième pièce
s'adresse au vaisseau qui *devait* porter à Constantinople
M. Stratford-Canning, ambassadeur d'Angleterre, et *le bruit
courait alors* que la mission de ce diplomate avait pour but
l'affranchissement de la Grèce. Une Messénienne sur un bruit
diplomatique! Quoi qu'il en soit, il y avait à tirer parti du
sujet. Cet affranchissement, négocié par des cabinets avides
et ambitieux, prêtait aux craintes et aux conseils de la poésie.
Mais l'auteur n'a pas pris ce point de vue, ou plutôt il n'en
a pris aucun : toute la pièce reste aussi indécise que la nouvelle même qui en a été l'occasion. Vient ensuite le pèlerinage virgilien à l'antre de la *Sibylle,* cadre un peu vulgaire
depuis Énée et Panurge, mais qui permet de brillants détails.
Seulement je ne comprends pas encore pourquoi le poëte a
fait précéder sa consultation par cet incroyable discours dans
lequel un ami, en sa qualité de peintre apparemment, se met

à décrire tous les sites des environs. *Les Funérailles du
général Foy* présentent dans le début une grande confusion
de sentiments et de couleurs. Tout absorbé dans le magnifique coucher du soleil d'Italie, M. Delavigne a peine à s'en
détacher et à redevenir Gaulois. Il n'a point suivi, on le voit
bien, les restes de l'orateur illustre, dans cette soirée tristement solennelle, sous des torrents de pluie, à la lueur des
flambeaux. Les noms seuls de *Camille,* de *Tullius* et des
vieux Romains lui viennent à la bouche, et il est loin en
idée de la patrie des Mirabeau, des Barnave et des Camille
Jordan. Toutefois la belle âme de M. Delavigne n'a pu rester
froide jusqu'au bout, et il a terminé admirablement une pièce
commencée presque au hasard. Nous reviendrons sur cette
fin. Rien de plus incohérent et de plus artificiel que les
Adieux à Rome, sujet de la sixième Messénienne. Le voyageur se promène, à la clarté de la lune, près de Saint-Jean-
de-Latran, et se met à improviser un chant romain, où s'en-
tremêlent les noms de Brutus, de Cicéron, de Numa, de
Michel-Ange, du Tasse et de Byron. Puis tout à coup lui
apparaît l'ombre du vieux Corneille, et il se console de quitter
la Ville éternelle, en pensant qu'il la retrouvera tout entière
dans les œuvres de notre grand tragique. La *Promenade
au Lido* ne se compose que d'une série d'apostrophes à
Venise.

Jusqu'ici M. Delavigne avait coutume de réparer, ou du
moins de déguiser habilement, par l'exécution de détail, ce
qui lui manquait dans l'ensemble des plans. L'on pouvait
comparer sa poésie à un salon toujours magnifiquement dé-
coré, même lorsque la maîtresse était absente. Sans prétendre
que sa pureté et son élégance l'aient partout abandonné, ce
que démentiraient d'heureuses exceptions, nous lui reprocé-
cherons de les avoir mises en oubli plus souvent qu'à l'ordinaire. L'effort, l'emphase, c'est-à-dire le mauvais goût,
puisqu'il faut l'appeler par son nom, y ternissent l'aimable
simplicité de diction qui distingue le poëte entre les autres
contemporains. Comment, par exemple, sa raison si fine et si

juste ne s'est-elle pas révoltée contre la bizarrerie de l'image
suivante :

Vainqueurs, sauvez les Grecs! Vous manquez de vaisseaux!
Venise traine encor son linceul en lambeaux :
Comme une voile immense, eh bien, qu'il se déploie
Au faite de ses tours qui nagent sur les eaux,
A ses flèches de marbre, aux pointes des créneaux
    Où volent ces oiseaux de proie!
Venise avec ses tours et ses palais mouvants,
    Ses temples que la mer balance,
Va flotter, va voguer, conduite par les vents,
Aux bords où pour les Grecs le passé recommence, etc.

Ce sont des exclamations, des interrogations sans motifs et
sans fin, de brusques dialogues en un ou deux vers : on dirait un *qui-vive* perpétuel :

Enfin l'aube attendue et trop lente à paraître
Blanchit le pavillon de sa douce clarté.
« Colomb, voici le jour! le jour vient de renaître!
— Le jour! et que vois-tu? — Je vois l'immensité. »
Qu'importe! il est tranquille... Ah! l'avez-vous pensé? etc.

Et plus loin dans la même pièce :

Le second jour a fui. Que fait Colomb? Il dort,
La fatigue l'accable, et dans l'ombre on conspire.
« Périra-t-il? aux voix! — la mort! — la mort! — la mort
« Qu'il triomphe demain, ou, parjure, il expire. »

M. Bignan, dans ses poésies, d'ailleurs estimables, ne pousse
pas l'abus de l'apostrophe plus loin que M. Delavigne ne l'a
fait ici. Dans cette sorte de tumulte factice, la pureté même
du vers pris isolément n'est pas toujours respectée :

Et *d'un de ses deux bras* qui nous donna des fers
Appuyé sur la France, il enchaînait *de l'autre*
    Ce qui restait de l'univers.

Mais c'est assez et trop insister sur les défauts auxquels nous espérons que M. Delavigne ne s'habituera jamais. Il s'en débarrasse naturellement, dès qu'un sentiment vrai et propice à son talent revient le saisir : témoin la fin de la Messénienne sur le général Foy. Hâtons-nous d'effacer et de couvrir, par cette éclatante citation, les taches nombreuses qu'il nous a coûté de relever si sévèrement :

Et toi qu'on veut flétrir, Jeunesse ardente et pure
De guerriers, d'orateurs, toi, généreux Essaim,
    Qui sens fermenter dans ton sein
Les germes dévorants de ta gloire future,
Penché sur le cercueil que tes bras ont porté,
De ta reconnaissance offre l'exemple au monde :
Honorer la vertu, c'est la rendre féconde,
    Et la vertu produit la liberté.

Prépare son triomphe en lui restant fidèle.
Des préjugés vieillis les autels sont usés ;
Il faut un nouveau culte à cette ardeur nouvelle
    Dont les esprits sont embrasés.
Vainement contre lui l'ignorance conspire.
Que cette liberté qui règne par les lois
Soit la religion des peuples et des rois.
Pour la mieux conserver on devait la proscrire !
Sa palme, qui renaît, croît sous les coups mortels ;
Elle eut son fanatisme, elle touche au martyre,
    Un jour elle aura ses autels.

Le verrai-je ce jour où sans intolérance
Son culte relevé protégera la France ?
O champs de Pressagni, fleuve heureux, doux coteaux,
Alors, peut-être, alors mon humble sépulture
    Se cachera sous les rameaux
Où souvent, quand mes pas erraient à l'aventure,
Mes vers inachevés ont mêlé leur murmure
    Au bruit de la rame et des eaux.

Mais si le temps m'épargne et si la mort m'oublie,
Mes mains, mes froides mains, par de nouveaux concerts,

Sauront la rajeunir, cette lyre vieillie ;
Dans mon cœur épuisé je trouverai des vers,
   Des sons dans ma voix affaiblie ;
Et cette liberté, que je chantai toujours,
Redemandant un hymne à ma veine glacée,
   Aura ma dernière pensée,
   Comme elle eut mes premiers amours.

Ici, tous les mérites du poëte sont retrouvés : style pur, nobles images, douce chaleur, mélodie parfaite. L'onction antique respire surtout dans ce vœu d'une âme tendre :

   O champs de Pressagni, fleuve heureux, etc.

Il y a beaucoup à dire sur l'harmonie de ces Messéniennes. Le vers libre qu'affecte en général M. Delavigne dans les compositions lyriques n'est peut-être pas le plus avantageux ; certainement il n'est pas le plus facile. Permettant à la période une grande extension, il exige du poëte une sévérité extrême pour réprimer les longueurs auxquelles l'entraînerait la négligence. Incessamment variable, il n'exige pas moins de surveillance pour le choix d'un rhythme toujours adapté au sentiment ou à la pensée qu'on exprime. D'un autre côté, trop de soin a son danger et peut introduire dans le rhythme une sorte de mobilité, de turbulence fatigante, ou même des combinaisons fausses, de véritables contre-sens. La strophe, au contraire, enferme plus exactement la pensée, et la soutient plus encore qu'elle ne la gêne. M. Delavigne n'a pas toujours évité les inconvénients du vers libre, les longues periodes qui se traînent en phrases incidentes sur des rimes redoublées, ni les combinaisons à effet, dans lesquelles l'intention manque son but. Je ne citerai qu'un exemple de ce dernier cas :

   Ces murs dont Michel-Ange a jeté dans les cieux
     Le dôme audacieux.

Le vers de six syllabes a quelque chose de leste qui sied

mal, et le dôme devrait monter au ciel avec plus de lenteur et de majesté. Une fois ou deux, M. Delavigne s'est permis de ne point clore la pensée avec les rimes correspondantes, et d'enjamber par le sens sur de nouvelles rimes, au grand désappointement de l'oreille. Enfin les strophes de la seconde Messénienne commencent et finissent toutes par un vers masculin; cette licence ne me paraît point suffisamment consacrée par l'exemple de Racine et de J.-B. Rousseau, quoi qu'en dise M. Ladvocat.

M. Ladvocat, en effet, a enrichi les Messéniennes de notes qui grossissent de moitié le volume, etc., etc.

Ne nous plaignons point, toutefois, qu'on nous ait conservé dans les notes la charmante ballade du *Jeune Matelot*. De toutes les poésies du recueil, elle est celle qui a le moins coûté et qu'on goûte le plus. Mise en musique, chantée dans les salons, on ne se lasse point de l'entendre, ce qui prouve à l'auteur que la naïveté a bien aussi son prix. C'est à cette naïveté qu'il devrait s'en tenir, même dans les compositions plus hautes, et il la rencontrera dès qu'il ne forcera plus à des sujets mal assortis la vocation de son talent. Ce talent a donc une vocation? Oui, sans doute. Longtemps méconnue et contrariée, mais facile à saisir dans les diverses œuvres du poëte, elle s'est prononcée, dès l'abord, par des choix d'instinct, et elle ne se prononce pas moins nettement aujourd'hui par ses répugnances. Peu faite pour les créations toutes modernes, elle semble réclamer de préférence les inspirations antiques, grecques, classiques si l'on veut. Pourquoi ne pas conseiller à M. Delavigne d'y revenir à son gré? Là où d'autres ne sont que plats copistes, il saura être original, comme il l'a déjà été; peut-être même il le deviendrait difficilement dans tout autre genre que celui-là.

A l'occasion de *la Popularité,* j'écrivais dans la *Revue des Deux Mondes* (15 décembre 1838) l'article suivant :

— La Comédie Française est en veine heureuse : un jeune
talent lui rend ses anciens chefs-d'œuvre; et son poëte moderne, qui l'a accoutumée à des succès légitimes et sûrs,
vient d'en obtenir un nouveau. *La Popularité,* quelles que
soient les objections qu'on y puisse faire comme comédie,
est de la meilleure manière de M. Delavigne, de sa plus
spirituelle et de sa plus correcte exécution : elle touche à
des travers tout à fait présents, à des passions hier encore
flagrantes, avec une indépendance d'honnête homme, avec
un honorable sentiment du bien qui est, certes, aussi quelque chose, et qui passe ici de l'intention de l'auteur dans
l'effet littéraire et dramatique de la pièce : on est ému de sa
conviction, on sort pénétré de cette sincérité. Si peu d'œuvres modernes laissent sur une impression semblable, que
c'est un éloge tout particulier qu'on doit d'abord à M. Delavigne. L'ensemble de son talent et de ses ouvrages n'a cessé
de le mériter : en ce temps d'inégalités, de revirements et
de cascades sans nombre, la conscience poétique suivie, la
continuité du bien et de l'effort vers le mieux marquent un
trait de force et d'originalité aussi. On s'est trop habitué de
nos jours à mettre l'idée de force dans le *coup de collier*
d'un moment et dans un *va-tout* ruineux. Ce qui dure à
une certaine hauteur, ce qui se soutient ou se perfectionne
a, par cela même, son caractère; et s'il entre dans ce ménagement du talent bon sens et prudence, c'est une part morale, après tout, dont on n'a pas à rougir, et qui, parmi tant
de profusions et d'écarts, devient une distinction de plus.

Voilà tout à l'heure vingt ans que l'auteur des *Messéniennes* a débuté par un succès éclatant et populaire. S'il
n'a pas retrouvé dans ses publications lyriques d'une date
postérieure la même veine et le même jet, c'est aussi que ce
moment de 1819 était unique pour célébrer cette simple douleur patriotique de la défaite, et qu'à moins d'entrer au vif
dans la chanson antidynastique avec Béranger, à moins
d'oser la satire personnelle avec les auteurs de *la Villéliade,*
on n'avait à exprimer, dans le sentiment libéral, que des

thèmes généraux plus spécieux que féconds. Mais, en se tournant de bonne heure vers le théâtre, l'auteur des *Vêpres siciliennes* et des *Comédiens* s'est fait une route qui est bientôt devenue pour lui la principale, une carrière où, invité plutôt qu'entraîné par beaucoup des qualités et des habitudes littéraires de son esprit, il a su constamment les combiner, les diriger à bien sans jamais faire un faux pas; où il a suivi d'assez près, bien qu'à distance convenable, les exigences variées du public, et n'a cessé de lui plaire, sans jamais forcer la mesure de la concession. Il y eut des moments difficiles. L'École romantique, en abordant le théâtre et en y luttant comme dans un assaut, *réussit du moins à y déranger les anciennes allures et à y troubler la démarche régulière de ce qui avait précédé.* M. Delavigne soutint le choc : il faut avouer pourtant que sur plusieurs points il plia. On l'a remarqué avec justesse, depuis son *Louis XI* jusqu'à son *Luther* il céda plus ou moins de terrain à l'invasion, et, s'il dissimula avec habileté l'espèce de violence qu'il se faisait, il est permis de croire, du moins, que ce fut une violence. Les talents poétiques et littéraires d'aujourd'hui (sans parler des autres, politiques et philosophes) sont soumis à de redoutables épreuves qui furent épargnées aux beaux génies du siècle de Louis XIV, et il est bien juste de tenir compte, en nous jugeant, de ces difficultés singulières qu'on a à subir. Si Racine, dans les vingt-six années environ qui forment sa pleine carrière depuis *les Frères ennemis* jusqu'à *Athalie,* avait eu le temps de voir une couple de révolutions politiques et littéraires, s'il avait été traversé deux fois par un soudain changement dans les mœurs publiques et dans le goût, il aurait eu fort à faire assurément, tout Racine qu'il était, pour soutenir cette harmonie d'ensemble qui nous paraît sa principale beauté : il n'aurait pas évité çà et.là dans la pureté de sa ligne quelque brisure. M. Delavigne, dans les pièces qu'il a données au théâtre pendant ces huit dernières années, tentait avec habileté et convenance une conciliation qui lui fait honneur, qu'on.accepte chez lui, mais qui est demeurée insuffisante après chaque succès. Aujourd'hui que l'opinion publique, soit littéraire, soit politique, se détend un peu, il a fait trêve à cette déviation toujours savante, mais sensiblement contrainte, de son talent ; il est rentré, avec ce soin qui ne se lasse pas, dans sa manière vraie, dans celle qu'il doit aimer, j'imagine, de préférence. Il nous a donné une comédie qui est une sœur tout à fait digne des *Comédiens,* une comédie un peu née de l'épître, et qui continue avec honneur, en le rajeunissant par les sujets, ce genre de la *Métromanie* et du *Méchant,* toujours cher dans sa modération et son élégance à la scène française.

Mais le sujet est-il bien choisi ? On l'a contesté. La comédie politique est-elle possible de nos jours ? Elle ne le fut chez les Grecs eux-mêmes, et dans cette démocratie d'Athènes, que durant un temps. En France, on a eu *Figaro* à la veille de la Révolution, *Pinto* à la veille de l'Empire. Dans la première et entière liberté après juillet 1830, on aurait pu avoir quelque œuvre de verve, un éclair rapide, mais l'homme a manqué. Quand les choses ont repris leur assiette et leur organisation, quand la société rentre dans les formes parlementaires, il est, certes, un peu tard pour la comédie politique ; et si, en s'y engageant, on se fait de plus une loi sévère de ne se séparer à aucun moment de l'équité, de la décence, envers ceux mêmes qu'on attaque et qu'on raille, si on apporte, en composant, toutes sortes de généreuses considérations de bon citoyen et d'honnête homme, il est certain qu'on ajoute aux difficultés déjà grandes, qu'on multiplie autour de soi les entraves.

Cela est vrai du genre. Mais qu'importe ! L'exception pour le talent est toujours possible. L'auteur de *Bertrand et Raton,* lequel, il est vrai, n'y regardait pas tout à fait de si près, et qui n'a accepté, en matière de difficultés, que l'indispensable, a réussi à faire rire. M. Delavigne, en prenant son sujet plus au sérieux, a réussi également, à sa manière, dans la voie de *comédie moyenne* qu'il s'est choisie. Nous ve-

nons trop tard pour analyser : ce sera assez de jeter quelques
observations.

L'action a paru lente : ce n'est pas évidemment de ce côté
que l'auteur a voulu porter ses forces. Il a donné pour nœud
à sa pièce le moment décisif où un jeune orateur politique,
idolâtre de l'opinion, et arrivé au comble de la faveur populaire, se trouve tout d'un coup en demeure de choisir entre
cette orageuse faveur et son devoir. Tout semble pousser
Édouard vers l'écueil : l'attrait du triomphe désormais facile,
les illusions d'une amitié impérieuse et généreuse, person-
nifiée dans Mortins; les insinuations de la tendresse et de
l'amour, qui lui parlent par la bouche adorée de lady Straf-
fort; enfin la menace d'un outrage assuré, non pas contre
lui (il le mépriserait), mais sur la tête vénérée d'un père.
Cette lutte morale, dont on n'a que les escarmouches durant
les trois premiers actes, éclate au quatrième et remplit le
dernier de son triomphe. J'avoue qu'elle me paraît suffisante
pour défrayer l'action dans ce genre de comédie qu'a voulu
M. Delavigne; s'il y a longueur, cela tient plutôt à certaines
circonstances matérielles, aux entr'actes, par exemple. Une
pièce comme celle-là n'en devrait pas avoir, ou de quelques
minutes à peine. Les unités, songions-nous dans l'intervalle
des actes, même celles qui semblent les plus insignifiantes,
l'unité de *lieu,* étaient donc bonnes parfois à quelque chose.

Les caractères ont du dessin; ils se détachent bien, ils se
détachent trop en ce sens qu'ils représentent trop chacun
une idée, une partie du système politique, un ressort.
Édouard, si généreux, si éloquent, et qu'on nous donne
comme si puissant à la Chambre et sur son parti, n'a pas
dès l'abord assez de clairvoyance. Son vieux et noble père,
pour avoir tant vécu du temps de Robert Walpole, n'a pas
assez d'expérience. Mortins, si sincère qu'on le fasse et si
adonné qu'il soit à ses généreuses espérances, n'a pas assez
d'arrière-pensée. Les meilleurs en ont : les Mortins qui en
valent la peine ne sont pas ainsi tout entiers. Une comédie
politique, pénétrante et rapide, qui percerait çà et là des

jours hardis, qui irait dénoncer la nature humaine dans ses
duplicités fuyantes jusqu'au sein des plus nobles cœurs, ne
ferait que son métier. En un mot, un peu de Caverly répandu
çà et là, à diverses doses, sur tous ces personnages, ne ferait
pas mal : c'est ainsi dans la vie. A la scène, cela romprait à
temps cette nuance estimable d'Odilon Barrot qui tient trop
de place au fond de la pièce. Au reste, nous demandons
peut-être là quelque chose de contraire à la construction habituelle de ce genre de comédie, qui, à l'aide de personnages
calqués à distance sur la vie et plus ou moins artificiellement
découpés, tient surtout à produire des effets de réflexion, des
développements moraux, des observations spirituelles ou de
nobles leçons exprimées en beaux vers.

Ici, en effet, est le mérite supérieur de la pièce de M. Delavigne, mérite grave à la fois et charmant, pour lequel, si
l'on voulait être tout à fait juste en l'analysant, on aurait
besoin, non plus d'une simple audition, mais d'une lecture.
Les vers spirituels abondent; le piquant personnage de Caverly est là tout à point pour en semer la pièce. Mais il y a
mieux que les vers spirituels : il y a la pensée sérieuse, excellente, rendue avec suite, avec nombre, avec grâce. L'auteur atteint souvent à une élévation morale qui rentre dans
l'émotion dramatique. Qu'on se rappelle, dans le quatrième
acte, le moment décisif entre Mortins et Édouard : faut-il
jouer le tout pour le tout, et, sur l'espérance d'un avenir
peut-être chimérique, sacrifier le présent, l'ordre établi, tant
de fortunes et d'existences? enfin faut-il oser repasser par le
pis en vue de revenir au mieux? Mortins, décidé, s'écrie :

Va donc pour le chaos, et qu'il en sorte un monde!

Et l'autre lui répond :

Ce monde, il est créé; rends-le meilleur, plus pur...

Je ne connais rien, dans l'ordre de poésie morale, dans ce
genre philosophique de l'*Essai sur l'Homme* de Pope, de

plus beau que cet endroit, et ici il est de plus en scène, il a son effet d'action.

On a demandé quelle était la conclusion rigoureuse de la pièce et ce qu'elle prouvait. Nous croyons que c'est trop demander, même à une comédie morale. Il en est de l'*affabulation* ici, comme de celle de tant de fables de La Fontaine. La popularité est un thème qui revient là un peu formellement, et le vieux sir Gilbert, resté seul en scène avec son fils, achève de le clore. Pour avoir connu la popularité, pour s'y être livré, et pour lui avoir ensuite résisté un seul jour, Édouard a perdu sa situation politique, sa maîtresse, son ami : il lui reste sa conscience et la bénédiction de son père. Mais, je le répète, ce n'est là que la formalité de clôture, en quelque sorte, dans un thème donné : l'essentiel et le fond, c'est cet ensemble de réflexions morales provoquées chemin faisant, c'est le sentiment judicieux, généreux, sincère, qui ressort de tout l'ouvrage, qui déclare l'honneur supérieur à toutes les opinions de parti, qui le fait voir toujours possible au sein même de ces opinions contraires, comme dans la belle scène finale entre sir Gilbert et Mortins qui mouille les yeux de larmes. Aussi, quelles que soient les convictions particulières qu'on apporte à cette pièce, il est impossible de n'en pas saluer la juste intention.

S'il était permis de donner pour l'avenir un conseil à un talent aussi habile et aussi fait que celui de M. Delavigne, nous lui dirions d'oser être, à la scène, plus d'accord avec ses goûts, avec ses sympathies littéraires, qu'il ne se l'est accordé peut-être depuis quelques années. Par la *Popularité,* il est rentré dans sa manière plutôt que dans ses sujets : il pourra mieux choisir. Un homme d'esprit, dont on citait dernièrement de rares *pensées,* a dit : « Ce ne serait peut-être pas un conseil peu important à donner aux écrivains que celui-ci : *N'écrivez jamais rien qui ne vous fasse un grand plaisir.* » Au théâtre, et pour des sujets de comédie, le précepte peut surtout sembler de circonstance. Un exemple éclatant (1), sur la scène française, montre assez qu'en fait de goût littéraire le public n'a pas de parti pris. Le succès sans nuage de *la Popularité* n'indique pas moins une disposition facile à tous les genres d'impartialité. C'est donc le moment ou jamais, pour les talents purs, d'être tout entiers eux-mêmes. Et à qui mieux qu'à M. Delavigne peut-on donner sans crainte un tel conseil?

(1) Celui de Mlle Rachel.

FIN DU TOME CINQUIÈME ET DERNIER.

TABLE.

www.ingramcontent.com/pod-product-compliance
Lightning Source LLC
Chambersburg PA
CBHW061326050726
47504CB00013B/364